学海梯航

远去的先生们

刘玉凯 著

河北大学出版社

·保定·

图书在版编目（CIP）数据

学海梯航 ：远去的先生们 / 刘玉凯著. -- 保定 ：河北大学出版社，2017.12（2021.5重印）

ISBN 978-7-5666-1247-2

Ⅰ. ①学… Ⅱ. ①刘… Ⅲ. ①传记文学－作品集－中国－当代 Ⅳ. ①I25

中国版本图书馆CIP数据核字(2017)第275091号

学海梯航 远去的先生们

XUEHAI TIHANG

责任编辑：杨显硕
装帧设计：赵　谦
责任印制：靳云飞

出版：河北大学出版社（保定市七一东路2666号）
经销：全国新华书店
印制：保定市北方胶印有限公司
开本：1 / 16（710mm × 1000mm）
字数：340千字
印张：23
版次：2017年12月第1版
印次：2021年5月第2次印刷
书号：ISBN 978-7-5666-1247-2
定价：48.00元

自　序

有很多的时候，我想写写我身边的可爱的人们，他们是我的父母、亲人，我的老师，我的朋友，也曾经为此编过一个散文集。后来发现，这个散文集太厚了，可以分成3本，现在第一本《学海梯航——远去的先生们》就最先完成了。付梓前应该有些交代。

本书包括散文18篇，加上自序、后记，整20篇。写的都是先后故去的老先生们，是我的前辈，我的老师们。我当然没有能力一下子把河北大学中文系历史上的前贤都写出来。大体说来，我写的先生们都与我的学习和生活有些直接间接关系。涉及的人物共有16位。不管职务高低，只凭生年前后为原则排列顺序。因为人的一生什么头衔全没有用，只有他们的道德文章和工作业绩是不朽的。《礼记·中庸》："燕毛，所以序齿也。"孔颖达疏："言祭末燕时，以毛发为次序，是所以序年齿也。"《孟子·公孙丑下》："天下有达尊三：爵一，齿一，德一。朝廷莫如爵，乡党莫如齿，辅世长民莫如德。"我们不是写官场文章，所以，不如"道法自然"，"序齿不序爵"，大体按照出生年月来排序。

这个次序是：

顾随（1897—1960）；

张弓（1899—1983）；

裴学海（1899—1970）；

韩文佑（1907—1991）；

魏际昌（1908—1999）；

雷石榆(1911—1996);

王振华(1913—2001);

李何林(1904—1988);

黄绮(1914—2005);

谢国捷(1915—1989);

詹锳(1916—1998);

高熙曾(1921—1980);

蓝蒲珍(1922—2013);

孙执中(1921—2013);

熊任望(1925—2010);

李离(1927—2015)。

李何林先生和孙执中先生都排在夫人名下,以便参考阅读。

这些先生中,只有顾随先生我未见过面。但是他也是我敬仰的前辈,最年长。我不仅读过他的书,还为他写过文章,自然应该放在首位。李何林先生是王振华先生的丈夫,他给我讲过鲁迅课,也有过通信。孙执中先生是蓝蒲珍先生的丈夫,与我在一起工作过两个月,指导过我的写作和学习,不能忘记。

需要说明的是,在这本小书里,我写下的不是名人传记、学者评传,而是我的阅世、阅人的笔记。因为传记要收集对象齐全的人生史料,仔细阅读对象的全部著作,研究主人公的生平事迹和业绩,考察一个人的人生贡献与时代的关系,从而写出论述全面、堂而皇之的大文章。我是写人间的情感故事,写我的读人、读书的感悟、体会。或许我写得不好,对不起先生们,但是我的诚恳和怀念先人的热情,确是独一无二的,它时时感动我,相信也能够感动别人。我希望有更多的人不说空话,在中华民族优秀传统的继承上做点实事。早就有人说过,一个人死后如果不能活在人们的记忆中,那就算真的死了。但是,也有这样的情况:很多人的道德文章本应该活在我们的记忆中,我们活着的人们却不肯关注它们、不肯学习它们,甚至根本就不懂它们,快将它们遗忘了。让别人说“遗忘是历史的必然”吧,我却说:历史记忆更是历史的前进动力。没有记忆的人们只会活在慵懒的时间里，自我陶醉或者自甘堕落。什么叫愚昧？就是不懂得记忆，民间叫“不识数”。试想一想吧，我们所在的学校其实很可能是一个非常了不起的“学子梯航”，这里有一代代的创业者、领导者、教师，甘于奉献、兢兢业业，不计名利、不讲价钱，数十年如一日地默默工作。然后他们死了，连他们的亲属和同事也不知道他们到底做了些什么。天天讲传统，天天说空话，殊不知传统就在自己的身边，可是我们看不到。这不是人生的悲哀吗？

我敬仰崇高的生命，热爱善良的人们，忘记不了为理想和意义活着的人们，即使他们有最平凡的优点，也会感动我。我们看待一位老师，不能将他等同于官员。官员的业绩要看他实际做了什么，而不是他说得多好。一个好老师，固然应该有学问，也应该能够教人做学问；也应该能够“为人师表”，在做人、治学上给人树个榜样。如果一个学校的历史上、现实中，有相当大的一批这样的好老师，那就叫名校。我们河北大学是将近百年的老校，曾经有过许多让人敬仰的先生；我们河北大学中文系曾经有过一大批这样的先生，足让我们骄傲。我在书中讲述他们的故事，首先是教育自己，也希望能够对大家有益。

写这些老故事，必须对历史重新评价，对人也应该重新评价。

当我知道裴学海先生批评学生“你们心思不在这儿，光跳舞玩耍，大学生要靠自学，这么学真叫我寒心”时，我懂了一个老师辛辛苦苦地工作，他的期待是什么。

当我知道了韩文佑先生在“文革”中，不怕被打成“反革命”，曾经暗中资助过谭石军书记的家属时，我对韩先生肃然起敬了。

当我听到魏际昌先生说“刘玉凯的人品好，好读书，我早就认识他了。在‘文革’中不但没斗过老先生，还特别尊重我们，能做到这点，那是很不容易的，很不容易的”时，我不禁落泪了。

当我知道王振华先生对一位给孩子织毛袜子的青年老师说不要浪费时间织毛袜，她出钱去给孩子买一双时，我懂了她对青年人的关心如母爱一样温暖。

当我知道了詹锳先生的“满负荷工作法”后，我立即懂得了他为什么能够有那么多的成绩。

当蓝蒲珍先生亲切地说我有点迂的时候，我顿时感受到一种爱，懂了她话里的意思。

当我听说孙执中先生因知道了一个农民的孩子在大学里没钱吃饱饭而回到家里大哭一场时，我便懂了先生为什么那样努力工作，他是以自己的工作，报效祖国和人民。

熊任望先生是书法家，但是他跟我说得最多的一句话是："我写不好。"这话让一切自吹自擂其实从来没有入门的人羞愧死！

我对前辈的敬畏之心，使我越写越认真，越写越感到应该写好一点，不然怎么对得起先人的业绩，怎么对得起他们走过的一生！我的写作过程中经常有激动的泪水挡住我的眼睛。但是，我理智地控制自己，要写自己感动过的事，也要写可能感动别人的事，根据每个人的不同情况写出他们的人格与风度。我从一开始就告诫自己，要避免拿一个标准来评价所有人，因为每一个人的情况并不相同。

我慈爱的母亲故去了。临别时，她告诉我，对你有恩的人一生也不能忘记。是的，我以此书献给那些对我有恩的先生们。

刘玉凯

2017年10月

目 录

顾随与鲁迅述评

顾随先生

鲁迅同顾随是两代人，他们的治学道路似乎也不同。我们纪念顾随的文章多是从他讲解古典诗词的生动和深刻来谈论先生，我想在这里说说顾先生同新文学的联系。那就从鲁迅说起。因为顾随先生比较早地接近鲁迅，而且一生在传播鲁迅精神这方面的材料很多。所以这篇文章并不是牵强的应酬。

一、顾随一向敬仰鲁迅

说到顾随同鲁迅的关系，可以从两个方面来说。

先说鲁迅所知道的顾随。我们知道的材料虽然不多，却是很有分量的。因为这些资料足以让我们了解顾随的影响。

鲁迅对顾随应该算比较熟悉的。《中国新文学大系》是五四以后收录新文学实绩的、很有影响的大型现代文学总集，由赵家璧主编，1935—1936年间由上海良友图书印刷公司出版。鲁迅所选编的《小说二集》中就有顾随先生的小说《失踪》。这篇小说作于1923年12月，初刊于1925年《浅草》1卷4期，署名顾氵。这表明了顾先生也是新文学的一家。他此时创作的作品并不多，今天我们所知道的也就11篇：《反目》《失踪》《废墟》《佟二》《乡村传奇——晚清时代牛店子的故事》《爱——疯人的慰藉》《夫妻的笑——街上夜行所见》《枯死的水仙》《立水淹》《孔子的自白》《刘全福》。顾随参加过沉钟社，而这个文学社主要从事诗的写作，很少有小说，显然这是鲁迅重视沉钟社的影响而特别选出的代表作。

鲁迅在《小说二集》里虽然没有直接评价顾随的作品，但导言里对于"浅草—沉钟社"有过很好的评论，说他们"向外，在摄取异域的营养，向内，在挖掘自己的灵魂，要发见心里的眼睛和喉舌，来凝视这世界，将真和美歌唱给寂寞的人们"①。在鲁迅的散文诗《野草·一觉》里也提到过"浅草—沉钟社"，而且特别感人，"是的，青年的魂灵屹立在我眼前，他们已经粗暴了，或者将要粗暴了，然而我爱这些流血和隐痛的魂灵，因为他使我觉得是在人间，是在人间活着"②。这也应该算是最高的评价了。

此外，顾随同鲁迅的关系，可说的话还很多。首先，我们应该知道顾随先生特别推崇鲁迅先生。顾随先生比胡适小6岁，比周作人小12岁，比鲁迅小16岁。他是1920年从北京大学毕业的，那正是周氏二兄弟在北京大学执教的时候。周作人是北大的正式教授，鲁迅只是兼职，兼职的老师不能做教授，只能是讲师。从一些资料看，顾随同周作人的关系是一般师生关系。周作人并没有正式地评价过顾随，虽然顾先生曾多次到周作人苦雨斋拜访，谈学问之事。如1933年9月23日，顾随以自己新作的散套请教于周作人；1933年10月2

---

① 《鲁迅全集》第6卷，人民文学出版社2005年版，第250—251页。

② 《鲁迅全集》第2卷，人民文学出版社2005年版，第229页。

日，顾随向周作人请求周作人的读书录；1935 年 7 月 22 日，作诗《病中不寐口占》请教周作人。后来顾随有困难时，也曾写信向周作人求助。但是顾随先生似乎并不喜欢周作人有些文章的“鸡零狗碎”，我觉得这是很客观的批评。顾随先生收藏过鲁迅的相关资料：1938 年版的《鲁迅全集》整套，还有一些是研究鲁迅的相关资料。顾之京、许桂良老师特意送给我几种与鲁迅相关的书。许老师说：“这些是我们收拾旧书时拣出来的，我们也不看了，知道对你有用，就送给你吧。”我一看，兴奋不已。过了一下数，是 11 册，其中有：1947 年峨眉出版社的文章选《民元前的鲁迅先生》和许寿裳先生的《亡友鲁迅印象记》，1948 年生活书店出版的研究文章选《鲁迅的道路》，1948 年开明版林辰的著作《鲁迅事迹考》，1953 年泥土社版外国人研究鲁迅的文章集《论鲁迅》。这 5 本书很可能就是顾随先生收藏过的。其他 6 本是刘泮溪等的《鲁迅研究》，周遐寿的《鲁迅小说里的人物》是上海出版公司版和人民文学版两种，王西彦的《论阿 Q 和他的悲剧》是 1957 年的新文艺版，李霁野先生的《回忆鲁迅先生》也是 1957 年的新文艺版，张泗洋等人的《论鲁迅的创作》是吉林人民出版社 1956 年出版的。这些书我说不好是不是顾随先生亲自所购。11 本书都未见顾随先生的手批和随注，仅见《鲁迅的道路》一书中有读过的痕迹，就是开篇胡绳的文章《鲁迅思想发展的道路》第 6—8 页之间留下了用钢笔画的着重号 6 处。画着重号的语句都是论述鲁迅思想和鲁迅个性的，并且有几个地方是胡绳引用了瞿秋白的《〈鲁迅杂感选集〉序言》中的话。这可能直接影响过顾随先生的观点。如他在课堂上讲过：“鲁迅先生是文人，也是战士。余之文人本质不够，文人气息很重，但战士一丝一毫做不到。”①

1956 年他写过《木兰花慢·鲁迅先生逝世廿周年献词》：

> 去来三十载，所爱读、大文章。有鲁迅先生，先之《呐喊》，继以《彷徨》。悠扬傍河《社戏》，驾乌篷萧索望家乡。“日记”始于

① 顾随讲，叶嘉莹笔记：《驼庵传文录：顾随讲中国古典散文》，河北教育出版社 2015 年版，第 141 页。

何日，“狂人”信是真狂。　　荒唐礼教甚豺狼。《祝福》也悲凉。甚导致《离婚》，爱姑奋斗，枉自奔忙。茫茫一条道路，算阿Q孤独更堪伤。天上人间何恨，煌煌日出东方。①

这肯定不是顾先生写得最好的词，但是表达了他热爱鲁迅、喜欢读鲁迅“大文章”的情怀。我注意到，称“‘狂人’信是真狂”，这是知音之评。我们很多论者直到现在还说鲁迅写的狂人不是真狂人，而是真的“反封建战士”。殊不知，文学形象中的狂人首先就是个得了“迫害狂”病的真正的狂人，作者是以一个真的“迫害狂”病人象征一个反封建的战士。这样，作品处处用了双关和象征，这才真正显示出作者的高明之处。“礼教甚豺狼”，也说出了鲁迅写小说的最初目的是批判礼教。家族制度曾是五四新文化运动锋芒所向的焦点之一，鲁迅也明确指出，《狂人日记》“意在暴露家族制度和礼教的弊害”②。另外，读了《阿Q正传》，我们不应该一味地嘲笑主人公。“孤独更堪伤”说明了我们应该从中有所反省，想想自己，想想人生如此悲凉，怎么会仅仅是嘲笑呢？这就是顾先生在《小说家之鲁迅》中说的：“我时常说每一个中国人或者说全人类都应该站在《阿Q正传》这一面孽镜台前照一照自己的嘴脸、神气、思想、灵魂，看一看有没有阿Q的气息和成分，夫然后有则改之，无则加勉，然后中国人或者说全世界的人才有进步，才不至于灭亡。”③

顾随先生在其教育生涯中，一直在传扬鲁迅精神，他对周汝昌说其平生是以鲁迅私淑弟子自居的。1942年，顾随在致滕茂春的信中写道：“《译丛补》自携来之后，每晚灯下读之，觉大师精神面貌仍然奕奕如在目前。底页上那方图章，刀法之秀润，颜色之鲜明，也与十几年前读作者所著他书时所看见的一样。然而大师的墓上是已有宿草了。自古皆有死，在大师那样地努力过而死，大师虽未必(而且也决不)觉得满足，但是后一辈的我们，还能再向他做更奢的要求吗？想

① 《顾随全集》第1卷，河北教育出版社2014年版，第202页。

② 《鲁迅全集》第6卷，人民文学出版社2005年版，第247页。

③ 《顾随全集》第3卷，河北教育出版社2014年版，第357页。

到这里，再环顾四周，真有说不出的悲哀与惭愧。”①

在《小说家之鲁迅》中，顾随先生说：“鲁迅，在学术和文艺上说起来，同时是思想家、文学家、艺术家、考据学家、史学家、诗人，又是小说家，集许多‘家’于一身，简直无以名之，也许就是博学而无所成名，与大而化之之为圣吧。在这一点上看来，在中国可以说是空前，而且假如我们后人不努力，一定要成为绝后的。”②这是1947年讲的话，可见顾先生对鲁迅文化地位的深刻理解。鲁迅是多方面的专门家，说到他是“史学家”和“诗人”，是别有见地的。这一点我们后面还可以讨论。在同一文章中，他还说鲁迅是“爱不得，所以憎；热烈不得，所以冷酷；生活不得，所以寂寞；死不得，所以仍旧在‘呐喊’”③。话说到了这个程度，正是所谓“反抗绝望”的意思。鲁迅的冷静，我们容易看出来，他的热烈却只有知音才能感受。

二、鲁迅是诗人和史学家

顾随先生称鲁迅是诗人，是在中法大学文史学会讲演《小说家之鲁迅》时讲的。现在就来说说顾随先生称赞鲁迅是诗人和史学家的道理。

此前，许寿裳先生在回忆鲁迅时，把鲁迅写成了一个“真的鲁迅”，一个“思想的鲁迅”，也再现了一个“诗人的鲁迅”，一个“预言家的鲁迅”，一个“精神斗士的鲁迅”。④ 这个意思，许先生也同鲁迅当面说过，鲁迅并没有反对。不过许先生也没有对此说得很透彻。鲁迅曾在给山本初枝夫人的信中说：“我是散文式的人，任何中国诗人的诗，都不喜欢。只是年轻时较爱读唐朝李贺的诗。他的诗晦涩难

---

① 《顾随全集》第9卷，河北教育出版社2014年版，第40页。

② 《顾随全集》第3卷，河北教育出版社2014年版，第354页。

③ 《顾随全集》第3卷，河北教育出版社2014年版，第357页。

④ 参见许寿裳著：《我所认识的鲁迅》，人民文学出版社1978年版。

懂，正因为难懂，才钦佩的。现在连对这位李君也不钦佩了。中国诗中，病雁难得见到，病鹤倒不少。《清六家诗钞》中一定也有的。”①

鲁迅不说自己是诗人，其原因大半是看了一些新旧诗人的诗，都不大满意。鲁迅能够写很好的旧体诗，也能够写新诗。以这点原因说他是诗人，并不合顾随先生的意思。顾先生是从“一个伟大的艺术家必是一个大诗人、大文人。而一个大诗人、大文人也必是一个大艺术家”②这样一个判断出发来论述问题的。他说：“先生的诗才不必说，方才说过先生是有着一颗诗的心的。抱定了这样的诗心，具有那样的诗才，先生是无处不，无时不流露出诗的作风来的。”③顾先生是说鲁迅的小说和其他作品中有丰富的诗意：“鲁迅先生之成为小说家，这两部书便已足够而且有余。在两部书中，先生表现出除了成为一个小说家、思想家而外，同时是诗人。我所要谈的特别是后一点。而这一点，许是先生的作风特别成熟之故，在《彷徨》中表现得尤其显而易见。在表现先生人生哲学的《孤独者》《伤逝》里，在处处流露出伤感气氛的《在酒楼上》《祝福》里，那诗味的浓厚自不必说；即在《肥皂》《兄弟》以及其他所谓讽刺小说里面，也还是举不胜举。诸位知道：讽刺文章是最难写成为诗的。”④于是这一篇讲学便主要说到了鲁迅小说中的诗意。顾先生从鲁迅小说中的景物描写，说到人物的简约白描、气氛的创造、象征手法的运用、语言的活泼生动，认为这些都表现出了诗意。所以说：“先生的小说里面，到处吹着诗的风，弥漫着诗的气息，真是陆机《文赋》中所谓‘彼琼敷与玉藻，若中原之有菽’……鲁迅先生有的是一颗诗的心：爱不得，所以憎；热烈不得，所以冷酷；生活不得，所以寂寞；死不得，所以仍旧在‘呐喊’，也就是《西游记》中孙大圣说的‘哭不得了，所以笑也’。”⑤

将这一个问题说得普遍化一点：“小说中的诗的成分必须要多；岂独小说而已哉？人生、人世、事事物物，必须有了诗意，人类的生活

① 《鲁迅全集》第 14 卷，人民文学出版社 2005 年版，第 337—338 页。

② 《顾随全集》第 3 卷，河北教育出版社 2014 年版，第 358 页。

③ 《顾随全集》第 3 卷，河北教育出版社 2014 年版，第 358 页。

④ 《顾随全集》第 3 卷，河北教育出版社 2014 年版，第 355 页。

⑤ 《顾随全集》第 3 卷，河北教育出版社 2014 年版，第 356—357 页。

才越加丰富而有意义。……写一篇小说而没有诗意，是没有成其为小说的理由的。”[①]这还真是理解小说、创作小说的真谛。小说如果没有广义的诗素质，那就不成为小说。我认为小说并不以写实为能，并不是写得像真实生活就算好小说。人们如果真的那么崇拜真实，也就不必看小说了，到生活中去好好地活着就行了。人们需要生活，也需要小说，其原因就因为人们需要重塑生活、瞻望生活、想象生活，而后者就是诗的素质，

再说鲁迅是史学家，顾先生却没有细加解释。那么，我们从什么意义上说他是历史学家呢？当然，我们可以说他是文学史家，因为他写过《汉文学史纲要》《中国小说史略》，也有《魏晋风度及文章与药及酒之关系》这样的讲演。我们应该从他的历史批判精神上理解这个判断。我们有理由说，中国的五四文化革命是从对中国历史的重新评价开始的，也是从新史学的建立而取得实绩的。没有对传统史学观的根本性颠覆，没有对中国历史思想的重评，没有一个“重估一切价值”运动，就没有现代文化。鲁迅无疑是从史学革命的观念出发，从而梳理中国文化的文学革命先驱者。此问题是需要另外写文章的。

三、顾随是“宣传鲁迅的先行者”

顾随先生不但追随鲁迅的文化方向，在创作上也有体现。他的作小说，有点像鲁迅的作新体诗，只是为了“敲敲边鼓”。作得不多，却表明自己对新文学的热情支持。顾先生一直在学校当老师，他在讲课时经常说到鲁迅，王振华先生称他为“宣传鲁迅的先行者”，实在是恰当的。据王振华回忆：

1926年我十三岁，考入了天津河北（直隶）女师。当时北伐

① 《顾随全集》第3卷，河北教育出版社2014年版，第363页。

尚未成功，天津是在直系军阀褚玉璞的统治之下。那时学校没有统一课本，褚玉璞下令要学生读"四书五经"。但是初中三年，顾随先生却教了我们三年鲁迅作品，以及鲁迅所倡导的北欧东欧（当时还是"弱小民族"，与我国当时国情相似）及日本的文学作品。（顾先生在后师——相当高中——则教词等。）先生给我们讲过鲁迅小说《狂人日记》《阿Q正传》《孔乙己》《药》《一件小事》《故乡》《兔和猫》《鸭的喜剧》《离婚》等；散文讲过《阿长与〈山海经〉》《二十四孝图》《从百草园到三味书屋》《父亲的病》《滕野先生》《聪明人和傻子和奴才》《立论》等；杂文讲过随感录：五十六《"来了"》、五十七《现在的屠杀者》、六十三《"与幼者"》《我们现在怎样做父亲》《我之节烈观》《娜拉走后怎样》《未有天才之前》《论雷峰塔的倒掉》《论睁了眼看》《寡妇主义》等篇，还有其他篇章，不及备述。①

这个回忆让我们真是很惊奇。1926年，鲁迅出版的著作并不多，《热风》已经出版，《呐喊》《华盖集》《彷徨》刚刚问世，《坟》也还没有出版，至于《野草》正在《语丝》上连载，《朝花夕拾》在《莽原》上正以《旧事重提》的总题目连载，可是顾先生却已经在课堂上讲起这些作品来了。这说明顾先生经常阅读当时的新文学刊物，从中找到了鲁迅的作品，及时地向学生进行推荐讲解。此番用心实在令人佩服，顾先生真是一位宣传鲁迅精神的先行者。

说到课堂情景，王振华先生说："顾先生讲课，用他那充满感情的抑扬顿挫的声调朗读……记得先生讲《伤逝》，读到'那是阿随。它回来了'，满室发出了呜咽。"②给女学生讲《伤逝》，顾先生结合了鲁迅的杂文《娜拉走后怎样》，给年轻的女孩子们指出一条人生出路："子君的路不能走！娜拉的路也不能走！妇女如想在社会上立足，就必

---

① 王振华：《纪念我的启蒙师顾随先生——宣传鲁迅的先行者》，《河北大学学报》，1990年第4期。

② 王振华：《纪念我的启蒙师顾随先生——宣传鲁迅的先行者》，《河北大学学报》，1990年第4期。

须先求得经济上的独立！”[1]他的讲课很敏锐地从鲁迅作品中领会了深意。鲁迅并不赞成子君的人生路，或者说只肯定她一半，承认她争取女性解放的大胆和果敢。鲁迅写子君悲剧性的意义远远不是让青年们去仿效，而是启发大家思考女性解放的必要性和艰难性。

我们不能忘记了这是五四以后的军阀统治时代，是北洋军阀政府正在推行尊孔读经、开五四的倒车的时代。顾先生敢于不讲旧书，而给学生讲3年的鲁迅作品，这是对五四精神的执守。五四文学革命发端于教育领域，是一些教授和学生发起来的，所以在教育上体现得最敏感。比如五四的提倡白话文，直到学校开始使用白话文做教材，那才是中国现代文学语体的决定性的变化。倘若像北洋政府提倡的那样，在学校里面结束白话，重新读经，无异于五四文化革命的一个反动。鲁迅在这一时期写过不少文章批评对五四的背叛。在《十四年的"读经"》中说："我看不见读经之徒的良心怎样，但我觉得他们大抵是聪明人，而这聪明，就是从读经和古文得来的。我们这曾经文明过而后来奉迎过蒙古人满洲人大驾了的国度里，古书实在太多，倘不是笨牛，读一点就可以知道，怎样敷衍，偷生，献媚，弄权，自私，然而能够假借大义，窃取美名。再进一步，并可以悟出中国人是健忘的，无论怎样言行不符，名实不副，前后矛盾，撒诳造谣，蝇营狗苟，都不要紧，经过若干时候，自然被忘得干干净净；只要留下一点卫道模样的文字，将来仍不失为'正人君子'。况且即使将来没有'正人君子'之称，于目下的实利又何损哉？"[2]鲁迅也许并不知道，就在他写这样的文章时，顾随先生正在教室中给大家讲五四精神，守护着一份革命成果，想来是多么让人激动的事！

对于鲁迅精神的理解还表现在顾随先生对进步的外国文学作品的介绍。鲁迅是受到安特列夫的影响而写了小说《药》的。受到鲁迅的影响，顾先生特别喜欢安特列夫，他说："我自读了鲁迅先生所译的《暗淡的烟霭里》，便开始喜欢安特列夫，于是尽力搜集安特列夫的英

① 王振华：《纪念我的启蒙师顾随先生——宣传鲁迅的先行者》，《河北大学学报》，1990年第4期。

② 《鲁迅全集》第3卷，人民文学出版社2005年版，第138页。

译及中译的作品来读。记得《小天使》要算是最后得到的一本书了。偷了课业的余暇翻译了几篇，而《大笑》便是其中之一篇。然而最爱读的那篇《小天使》却畏难不曾着手，似乎国内也并没有人译过。安特列夫的名字不拘在外国，在中国，渐渐为世人完全忘记的今日，想来没有人再来烧这冷灶了吧。”①

王振华先生直到晚年还清楚地记得顾先生给她们讲有岛武郎的《与幼者》。她说：“此文对我们影响特别大，印象深……有岛对幼小者说：‘你们若不是毫不客气的拿我做一个踏脚，超越了我，向着高的远的地方进去，那便是错的’。我们深深理解了这话的含义。”②有岛武郎(1878—1923)是日本小说家，著作有《有岛武郎著作集》，《与幼者》见《著作集》第7辑，鲁迅曾将其译为中文，题为《与幼小者》，收入《现代日本小说集》中。鲁迅写完了《我们现在怎样做父亲》这篇文章，即看到了有岛武郎的作品，他认为，不管是先生还是亲人，前辈的社会责任就是为后辈作指导、作人梯、作牺牲。他抄录有岛武郎的话：“‘你们该从我的倒毙的所在，跨出新的脚步去。但那里走，怎么走的事，你们也可以从我的足迹上探索出来。幼者呵！将又不幸又幸福的你们的父母的祝福，浸在胸中，上人生的旅路罢。前途很远，也很暗。然而不要怕。不怕的人的面前才有路。’”③他在《我们现在怎样做父亲》一文中还说过：“没有法，便只能先从觉醒的人开手，各自解放了自己的孩子。自己背着因袭的重担，肩住了黑暗的闸门，放他们到宽阔光明的地方去；此后幸福的度日，合理的做人。”④这些话的觉悟和明智是振聋发聩的。

对《与幼者》的重视，连接着鲁迅的全部人生观，他用自己一生的文化创造，哺养了饥渴的年轻人，给中国文化带来了生机和活力。他愿意自己作一世的牺牲，换取青年们的解放和生存。看重鲁迅的论述，这也是顾随先生理解鲁迅精神的体现。顾先生一生的著述丰富，

---

① 《顾随全集》第3卷，河北教育出版社2014年版，第375页。

② 王振华：《纪念我的启蒙师顾随先生——宣传鲁迅的先行者》，《河北大学学报》，1990年第4期。

③ 《鲁迅全集》第1卷，人民文学出版社2005年版，第380—381页。

④ 《鲁迅全集》第1卷，人民文学出版社2005年版，第135页。

但是他也把自己的很多精力放在培养学生上。其弟子王振华、周汝昌、吴小如、叶嘉莹、张清华、杨敏如等，都是著名的学者。张中行在1986年撰写的《顾羡季》一文中这样写道，顾随“用‘道’只是待己；待人永远是儒家的‘己欲立而立人，己欲达而达人’加释家的‘发大慈悲心，度一切众生’”①。这话说得真好！

① 张中行著：《负暄琐话》，黑龙江人民出版社1986年版，第61页。

再说顾随先生与鲁迅
——顾随先生的鲁迅研究

顾随先生

5年前，为了参加顾随先生诗词学术讨论会，我写了一篇文章《顾随与鲁迅述评》。从题目看，我是以研究现代文学的学者身份参加会的，所以说这个题目显得比较得体。也因为我曾经收藏过顾随先生的《小说家之鲁迅》的手稿，算是对研究顾随先生"有特别贡献"的。今天看那篇文章，因为当时手头没有《顾随全集》，许多地方说得不够。前几天正好顾之京老师送给了我一本新书——《驼庵传文录：顾随讲中国古典散文》，是根据顾随先生的学生叶嘉莹先生当年的听课笔记整理出来的珍贵文字。我即很快地阅读了一遍，发现顾先生对鲁迅的通晓是我以前的文章论述不够的，再结合《全集》中的其他资料，应该再写一篇文章，研究顾先生对鲁迅小说的评论观点。

一、顾随先生对鲁迅的综合评价

顾随先生说，他并不认识鲁迅，“虽然在北大上学时曾遇见过他，也并没有谈过话。在言语间，先生是怎样的呢，我不知道”①。顾随与鲁迅没有直接交往，原因不好分析。顾随于 1920 年从北京大学毕业后，先后在山东、天津等地工作，1929 年回到北京执教燕京大学等校时，鲁迅已南下，其间他们应没见过面。他不想用“我的朋友胡适先生”的口气论鲁迅，我们也没有必要说“顾随是鲁迅的学生”。但这不影响我们说，顾随崇拜鲁迅、敬仰鲁迅、赞美鲁迅。我们读顾随先生的《全集》，会发现一个十分有趣的现象：顾先生写文章或者讲话，经常使用鲁迅式的语句。如在《小说家之鲁迅》的讲演中说的“我还不能带住”②，《关于诗——卅六年八月十四日在北平青年军夏令营讲稿》中说的“诗这个东西，本身真有点儿古怪。在我不说它时，我自以为有点儿懂得；但待到想说时，我又茫然了”③。这就是由鲁迅《野草》中“当我沉默的时候，我觉得充实；我将开口，同时感到空虚”④改造而来的。如果不是对鲁迅了然于心，不会有这样的现象。

毛泽东主席说：“鲁迅是在文化战线上，代表全民族的大多数，向着敌人冲锋陷阵的最正确、最勇敢、最坚决、最忠实、最热忱的空前的民族英雄。”⑤顾先生认为：“这是对鲁迅所下的天公地道的评语，没有半点儿溢美之词。”⑥鲁迅在五四时期，遵奉前驱者的将令，写出

① 顾随：《鲁迅小说中诗之指导》，发表于《中法大学月刊》第 10 卷第 1 期，2014 年版《顾随全集》未收此文。

② 《顾随全集》第 3 卷，河北教育出版社 2014 年版，第 357 页。

③ 《顾随全集》第 3 卷，河北教育出版社 2014 年版，第 260 页。

④ 《鲁迅全集》第 2 卷，人民文学出版社 2005 年版，第 163 页。

⑤ 《毛泽东选集》第 2 卷，人民出版社 1991 年第 2 版，第 698 页。

⑥ 《顾随全集》第 3 卷，河北教育出版社 2014 年版，第 371 页。

《呐喊》,“不曾忘掉揭露旧社会的黑暗,更不曾为黑暗的势力所屈服,更不用说,先生永远也不会向反动派投降了”[1]。五四退潮后,在“漫漫其修远”的道路上“求索”,“先生找到了。他从一个进化论者成为一个阶级论者;从一个民主革命‘闯将’,成为一个无产阶级战士”,“就在这样的环境里,先生也还是立马阵头,举起了投枪,奋勇作战。”[2]顾先生的这一评价调子,显然是学习了“文件”后的认识,并没有展开自己的思路。

他的长篇讲演《小说家之鲁迅》是他个人的体会。讲演的开头,对鲁迅有总括的评价:“鲁迅,在学术与文艺上说起来,同时是思想家、文学家、艺术家、考据学家、史学家、诗人,又是小说家,集许多‘家’于一身,简直无以名之,也许就是博学而无所成名,与大而化之之为圣吧。”[3]他称鲁迅为“东方的高尔基”,是圣人,那就和孔子排在一起了。圣人,在《说文解字》里这样解释:“圣,通也。从耳,呈声。”段玉裁注:“圣从耳者,谓其耳顺。”就是说,圣人是通人。“通人”,不是我们今天说的“通才”概念,“通人”是从思想和品德角度定义,“通才”是从知识才能角度定义。中国古代通常说的“圣贤”,把圣人、贤人合在一起说,其实是指两种人:品德高尚的人与才能杰出的人。所以说称鲁迅为通人,是评价很高的。但是,顾先生没有将鲁迅神化,他强调:“鲁迅是这样那样的家,是天才,是伟大的作家,然而归根彻底,先生也是人,而且是中国人。”[4]

顾随先生敬仰鲁迅,所以研究和教学中总是不忘记鲁迅。顾随先生研究鲁迅写过的文章有:《小说家之鲁迅》《论阿Q的精神文明及精神胜利法——读〈阿Q正传〉札记之一》《〈彷徨〉与〈离骚〉》《关于安特列夫》,如今都收入了《顾随全集》中。这些文章只反映出先生研究鲁迅的一部分意见。由于先生对鲁迅了如指掌,故他在大学授课时不断地说到鲁迅,这些讲话幸而有叶嘉莹先生做过很好的笔记

---

① 《顾随全集》第3卷,河北教育出版社2014年版,第371页。
② 《顾随全集》第3卷,河北教育出版社2014年版,第371页。
③ 《顾随全集》第3卷,河北教育出版社2014年版,第354页。
④ 《顾随全集》第3卷,河北教育出版社2014年版,第363页。

留给了我们。这些都是十分珍贵的鲁迅研究成果。

他的读书也很受鲁迅的影响。先生在一篇《关于安特列夫》的文章中说,他阅读和翻译安特列夫全是受鲁迅影响。他说:"我之所以喜欢安特列夫,那原因就在鲁迅先生所说'使象征印象主义与写实主义相调和'。然而鲁迅所誉为'俄国作家中,没有一个人能够如他的创作一般,消融了内面世界与外面表现之差'的这作家,我翻遍了有名的克鲁泡特金的俄国文学史(*Russian Literature*: *Ideals and Realities*),却不见他的姓名。在巴林(Manrice Baring)的俄国文学大纲却有可怜的三五行的记述,而且还说是悲观主义的最后的文辞了。这使我恍然大悟。怪不得克氏不曾提到他;克氏是改革者,想来不以悲观为然的。"[①]他自从读了鲁迅先生所译的《暗淡的烟霭里》,于是尽力搜集安特列夫的英译及中译的作品来读。他说:"记得《小天使》要算是最后得到的一本书了。偷了课业的余暇翻译了几篇,而《大笑》便是其中之一篇。然而最爱读的那篇《小天使》却畏难不曾着手,似乎国内也并没有人译过。"[②]顾先生不懂俄文,是从英文和鲁迅的汉译文了解安特列夫的。

顾先生说读安特列夫认为其有两点可取。"其一,在他的悲观里虽然没有光,却蕴藏着热和力:这热和力是即使在我们的文坛上'拖着光明的尾巴的'许许多多的作品里也百不一遇的。倘使没有热和力,而只有光,那光便只是浮光,一无可取的了。安特列夫之所以为安特列夫,其特点即在于此。其次则是他的作品的'文章美'。"[③]他还说:"但我读了英译的及鲁迅先生所译安特列夫的小说,我深深地感觉到鲁迅先生所说他的'创作里,又含着严肃的现实性以及深刻和纤细'之不虚。那严肃,那深刻,那纤细,也便是我所谓安特列夫之'文章美'。环顾中国文坛上那些粗制滥造的作品,那轻佻,那肤浅,那粗拙,该是多么令人痛心的事啊!"[④]这一阅读经验甚至一下子改

① 《顾随全集》第3卷,河北教育出版社2014年版,第375页。
② 《顾随全集》第3卷,河北教育出版社2014年版,第375页。
③ 《顾随全集》第3卷,河北教育出版社2014年版,第376页。
④ 《顾随全集》第3卷,河北教育出版社2014年版,第376—377页。

变了先生对高尔基的看法。他对读者界有人称鲁迅是“中国的高尔基”，没有觉得不好。但是读了安特列夫，“再读戈理奇(Gorky)之作，有时真觉得仿佛如吃过西贡米再吃高粱米之感”①。

因此顾随想做一个小说家，但是，在1942年，他读鲁迅著作，翻阅鲁迅的译作《译丛补》时，就有这样的感慨：“《译丛补》自携来之后，每晚灯下读之，觉大师精神面貌仍然奕奕如在目前。底页上那方图章，刀法之秀润，颜色之鲜明，也与十几年前读作者所著他书时所看见的一样。然而大师的墓上是已有宿草了。自古皆有死，在大师那样地努力过而死，大师虽未必(而且也决不)觉得满足，但是后一辈的我们，还能再向他做更奢的要求吗？想到这里，再环顾四周，真有说不出的悲哀与惭愧。”②这些话表明顾随先生对鲁迅不仅是敬仰，而且还有着深深的亲近的爱。

顾先生敬仰鲁迅，我也特别理解，鲁迅劝人不要学他，主张青年自由发展。“此鲁迅先生伟大之处。凡多多少少、大大小小有一点儿才气在身，不见得即天才，而如肯用功的话，在事业上会有所成就。不过，成功之后，满意于自己之成功、停顿在一点上，那些人之死期至矣——精神死了。伟大之人不会如此。”但是顾先生仍然教导青年像鲁迅那样，不要相信天才，要苦干，作出成绩。“鲁迅先生不是天才作家，的确他是中国现代之大作家，列于世界文学家中也无愧色。他的成功完全是用功得到的。”鲁迅有一种艰苦卓绝之精神，特别严肃认真，但是，他不是那种琐屑的认真。“鲁迅先生对旧文学有很深之修养，故写出之文明净崇高。”但是，顾先生也同意鲁迅的观点，告诉青年为什么鲁迅提倡多读外国书的道理。“鲁迅也许看出中国民族及文学之弱点，故劝中国青年不要读线装书。”③

---

① 《顾随全集》第3卷，河北教育出版社2014年版，第377页。

② 《顾随全集》第9卷，河北教育出版社2014年版，第40页。

③ 顾随讲，叶嘉莹笔记：《驼庵传文录：顾随讲中国古典散文》，河北教育出版社2015年版，第288页。

二、顾随先生论鲁迅小说的诗意

顾随先生介绍鲁迅为什么写小说时有一段很精彩的话："鲁迅先生有的是一颗诗的心：爱不得，所以憎；热烈不得，所以冷酷；生活不得，所以寂寞；死不得，所以仍旧在'呐喊'。也就是《西游记》中孙大圣说的'哭不得了，所以笑也'。"①他还说："人称鲁迅是中国的契诃夫（A.Chekhov），他骂人时都是诗，但 Chekhov 无论何时其作品中皆有温情。鲁迅先生不然，他作品中没有温情。《呐喊》不能代表鲁迅先生的作风，可以代表鲁迅先生作风的是《彷徨》，如《在酒楼上》，真是砍头扛枷，死不饶人，一凉到底。因为他是在压迫中活起来的，所以有此作风，不但无温情，而且简直是冷酷。但他能写成诗，《伤逝》一篇，最冷酷、最诗味。"②

他对鲁迅小说的论述，是有独到见解的。他认为《鸭的喜剧》，虽然是受爱罗先珂童话影响而作，却并不是一般的童话。反转来看，爱罗先珂的童话，也并不是给儿童看的。鲁迅从日文转译的《爱罗先珂童话集》，1922 年 7 月上海商务印书馆出版，列为《文学研究会丛书》之一。其中鲁迅翻译者 9 篇，除《古怪的猫》一篇未见在报刊上发表外，其他各篇在收入单行本前，都曾分别发表于《新青年》《妇女杂志》《东方杂志》《小说月报》及《晨报》副刊。鲁迅为这本书作的《序》明确地指出："依我的主见选译的是《狭的笼》，《池边》，《雕的心》，《春夜的梦》，此外便是照着作者的希望而译的了。因此，我觉得作者所要叫彻人间的是无所不爱，然而不得所爱的悲哀，而我所展开他来的是童心的，美的，然而有真实性的梦。这梦，或者是作者的悲哀的面纱罢？那么，我也过于梦梦了，但是我愿意作者不要出离了这童心的美的梦，而且还要招呼人们进向这梦中，看定了真实的虹，我们不至于是

---

① 《顾随全集》第 3 卷，河北教育出版社 2014 年版，第 357 页。

② 《顾随全集》第 5 卷，河北教育出版社 2014 年版，第 151 页。

梦游者(Somnambulist)。”[①]在这些作品中有悲哀的面纱，有成人才能理解的“叫彻人间的是无所不爱，然而不得所爱的悲哀”。这样的作品可能“幼童不能读”。作者的创作特别契合了“呐喊”。鲁迅的童话《鸭的喜剧》与《呐喊》集中的其他作品一样有中国五四文学启蒙的重要意义。鲁迅不是温情主义者，但是他对民族的爱和对人民的爱，应该说是深切而热烈的。他努力攻击中国国民的劣根性，被很多人误解得很深。以至于他不得不站出来作个说明。在 1936 年 3 月 4 日致尤炳圻的信中说：“我们生于大陆，早营农业，遂历受游牧民族之害，历史上满是血痕，却竟支撑以至今日，其实是伟大的。但我们还要揭发自己的缺点，这是意在复兴，在改善……”[②]真是一种阐述得十分准确和全面的见解，能够说明鲁迅的心中有火和爱，岂止温情。但是就其文学风格来说，他是“火的冰”。那么就不会再担心国民性批判会丧失民族的自尊，相反，会认为这种批判正是难能可贵的民族自省，是文化转型的前提和动力。我们读闻名中外的《阿 Q 正传》，看小说中“丑陋的中国人”的代表，有时会不舒服，甚至感到恶心，因为这真是给我们揭了短、露了丑。但你仔细一想，这又的确是真实的，一种毫无伪饰的真实。就如鲁迅所说，这小说的目的就是要写出国民沉默的灵魂来。通过小说我们重新发现了自己，以及我们周遭的许多落后的行为习惯，乃至心理模式、民风、民性。鲁迅是深刻的，但他又并非居高临下。他总是带着自己深切的生命体验，带着无限的悲悯和无奈，去表现和批判他所置身的那个病态社会。

顾先生似乎并不反对上面的意见，因为他说过，鲁迅小说是诗心与爱心的结合。《小说家之鲁迅》中强调，鲁迅先生为诗人，有一颗诗心。因为“诗心能容则境界自广，材料自富，内容自然充实，并非仅风雅而已”[③]。鲁迅先生的有些作品运用到诗的象征，具有诗的意味。这里是说鲁迅的爱心是诗心的中心，是一个特别的见解。因为鲁迅的博大无限的爱，构成了他的小说思想的中心，所以可以称之为“境

① 《鲁迅全集》第 10 卷，人民文学出版社 2005 年版，第 214 页。

② 《鲁迅全集》第 14 卷，人民文学出版社 2005 年版，第 410 页。

③ 顾随著：《驼庵诗话》，生活·读书·新知三联书店 2013 年版，第 14 页。

界”广大。概括地说就是有一颗无所不爱而又得不到所爱的心。顾先生不但这样称颂鲁迅，也同样称颂一切伟大的作家，他说高尔基、契诃夫也是有诗心爱心的作家。而这两位作家也是鲁迅熟知的。“在高尔基的作品里，我也发现了不少诗的描写。像《秋夜》之写雨；《马尔华及凯尔卡》之写海；《奥洛夫夫归》之写郊野；《一个人的诞生》之写山，写草原。我以为高尔基之写大自然之美是近代少有人及得的名手。那原因是在于其他诗人、文人的写大自然，多少总有点儿先从书篇中得来了印象，然后再加以实际的印证，于是他们创作时，也就往往不免坠落在前人的窠臼里。”①顾先生说契诃夫有温情，而鲁迅先生没有温情。说鲁迅有爱心而没有温情，似乎有了矛盾。我认为这里是从文学风格来说的。考察二人的作品，能够发现他们有很多的共同点，比如契诃夫《苦恼》写一个马车夫，为了减轻心里的压力，总想对他的乘客诉说自己的丧子之痛，得到的效果却是谁也不爱听。年轻的马车夫不听，乘车的年轻人也不听，还拿他取笑。他只好一边给马喂草，一边说给马听。鲁迅写过很多类似的“隔膜”的故事，《阿Q正传》中的众人麻木，《故乡》中写人与人之间的厚障壁，《药》中写革命者与底层人民之间的不理解，《祝福》中的祥林嫂简直同契诃夫笔下的人物一样，是心灵孤独者：她的故事，被自己说滥了，别人也听滥了，催泪的故事变成了无味的渣子，没人想听了。顾先生说鲁迅没有温情，主要依据了鲁迅本人的论述。鲁迅曾经说自己的小说写了黑暗，有俄国人的忧郁。1909年，鲁迅和周作人在日本出版的《域外小说集》中收录了契诃夫的两篇小说，鲁迅还在书后专门撰文谈及契诃夫小说的魅力。他说：“虽然稍缺深沉的思想，然而率直，生动，清新。他又有善于心理描写之称，纵不及别人的复杂，而大抵取自实生活，颇富于讽刺和诙谐”。②

但是，顾随先生认为鲁迅的小说并不塑造个性化的文学典型。“鲁迅先生是诗人，故能有物外之言；是哲人，故能有言中之物。《阿Q正传》所写不只是中国人劣根性，是全世界人类劣根性。鲁迅先生

① 《顾随全集》第3卷，河北教育出版社2014年版，第359页。

② 《鲁迅全集》第10卷，人民文学出版社2005年版，第204页。

写小说个性不清楚(莎氏写戏剧年龄不清楚),然而可以原谅。天地间人、事、物,原无十全。原谅人是一种痛苦,被原谅是一种愉快,人皆愿得人原谅,然须能自己做到能被人原谅的地步。”①这一说法发人深思。我们研究鲁迅小说的专家总是无限地拔高鲁迅,其中一条就是认为鲁迅小说塑造了不朽的个性化典型。《呐喊》和《彷徨》主要塑造了两类人物形象,一类是辗转于社会底层,受压迫和被蹂躏的贫苦农民,另一类则是命运多舛,穷愁潦倒的知识分子。其实,鲁迅自己是承认这个说法的。他说:“然而我的坏处,是论时事不留面子,砭锢弊常取类型,而后者尤与时宜不合。盖写类型者,于坏处,恰如病理学上的图,假如是疮疽,则这图便是一切某疮某疽的标本,或和某甲的疮有些相像,或和某乙的疽有点相同。”②这不仅指自己的杂文作品,也可以看作是他的小说的写法的。特别是鲁迅的小说集《呐喊》,由于遵奉前驱将令,故不得不强调主题的呼唤效果,不便于写得太具个性,或者说从类型化的角度写作也许更有理性的意义。鲁迅写《阿Q正传》,是出于批判国民人性的弱点,批判是出于启蒙主义的目的,而启蒙又是我们民族进入现代化必经的“涅槃”。是不是应该这样说,伟大作家的作品中的许多典型人物,都会在更高的意义上表现类型性人物。或者换一种说法:伟大作家的作品是能够在典型形象中找到类型的特别制作。

关于鲁迅小说形象的构成,顾随先生也有自己的见解。我们可以概括为:以少胜多,以平胜奇,以腐朽示崇高。他以鲁迅的《阿Q正传》为例,说明其题材选用方面的特点是“一茎草作丈六金身用”。他说这是从从谂禅师“老僧把一茎草作丈六金身用,把丈六金身作一茎草用(《赵州语录》)”③那里引用的。顾先生说鲁迅小说的确是喜欢用卑下的素材写卑下的人物,大概不是从佛学里来的构思,而是取自庄子“每下愈况”的思想。

---

① 顾随讲,叶嘉莹笔记:《驼庵传文录:顾随讲中国古典散文》,河北教育出版社2015年版,第153页。

② 《鲁迅全集》第5卷,人民文学出版社2005年版,第4页。

③ 顾随讲,叶嘉莹笔记:《驼庵传文录:顾随讲中国古典散文》,河北教育出版社2015年版,第182页。

庄子博学,经常有人向他请教问题。东郭子问他,"所谓道,恶乎在?"道在什么地方? 庄子说"无所不在"。东郭子请求例证,庄子说"在蝼蚁"。东郭子问:"何其下邪?"为什么这么卑下? 庄子继续说"在稊稗"。东郭子道:怎么愈说愈卑下了? 庄子说"在瓦甓",在砖头瓦片,最后就说"在屎溺"。东郭子不知道为什么会这么说。庄子的意思应该是:道无所不在,即便在蝼蚁、稊稗、瓦甓、屎溺中也有道存在。

佛与道二者却很相关。《五灯会元》十五中僧问文偃:"如何是佛?"文偃道:"干屎橛。"唐朝的高僧德山宣鉴,呵佛骂祖很出名。他道:"无祖无佛,达摩是老躁胡,释迦老子是干屎橛,文殊普贤是担粪汉。"《朱子语类》卷 124 云:"如禅家干屎橛等语,其上更无意义,又不得别思义理。将此心都禁遏定,久久忽自有明快处,方谓之得。"卷 126 云:"禅只是一个呆守法,如麻三斤、干屎橛,他道理初不在这上。只是教他麻了心,只思量这一路,专一积久,忽有见处,便是悟。"

鲁迅写知识分子,能够发现他们身上的隐秘,将其诗化。即如小说《弟兄》中对沛君的描写:"院子里满是月色,白得如银;'在白帝城'的邻人已经睡觉了,一切都很幽静。只有桌上的闹钟愉快而平匀地札札地作响;虽然听到病人的呼吸,却是很调和。"①再如《高老夫子》中的无聊:"万籁无声。只有打出来的骨牌拍在紫檀桌面上的声音,在初夜的寂静中清彻地作响。"②能够把诗意带给读者,鲁迅先生作品中流淌着诗的语言。当然,鲁迅先生的作品并不仅仅限于旧诗的传统,而是另开新境,如鲁迅先生自己也很喜欢的一篇小说《肥皂》,就对四铭的下意识作了诗性的描写:"他来回的踱,一不小心,母鸡和小鸡又唧唧足足的叫了起来,他立即放轻脚步,并且走远些。经过许多时,堂屋里的灯移到卧室里去了。他看见一地月光,仿佛满铺了无缝的白纱,玉盘似的月亮现在白云间,看不出一点缺。他很有些悲伤,似乎也像孝女一样,成了'无告之民',孤苦零丁了。"③顾随称这

① 《鲁迅全集》第 2 卷,人民文学出版社 2005 年版,第 142 页。
② 《鲁迅全集》第 2 卷,人民文学出版社 2005 年版,第 85 页。
③ 《鲁迅全集》第 2 卷,人民文学出版社 2005 年版,第 55—56 页。

样的描写是前人所不及的，是诗意一样的表现。顾先生可能没有发现这段文字中有个潜在的引证。那就是描写小鸡叫声的“唧唧足足”先前是用来描写凤凰的叫声的。《广雅》云：“凤凰……雄鸣曰即即，雌鸣曰足足。”《韩诗外传》引《太平御览》亦云：“凤鸣雄曰即即，雌曰足足。昏鸣曰固常，晨鸣曰发鸣，昼鸣曰保章，举鸣曰上翔，集鸣曰归昌。”就在鲁迅写这篇小说前几年，郭沫若在《凤凰涅槃》中就写一对唧唧足足的凤凰。这样看来，真是诗味很浓。可是四铭、道统这些动物是凤凰呢还是鸡？此处应该有笑声了。

顾先生称赞《彷徨》里的《伤逝》说：“结构之谨严，字句之锤炼，即是在极细微的地方，作者也不曾轻轻放过，于是读者觉得其无懈可击，即使在旧的诗词的短篇作品里也很少看到的。”①

鲁迅写的本来是最底层的农民，所以挨不上什么高雅的事物的边。选择的用语是民间口语，题材也几乎全是乡间鄙劣的故事，多源于民间的习惯、俗说、迷信、污滥的故事、无聊的信仰，甚至一些秽谈，全是“化腐朽为神奇”。如阿Q的吹牛撒谎、狡黠无赖、做发财梦、小偷小窃、光膀比赛捉虱子、莫名其妙的打架斗殴、猥亵戏弄小尼姑、以革命为名义打砸抢、“过二十年又是一个”之类的精神胜利法，连砍头、示众之类，也是大家司空见惯的社会底层故事。那就叫未庄文化，也就是落后的中国文化气氛。只有写这些事才算见到了中国民间，只有写这些才能烛照一个中国社会面影。

顾先生特别能够发现鲁迅的自在文笔，他以鲁迅“写阿Q偷萝卜”为例说鲁迅是“大自在”，我很理解这一说法。鲁迅的写作是有激情和快感的，我也相信，有些时候他可能会为自己的文字叫绝。因为鲁迅是用情感写作的作家和诗人，他的确是将自己的喜怒哀乐一总地写入自己的作品，不仅小说，即使是杂文也一样。这可以用鲁迅在《华盖集·题记》中的话印证：“站在沙漠上，看看飞沙走石，乐则大笑，悲则大叫，愤则大骂，即使被沙砾打得遍身粗糙，头破血流，而时时抚摩自己的凝血，觉得若有花纹。”②鲁迅在《华盖集续编·小引》

① 《顾随全集》第3卷，河北教育出版社2014年版，第360页。

② 《鲁迅全集》第3卷，人民文学出版社2005年版，第4页。

中也有相似的话："这里面所讲的仍然并没有宇宙的奥义和人生的真谛。不过是，将我所遇到的，所想到的，所要说的，一任它怎样浅薄，怎样偏激，有时便都用笔写了下来。说得自夸一点，就如悲喜时节的歌哭一般，那时无非借此来释愤抒情，现在更不想和谁去抢夺所谓公理或正义。"①写杂文和写小说都有这样的感情状况。这是知者之言。鲁迅在《〈苦闷的象征〉·引言》中说："非有天马行空似的大精神即无大艺术的产生。但中国现在的精神又何其萎靡锢蔽呢？"②天马是汉武帝时，汉朝从西域大宛国得到的一种汗血马，传说它能在空中飞驰，自由自在，无拘无束。这才是鲁迅的"自在"创作精神。

精神的自在，不仅是一种思想境界，也是一种文学想象力。阿Q的偷萝卜一节在鲁迅是神来之笔。妙在鲁迅为一个进入精神胜利法的阿Q合理地设计了一个精神怪圈：小说以主要篇幅写主人公的精神问题，让人们相信，精神胜利法简直就是他的信仰和宗教。这个写法得到了很多人的称赞。殊不知鲁迅的伟大处还在于，他在《优胜记略》和《续优胜记略》两章里，将这一情感特征揭示得淋漓尽致，而且辐射到了未庄的一切人，那就是一个精神胜利的文化气氛。然而鲁迅的笔有个伟大的转折，就是在小说后半部将精神胜利法给解构了。③

正如顾随先生说："精神的产生倘不源出于物质，而且那产生了的精神倘不能成为物质的力量和行动的指南，则那精神就是建筑在沙石上的塔，愈高也就会愈倒塌得快，或者是空中的楼阁，永远不能使之实现。阿Q纵不明白这原因，他可是清楚地感觉到这事实。物质的失败，往往泰山压卵似的压碎了阿Q的精神胜利。于是乎阿Q的这一所有也就等于零。"④

别看不起偷萝卜，那是主人公的天然觉醒意识的发现，他的最后选择是并不自觉地在抛弃精神胜利法，这是为了生存必须选择的一条路，因为他没有别的路可走了。从而，我们能够悟出，中国革命如

① 《鲁迅全集》第3卷，人民文学出版社2005年版，第195页。
② 《鲁迅全集》第10卷，人民文学出版社2005年版，第257页。
③ 参见拙著：《鲁迅钱锺书平行论》，河北大学出版社1998年版，第8页。
④ 《顾随全集》第3卷，河北教育出版社2014年版，第365页。

何能够取得群众的支持并最后取得胜利的秘密。对付穷困和饥饿的办法不是用精神胜利法，而是用现实问题现实解决的思路来对待，鲁迅就此来嘲笑精神胜利法的无用。鲁迅有一个说法是让人难忘记的。他认为，在中国很多上等人的理论是为治下等人而发明的，在现实中总会崩溃。下等人的精神胜利法也没有实际的应用价值。麻醉并不能够长久，梦醒后更应该明白虚幻的理想救不了中国人。

鲁迅极为艺术化地表现阿Q策划偷萝卜、被老尼姑发现后不要脸地赖账、被狗追得翻墙、连人带萝卜滚出墙外这一系列情节，生花妙笔，谐趣横生。写时不亦快哉，读时也会让人开怀大笑也。顾先生说过："鲁迅先生自谓写文如挤牛奶，这不是客气，是甘苦有得之言。有时也有兴会淋漓处，惟不多见耳。"①先生还说："鲁迅先生写阿Q偷萝卜一章，真好。鲁迅先生盖也有sentimentalist（伤感主义者，感情用事者），如其《故乡》，几乎他一伤感，一愤慨，文章便写好了。"②

这样的写法是有自己的个性的，我们想学也学不来。所以顾先生说："中国文人一写便是自己的伤感愤慨，鲁迅初期作品也未能免此，幸尚有思想撑着，故还不觉空洞。我们既无鲁迅那样深刻思想，不能学他。"③

三、顾随先生论鲁迅的文章之美

鲁迅是最讲究文章之美的作家。关于这一点，我们的研究者说到的很少。顾随先生很注意研究文章美，他在《关于安特列夫》中说："但我读了英译的及鲁迅先生所译安特列夫的小说，我深刻地感觉到

---

① 顾随讲，叶嘉莹笔记：《驼庵传文录：顾随讲中国古典散文》，河北教育出版社2015年版，第124页。

② 顾随讲，叶嘉莹笔记：《驼庵传文录：顾随讲中国古典散文》，河北教育出版社2015年版，第124页。

③ 顾随讲，叶嘉莹笔记：《驼庵传文录：顾随讲中国古典散文》，河北教育出版社2015年版，第125页。

鲁迅先生所说他的‘创作里，又含着严肃的现实性以及深刻和纤细’之不虚。那严肃，那深刻，那纤细，也便是我所谓安特列夫之‘文章美’。”[①]在顾随先生的另一篇文章《鲁迅小说中诗的描写》[②]里，顾随谈到鲁迅的“文章美”时认为，许多新作家对于使用文字的技术太不经心。鲁迅则不然，他的文章烹炼得很精醇，每逢读鲁迅的作品，常常使他想起陆机《文赋》中“考殿最于锱铢，定去留于毫芒”这句话。

他在给学生讲课时，详解了陆机的《文赋》中的“考殿最于锱铢，定去留于毫芒”，来强调谨严。他讲解《文赋》的“其为物也多姿，其为体也屡迁；其会意也尚巧，其遣言也贵妍。暨音声之迭代，若五色之相宣”时说：“‘其为物也多姿’，‘其’，指‘文’；‘姿’，谓姿态。‘其为物也’，犹言文之所以为文也。如‘今夫云之为物也’或‘今夫云之所以为云也’，游行自在，变化无端，若只说‘今夫云游行自在，变化无端’则不成了。‘其为物也’，白话没法翻，而真好。”[③]

这里是说文章的美波谲云诡，像彩云的美多姿多彩，像水波的美变化多端、形态不可捉摸，这才算好文章。顾先生又引《文心雕龙·情采》中“立文之道，其理有三：一曰形文，五色是也；二曰声文，五音是也；三曰情文，五性是也”的说法，给文章的美设定了三个标准，那就是：形色美、音乐美、情感美。也就是好文章应该有美的形象意境、美的声音节奏、美的情感波动。

以这样的标准来论新旧文章，旧的文章“声文盛于六朝，其始最早不过魏晋。在魏晋以前不讲声文，然非在声文上无成就，有很大成就，甚至比魏晋六朝讲声文的成就还大。……《史记》用字是响的，班固引用改一二字，哑了，大概班氏太注意史学实际，以文学论不及司马。上古不讲声韵而成就甚大者，以其作者乃天才，天才只有得之于

---

① 《顾随全集》第3卷，河北教育出版社2014年版，第376页。

② 《鲁迅小说中诗的描写》，初载《中法大学月刊》第16卷第1期，2014年版《顾随全集》失收。

③ 顾随讲，叶嘉莹笔记：《驼庵传文录：顾随讲中国古典散文》，河北教育出版社2015年版，第118页。

心，而不能宣之于口，也不能传之其人”①。顾先生说的是，好的文章有标准，但是标准不是死教条，才人名家是可以“破体”而出好文章的。这样的论述让人拍案叫绝。

论及近代的白话文，他对此形式评价不高，或者说，对白话文语体的问题发现很多。他认为近代白话文最大的毛病是不能读。这可能指的是白话文读起来不能朗朗上口、铿锵作响，如歌如诗，不能像旧的论、序、赋、辩、铭等文章那么有音乐感吧。我觉得其中的原因是：一、来自人们的习惯，在白话文还没有统治语言界的情况下，人们总不免受旧的思维影响，流连于旧式的吟诵式的读书习惯；二、来自白话文本身的问题。公平而论，五四以后的新的语言革命，意在追求语言的自然流畅，追求口语的自然的节奏和音乐的清响感，算是新的“有声”的语言。这种有声同古代文人的诵读味道，是一回事。但是顾先生并未站在守旧派的营垒里。他分析道：“中国旧文学太讲技术上用功而忽略了内容，数千年来陈陈相因，一直是在技术（甚至可以说是技巧）上打滚。”②“中国文字，方块、独体、单音，故最整齐。因整齐便讲格律，如平仄、对偶，此整齐之自然结果。整齐是美。美，说起来是一个，分起来则有万端，其中有一种美即是整齐。中国文字太偏于整齐美，故缺乏弹性。西洋文字不整齐，最富弹性。”③他对比了一下帕特里克·亨利语“give me liberty or give me death”与当时流行的汉译文本“不自由，毋宁死”的关系后认为，译得虽整齐但没有力量。

这一见解看来有点偏颇，但是我们知道顾先生的语言对比研究的结果应该是这样的：旧文字、旧语言的语感有些僵硬死板，西洋文字自由而有弹性，而自然的白话文字即需要筛选和加工，将那些过于随意而浮杂的东西除去，保留生动健康向上的成分。和许多老先生

① 顾随讲，叶嘉莹笔记：《驼庵传文录：顾随讲中国古典散文》，河北教育出版社2015年版，第121页。

② 顾随讲，叶嘉莹笔记：《驼庵传文录：顾随讲中国古典散文》，河北教育出版社2015年版，第148页。

③ 顾随讲，叶嘉莹笔记：《驼庵传文录：顾随讲中国古典散文》，河北教育出版社2015年版，第149页。

一样，顾随先生是一代白话文的开创者，他们都想通过自己的理论研究和写作实践找到一种完美的语言范式。一般地讲，旧文学的写作技术是应该学习的。但是对技术问题，顾先生也主张辩证地认识。

中国旧文学讲文字技术，但对内容有时却忽略，造成了数千年陈陈相因地在语言技术上，甚至可以说是在技巧上打滚。五四文学革命解除了旧形式，白话文登堂入室，又出现了太重于思想而忽略了文字技巧的现象。甚至有的人“最低的文字技术都没有，不能表现其所说的话，甚至连‘骂’与‘捧’都分不清。故近代文学家应对旧文学之技术加以用功，旧文学之文句都是千锤百炼而后出的”①。“写白话文写得好的人，其对旧文学必有修养。对旧文学用功，不但文言文做得好，白话文也可以做得好，故对旧文学必须吸收。新兴作家要去发掘旧文学的宝藏。”②

20 世纪 30 年代，上海的《大晚报》就青年人应该读什么书，争求施蛰存的意见。施蛰存先生就在征求意见的表格里简短地发表了读《庄子》和《文选》的意见，惹起了鲁迅的批评。施蛰存先生不是鲁迅的反对派，是十分热爱鲁迅的年轻人。他说：“我劝文学青年读《庄子》与《文选》，目的在要他们‘酿造’……没有经过古文学的修养，鲁迅先生的新文章决不会写到现在那样好。”③（这话就有点像顾随先生的意见。）鲁迅写了好几篇文章对这个说法加以批评，这是施先生万万没有想到的。依我看，鲁迅有点强词夺理。因为，不说《文选》，反正鲁迅的确是最喜欢《庄子》的。他的文学修养受益于庄子是毫无疑问的。如果非得从鲁迅的角度来理解，我看鲁迅极力地要否定的是这个因果关系。他大概认为：我们谈论新文学，不应该把它的兴起、发展、繁荣，与旧文学修养产生因果联系。因为那样可能又会导致“没有旧文学就没有新文学”的恶链。这不是要不要读《庄子》和《文选》的问题。而这条恶链一旦形成，就等于向旧文学伸出援手，就

---

① 顾随讲，叶嘉莹笔记：《驼庵传文录：顾随讲中国古典散文》，河北教育出版社 2015 年版，第 149 页。

② 顾随讲，叶嘉莹笔记：《驼庵传文录：顾随讲中国古典散文》，河北教育出版社 2015 年版，第 148 页。

③ 《鲁迅全集》第 5 卷，人民文学出版社 2005 年版，第 349 页。

怕它们会死灰复燃。我们知道鲁迅曾经说过一句最极端的话:“我总要上下四方寻求,得到一种最黑,最黑,最黑的咒文,先来诅咒一切反对白话,妨害白话者。即使人死了真有灵魂,因这最恶的心,应该堕入地狱,也将决不改悔,总要先来诅咒一切反对白话,妨害白话者……只要对于白话来加以谋害者,都应该灭亡!”①大约10年后,由顾随先生在学生面前谈这个问题,他不是在跟鲁迅过不去,而是忘记不了这不是一种科学见解。不能不说,白话文的发展越来越随意,甚至污滥现象已经成为事实,究其原因是对传统语言的割断而造成的隔膜。

顾随先生将鲁迅的创作语言视为白话文的榜样,这是对鲁迅地位的尊重。他说过:“近代白话文鲁迅收拾得头紧脚紧,一笔一个花。即使打倒别人,打一百个跟头要有一百个花样,重复算我栽了。”②说得好极了!在五四文学革命过程中努力建设新文学的胡适先生也应该称为新文学革命的先驱者。大概因为一些因素,有一个时期,学者们不好对他做肯定的称赞。也许顾先生真的不喜欢胡适的文章,而非常赞赏鲁迅,因此说鲁迅不同于胡适,说胡适“在文学上是极浮浅的”,而鲁迅的文章是“硬性之文字”。虽然鲁迅文章不好懂,但是毕竟“硬”,用现在的话说,是很有阳刚气的文字。顾先生不否定胡适,他还说:“鲁迅先生文章是病态的,胡适说理文章条达畅茂,而抒情写景不成,胡先生过不掩功……条达畅茂的文章是富于音乐性的,而易成为滥调。”③

什么叫“硬”,当年鲁迅翻译外国文学作品时,就有人说他是“硬译”,甚至是“死译”。鲁迅有自己的解释,说是为了保持原文的风格和语气而用的“直译”。那时还没有人说他的小说和杂文有什么“硬”的特点。顾先生换了一个概括,就是“紧”,“鲁迅文章头紧脚紧,可见其认真、要好。现在有的文章散松没劲,可见其心散”④。说文章写得“紧”,我理解是指构思谨严、语言凝练、感情沉着、结构紧凑、语义

① 《鲁迅全集》第2卷,人民文学出版社2005年版,第258页。

② 《顾随全集》第6卷,河北教育出版社2014年版,第100页。

③ 顾随讲,叶嘉莹笔记:《驼庵传文录:顾随讲中国古典散文》,河北教育出版社2015年版,第247页。

④ 《顾随全集》第7卷,河北教育出版社2014年版,第135页。

密集、思想有力等特点。也许我们认为古典文学具有这个特点，一般说多骈句、对偶。顾先生认为其主要在精神，而不在于是不是追求古典形式。他说："中国文字整齐、凝练，乃其特长。如四六骈体，真美，为外国文字所无。可是整齐、凝练，结果易走向死板，只余形式而无精神。"①"句子不一定是骈句、偶句、排句，而只要整齐、凝练。整齐是形式，凝练是精神，我们要的是凝练。安如磐石，稳如泰山，垂绅正笏。然不可只看其形式，当以心眼观其精神，否则如泥胎木偶矣。"②"鲁迅、周作人的白话文都有骈句……而鲁迅、周作人并非有意如此，一写便如此，且便该如此。"③鲁迅下笔成文，自成波涛。这就是孔子说的"随心所欲，不逾矩"，也是苏轼《文说》中所谓"在平地，滔滔汩汩，虽一日千里无难；及其与山石曲折，随物赋形"和《答谢民师书》中所谓"大略如行云流水，初无定质，但常行于所当行，常止于不可止，文理自然，姿态横生"。这肯定是为文之极境。顾随不同意青年人学习鲁迅的文章写法，是指我们写文章不要像鲁迅那么硬、那么紧，甚至有些时候显得有些涩和"拗"。"鲁迅先生之文亦拗，颇似荆公，其文之转折反复处甚多，如：'要被杀的时候我是关龙逄，要杀人的时候他是少正卯'。"④鲁迅文章的语言格式是多样的，有的文章其实是故意写得拗口些，是"别有用心"，不是卖弄。如《华盖集》中的《论辩的魂灵》《牺牲谟》简直就是拗口令。那是讽刺某些人的无理狡辩的逻辑。

顾先生说的"硬"，其实也是从《文心雕龙》论文学里来的概念，他说："《文心雕龙》曰：'锤字坚而难移，结响凝而不滞。''坚而难移'非随便找字写上，应如匠之锤铁，而锤字易流入死于句下，故又应注意'结响凝而不滞'。中国诗歌唯老杜可当此二句。走此路成功者有唐

① 顾随讲，叶嘉莹笔记：《驼庵传文录：顾随讲中国古典散文》，河北教育出版社2015年版，第212—213页。

② 顾随讲，叶嘉莹笔记：《驼庵传文录：顾随讲中国古典散文》，河北教育出版社2015年版，第189页。

③ 顾随讲，叶嘉莹笔记：《驼庵传文录：顾随讲中国古典散文》，河北教育出版社2015年版，第235页。

④ 顾随讲，叶嘉莹笔记：《驼庵传文录：顾随讲中国古典散文》，河北教育出版社2015年版，第174页。

之韩退之，宋之王安石、黄山谷及江西派诸大诗人，但韩而下皆仅能做到上句，不能做到下句。”①“鲁迅先生的文章即整齐、凝练中有弹性、有生气。而如明清八股无弹性、无生气。”②依此，鲁迅的文章，可能类同于老杜、韩愈、黄山谷、王安石那种风格。

风格即人。顾随先生还说：“文学最能表现作者，文学最能代表人格。所以余常拿人生讲文学。鲁迅先生是文人，也是战士。余之文人本质不够，文人气息很重，但战士一丝一毫做不到。这不但是意志问题，亦与体力有关。”③顾先生也认为文如其人，“学文如学做人。鲁迅之文铁板钉钉，叮叮当当，都生了根。非如此做不可”。他举例引用了鲁迅《华盖集・杂感》中的话“勇者愤怒，抽刃向更强者；怯者愤怒，却抽刃向更弱者”。④ 这是鲁迅写于1926年“三・一八”事件之后的话，矛头指向了北洋政府。鲁迅的性格显得如钢铁一样坚硬，所以文章显出不可摇撼的硬气。这都是因为鲁迅从古典语言中汲取了中国古典文学中硬气的传统。就是古典文字的谨严，也不一定非得用典故，也不必对仗工整，只要有自六朝以来文学的无闲字，无废话，有豪气，“袭古而弥新”，就能够体现出“紧”中的“硬”。

四、顾随先生论鲁迅文章与魏晋风度

（一）魏晋风度

顾随先生论鲁迅，很重视鲁迅对中古文学研究的独到见解。他多次说到魏晋风度及文章。他说：“鲁迅白话文都到了古典，古典则

① 顾随讲，叶嘉莹记录，顾之京整理：《驼庵诗话》，天津人民出版社2007年版，第41页。

② 顾随讲，叶嘉莹笔记：《驼庵传文录：顾随讲中国古典散文》，河北教育出版社2015年版，第213页。

③ 顾随讲，叶嘉莹笔记：《驼庵传文录：顾随讲中国古典散文》，河北教育出版社2015年版，第141页。

④ 顾随讲，叶嘉莹笔记：《驼庵传文录：顾随讲中国古典散文》，河北教育出版社2015年版，第161页。

须谨严。古典派并非用上许多典故，对仗工整，而是谨严，无闲字、废话也。自汉至六朝，文字之清楚、谨严，鲁迅先生即受其影响，特别是魏晋六朝。鲁迅有《魏晋风度及文章与药及酒之关系》(《而已集》)，‘风度’与‘药’及‘酒’之关系真清楚。”①

他说：“魏晋之文章即谨严，特别是以魏文帝为中心之一派。谨严之结果是切实，不夸大。夸大写切实了也不显夸大。”②又说鲁迅的文章越写越谨严，无活泼之气。我们应该研究一下顾先生给鲁迅的文章风度下的定论：一、“谨严”；二、“无活泼之气”。他还将曹操、杜甫、陶渊明放在一起进行比较：“曹，英雄中的诗人；杜，诗人中的英雄；陶，诗人中的哲人。”③

鲁迅曾经说过魏晋文学的“清峻”，是因为曹操专权，“尚刑名”，“立法很严”；还有一个特点是“尚通脱”，就是做文章、做事，不必太固执，提倡松爽随便一些。“总括起来，我们可以说汉末魏初的文章是清峻，通脱。在曹操本身，也是一个改造文章的祖师，可惜他的文章传的很少。他胆子很大，文章从通脱得力不少，做文章时又没有顾忌，想写的便写出来。”④

“谨严”与“清峻”两个概念大致相同。但是顾先生没有说到“通脱”这个概念，他在讲课时不可能忘记吧。我相信顾先生会说到，因为顾先生说过：曹氏三父子“有朝气，作风清新”“文采风流”；将三曹比较起来，武帝曹操有“霸气”，文帝有“英气”，而曹植，人称才高八斗，其实“没什么了不起之处”。顾先生称赞建安文学三曹的影响之大，“登高一呼，从者云集”。“三国时，以魏之文风最盛，因汉以前中国之文明在黄河流域，即所谓中原。……文风最盛。……魏晋文学真可谓之‘文采风流’”。传统的中国的诗教是“温柔敦厚”，是“向内

① 顾随讲，叶嘉莹笔记：《驼庵传文录：顾随讲中国古典散文》，河北教育出版社 2015 年版，第 161—162 页。

② 顾随讲，叶嘉莹笔记：《驼庵传文录：顾随讲中国古典散文》，河北教育出版社 2015 年版，第 162 页。

③ 《顾随全集》第 5 卷，河北教育出版社 2014 年版，第 201 页。

④ 《鲁迅全集》第 3 卷，人民文学出版社 2005 年版，第 525 页。

的”；而“文采风流则是向外的”。[1] 这些见解简单明了。我们会发现“清新”与“通脱”的意思很相近。由此，我们可以判断，顾先生同意鲁迅的观点。

顾先生将曹氏父子的影响排个队，是曹操第一，曹丕第二，曹植第三。

鲁迅也是对曹操的评价最高，重视曹操的影响，将他视为“改造文章之祖师”，顾先生称之为“霸气”。鲁迅对曹丕的评价也较高。鲁迅说曹丕的时代是“文学的自觉时代”。鲁迅的这句话，是不同凡响的评价。但是，他是说给文帝曹丕的，后来被囫囵吞枣的学者们含混不清地用于论“建安文学”，更有甚者，用于论“魏晋文学”，真是不妥。为什么这样说呢？鲁迅是认为曹丕发现了文学存在的独立价值，将他的观点称之为“或如近代所说是为艺术而艺术（Art for Art's Sake）的一派。所以曹丕做的诗赋很好，更因他以‘气’为主，故于华丽以外，加上壮大”[2]。顾先生也说：“为文学而文学、为艺术而艺术，不易，然此种精神应有。”[3]

顾先生说：“魏文帝感情热烈而又有情操，且是用极冷静的理智驾驭（支配、管理）极热烈的情感，故有情操，有节奏”，他的“散文真是抒情诗，有天才，也有苦心。”[4]“文帝在政治上、军事上皆非低能者，固然不如其父之雄才大略，且身为皇帝，地大人多，文才甚盛。而他却不甘心、不安心做一皇帝，政治、军事……皆不能满足其生活的欲望，成功是欢喜，满足是悲哀。文帝之欲望在文学，总觉得文人最好。”[5]就是《典论·论文》中说的那句：“文章，经国之大业，不朽之盛事。”因此他的文章真好。顾先生的意思正好说的是曹丕对文学的酷

---

① 顾随讲，叶嘉莹笔记：《驼庵传文录：顾随讲中国古典散文》，河北教育出版社 2015 年版，第 154—155 页。

② 《鲁迅全集》第 3 卷，人民文学出版社 2005 年版，第 526 页。

③ 顾随讲，叶嘉莹笔记：《驼庵传文录：顾随讲中国古典散文》，河北教育出版社 2015 年版，第 289 页。

④ 顾随讲，叶嘉莹笔记：《驼庵传文录：顾随讲中国古典散文》，河北教育出版社 2015 年版，第 217—218 页。

⑤ 顾随讲，叶嘉莹笔记：《驼庵传文录：顾随讲中国古典散文》，河北教育出版社 2015 年版，第 156—157 页。

爱，他是有文学自觉的皇帝。

（二）论陶渊明与《闲情赋》

比较一下鲁迅与顾随对陶渊明的研究评价也很有意思。我们知道，鲁迅对陶渊明有过精辟的论述。大致说有几点：一、不承认有什么真隐士，隐士多想走终南捷径，见《隐士》；二、陶渊明其实有奴子，不然会在东篱边饿死，见《魏晋风度及文章与药及酒之关系》；三、陶氏也不像大家说的那么整天悠然，他有“金刚怒目”的一面，如《读山海经》，见《“题未定”草（六）》；四、陶渊明不但会写诗作文，也会谈恋爱。鲁迅不但不贬低《闲情赋》，还特别给予很高的评价。

这些意见，主要见于《魏晋风度及文章与药及酒之关系》和《且介亭杂文二集·“题未定”草（六）》这两篇文章。其中让人耳目一新的就是重评《闲情赋》，鲁迅曾说陶渊明的《述酒》是说当时政治的，“这样看来，可见他于世事也并没有遗忘和冷淡，不过他的态度比嵇康阮籍自然得多，不至于招人注意罢了”[①]。“被论客赞赏着‘采菊东篱下，悠然见南山’的陶潜先生，在后人的心目中，实在飘逸得太久了，但在全集里，他却有时很摩登，‘愿在丝而为履，附素足以周旋，悲行止之有节，空委弃于床前’，竟想摇身一变，化为‘阿呀呀，我的爱人呀’的鞋子，虽然后来自说因为‘止于礼义’，未能进攻到底，但那些胡思乱想的自白，究竟是大胆的。”[②]鲁迅对《闲情赋》中表露的“大胆的”“胡思乱想”表示赞许，多少有点幽默的成分。但是说也是支持了不把旧礼教放在眼里的勇敢精神。

顾随先生对陶渊明评价也很高：“陶渊明诗有丰富热烈的感情，而又有节制，但又自然而不勉强。”[③]顾先生也说陶渊明并不平淡：“陶不受外来思想影响。人皆赏其冲淡，而陶之精神实不在冲淡，自冲淡学陶者多貌似而神非。”[④]这意见同鲁迅也很一致。为什么鲁迅与顾随都说陶渊明不是平淡的诗人呢？顾随有个解释：“陶渊明的生

① 《鲁迅全集》第3卷，人民文学出版社2005年版，第538页。
② 《鲁迅全集》第6卷，人民文学出版社2005年版，第436页。
③ 《顾随全集》第6卷，河北教育出版社2014年版，第41页。
④ 《顾随全集》第6卷，河北教育出版社2014年版，第165页。

活及其内心思想无时不在矛盾。他不反对入仕做官，但他又不肯同流合污，这是一个矛盾。‘归去来’，回家躬耕，而躬耕固穷，这又是矛盾。但坚决不为五斗米折腰，决心不入仕之后，仍有矛盾，这就是他不能忘情于世事。其矛盾之解脱就是饮酒。萧统说：‘吾观其意不在酒’（《陶渊明集序》）。”[①]这个分析是令人信服的。鲁迅和顾随大概都受到过萧统的启发。

为什么他们对《闲情赋》特别重视呢？因为读懂陶渊明并不容易，“陶渊明文章好，而切忌滑口读过，是玩味的”[②]。滑口，是说读着觉得顺畅便容易不假思索地顺口过去，不去深思文章的含义。自古以来论陶渊明的文章，只说他的《归园田居》《述酒》和《桃花源记》，努力将陶打扮成一位教经隐士，回避《闲情赋》。顾随先生早就注意到了这一文学疑案。他在讲课时说到了此事，将陶渊明的作品拿来同曹丕的《答繁钦书》加以对比，是能够引起大家深思的：

> 昭明之不选《答繁钦书》，盖昭明有一点儿头巾气。昭明评渊明“《闲情》一赋，白璧微瑕”（《陶渊明集序》），东坡讥昭明曰：“小儿强作解事。”（《题文选》）魏文帝《答繁钦书》，较露骨耳，盖昭明没看懂。[③]

昭明太子不选男女情感方面的文章，顾先生说昭明没有看懂《答繁钦书》和《闲情赋》，是对他客气的批评。其实就是“头巾气”。文帝这一篇短札，是“为艺术而艺术”的短文，可以超过曹植一切文章的文采，比《白马篇》《美女篇》更唯美，能让道学家脸红，有一种文学胆量。但是自觉“看懂”的顾先生与鲁迅的观点也并不是很一致。

---

① 顾之京整理：《顾随：诗文丛论》（增订版），天津人民出版社1997年第2版，第158页。

② 顾随讲，叶嘉莹笔记：《驼庵传文录：顾随讲中国古典散文》，河北教育出版社2015年版，第246页。

③ 顾随讲，叶嘉莹笔记：《驼庵传文录：顾随讲中国古典散文》，河北教育出版社2015年版，第180页。

顾先生说："曹子建有觉而无情思。"[①]《美女篇》虽亦写情思而情不真、思不深。曹子建知道自己，故《赠白马王彪》好，而写美女写糟了，妖美得太过，写形貌，写意态，而少情思。

"曹植是千古豪华诗人之祖：顾盼遗光彩，长啸气若兰。(《美女篇》)诗可以说是好诗，而太豪华。"[②]鲁迅直接说，《闲情赋》就是谈恋爱的诗，是情诗。而顾先生说陶渊明是有寄托、舒"烦懑"。好像顾先生到底没有鲁迅大胆，其实不是二人观点不同，而是各说了问题的一个侧面。将他们的意见合在一起就是完整的解释了。

(三)"托尼学说；魏晋文章"

从前刘半农先生赠给鲁迅先生一副联语，是"托尼学说；魏晋文章"。当时的朋友认为这副联语很恰当，鲁迅也没有反对。托，指托尔斯泰；尼，指尼采。托尔斯泰代表了人道主义，尼采代表的是个人主义。联语就是称赞：鲁迅思想来自托尼，文章风格师法魏晋。考其历史必有渊源。鲁迅在弃医学文初期的1907年撰写的长篇论文《摩罗诗力说》中就说过："今且置古事不道，别求新声于异邦。"[③]在《文化偏至论》中又说："德人尼佉(Fr. Nietzsche)氏，则假察罗图斯德罗(Zarathustra)之言曰，吾行太远，孑然失其侣，返而观夫今之世，文明之邦国矣，斑斓之社会矣。特其为社会也，无确固之崇信；众庶之于知识也，无作始之性质。邦国如是，奚能淹留？吾见放于父母之邦矣！"[④]

顾先生说："余亦喜魏晋文章，或因受鲁迅先生影响。"[⑤]但是鲁迅的主张中有比较彻底的革新精神，主张对传统文化暂时进行悬搁处理。而顾先生的态度是从传统文化中发现一个新的文学世界。他自己所做的也是边破坏旧文化，同时建设新文化。鲁迅是这一场五四文学启蒙运动的领导者，顾随也是其中一名战士。

---

① 《顾随全集》第5卷，河北教育出版社2014年版，第188页。

② 《顾随全集》第6卷，河北教育出版社2014年版，第228页。

③ 《鲁迅全集》第1卷，人民文学出版社2005年版，第68页。

④ 《鲁迅全集》第1卷，人民文学出版社2005年版，第50页。

⑤ 顾随讲，叶嘉莹笔记：《驼庵传文录：顾随讲中国古典散文》，河北教育出版社2015年版，第164页。

说说我发现和收藏顾随先生手稿的情况

我与敬爱的老师顾之京先生(左)、张清华先生(右)

一、向前辈致敬

来参加顾随先生的纪念会,我感到特别荣幸。同这么多我所敬佩而且心仪已久的学术前辈共坐一堂,来回忆和畅谈我们共同的老师顾随先生,有这样一个机会,有这样一个气氛,有这样一种心情,真是来之不易的。我这样说，想来大家都会有一种特别的会意。

在这里，我是学术晚辈。虽然我也到了退休年龄，但是我没有聆听过顾随先生的讲课，也没能见到过先生，我是顾随先生的“学生的学生”。我的这句话没有说错，这是真的。因为顾随先生的几代学生都是我的老师。他的学生王振华在我上学时是我们中文系的主任，高熙曾副主任是张清华先生的老师，张清华、顾之京、叶嘉莹又都是我的老师。我上大学时得到张清华先生的帮助特别多，可以算亦师亦友的关系。20 世纪 70 年代，我有 10 多年时间同顾之京先生同院住平房的隔壁，朝夕相见，她不但关心我的学习，也关心我的生活。我可以随时向她请教读诗词和做菜，是一种特别的上课。我们出门买东西，也是替换着排队。

至于说叶先生是我的老师，也是名副其实。1978 年叶先生自加拿大回到中国，第一次给南开大学上诗词课，我就是热情的聆听者。那时我正在天津跟随蓝蒲珍、张亚秀二位先生学现代文学，跟詹锳、韩文佑、魏际昌、高玉爽、胡人龙等先生进修古典文学。叶先生的全部诗词课我都到课听讲了，时间我记得清清楚楚：从 1979 年 5 月 15 日到 6 月 14 日整整一个月。她每周上 3 次：周二是下午，周三是晚上，周四是下午。她一上台开讲就以夺目的光彩、非凡的学识和极好的口才征服了听众。大教室的前前后后挤得满满，过道上也有人坐在地上听。我们必须早早地来到教室才能占个前面的好座位，不然就也得站着听了。当时的情景历历在目。我喜欢读诗词、写诗词，跟这点经历有些关系。

今天我来说说我意外得到顾随先生手稿的经过和我收藏手稿的情况，算我的一个特别发言。我终于有机会说说这一段旧事了。

二、发现顾随先生手稿

顾随先生已经离我们远去了，我既然没见过顾随先生，怎么会有他的手稿呢？这得从“文革”说起。1966 年“文革”开始时我正是一名在河北大学中文系一年级读书的大学生。从本心说，对于“文革”我是既不理解，也不情愿参加的。我想我是来大学读书的，那时与同学通信时有个比喻，说自己“好像野牛进了菜园子，疯狂地读书”。平常时候必须按时作息，不能晚睡，每到周六晚上，我们宿舍都是通宵读书，那时幼稚地想把图书馆的书全读完。但是到了 1966 年春节过后，新学期刚刚开学，学校就要搞“教育革命”实践，以“广阔天地大有作为”的名义，让学生下乡到了河北的冀州建设分校。说实在的，那时的学生心里是不愿意去的，而且地震才过，生活条件很差。我们却表现出特别的意志昂扬。“文革”来到时，学生们才从乡间“返校闹革命”，于是开始了没完没了的“文革”。后来我才知道，运动一开始，顾之京老师的家就被抄了，她自己没有什么可说的问题，只因为父亲是顾随，受到了批斗。是谁抄的，都抄走了什么，我一点也不知道。直到现在我仍不敢问这事情的经过。顾随先生没有任何历史问题，1960 年就去世了，顾之京老师夫妇二人都是共产党员，有什么理由抄他们的家？应该说她替父亲受难了，她那时还不是教授，却没逃过这一劫。顾之京先生后来也同我们学生一起学习活动。她受了那么多的苦，却能够看得开，自己努力将苦咽下，表现出快快乐乐的样子，同大家一起学习和活动，让人佩服，也让人心酸。

叶嘉莹先生(中)

度过了运动初期的大混乱，学校开始分派，彼此之间武斗、冲突不断。我们学校两派分家，我们一派人数占了优势，所以住到了天津马场道校区本部，但是得天天提高警惕防范对方的“来袭”，这种做法大有虚张声势之嫌。这样做一方面是为了自己一派的利益，另一方面也是头头儿们为了笼络民心，怕自己一派的人倒戈。1967年冬季是武斗最频繁的时期。我们的群众组织经常在留学生楼开会。因为留学生楼那里有个小院子，很好防卫和管理。常常有莫名其妙的“敌情”报来，于是广播台的大喇叭就开始广播，说对方群众组织如何在备战，说对方今夜如何想包围我们，说对方集合了多少兵马准备夜袭、我们不能掉以轻心之类，真是耸人听闻。有时候，我们的头头儿也讲一些北京的小道消息，读“首长讲话”。这样的会是在留学生楼的3层小礼堂进行。参加的人是在校的本组织全体红卫兵。

小礼堂没有桌子和椅子，大半是空空的，后面存放着许多杂物，是存放抄家物资的一个小仓库。大家来到后就席地坐下或者站立，可是真累。我和部分学生常常躲到礼堂后面的杂物堆中找座位。那里存放着一些抄来的家具，是我们从来没见过的沙发、桌椅之类。我没心听那种会，也不大相信什么敌情，便一边聊天一边翻看堆积的抄家物，终于发现了有文字的东西可以消磨时间。就在这时候我看到了散落的手稿。说实话，当时的我并没有觉得顾随先生的手稿有多么珍贵，以我那时的学术能力也鉴定不了他手稿的学术价值。那时的人不仅是我如此，老师们也感到前途不可知，有的老师甚至将自己的藏书卖掉换了青菜，连《鲁迅全集》也给卖了。人们传说，郭沫若都说过，他过去写的一些东西都应该烧掉，别人的东西还值什么钱？我说的是那时的气氛。

我小心地将那几本手稿带回宿舍，越看越喜欢。记得有一本讲话稿《小说家之鲁迅》，是先生于1947年在中法大学文史学会上的讲演稿。第二本《关于诗》也是讲稿，是先生于1947年8月14日在北平的一次讲演的讲稿，第三本是厚厚的剧作集《苦水作剧》，还有几张零星的诗词手卷。这些东西当时是不应该随便带出来的，那个仓库就不应该随便进去。但是仓库都被来往的人踩踏得不成样子了，根本就无人管理。我拿出来的理由就有3个：一是我喜欢书法，顾随先生的字写得太漂亮了；二是担心这些宝贝继续遭折磨；三是我喜欢鲁迅的书。漫长的“文革”，如果说我还有些收获，那就是从图书馆借来的一套《鲁迅全集》伴随我度过了寂寞的时光。我还见到有几张写着诗词的宣纸手稿，已经成了收拾不全的纸片，觉得特别可惜。我努力粘贴也还是没能找全。其他的目的是没有的。到了“文革”结束，社会秩序渐渐正常，我得知顾之京先生正在收集她父亲的遗物，就立刻将原物毫无保留地交给了顾之京先生，连一张实物的照片也没留下。别人说，从文物的收藏上讲我是有所有权的，我不想坚持这个权，那更让人伤心。

我为什么没有早给顾老师，原因很简单。她受得苦太多了，给顾随先生恢复名誉的气氛还没有到来。那时的政治变化还看不清楚，手稿暂时放在我手里绝对不会丢失，而交给她却不能说没有危险。如果再有偶然的事变那就彻底毁灭了。

三、几本手稿简介

这几本手稿的大概样子我还记得。《小说家之鲁迅》，毛笔小字行书，写得特别流利漂亮，是白色带小方格的16开稿纸，按格子写，很整齐自然，用一张牛皮纸作的封面装订起来。封面上写了“小说家之鲁迅”。我在“文革”后期，常常拿出来对照着练字，也在上面画了许多字。我疑心他的毛笔特别好用，因为我怎么也写不了那么精致。当时是1947年，顾随先生正在辅仁大学工作。是年10月，北京大学文学社举办鲁迅逝世11周年纪念晚会，顾随先生作了讲演。既然是晚会，不会讲得太多，《小说家之鲁迅》应该是单独为中法大学文史学会准备的讲演稿。文末有“1947年2月1日写毕”字样。可见他对此是特别郑重的。我所收藏的《小说家之鲁迅》，其实并不是顾随的亲笔，而是周汝昌先生的兄长周祜昌先生手录的稿子。手稿的最后有“祜昌手录”字样。之京先生说，我给她这个稿子后，她就送到《文献》去发表了。顾之京老师已经将这手稿赠还给了手录者。对于周祜昌先生，那应该是最好的纪念了。此稿在1982年4月刊于《文献》，我注意到，在文末有一篇《附记》，因为说到了我，故录于下。

附　记

先师顾羡季先生于一九四七年一月某日至二月一日写出了《小说家之鲁迅》。那虽然是为讲学而准备的草稿，却是一篇研究鲁迅小说以至中国小说的非常重要的论文。先师对于伟大的鲁迅，最为崇敬佩服，尝与我说："我没有亲承受业于鲁迅先生，但平生以私淑弟子自居，高山仰止，无限钦慕。"羡季先生是五四以来重要的诗人之一(诗人是实义，也是广义语，因为先生对一切韵语无不具有精深造诣)，他以诗人之心眼，来鉴赏和探讨我国伟大小说家的特点特色，发人所未能发，对于理解鲁迅先生以至中华民族的美学观，异常重要。

先生写得后，一如其他撰著那样，将手稿寄给我，并且说明：如能抄一副本寄回，手稿本可即留下。这是因我特别珍惜先生的书法。还记得这份手稿是用的辅仁大学报纸红格稿纸，先生用钢笔按格子作草书，风格独具，十分可宝可爱。

家兄祜昌也读了，自愿代我手抄一过，寄还了先生。我曾在拙著《红楼梦新证》中，引用了一小段，书出后向先生陈明不及预先征求同意的缘故，请加原宥。先生大病新愈不久，手书复信。说："如此好书而引了拙作，我异常荣幸，何言原谅?"先生那种为鼓励青年人的热情和那一片深衷的高兴的心情，永远令我感激，记忆如新。

六十年代，天津有人说是要为先生编一部诗文集，将我多年宝藏的先生大批论著手稿(很多是专为我而作的——通信讨论学术的另一个方式)扫数拿去，以后再不归还，追问也不肯负责，至今下落不明。这一重大损失，使我万分难过，也气愤非常。《小说家之鲁迅》也在这一大批损失之中。每一念及，实深怅恨。

不想前年先生的爱女、顾之京同志忽然由于一个极意外的原由，把这份祜昌抄写的副本找到了(大约是"文化大革命"中有心之士从先生的"抄没"文稿中将这份抄本取去阅读，因而幸得独逃浩劫)，她见是祜昌笔迹，就赠给了我——这篇重要的文献，就是这样幸而遗留下来的。

当之京同志在鲁迅先生诞生百周年的今年将此论文拿出以纪念鲁迅先生和羡季先生时，我感到有必要把这一段经过附志于文后，聊表个人对于两位先生的怀念心情。

祜昌为了发表排印的方便(原抄也很多草书字)，又手抄了一次，这一层墨缘，也应附记于此。

周汝昌

一九八一、十

周汝昌先生说得比较清楚。我就是他说的那个"有心之士"。抄稿照理就应该在顾随先生手里，手稿却丢失了，幸而留下了这个副本。难道是鲁迅先生确有神力，冥冥之中保佑了它？

《关于诗》也是16开的纸本，用牛皮纸装订，内文有"季羡"署名，确实是顾随先生的手迹，是很漂亮的行书。他的书法学的是沈尹默，依我看，不仅写得像，还将章草融入行书，有自己的创新，我有理由说学生顾随是超过了先生的。我认为他的章草是现代书法一绝。记得他在书信中说过："我于章草书法颇有左右逢源之乐。"①"我之写章草，起初完全是养病消遣。后来下过一番功夫，便觉此体乃是中国最早之简笔字。其时在汉朝，有隶无楷，更无后来之所谓草书。(此种草书，在汉字发展史上，称曰今草。)此体继承隶书，后来之楷书、今草、行书皆从此出。此结论看似简单，然而吾家亭林(顾炎武)，于明清之际，号称博学，其论书法，亦未曾见及此也。"②

《关于诗》稿末有"卅六年八月十三日夜八时写讫"字样。文中他解释了什么是诗，先生引用《毛诗・大序》上的话："诗者，志之所之也。在心为志，发言为诗。"并且简括之为"诗言志"。他认为志、诗是"一而二、二而一者也"。什么又叫作志呢？古人的定义是："志者，心之所之也。"他又解释为："大序所谓'情动于中'。说得哲学一点，就

① 《顾随全集》第8卷，河北教育出版社2014年版，第460页。

② 《顾随全集》第8卷，河北教育出版社2014年版，第450页。

是:心是体,志是用。又:如果说心是喜怒哀乐之未发;而志便是已发了也。亦即是佛家所谓‘心生种种法生’之‘心生’。不过单单有此心之所之,情动与心生,也还不成其为诗;因为这只是内在的动机。又必须出之于口,笔之于纸,而后整个的诗乃能成立:这便是外在的形式。”①从诗的发生方面解释诗,说得十分清楚明白。他特别强调诗心的可贵在于“诚”,因为“不诚无物”,而诚即是专一。这里引用了《中庸》里的话:“诚者,物之终始,不诚无物。”意思是:如果人的心不诚实就没有物质,也就是说,物质的存在与否要依赖于人的心,没有诚心也就没有诗。有点像我们批判的唯心主义。侯外庐的《中国思想通史》和任继愈的《中国哲学史》就以此观点批判了古人的“不诚无物”。《中庸》还说:“诚者,天之道也;诚之者,人之道也。诚者不勉而中,不思而得,从容中道,圣人也。诚之者,择善而固执之者也。”《十三经注疏》解释是:“物,万物也,亦事也。大人无诚,万物不生。小人不诚,则事不成。”王夫之说:“物,谓事也;事不成之谓无物。”理学家朱熹说过,不诚的读书,等于没读,不诚的孝子,也不算真孝。他是解释得很清楚了。

顾随先生讲到这些地方便想象丰富地解释说:你口渴了又想吃冰淇淋又想吃西瓜就是不专一,说不定你就是不渴,就是不诚。爱到了白热化,一个女子就占据了你的心灵,已经“诚”。这样说“诚”谁都能够听懂了。如果还嫌他说得抽象,就听他下面的话:“诗心只是个单纯。能做到单纯,《诗经》的‘杨柳依依’是诗,《离骚》的‘哀众芳之芜秽’也是诗,曹公的‘老骥伏枥’是诗,曹子建的‘明月照高楼’也是诗,陶公的‘采菊东篱’是诗,他的‘带月荷锄’也是诗,李太白的‘床前明月光’是诗,杜少陵的‘麻鞋见天子,衣袖露两肘’也是诗。等而下之,‘月黑杀人地,风高放火天’也不害其成为诗。扩而充之,不会说话的婴儿之一举手、一投足、一哭、一笑也无非是诗。推而广之,盈天地之间,自然、人事、形形色色,也无一非诗了也。我如此说了,诸君可觉得奇怪吗?试想诗如不在人世间,不在生活中,将更在什么

① 《顾随全集》第3卷,河北教育出版社2014年版,第261页。

处?”[1]这真是把诗讲活了。我没有诸位的福分,能够聆听顾随先生的课,但是从手稿中也能够领略他讲课的风采。

另一本手稿是顾随先生的亲笔稿《苦水作剧》[2],是浅黄色宣纸竖格稿纸写就的,是比 8 开本更方的纸,原来就是对折起来保存的。封面上有“苦水作剧”字样。显然那就是顾随先生的手稿。他的剧作曾经于 1936 年间印行过一版,但是他的手稿是一种特别的艺术品。顾先生是会写诗词的大家,作杂剧更是一绝。五四以后的文化人中能通此道者真是凤毛麟角。记得之京先生曾说过,顾随先生在世时,对于自己的教授身份并不太在意,而最愿意承认自己是个作家。我看这是名副其实的。顾随先生曾说:“从事剧曲者,率皆庸凡、肤浅、狂妄、鄙悖。是以志存乎富贵利达者,其辞鄙;心系乎男女风情者,其辞淫;意萦乎祸福报应者,其辞腐。下焉者为牛鬼,为蛇神,为科诨,为笑乐,其辞泛滥而无归,下流而不返。”[3]这是指旧的剧作。叶先生这样评价顾随的新创作:“这种人与大自然合而为一的美满境界,顾先生用他的语言文字表现出来了。这是顾先生通过这出杂剧所表达的一个对人间的美好祝愿。它不但突破了中国杂剧的传统,也突破了西方的悲剧与荒谬剧的传统。所以我敢用‘空前绝后’四个字来称述顾先生在中国戏曲史中的成就。”[4]这些剧作今已收入《文集》和《全集》,不再详细叙述内容。

每次翻读顾随先生的著作我都深为遗憾。他一生写了那么多的论著,留下来的连一半也不到。这是时代造成的悲剧。如今,我们一同纪念先生,只愿这样的悲剧永远也不再发生。

---

① 《顾随全集》第 3 卷,河北教育出版社 2014 年版,第 262 页。
② 《顾随全集》第 1 卷,河北教育出版社 2014 年版,第 297 页。
③ 《顾随全集》第 1 卷,河北教育出版社 2014 年版,第 298 页。
④ 叶嘉莹,张清华主编:《顾随研究》,南开大学出版社 2011 年版,第 61 页。

修辞学与文艺学家

——记张弓先生

张弓先生

1983年，张弓先生病逝，享年84岁，在当时说也算高龄了。我最后见到他离现在也已经30多年了。他在我的记忆中一直是一位老先生。我尽自己的能力写一点他的故事。

张弓(1899—1983)，笔名槃铭，江苏省灌云县人。1924年毕业于武昌师范大学国文历史部。中华人民共和国成立前曾任教于南开大学、中国大学、中法大学、北京师范学院、北平临时大学等。1949年后，曾任河北师范学院、天津师范学院、河北北京师范学院中文系(文史系)教授，中国科学院河北省分院语文研究所研究员，河北大学中文系教授，晚年任中文系主任，高等学校文字改革学会顾问，中国语言学会理事，河北省语文学会会长，中国修辞学会名誉会长，1980年任中国人民政治协商会议第五届全国委员会委员。在一般的名人词书中，都介绍张弓先生一生从事汉语教学和研究工作，是我国著名的现代汉语修辞学家，我国现代汉语修辞学的奠基人之一。其实，他也是一位文学家，却没有人说到。

一、张弓先生的《现代汉语修辞学》

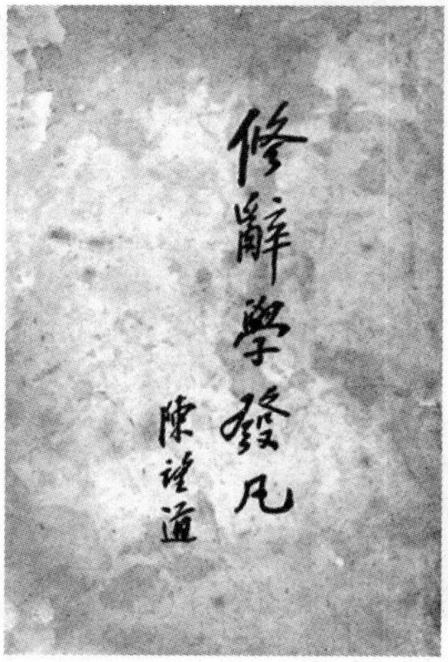

陈望道的《修辞学发凡》

张弓的《现代汉语修辞学》

我们上大学一年级那年，张弓先生 66 岁，是当时系里年龄最长的老教授。我早就知道张弓先生的名字，因为他出版过一本《现代汉语修辞学》，是大学教材。20 世纪 60 年代，一个学者能够著书立说是非常了不起的一件事，写的书能够作为大学教材，那更是闻名天下的事。记得那时，上讲台的老师主要是以讲师和副教授为主，年轻的助教替教授辅导学生、答疑、写板书、擦黑板，也为老教授提水、拿书包，那是常事，不算低下。助教还被分到教授和副教授的名下，师傅带徒弟一样指导他们，但是我们看着特别不习惯。到我入大学的时候，教授一再被贬低、被批判，那时的教授尊严几乎没有了。

张先生上课是从来不用年轻人为他服务的。我在大学第一学期就听张弓先生的现代汉语修辞学课。名教授给我们上课，我们很欣喜，对他的讲课抱了很高的期待。他来上课时，我们见他穿着灰色的中山装，戴着一顶灰色的帽子，背有点驼，但是不厉害。他从来都站立讲课。当时知道他是名家，很恭敬地聆听他的讲解。可是他说话的嗓音竟是太小，而且沙哑，江苏口音很重，我实在听不懂。他讲了好半天"扯受"和"晒拆"我也猜不出是什么意思，许多学生和我一样东张西望地表示听不懂。先生很耐心地在黑板上写了"词素"和"色彩"两个词，我们恍然大悟后哄然大笑，那叫真费劲。后来，我就逃课了，那是我一生当中第一次逃课。我私下里觉得现代汉语课对我们来说是能够自学而弄懂的，用不着花一个学期让老师慢慢地"喂饭"。我的逃课并不是到外边玩，更不是睡觉，而是自己躲到资料室里看书，里面坐着的正是魏际昌先生。他问我为什么不去听课，是什么课。我说实在听不懂，他表示理解，却一句别的话也没说。我就这样逃课而自己读书。我一直喜欢研究语言，而且觉得我的现代汉语学习得是不错的，对得起我的老师。那一本教材是胡裕树的《现代汉语》，在"文革"中丢失了。

1965年秋我们曾经选举他当了一次市里的什么代表。到底是什么代表，现在也不清楚了，即便是当时也没想弄清楚。我觉得，一个教授就应该是教学和研究上的能手，什么社会职务并不重要。后来，那个代表会召开成功，全校来了个大庆祝，高年级的同学们竟然搞了个大动作，全体学生在院子里大游行，扭秧歌，我至今不知道那有什么必要。我们农村来的学生看着大笑，并不想参加那种热闹。记得那学期的课也没有考试，也可能我没注意自己考得怎么样。

张弓先生著作有：《中国修辞学》，1925年天津南开华英书局印行和1926年中华书局印行两个版本；《中国文学鉴赏》，1932年北平文化学社出版；《现代汉语》（全二册），1957年河北天津师范学院函授教材；《现代汉语修辞学》，1963年天津人民出版社出版；《古汉语修辞学讲纲》，1964年河北教师进修学院印行。

张弓教授早在1925年就由天津南开华英书局印行了我国第一部修辞学专著——《中国修辞学》。那时他才27岁，此后，他的研究历经坎坷，屡遭挫折，但始终没有停止对修辞学的探索和研究。1963年，先生的《现代汉语修辞学》由天津人民出版社正式出版发行。这部书的字数并不算多，总计近20万字。学界这样评论：在我国现代汉语修辞学发展史上，这是继陈望道的《修辞学发凡》之后的又一部重要著作。黎锦熙先生在为本书作的序中说："张弓先生研究汉语修辞学几十年，我在几十年前就已读过他著的一本分析归纳修辞方式的书；他积累了多年的教学经验，参取了修辞学的先进理论，掌握了传统的现代作品中的资料和实例，现在写成这部《现代汉语修辞学》。"黎锦熙先生说"喜其成书，乐为之序"。封面是黄绮先生的题字。张先生的贡献在于：创造性地提出了修辞是词句方面同义形式选择的见解，这一点以往没有被广泛认识，总以为修辞是写文章中正确使用语词的艺术。

我非常赞同这一个意见。同时，我不同意福楼拜的说法："我们不论描写什么事物：要表现它，唯有一个名词，要赋予它运动，唯有一个动词，要得到它的性质，唯有一个形容词。我们必须继续不断地苦心思索，非发现这个唯一的名词、动词和形容词不可，仅仅发现与这些名词、动词或形容词相类似的词句是不行的，也不能因为思索困难，就用类似的词句敷衍了事。"①福楼拜是莫泊桑的启蒙老师，他们二人都很伟大，但是福楼拜这种说法也是似是而非的，作家这样说话，虽然是有理由的，但是不科学。这可以指导一个作者努力锻炼自己的语言，但是不能以此当作科学的语言理论。因为世界上并不存在一个描写人物、事物的语言库，以供人们像寻找机器零件一样装配文章。如果那样，文章都会变成八股了。人们研究古代诗词时津津乐道地认为："春风又绿江南岸"，"绿"是最好的词；"僧敲月下门"，"敲"是最好的词。这就错了。修辞是许多同义、近义词语的灵活选择；不同的选择表达近似而不太相同的意思。这样说才是对的。将这个理论再向前走一步，修辞学就与美学联系起来了。钱锺书先生

① 见于《译林》，1983年第4期。

对此有新的意见。

另外，张先生创造了一套修辞系统。他还从现代汉语实际出发，把古代汉语中“炼字、炼句”之说改变为“寻常词语艺术化”，从而创造性地研究“现代汉语修辞学”，这是我们研究现代汉语不能不直接面对的问题。五四以来，一直有人看不起白话文，总觉得古代的文言文抑扬顿挫、平仄铿锵，最讲艺术性。白话文似乎就成了白开水，没有什么味道，至今仍然有这样的认识。五四时期的一代文学家，努力倡导白话文，这是对汉语的一次大革命。胡适先生努力提倡白话文，他出版了《尝试集》，偏偏反对旧文学的语言，有点故意写反面文章的意思。他说旧文学不讲文法，新文学“须讲求文法”。但是他没有在这方面作具体的研究。张弓先生对现代汉语的修辞研究是给白话文通向高雅量定了尺度和规则。这一项历史性的工作总得有人做。他终生奋斗地做了，不可小看。

张先生在世时，曾经多次想动手修订这一本《现代汉语修辞学》，但是由于身体原因，终于没能完成。为了这个遗愿，李济中先生组织了郭伏良、张莉、杨礼，完成了修订工作，让这本书以新的面目与读者见面了。李济中先生在《再版后记》中写道：“先生晚年曾拟将此书修订再版。据先生生前所言，在修订此书时，除要更换一些例句外，拟将在全书的内容上作进一步的丰富和深化，体例上也要有所调整，以使得进一步完善。如拟对书中的语体内容作重点增补，对寻常词语艺术化问题作进一步阐述，对篇章修辞问题拟将考虑改变原来所持的意见等等。但因忙于公务以及后来出于健康上的原因，先生亲自修订此书的计划一直未能实现。在我国现代修辞学繁荣、兴旺的这些年里，致力于修辞学研究的同志们殷切盼望此书能够及时再版。我们根据先生生前遗愿，并受先生之子女的重托，联系了再版事宜，得到了河北教育出版社、河北省修辞学会的大力支持。”①

后来，在纪念张弓先生的《现代汉语修辞学》出版发行 30 周年之际，河北教育出版社再版了张弓的《现代汉语修辞学》，由河北大学中文系和河北教育出版社在北戴河联合召开了张弓《现代汉语修辞学》

① 张弓著：《现代汉语修辞学》，河北教育出版社 1993 年版，第 245 页。

国际学术研讨会。出席这次会议的代表，除了国内的专家、学者，还有德国、日本等国家的汉学专家，河北大学校长李志阐教授亲临研讨会指导，可见学界的重视。

李济中教授对大会有个总结："两天的大会发言，对张弓先生修辞学思想和理论的方方面面进行了具体、深入的研究和探讨。其中，有对张弓先生《现代汉语修辞学》一书作总体评价的，有从宏观上研讨这部专著的研究方法论的，有具体研讨语体、风格的，有进一步探索'寻常词语艺术化'的，有研究语言因素与修辞的关系的，有从微观角度探讨辞格问题的，还有一些论文和发言涉及张弓先生修辞学思想的其他方面。大家认为，张弓先生对语体的论述，为我国语体学的建立起到了奠基的作用；他对于'寻常词语艺术化'这一新鲜课题的阐述，为人们以后研究文学语言艺术、研究词语锤炼等提供了新的理论；他提出的词汇、句法'同义形式'，为以后修辞学界'同义形式选择'论的发展起到了启发和引导的作用；他对语言各因素与修辞的关系的论述以及对'语境'等的论述，使人们更加明确了修辞的实质和原则，并进而找到了研究修辞的重要途径；他在修辞学研究中运用的唯物辩证法，闪烁着智慧的光芒，对修辞学界也具有着指导的意义。与会代表一致认为张弓先生是我国修辞学界的一代宗师，一致认为他的《现代汉语修辞学》是继陈望道《修辞学发凡》之后中国修辞学史上又一座里程碑。"①

二、晚年的张弓先生

"文革"中张弓先生的情况，我不太了解，好像没有见到过有人给张弓先生写大字报。在后来的运动中，他也跟别的老教师一起学习两报一刊什么的，他只是一位不爱参与事情，也不爱说话的先生。到了运动后期，有个奇怪的规定：对于那些老教授，只要是认识了自己

① 《张弓修辞学思想国际研讨会纪要》，《河北大学学报》，1993 年第 4 期。

的问题错误就可以予以“解放”。那时的宣传队领导认为：给你“解放”，不是说明你没有问题。只要表示认错就可以“解放”你，这就是当时的逻辑。学校由革委会、军宣队专门组织召开张弓先生落实政策大会，其实是全校开批判会，会开得很大。我没有参加会，但是在学校门口见到了张弓先生由她的女儿搀扶着离开了学校。后来听说她的女儿很严肃、很高声地“批判”了张先生的“资产阶级思想意识”。女儿的材料是：我爸爸资产阶级思想意识严重，人家贫下中农都吃不上苹果，而我们吃苹果时爸爸一定让削皮。这算不上什么批判，走走形式而已。我那时就想，有这样的好女儿真是张先生的幸福。总而言之，从此张弓先生就算“解放”了，天天按时上下班就行，没有人再管他了。

1970年以后，在动荡中，河北大学整体迁到保定，张先生和许多的老师都随校迁到了保定。那时的中文系已经开始招工农兵学员。原来中文系的全体老师都来到这里。那时中文系设在校本部外边一个小院子里，那是河北省委在保定时的一个哲学研究所旧址，是两层木板地的小楼，加上环绕楼边的小平房。楼上是系办公室和老师的宿舍，楼下住着的就是新招上来的工农兵学员。张先生就住在楼里一间比较大的宿舍里，那时有老伴儿和女儿相陪，生活得还算可以。他们不自己做饭，是由老伴儿或者女儿买来做饭的材料，请院里烧锅炉的一位姓邢的师傅做好送给他们。

有一次军宣队的领导为了教育我们这些大小知识分子，让我们不要忘本，中午搞了一次吃忆苦饭的行动，还生怕大家不吃扔掉，便要求一定在院子里蹲着吃，不能拿走。那是又粗又干的玉米秕糠窝头，张先生怎么也咽不下去，噎得喘不上气来，一下子仰面倒在了地上，差一点送了命。

“文革”结束了以后，中文系搬到学校的本部，张先生也住进了楼房。张先生德高望重，以近80岁的年纪，在还没有退休的情况下，担任了中文系的系主任，真不知道是谁的主意。那时我看他也不是个爱管事的人，也管不了什么事。我偶尔到他家里看望他，对他说说自己讲课、学习与工作的情况，他只是听，说个很好。他的老伴儿总是热情而话多，什么事都为他想得周到，而他极少说什么。

三、张弓先生的《中国文学鉴赏》

有一次，我在图书馆查阅资料时，发现了一个广告，介绍张弓先生出版的著作。因为“张弓”的重名较多，我很好奇地想弄清楚，当面问过张弓先生。没想到的是，他反问了一句：“你怎么知道我出版过《中国文学鉴赏》这本书？”我很吃惊地回答：“真是您的书？您手头有这本书吗？”他说：“那是我很早时候由北平文化学社出版的书，新中国成立后没有再版过。”

北平文化学社是五四时期影响比较大、坚持时间也比较长的出版机构，出过很多名家的书。同张先生的书同年在该社出版的书还有：李何林先生的《小说概论》，贾逸君先生的《中华民国名人传》，还有收入熊佛西、梁实秋、朴园、西滢、顾颉刚、洪深、余上沅等名家作品的《戏剧论集》等书。周海波著《现代传媒视野中的中国现代文学》记载：“1918 年，文化学社创办于北平，地址在和平门外南新华街北口，并设书店在平安胡同 9 号，是北平出书最多的 5 家学术团体之一，后来发展为专业的出版机构，出版数量仅略少于北大。经理邵松如。出版品种广泛，以社科类为主，尤重哲学、历史、心理学、教育学、文学。”①

这实在是一个大新闻。因为我们从来也没有听说过张先生除了《现代汉语修辞学》外还有别的书已经出版。更让我惊奇的是，先生的这本书是文学鉴赏方面的著作。我从此就努力寻找这本书，想知道书里到底讲了些什么。但是十分遗憾，一直到先生去世，我也没有见到这本书。如果我找了书送给先生，他会很高兴的。我也可以向他请教文学欣赏方面的问题了。

到了有互联网以后，我终于找到了这本书。我更惊奇地发现，这

① 周海波著：《现代传媒视野中的中国现代文学》，中华书局 2008 年版，第 409 页。

本书的后面列出了先生即将出版的 6 种著作：

《文学原论》；

《中国修辞学》(再版)；

《文艺心理》；

《中国文学鉴赏次卷》；

《大学国文教育问题》；

译：

《中国文学概论》(儿岛献吉郎著，附译者对本书之批评)。

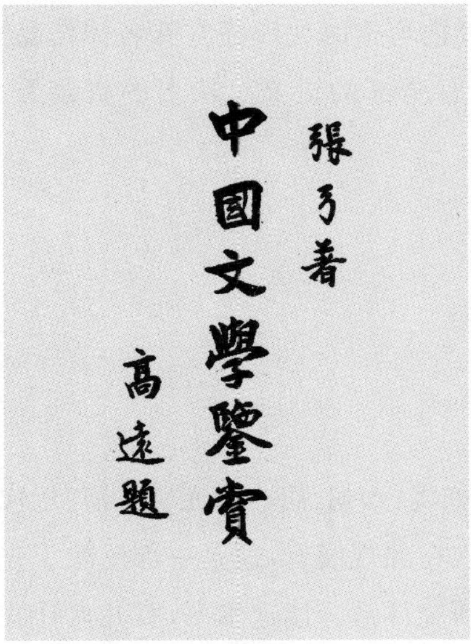

张弓先生的著作书影

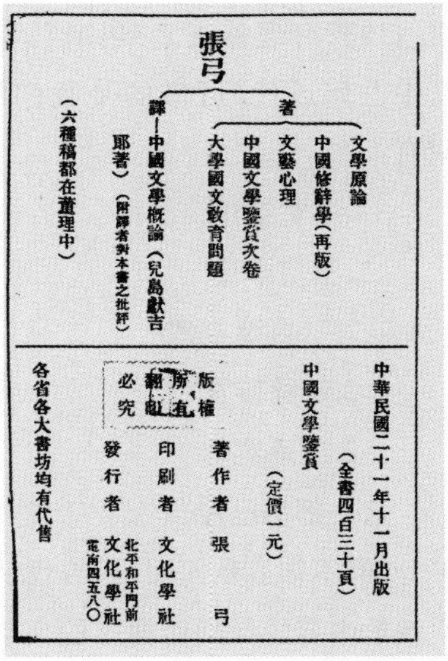

張弓

著

文學原論

中國修辭學（再版）

文藝心理

中國文學鑒賞次卷

大學國文教育問題

譯—中國文學概論（兒島獻吉郎著）（附譯者對本書之批評）

（六種稿都在董理中）

中華民國二十一年十一月出版

（全書四百二十頁）

中國文學鑒賞

（定價一元）

版權所有 翻印必究

著作者 張弓

印刷者 文化學社

發行者 文化學社 北平和平門前 電南四五八〇

各省各大書坊均有代售

版权页

我认真地寻找过这几本书，发现都没有以“张弓”名义出版过。我想可能就是先生出版《中国文学鉴赏》时，编辑给张先生当时的研究设想刊载了一个广告。细查了一下，坊间确实出版过一本《文学原论》，著者不是张弓先生，而是署孙芥编著，1937 年由正中书局出版。这与先生的书没有关系。《中国修辞学》(再版本)、《文艺心理》《中国文学鉴赏次卷》(《中国文学鉴赏》的续编)有预告而未出版，其实就是先生的讲课内容，从《中国文学鉴赏》上所列的参考书看，他已经在课堂上讲过，而且有讲义，只是有待整理成书出版而已。《大学国文教育问题》可能是他思考过的一个研究课题而没有完成。惜夫,惜夫!

至于张先生想译的那本儿岛献吉郎著的《中国文学概论》,在此时已经出版了,由胡行之译述,北新书局 1930 年 5 月初版,1931 年 1 月再版。

经查证,“胡行之”并不是张弓先生的笔名。胡行之,实有其人,曾经编撰过一部《外来语词典》,1936 年由上海天马书店出版。

我们来研究一下张先生的《中国文学鉴赏》。这是先生写于南开大学的讲义。先生在书的《例言》中说,这一本讲稿草创、修补于 1930 年,“为南开大学国文选科讲”;1931 年再修补,“为南开大学一年级讲”;1932 年复修正之“出书”。其“内容按时代顺序赏味各体作品”从中古到近代,可惜的是我们没有全部的讲义。从书的目录看,只有:

一、鉴赏绪论

二、鉴赏本论

1.三百篇鉴赏

2.楚辞鉴赏

3.汉诗鉴赏

这一部书已经预告了“次卷”,如魏、六朝、唐、宋、元、明、清、近代部分,但不知道是何面目了,仅从现在的规模看,这是一部反映了先生教学内容的深刻而博厚的文学研究体系。读这本书,有几点让我受益。

一、文学鉴赏的目的。他说是“引导学人品赏中国文学,以栽培对于‘真我’‘本土’‘全人间’之忠爱精神”。张先生对文学的理解已经阐述得十分清楚,就是让学生、读者通过文学发现自我和本土,乃至全人类的博爱精神;发现对人伦之爱,对于祖国、家乡、事业的爱,对于生命的爱。这才是文学存在的真正意义。这种说法让我们想到先生肯定读过弗洛伊德的精神分析学方面的书。

二、鉴赏是文本细读的硬功夫,也正是我们读书人最缺而又不大好养成的能力。时下的学者、学子不大懂,也不怎么在意文本的细读,也不关心文本说的是什么,就开始写大文章。这个主义,那个概念，新名词堆积如山，终于弄得人“不说还明白，越说越糊涂”了。这就是隔山打老虎，打不着至少吓一跳。最可怕的是把“吓一跳”当成了吓死，于是自命武松。比如对于《诗经》首章《关雎》人们说是“恋爱诗”“新婚诗”，太笼统含混。到底是什么？先生认为，解作“求爱”才对。在解读《离骚》时，先生显然运用了西方新批评的方法，将文本的内涵分解为12意象：

1.屈子绝对的彻底的“爱本土”的精神；

2.屈子的狂病(乡愁、洁癖)消息；

3.屈子“爱”与“战”的伟力，屈子的“自爱”，屈子的“孤芳自赏”；

4.屈子的“哀”(主和、犹疑之哀)“怨”(大怨)；

5.屈子的“柔情”“坚志”；

6.屈子的“怀古幽情”“惜时真意”；

7.屈子的“决死”与“孤往”的精神，“从容”风度；

8.楚民族的“巫风”与屈子的“宗教情味”；

9.本篇里构成楚土香的几种元素——楚语、楚声、楚物、楚地；

10.本篇中一点“剧味”与“剧形”；

11.本篇“自叙传”的体裁；

12.本篇“抒情”“神话美”“象征的手法”。

我觉得，先生是用了西方新批评的方法对长诗作了分析。长期以来，学界分析作品的方法往往从诗人的“个人传记情景”入手来挖掘作品内涵，以作者研究来代替文本研究，忽视语言文本细读的“事实”。文本可能被遮蔽，造成深层艺术和创作心理结构的丢失。新批评细读法，将目光坚定不移地集中在文本，对文本进行语义结构和层次结构的细读分析。新批评将文本“文学性”看作是文本的一种“语义结构”，着重于探讨文学作品“语义结构”的构成特征。打开“语义结构”的非常复杂的语义关系，认识“语境”。这种方法让人耳目一新。

三、张先生治学汇通中西。解读文学的思路原来是如此广博。张弓先生重视文学修辞，但是他并不执于此点，而是面对文学作品论鉴赏。他的古文献基础非常丰厚，各种文献典籍信手拈来，引证恰到好处。难得的是，他对西学也有很深的研究，简直无所不通。比如，在这本书的一开始，他就引用了一段语录："真正的文学批评，是批评者灵魂的记录。"这是很精辟的意见。我们经常说的是文学批评就是解经、释经，弄懂原文，不大注意批评也是一种有自我性、有科学性的文学研究工作，甚至有人说写批评文章就是"啃死人骨头"。据我所知，张先生的语录可能来自印象派批评的理论。因为法朗士曾经坦白地指出："批评家应该说：'先生们，关于莎士比亚，关于拉辛，我所讲的就是我自己。'"①这是20世纪30年代后比较流行的文学批评方法之一。李健吾先生对这种批评方法作过阐释：它对文学批评本质的认识可概括为"灵魂在杰作中的冒险"。批评家立足于自己的经验和人性与作品亲切拥抱的过程，其中有感性印象，也有深刻的综合与归纳，并最终对作品作出一种富有人性气息的综合体悟。李健吾强调文学批评的科学性。"所谓灵魂的冒险者是，他不仅仅在经验，而且要综合自己所有的观察和体会，来鉴定一部作品和作者隐秘的关系。"②"他永久在搜集材料，永久在证明或修正自己的解释"，并且始终认为"一个批评家，与其说是法庭的审判，不如说是一个科学的分析者。科学的，我是说公正的。分析者，我是说要独具只眼，一直剔爬到作者和作品的灵魂的深处"。③ 可见张弓先生研究文学的新尝试。

王圣思回忆父亲王辛笛时说："父亲对文学的兴趣越来越大，南开不仅是他接受新文学启蒙的摇篮，也是他初露文才的起点。他先在作文上冒尖，几位语文老师对他多有鼓励，尤其是张弓先生，被父亲视为自己最早的文艺启蒙老师，他认真批阅父亲的作文，对写得好的地方嘉许有加，……常在课后介绍辛笛看鲁迅翻译厨氏的《苦闷的象征》《出了象牙之塔》，还有本间久雄的《欧洲文艺思潮论》等，这对父亲文艺思想的形成颇有影响。"④这些真实的回忆，再现了张先生

① 伍蠡甫等编：《西方文论选》下卷，上海译文出版社1988年版，第263页。
② 郭宏安编：《李健吾批评文集》，珠海出版社1998年版，第52—53页。
③ 李健吾著：《咀华集 咀华二集》，人民文学出版社2007年版，第41页。
④ 南开上海校友会编：《南开人在上海》，南开大学出版社2014年版，第21页。

的博通中西。

张弓先生的文学研究涉及西方的历史学、哲学、心理学、民俗学、解释学、语言学、美学、文化史。比如书中说，鉴赏文学，必得着文化史之辅导，才能真明悉作品之底蕴，才能真见作家之面目。如此重视文化史是现代文学研究的新视角、新方法。他又说，文学是开放在精神生活顶端的鲜花，也就是开放在其时代全生活、全文明之综合点之鲜花，没有"文明"，没有"生活"，何从有文学。而且这里说的生活，有时是我们看不到的。因为我们应该懂得，每一个社会中的人都住在时代里面。先生引用了歌德的话说，每个人是一国的公民，同时也是一时代的公民；又引用芮农的话说，一个人即反抗其时代与种族，也是属于其时代与种族。从这些话，我们就可以推论出：个人离不开时代，文学也含在文化史中。这就将文学与时代的关系讲得很透彻。再结合中国的文学作品，如研究楚辞，就得研究楚民族火耕水耨，信巫鬼，重祭祀，无积聚，有凭虚诡幻、超逸人世之思的生活，然后再读《楚辞》，就会让我们发生"亲切感"，"涌出'深刻味'"。这个提醒是很重要的，这样的解读视角，是从根本上改变了中国传统的一种"死在句下"的方法，值得重视。

四、修辞方法是先生长期研究的方向。所以，其自然重视修辞在文本中的地位。他的特点在于，给修辞手法一个准确的定义界说。如在《绪论》中讲解譬喻修辞时，他说"古诗十九首"之"人生天地间，忽如远行客"是"以旅客喻人生之飘忽（人生之至味）"，这可以用譬喻的一个原则来说明："用最人间的某一种的寻常现象来比喻人生根底的茫漠的至味。"说得特别好。他还引用了南唐李后主的《虞美人》中的"问君能有几多愁？恰似一江春水向东流"，说这是明喻。他引用了日本汉学家岛村抱月论譬喻的3点效果："一、使人生'恰合'之快感；二、使人生'发见'（发见新关系）之快感；三、使人生'扩大心的范围'之快感。"又说："'妙喻'构成之要件应有二：一、'本体''喻体'必须真有'恰合点'。刘勰所谓'以切至为贵'；有'恰合点'才能使赏者生'恰合'的美感。二、'本体''喻体'须原来是本质迥异，而现由作家在某一点上阐示出其'类似'来，刘勰所谓'物虽胡越，合则肝胆'。如此才能引起赏者‘新发现的快感’。”

我们纪念先生，不但应该感谢他的教导和启蒙，也应该将他的学术思想和学术成果传承下去，发扬光大。

语言学家裴学海先生与《古书虚字集释》

裴学海先生

一、裴学海和几位先生之死

裴学海先生虽然是我上学时候的老师，却没有给我上过课。他的鼎鼎大名来自他写过的一本大书——《古书虚字集释》。这本书让他得名，“文革”中也因此而成了“反动学术权威”，受到迫害后含冤而死。关于他的生平事迹，有许多传奇故事，都未必真实。

近来看到朋友写的一篇文章《小楼大儒》中写道：“裴学海先生是著名语言学家，所著《古书虚字集释》影响甚大。1949 年前，裴先生教中学。他生活极简朴，所挣工资攒起来，在老家滦县买地。所以到土改时，定为富农成分。五类分子中，裴先生至少占了两类——富农和‘反动学术权威’，‘文革’时的命运可想而知。日日戴高帽，挨批斗。家也被抄，半生心血著就的手稿《古书虚字集释》的姊妹篇被人掠走。裴先生被逼上绝路，跳楼自杀。而他的手稿，至今下落不明。”①

这篇文章也有几处记录不实，主要是他并不是跳楼自杀的。在“文革”中，中文系老师中不堪凌辱、愤而跳楼的老师有 4 位：

“文革”初期有文艺理论教研室主任赵立卓先生。他给我们上过文艺理论课，那时的课谈不上有什么深度，只是让我们结合林默涵、周扬的报告小册子学习《讲话》。我查了一下，他在 1957 年天津师范学院任职时出版过一本《文学理论教材》，仅仅 57 页。即使在小题大做的年代，他也不会被认为是学术权威。那又是为什么？

第二位自杀而死的是中文系的党总支书记谭石军。他来河北大学之前，曾任承德师专党委书记，我们上学时，只是觉得这位书记身材高大，满面红光，见人总是和蔼微笑，特别温和亲切。据说他离世时是喊了一句什么口号便从 4 楼平台一跃而下。当时人们从办公室查出他留下的两份遗嘱。我曾经见过原件，一份是给党组织的，光明磊落地说明：他一生对党忠诚，虽然说不上有什么大的贡献，也是忠于党的。现在运动开始，他对运动很不理解。有人敦促他揭发党委书记李泽民的问题，他不知道李泽民有什么问题，对不起党和人民。这大概就是他自杀的原因。另一份遗嘱是给家属的，好像就是嘱咐他们好好生活，听党的话，孩子们要好好学习，好好工作。

第三位自杀的先生是资料室刘同先生。他身材高大，一条腿有点跛，平时并不很爱说话。但是让我们特别佩服的是他经常发表大块儿文章。他写的长篇文章，我见到的有《鲁迅谈共鸣问题》（署名：刘同、吴雅谷，1961 年 9 月 20 日《天津日报》）、《鲁迅论作家的世界观对创作的作用》（1961 年 9 月 28 日《天津日报》）、《鲁迅论继承批判现实主义文学遗产》（《延河》1961 年第 10 期）、《鲁迅论民族文艺的继承

① 詹福瑞：《小楼大儒》，《长城》，2016 年第 2 期。

与革新》(1961年10月16日《河北日报》)、《鲁迅与文学研究会》(《新港》1964年第5期),像他这样连续发表长篇文章的人,在中文系里,可能只有高熙曾先生能与他相比。不遭人忌妒是不可能的。在“文革”中,有人写大字报说他在资料室工作,封锁资料室的资料自己写文章,不让别人看。我当时就觉得这是诬蔑。刘同写文章用的也不过是《鲁迅全集》,据我所见,那时资料室的《鲁迅全集》两套都齐全,一套是1938年的第一套红色封面的20卷集,另一套是1958年出版的10卷本《鲁迅全集》和10卷本《鲁迅译文集》,大家是可以随意到那里阅读的。自己写不出文章,却诟病别人写文章有不道德行为,这样的论调我看到得多了。但是他跳楼的原因我也不知道是不是因为这点小事。

第四位跳楼自杀的先生是潘世雄先生。对于他的身世,我知道得很少,但是他出事的那天我却见到了现场。记得是1968年的春天,学校已经进驻了工宣队、军宣队,但是老教师都没有正式工作,还是被管制状态。那天,几位老师在北后院学生宿舍的二楼打扫厕所。突然间,潘先生从厕所窗户坠下。只见韩文佑先生吓得面色苍白地出来喊人,才知道潘先生出事了。后来是几个学生把他抬走了。潘先生虽然没有死,却落下了残疾。到了1978年办老师进修班时,他还给我们上过课。他负责的是写作课进修老师的指导,听申德纪说,先生给他们讲了古典文学的范文——韩愈的《师说》等好文章。他后来的情绪很好,教学也特别认真负责。

裴学海的死是因为当时在“工宣队”“军宣队”的领导下,不知道是怎么搞定了裴先生是“地主”成分,于是就出现了“逃亡地主”的帽子。这是很奇怪的帽子。1970年中共河北省委下了平反指示,让他重返河北大学任教,裴先生当时既兴奋又辛酸,又是笑又是哭,不幸患脑溢血身亡,享年71岁。

二、裴学海先生的传奇故事

(一)关于“大智若愚”之说

一个人被别人了解其实是很难的。人嘴两张皮，人如果有了成绩，长得好看，就说人家聪明颖悟；长得不太出众，对不起只能够说“大智若愚”。不知道从什么时候，人们说裴学海是“大智若愚”。我是不相信的。我觉得他从小就是个聪明透顶的人。查其根源，可能是因他的相貌而编造的。裴先生并不丑陋，只是他不洋气，不好打扮修饰，经常是上身穿件对襟汗衫，脚穿土布鞋，光头而不留长发，谈不上有什么“愚”。我见到先生也就是那个朴实的样子，不爱说话，像个老农民的样子。这大概也是从清华来的风度。有文章说：“裴先生大智若愚，外表长得呆头呆脑，不修边幅。实则踏实笃厚，生活俭朴，刻苦自学……一边教学一边刻苦钻研古文，研究文字声韵。”[①]这是他在家乡教小学时的故事。

裴学海，原名裴会川，1899 年出生于今河北省滦南县邢洪林乡狮子庄。7 岁在私塾读书，14 岁因家庭贫寒而辍学务农。怎么会是地主出身呢？他 17 岁时考入滦县师范讲习所短训班，学习成绩优异，毕业后在本县任小学教员。

1925 年其作为首批学员考入清华国学研究院，为梁任公亲传弟子。不过裴先生因病于 1927 年方正式入学。1928 年，他 29 岁时，入清华大学国学研究院，指导他的先生还有著名的汉语言学家赵元任教授及著名历史学家、语言学家陈寅恪教授。赵元任先生非常欣赏他，这是能够想象出来的。毕业后，裴先生曾在天津教家馆，任课之余，深入研究古汉语，1933 年他到天津河北省立第一中学任教，1934 年他出版了《古书虚字集释》。他研究古书虚字的时间大概是从清华研究院开始的。他能够入清华研究院是刻苦努力的必然结果，更谈

① 中国人民政治协商会议唐山市委员会编：《唐山文史资料》第 12 辑，第 202 页。

不上是什么“大智若愚”。

清华国学研究院是怎样的一个学府？1925 年，清华留美预备学校开始成立大学部招收本科大学生。另外又增设了一个研究院，这样清华大学就有了 3 个部门：大学部、旧制留美预备部、国学研究院。吴宓为筹备处主任，校长曹云祥曾盛请胡适来清华担任研究院导师并主持研究院。胡适表示：“非一流学者，不配做研究院导师，我实在不敢当。你最好去请梁任公、王静安、章太炎三位大师，方能把研究院办好。”①章太炎推辞不就，梁启超与王国维来清华。在吴宓、张彭春、丁文江、梁启超等人积极推荐下，相继聘请了陈寅恪、赵元任与李济等学术名家。吴宓提出国学研究应该树立两个目标：“第一，整理全部材料，探求各种制度之沿革，溯其渊源，明其因果，以成历史的综合；第二，探讨其中所含义理，讲明中国先民道德哲理之观念，其对于人生及社会之态度，更取西洋之道德哲理等，以为比较，而有所阐发，以为中国今日民生群治之标准，而造成一中心之学说，以定国是。如能实现第一个目标，则中国之文明，可以昌明树立于世界；实现第二个目标，则中国对于全世界之迷乱纷争，或可有所贡献。”②

这样说来，裴学海先生正好符合他们的条件。他致力于古汉语文字的“整理全部材料”，探求虚字沿革，“溯其渊源，明其因果，以成历史的综合”。这一个研究方向的选择是明智的，也是深知学问深浅的，在裴先生之前，没有一学者会认为这件事可以做一辈子，也没有人认为研究古汉语虚字会成为一个大学者。

(二)关于“卖豆腐”的传说

关于裴先生的传说里写道：日本侵略军进入华北以后，战火纷飞，物价飞涨，民不聊生，学校大多南迁。裴学海也没有到日伪时期的学校教学任职，这是有自己气节考虑的。衣食无着，他宁可回乡卖豆腐。还不如孔乙己靠抄书业务对口，那又能怎么样呢？说他在卖豆腐时，也不忘研读古文。有时突然想起一个问题，就翻起古书，查核“既”字等虚词，深入探讨前人没发现或没有确解的词义。他一会

---

① 庞朴主编：《20 世纪儒学通志 · 纪事卷》，浙江大学出版社 2012 年版，第 105 页。

② 庞朴主编：《20 世纪儒学通志 · 纪事卷》，浙江大学出版社 2012 年版，第 105 页。

儿埋头读书，一会儿两眼发直，呆呆地望着前方。顾客喊“买豆腐”，他也听不见，有时气得人家一甩袖子就走了。他时常豆腐没卖完就回家，家里人管他叫“呆子”。日本鬼子要来“扫荡”，百姓们纷纷用车马驮着钱财布匹逃跑。裴学海一不要钱，二不要物，只是背着自己的书稿与古书逃走。这大概是事实，他既然进入研究状态，大概是不会放下的。说他后来又回天津任教，在上街有时坐电车、汽车也看书，常常忘乎所以手舞足蹈；有时看得上了瘾，车到站也不知道。售票员查票时，责备他为什么坐到终点，他便连连说：“如何是好，如何是好！”叫人哭笑不得。至于别人说他“你早就越教（书）越瘦（授），穷得卖豆腐，还不拿点钱物，换口吃喝，拿几本破书，有啥用处？”纯属善意的创作。①

人们总是按照他们能够理解的方式创编历史，记忆历史。这些民间传说，全是中国艺术的写意手法，我们不必信其情节，只信那个情境就行了。钱锺书讲：“夫稗史小说、野语街谈，即未可凭以考信人事，亦每足以觇人情而征人心，又光未申之义也。”②科林伍德说：“历史就其基本形式来说，就是知觉。知觉是最简单的历史思维的形式：它是对事实的最基本的确定。然而所有历史，不管多么高深多么复杂，都是一种由知觉做成的东西，是知觉中所早已包含的各种要素的发展，因而历史学家所了解的世界就是知觉中所形成的世界的充实而已。正如艺术是最强化了的想象。历史是最强化了的知觉。”③

三、严谨治学的裴学海先生

据说，裴先生来河北大学工作与郭沫若有关系。《滦南人物》一

① 参见中国人民政治协商会议唐山市委员会编：《唐山文史资料》第12辑，第202—203页。

② 李洪岩著：《钱锺书与近代学人》，百花文艺出版社2007年版，第183页。

③ 华之甫等主编：《人生格言大辞典》，汉语大词典出版社2004年版，第558页。

书中的词条这样说："解放初期，郭沫若到天津讲学，讲学前问：'裴学海来了没有？他在天津只教中学，你们要是不用他，科学院请他去。'经郭老举荐，裴先生从天津六中调到津沽大学（河北大学前身）中文系。1954年他任天津师范大学（后更名河北大学）中文系讲师，1959年晋升为副教授，曾任河北大学中文系古汉语教研室主任。"①

裴学海先生在河北大学工作期间，有很多佳话，说他一是生活特别简朴，二是讲课特别精彩，三是对学生要求特别严格。他真是个好老师。

他治学非常严谨，对古书的记忆令人惊叹；在教学上对学生的要求也非常严格。上课时，他把他的研究成果讲给学生听，讲古汉语，例句联翩而来，令人应接不暇。学生一面钦佩，一面也反映听不懂，下课时就向助教请教，助教也只有摇头说："先生看书背书太多了，我也不知道引自何书。"因为他了解的东西太多了，学生一下子来不及接受。先生很着急地批评："你们心思不在这儿，光跳舞玩耍，大学生要靠自学，这么学真叫我寒心。"课下学生们若到他家去，他劈头就问最近读什么书，有何收获，并出题考问，当学生古汉语基本功扎实，能有理有据地回答某一问题时，他就拿出苹果、鸭梨，又送烟、又沏茶地热情招待。反之，他就讽刺挖苦："快回家娶个漂亮媳妇吧！"这真是恨铁不成钢的老师。据他的学生杨振喜先生回忆：

> 待到上三年级时，轮上裴先生开课。他是古汉语专家，先从音韵学讲起。当时的我们，说起来汗颜，少年时未经国学启蒙，连"三、百、千"也不曾念过，学的是解放后的新编教材，使用的是注音字母，现在由他直接教授这"帮、滂、并、名、端、透、喻、定、泥、家、精、来"上古声母，中间相差一段不小的距离。所以，听课非常吃力，同学们说，像是在听"天书"，云山雾罩不知所云。我是古汉语课代表，应该反映大家的意见，就去找裴先生，说，这个古音韵实在不好背，问他该怎么办？先生一脸不高兴的样子，不耐烦地说，你去找程垂成吧。程先生，是他的一名助教，数学系

① 肖波主编：《滦南人物》，中国建材工业出版社2001年版，第56页。

毕业,因喜欢古汉语而留下做助教的。裴先生让找他,无非是说,这么简单的问题,还来打扰我。我对程先生说明了意思,他笑着说,裴老说了,只有死背,没有其他办法。当代人要学好上古音韵,许多古声韵都已消逝了,不死记硬背还能怎样。裴先生的态度,无可厚非,助教能解决的问题,是不能找教授的,师道本该如此。听说,他给助教讲课,就是开一张书单,从先秦读起,《尚书》《周易》《尔雅》《中庸》《礼记》《论语》《春秋左传》《大学》、"十三经"、诸子百家选,读完了,才开始讲课。同时,还要求将《说文解字》认真背过。也是这条经验:读死书,死读书,死记硬背。下学期,他又为我们开了文选课,从"四书五经",先秦诸子,到楚辞、汉赋,六朝文章,选几篇较难懂的文字讲讲。但在讲授上,与古典文学课的方法不一样,他是侧重文章的考证、辨疑,从字、词、句、篇上入手,刨根问底,寻找原初的本意来。应当说,这确是他的老本行,他最大的优势所在,讲起来驾轻就熟,游刃有余。我记得,每次他走上讲堂,几米长的一块黑板,显得不够使用,总是写得很满很满的,好像闸门一旦打开就不能关住,他肚子里的知识非要将大家"灌饱喂足"。譬如"其"字,前人总结有12种用法,他偏认为,不止这些,还要考证、补充,最后,他能找出45种,而且,都有出处和例句。这样,在每节课中间,都要让同学再擦上一两次黑板。每堂课下来,他总是汗水涔涔,衣衫湿透。他的有些发胖的身躯,因长年久坐书案,腰背有些佝偻,走路也颠踬不稳。在学生看来,可能是他书念得过多、负担过重的缘故。每见这种情景,同学们也感心痛,有时也劝他:裴老,是不是歇一下再讲。他总是固执地回答:不用,不用。接着,又继续讲下去。也许他认为,知识就是需要这样认真地、一丝不苟地传授,耕耘不辍,多多益善。岂知,当时,我们与他的知识结构很不对称,纵是那样的"知识爆炸",所得也不会太多,不会理想的。他幼年就已读完"十三经",先秦两汉的东西全装进肚子里,化成了血脉,在全身流动,举手投足言谈举止,无不有古代文化的投影,因此,他给予我们的,哪怕只是点点滴滴,也足够受用一世。

从他身上，从他的课堂讲授过程里，我们耳濡目染潜移默化地感受到我国传统文化的精微，可以说，这一点，也是我们这一代学子的巨大幸福和骄傲。他犹如一座高山，须仰视才见。①

杨先生是我的学兄，比我毕业早，他很幸运地听过裴先生的课。回忆文章写得真是好。能够写得这么好，他说是因为他是裴先生古代汉语课的课代表，但也说明他是个极好的学生。

20世纪的60年代初，裴先生的教学和研究正是非常活跃的时期，他培养指导了程垂成、谢质彬二位助教，并在南开大学中文系教师进修班任客座教授。他的教学经验和知识水平，得到大范围的认可。他被称为先秦、两汉古籍的一部"活字典"，对两汉以前的古籍，了如指掌。对字词、典故，他都可以随时说出字源、出处，各种版本各家注释，也能准确说出渊源。他讲《尚书·盘庚》时，在大师王国维的说法之外，还提出自己新的观点。说到裴先生治学的严谨，首先是由于他执着于学问。他一心扑在学问上。他做学问，敢于坚持真理，凡经过自己认真研究过的问题，不管反对者多有势力，如何辩争攻击，他从不苟同；也不管政治压力多大，研究照常进行。1957年反右派时，大字报铺天盖地，攻击他不看报纸，不问政治，走"白专"道路，他任凭风浪起，淡然一笑"是有何畏！"意思是说："白专"没什么可怕的。对一个问题他总是反复钻研，有人说他"十三经"能倒背下来，那是说他特别熟悉。大概也没有必要全背下来。最为可贵的是他实事求是的精神，从来也不迷信前人，敢于挑战权威。在真理面前人人平等。他的《古书虚字集释》并不是有些人理解的仅仅是集大成之作，而是对中国古汉语虚字解释的集成、比较、辨析、正误、订讹，既要有自己的广阔视野，也得有渊博的古文化知识、古汉语知识，是一种披荆斩棘的工作。其实，有人可能不知道，裴先生也在中文系开过文选课，讲的范围很广，从先秦经典，到诸子、楚辞、汉赋、六朝文章，都是选几篇较难懂的文字讲。他的讲授与文学课的观照不同，总是侧重于文本考证、辨疑，从字、词、句、篇上入手，寻求词语的"本义"。这是纯粹

① 杨振喜：《记裴学海先生》，《散文百家》，2007年第10期。

的清华国学研究院风格。

这里我们不能不说到，裴先生曾经写过的一篇长文章——《对高中文学课本注释的商榷》，后来作为《天津师范学院丛书》之一出版了一个小册子，于 1957 年 5 月出版发行，印数 3000 册。它在中学语言教学中产生过重要的影响。裴著是针对 1956 年至 1958 年试行汉语、文学分科教学教材高中文学课本第一册的，对于书中"不合语法、不合逻辑的地方"，"为实事求是起见，不容不加以商榷"，以解决教学上的一些困难。裴先生的《商榷》涉及 8 篇课文：

第一课：《诗经》6 篇，《关雎》《氓》《黍离》《伐檀》《蒹葭》《无衣》；

第二课：《论语》之《颜渊季路侍》等 9 章；

第三课：《左传・晋公子重耳出亡》；

第四课：《孟子》之《庄暴见孟子》《孟子谓戴不胜曰》；

第五课：屈原之《国殇》《涉江》；

第六课：《战国策》之《触龙说赵太后》《冯谖客孟尝君》；

第七课：《信陵君列传》《荆轲传》；

第八课：汉乐府之《陌上桑》《羽林郎》《孔雀东南飞》。

此外，还附录对初中文学课本第三册第二课《廉颇蔺相如列传》译文的"析疑数则"。裴先生针对上述各课的注释或译文，列出商榷意见 200 条，长达 8 万余字，并认为注释或译文存在 10 个方面的问题：不明确；不够妥当；近于附会；不正确；不合逻辑；未得作者语意；未得古人属辞之通例；不得其解而强为之辞；沿旧注之误；于古无征。这种严谨的治学水平和对教育事业认真负责的精神，不仅令人感动，也令人敬佩，因此很可能会得罪人、招惹是非。但是他从来也不怕这些。

裴学海先生在音韵方面也多有建树，从 1934 年至 1937 年陆续发表了《音韵考原》等 4 篇专论。另外裴先生还写有中古音研究的论文、古汉语语法和古汉语教学等方面的论文多篇，这些文字对教育者和学者多有启发和裨益。除以上力作外，裴先生比较重要的学术论文有：《王氏经传释词志疑》(1929 年 1 月 12 日《天津益世报》)，《尚书成语之研究》(《铃铛》1934 年第 3 期)，《音韵考原》(这是一长篇论文，

1934—1937 年在《铃铛》杂志上分 4 期刊载),《尚书·盘庚篇释义》(《天津国学月刊》1937 年第 1 卷第 3、4 期),《古汉语两种否定句式举例》(与本系王荫浓先生合写,《语文学习》1954 年第 3 期),《几个文言虚词的用法》(与本系王荫浓先生合写,《语文学习》1955 年第 3 期),《隋时"支""脂""之"同音考》(《天津师范大学学报》1959 年第 1 期),《古声纽"船""禅"为一"从""邪"非二考》(《河北大学学报》1961 年第 1 期),《对于〈谈几个识别古文字义的方法〉的商榷》(1962 年 8 月 15 日《天津日报》),《评高邮王氏四种》(《河北大学学报》1962 年第 3 期),《〈古代汉语〉(王力)上册(第一分册)中语法、训诂问题的商榷》(与本系王荫浓、程垂成、谢质彬先生合写,《河北大学学报》1963 年第 4 期)。

四、裴学海先生的传世巨著《古书虚字集释》

a

b

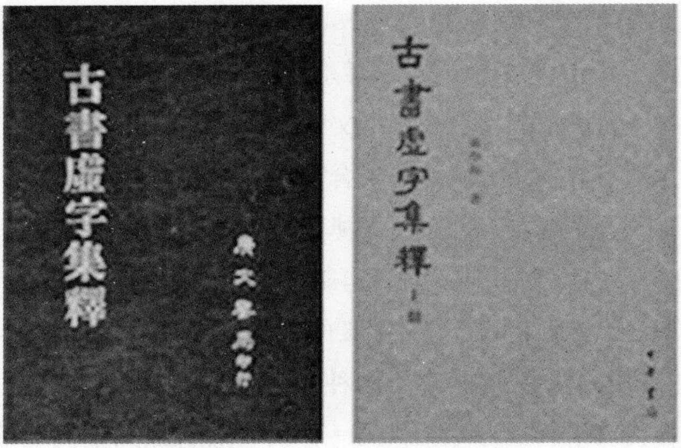

c　　　　d

《古书虚字集释》书影

最能代表裴学海先生的勇敢开拓精神、严谨治学态度、精深研究水平、恒久敬业定力的是先生的《古书虚字集释》。裴先生在书中有《自叙》申明："周秦两汉之书，所以不可以今人之文法读之者，要由其虚字之用法，与今不尽同耳。其不尽同之处，在刘淇《助字辨略》，王念孙《读书杂志》，王引之《经传释词》《经义述闻》，俞樾《群经平议》《诸子平议》《古书疑义举例》，杨树达《词诠》《高等国文法》《古书疑义举例续补》诸书中，皆已详乎其言之；且多精确之发明，堪为定谳者。然千虑一失，智者不免。"①其所"失"的情况有 9 种之多：误解对文、误谓字衍、误谓形讹、误谓有省文、误以反语为正言、误以实字为语词、误以有意义之字为语声、误据彼书以改此书、误据以意改字。依以上情况先生说："夫以兹四家之精于训诂，深于文法，而犹有此诸误，其他碌碌，更何待言？"②

裴先生所做的工作就是：对照诸家意见，申述自己的新见解。集清代王先谦、王引之、梁启超、俞樾等人之大成，并有所发展。此书 1934 年由商务印书馆出版，1954 年中华书局又重印。这本书汇集了刘淇《助字辨略》、王引之《经传释词》、俞樾《古书疑义举例》及近人杨

① 裴学海著：《古书虚字集释·自叙》，中华书局 1954 年版。
② 裴学海著：《古书虚字集释·自叙》，中华书局 1954 年版。

树达《词诠》、章炳麟《新方言》等书的成果，故名为“集释”，但它绝不是简单的汇集拼凑，而是如他自己所言“前修及时贤之未及者，补之；误解者，正之；是而未尽者，申证之”①。这实际上是对前辈学者及当时先贤研究虚词的总结，补充了疏漏，纠正了失误，多所申证创新。比如“既”字前人训为“业已”，裴又训为“太”，并引《荀子·子道篇》《说苑·杂言篇》及《诗·皇矣》等文中例句加以论证，令人信服。再如“其”字，前人共讲12种用法，裴讲出45种用法，但裴先生自认为这本书也给人琐碎之感，也有缺误之处。故而裴学海从1954年就着手修改提高，终于在1965年完成后再版，使之锦上添花，在国内外学术界产生较大影响。日本和加拿大的汉语词典，在虚词的用法和词义解释上，不少地方参照了此书。这本书后附有《经传释词正误》《本书说解述要》《类书引古书多以意改书》3篇论文，这是对《集释》的补充和深入阐述，其学术价值不亚于《集释》一书的本身。

《古书虚字集释》商务印书馆1934年版本前有李实忱先生的序文(再版本删除了)：“裴君会川，宿儒也，时以不聆其教为憾。癸酉春，因旧雨吴君杰民绍介，晤会川于津埠馆次，谈经半日，滚滚可听，饶有匡鼎解颐之概，为之倾倒而不忘者累数十日，何感人之深也。先是玉提倡国学，与诸经学家，组设国学研究社，爰聘会川为厥社讲师，资以诱导后进。会川治经有素，又为音韵专家，著有《孟子正义补正》《学庸疑义订解》《尚书成语之研究》，诸书皆已刊行于世，嘉惠士林，近著《古书虚字集释》一部，计十卷，都为廿余万言。玉乞而读之，知其引证详博，解释正确，凡于对文变文古音今音通假转变，莫不极深研几，期于毫无疑义，且于王怀祖《广雅疏证》《读书杂志》，王伯申《经传释词》《经义述闻》，俞荫甫《群经平议》《诸子平议》《古书疑义举例》诸书，多能补其阙，正其误，此书一出，洵为解经之津梁，读书之矩矱也。某日，会川以书将付梓，嘱缀数言以弁于首。玉虽拙于词翰，然以略知书中意旨，亦不敢以固陋辞，窃意刊发以后，不翼而飞，必为海内诸儒所脍炙焉，是为序。民国二十二年癸酉冬至后五日津门李廷玉志。”

---

① 裴学海著：《古书虚字集释·自叙》，中华书局1954年版。

李廷玉，即李实忱先生，因为想请聘裴先生为国学研究社讲师，因而相识，并为裴先生的书作了这篇“序”。

梁漱溟先生也曾盛赞裴学海的学问和著作，不仅称他为“清华国学研究院高材”，并引用了梁启超的评价——“能守清代朴学大师家法”，意在向赵景深先生推荐书稿，以乞出版。这封信大概就是1932年写的。即后真的出版了。

景深先生：

敝著《中国民族自救运动之最后觉悟》前承贵局惠订合同，约为今年夏初出版，未审已否制版，至为盼念。兹寄上内容单，乞劵入付广告股为幸。再，敝友裴学海先生为清华国学研究院高材，曩时王静安、梁任公先生所最推许，曾为《孟子正义补正》一书，任公先生称其能守清代朴学大师家法(此书在商务之国学论丛出版)。近年闭户又新成《古书虚字举例》(即《古书虚字集释》)，约廿余万言，视前作又加精审，不知贵局肯为之出版否。裴君虽清苦，顾其意不在报酬。原稿今在弟手，如贵局有意商量，即当邮奉台阅也。

于此奉询，即颂著安。

梁漱溟顿首，三月十二日

但是应该特别指出的是，本书出版后，裴先生的研究并没有停止。他不仅发现“有错误和不足之处”，还将自己的补充意见和重订稿写定，大约比原来的字数多了一倍许。不幸的是书稿在运动中遗失，虽经多方努力寻找，至今仍然没有下落。

韩门受学记

韩文佑先生

韩文佑(1907—1991),是我大学时代的老师,这样说不是广义的,而是说我实际上算他的入室弟子。我有很多的机会得到韩先生的单独辅导和教诲,是别的学生求之不得的。也许在那个特殊的年代,谁也想不到向老先生请教学问,社会上读书无用论很有市场的时候,我却傻傻地接近他,从他那里学到很多知识,也学习到了治学方法。我的父母亲经常教育我要尊敬老师,师父师父,老师就是父辈,我记住了。

一、博学多闻的韩文佑先生

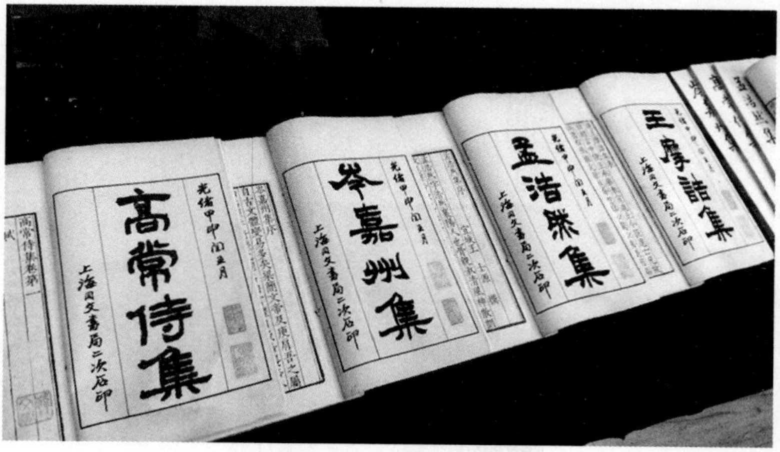

韩先生的部分藏书

我入大学那年他已经58岁，那时系里的老师中虽然不数他最年长，但是也算老先生了。那时他是中文系副教授。记得当时全系的正教授就3个人。那时没有轮到韩先生给我上课，但是我们都知道这位了不起的教授。他不仅教大学的古典文学，讲先秦散文，讲《庄子》，讲唐诗，也讲现代文学。现代作家的作品他读过很多，对鲁迅尤其精通，外语也特别好。有人说他是一本"活字典"，说的人是想表示对他的学问渊博给予肯定。可是我却从来不喜欢别人给他的这个外号，也从来不这样说。他的渊博可不是"活字典"能够概括的。我敬仰的是他既有学问，又能融会贯通。他是一位精明通透的哲人。

韩先生年轻时候身材清秀，双眼皮大眼睛，文雅而有神，眉毛弯弯，满面红光，口角坚毅，看去是很俊气。他是让人一见面就会觉得教授就应该有这样风采的先生。教授到底应该长什么样，其实我也不知道；那时想，就应该这样才像真的。他谈吐声音从来也不高，却非常清晰，口才极好，说得一口流利的普通话，但是他不属于那种口若悬河的先生。他声音不急不缓，什么事情都会微笑着、慢悠悠地说下去，让你正好能够跟上听，而且一点儿不觉得累。他说话无论是叙述问题，还是论辩观点，绝对没有一个字多余，也没有一处不足。平时这样说话，到了课堂也就这样讲课。他的生活语言的严谨和做学问的严谨是一致的。我们对他的敬仰可以这么说，他从远处走过时，我们总是盯着看一会儿。那风度，真让人仰慕折服。

韩先生的生平很简单，生于1907年，字刚羽，北京通县（今通州）人。张中行先生的《月旦集》有一篇悼念韩文佑先生的文章，写了许多细节，我也没资格复述，摘于下面：

> 他父母是通县人，母亲不缠脚，推测都是满族。父早去世。母亲信佛，慈善严正，“文化大革命”最狂热的时候病故，享年八十余，是文佑兄和我，由医院太平间接出，送往东郊火葬场的。文佑兄生于光绪三十三年（1907）丁未夏日，长于我一年有半。生于北京，语音还有通县的遗存，是他告诉我，有一次见到赵元任先生，他刚一张口，赵先生就说：“你是通县人？”他字刚羽，这字像是与文佑之名没有意义关联，谁拟的，何所取义，我没有问他。但一直觉得，这个“刚”字很合适，可以说是字如其人。依都市人的习惯，他六七岁上小学，推想是在西城，因为住在白塔寺一带。小学毕业后考入端王府附近的北京师范学校，毕业后考入清华大学，学中文（?）。在清华，也许只念两年吧，因为与一王姓女士交好，如意忽然变为失意，他险些走尾生的路，抱梁柱而死，但终于没有面对旧迹的勇气，于是逃离。越远越好，记得有个相识在潮州，立即起程，去找。在潮州住了半年，心稍平静，北返，先到上海，衣食无着，流浪，然后到天津。赶上南开中学招考语文教师，走投无路，姑且试试，其时他的学问文章已经颇为可观，所以并未侥幸而就录取。衣食有了着落，其后不久随学校游泰山，得遇终生相伴的人品同样好的曹女士，之后结合，生活算是由不系之舟变为一路之客。这条路是：职业，面对学生，业余，面对书本，真可以说是，鞠躬尽瘁，死而后已。职业曾小有变动，

由天津南开中学而(三十年代中期以后)北京几所中学,而(五十年代初)北京师范大学,而(五十年代中期)天津师范学院,后升格为河北大学(曾流放冀县,后定居保定)。①

补充说明:韩先生1933年在清华大学二年级肄业,后来在京津两地教中学,先后在北京、天津两地工作,1945年在北京大学文学院兼任讲师,1950年在辅仁大学兼任讲师,1951年在人民大学兼课。1951—1952年任北京师范大学中文系副教授,那时也仍然在北京几处中学兼课。1952年来天津师范学院(河北大学前身)中文系,先后任副教授、教授、硕士生导师。据沈启无说:"伪北大文学院成立,周作人做院长,我任中文系主任,英文系主任是徐祖正,日文系主任由北大秘书长钱稻孙兼任,历史系主任是吴祥麒,哲学系主任是温公颐。当时中文系教授有陈介白、赵荫棠、张弓、朱肇洛、郑骞,专任讲师有许世瑛、韩文佑、沈国华、齐佩瑢、华粹深、朱英诞、傅惜华等,助教是李景慈。"②

其中涉及韩先生这一段历史是清楚的。韩先生后来离开北京大学,可能与当年北大的政策有关,北大对于在伪北大当过老师的人全部不再聘任。他一生从事教学,博览群书,汇通中西,一丝不苟地读书、讲课,用自己的点点滴滴哺养了众多学生,他的贡献有多大,我们应该认真地研究。

1933年,韩先生曾接受张伯苓先生之邀,在南开学校小学部兼初中总国文教员,每周22个小时,月薪60元,管住宿。聆听过韩先生讲课的学生回忆起他的生动讲授,印象深刻:"到二年级时,换了位韩文佑老师,这是一位温文儒雅、潇洒倜傥的文人先生。他对大家的写作很着力,批改作文又仔细、又点明要点,给学生们以后的下笔奠定了基础。他给大家讲法国文学家阿尔方司·都德的《最后的一课》,那是讲法、德之战,法国战败,被迫把边境上的阿尔萨斯、洛林两

① 张中行著:《月旦集》,经济管理出版社1995年版,第212—213页。《庄子·盗跖》:"尾生与女子期于梁下,女子不来,水至不去,抱梁柱而死。"这里张先生是隐指殉情。

② 黄开发著:《周作人研究历史与现状》,辽宁人民出版社2015年版,第275页。

省割让给德国，所谓最后的一课就是被割让的一个省的小城镇，在一个小学校上最后一次法文课的情景。韩先生把那当亡国奴，连自己祖国的语言都被剥夺不能学习，那种受凌辱和心灵上的创伤的悲惨境地刻画得细致入微，同时也把被压迫者的誓不低头、宁为玉碎不为瓦全的精神同样表达出来。当描绘法文老师听到下课铃响了以后，在离开教室之前，对他多年教书的课堂、对他多年教过的学生们做最后一瞥的时候，似乎看到了先生的泪光闪闪，呜咽得说不出话来，只好用粉笔在黑板上写出两个大法文字——'再见！'此时此刻，书本中的课堂和眼下韩先生的课堂同样都是呜咽之声一遍。这样的国文课，这样的国文老师，没有哪个就读者不把热爱祖国、誓死保卫祖国铭记在心的。"①

有人说他发表的文章很少，算不上有成绩的教授，我却不那么看。教授写文章多，只要不滥，应该得到肯定。但是发表文章的多少，也有个客观情况。在拘于某些情况下，有的教授不写论文，或者论文较少，我们也应该能够理解。韩先生把自己的见解全放在了课堂上传授给学生，应该得到称赞。检索先生发表过的论文，我见过的有：

《读杨丙辰先生在百科学会讲演辞》(《大公报 · 文学副刊》1932年211期)、《读郁达夫先生的〈迟桂花〉》(《文艺时代》1946年第10期)、《俄游述感及其著者张庆桐先生——第一位和托尔斯泰通信的中国人》(1946年4月16日、23日、30日《新生报》连载)、《鲁迅先生的〈为了忘却的记念〉》(《语文教学》1851年第3期)、《胡适怎样歪曲了中国古典文学》(1955年4月12日《天津日报》，收入《胡适思想批判》第六辑)、《关于〈李逵负荆〉的几个问题》(《文学遗产》1984年第2期，收入《元曲通融》下卷)等篇，都是有独创性的论文。我读过先生的《关于〈李逵负荆〉的几个问题》，那是研究杂剧的各方专家们从来没有注意到的一个问题。他至少用了戏曲学、民俗学、现代文学等方面的知识学问。他受到周作人民俗学文章的启发，引入了古文化学中的"初夜权"概念，解开了假鲁智深"鲁智恩"抢走老王林"未曾许聘

① 刘永康著：《囚歌》，2009年内部版，第144—145页。

他人”的独生女儿满堂娇，给宋公明哥哥做压寨夫人的秘密。文章说：“他们抢的是处女；抢走后三天如期送还（在现存元人杂剧里，这个情节是独一无二的）：就这两个主要之点来看，我以为这是使用影射手法，来控诉罪恶的‘初夜权’——元朝贵族统治阶级强加于汉人的一种独特的压迫与凌辱方式。”他没有说，这是古代民俗中的一种文化畸形现象。民俗学的现象很复杂，不是一切民俗都属于人民愿意接受的。

有人建议他多写点文章，他总是说：“已经有那么多的人出丑了，也就不用我再写了。”说写文章是一种遗憾的行为，也对。真能写出好文章的能有几人呢？韩先生的话里有尖刻的讽刺，可能伤人太多，但是先生这话是有来由的，我能够理解。韩先生那样说，道出了一代学者的内伤和隐情。

据韩先生的学生张清华先生回忆说：“韩先生讲课没有一句废话，他抑扬顿挫的话记录下来就是好文章。”谁会相信他不能写文章呢？网上一位署名隆老头的学生回忆，那时学生们曾有一个传说：韩先生讲课时不但题内话精彩，即使是题外话也是学问。1958 年一片重视劳动锻炼和参加社会实践的气氛下，韩先生开讲先秦散文，主要是诸子散文中的《庄子》，上来就是念文章，也不多讲解，遇到难懂的地方就再读一遍。我也发现，在他有限的讲说当中，口齿很清楚，语言很简练，很少去重复。

二、韩文佑先生经受的磨难

听知情的人说，在中国教育动荡不定的十七年里，韩先生和许多老先生一样，心情是不舒畅的。不说中华人民共和国成立初期那一段，历史到了 1958 年，中国教育也有个“大跃进”，强调大学生自己动手实践，把教授赶下台，大学没毕业也要把教授当，自己编教材，打破传统，没有框框。美其名曰“三结合”编写教材。老先生原来的讲稿或著作，被当“白旗”拔掉，抛到一边。从前的《文艺理论》，改名《毛泽东文艺思想》；《中国文学史》不讲了，就讲“大跃进”民歌、《红旗歌谣》和毛主席诗词，韩先生那年已经过了 60 岁，也要下工厂、下乡，参加体力劳动，这对于身体不结实的韩先生是个不小的困难。

在“文革”时期，他同样受到过许多磨难，有许多委屈。他曾挨过学生揪斗，还戴过高帽子。后来所有的老教师都成了改造对象，那天下都是一样的。有一段时间在劳改队伍里干脏活儿，韩先生也曾跟一些老教师一同给学生宿舍打扫厕所。以他那样并不强壮的身体，天天做又脏又累的活儿，是难以想象的熬煎。

1968 年春天的一日，我听见楼道里有人喊：“不好了，出事了！”出宿舍门，就见到韩先生从学生楼二层跌跌撞撞地下来，非常紧张颤抖地说：“快来人，老潘跳楼了。”他说的老潘是潘世雄先生，那时的习惯彼此都只能称呼老这个那个。潘先生身高体胖，因为不能忍受这样的被欺凌的劳动，从二层楼厕所窗户跳了下去，摔成了重伤。后来送到医院抢救，虽然没有死，却落下个高位截瘫，不能行走。韩先生那次受到了非常厉害的惊吓。

由于这个打击很大，再加上韩先生一向就谨言慎行，以后就更少说话了。但是据我了解，好像没有见过有人给韩先生写大字报，他是无争议的有学问的古典文学好老师。即使在严酷的背景下，他也没有可议的材料，这是不容易的。

但是韩先生是一位性格耿直、有义士风骨的先生。有两事可以证明。第一件事，“文革”时顾之京老师家被抄，她的母亲（顾随夫人）无处居住。韩先生知道后只说了一句话：“来我家住。”此后顾夫人有一年多时间就住在并不宽裕的韩先生家。顾之京先生告诉我此事时，我差点感动落泪。第二件事，在 1967 年“文革”的初期，我们中文系的党总支书记谭石军跳楼自杀，那时叫“畏罪自杀”，但是至今也不知道他有什么罪，其实是不堪受辱。谭书记死后，他的家庭陷入非常困难的状态，是韩文佑先生暗中资助他们家的生活。此时，很多人躲避得远远的，不会再接近谭家。而韩先生虽然自己的生活也并不富裕，但是他能够帮助一个跳楼自杀者的家属，是既有正义感，也有勇气的做法。当我写到此事时，历史已经证明了一切。谭石军并不是什么“走资派”，可是韩先生的义士风骨让我感叹和敬仰。鲁迅在一篇杂文《这个与那个》中说过：“中国一向就少有失败的英雄，少有韧性的反抗，少有敢单身鏖战的武人，少有敢抚哭叛徒的吊客；见胜兆则纷纷聚集，见败兆则纷纷逃亡。”①在人们都逃走的时候，我们看见了一位身形纤弱的韩先生能够站出来。往事如烟，红尘积厚，也掩盖不住韩先生的高尚人格和侠义风骨。

我大学毕业前的那年冬天，有幸同韩先生一同下乡战备疏散，其名义上是搞“教育革命”实践。我们曾经到河北省的临西县东留善固实践一个多月。东留善固是闻名全国的劳动模范吕玉兰的家乡。我是农民出身，对农村农民都有好感，觉得在那里也确实学习了一些东西。吕玉兰是自己干出来的劳动模范，她家连个院墙都没有，房子很破旧。为了改变家乡的面貌，她在家乡治理沙化的土地，爬树采种子，种树绿化，建了林场，搞多种经营，非常成功，因此成为中国著名的劳动模范，得到了乡亲们的爱戴。她也多次受到毛主席和周总理的接见。我们在这里向她学习，也向“战天斗地”的农民学习，学习了他们“与天奋斗”的精神，也体会了农民的苦，他们那时吃的主粮也就是小米、红薯、玉米面。那里的农民对我们都很好，我们天天跟他们一同劳动，算作是接受贫下中农的再教育，也想写一写那里农民的好人好事，以此表示从实践中学习写作。

那时赵元平先生是小分队的总负责人，我也算是那个实践小组的负责人之一。到那里搞“教育革命”实践的老师还有：王振昆、高熙曾两位先生。学生有十几个人。韩先生是最老的教师，跟大家一样天天一起干活儿、一起活动，那里的村干部很友好，并不强调让我们做多少活儿，也没有虐待我们这些知识分子的意思。我们也没有强迫老教师必须怎样，只说能做什么就做什么。记得那是冬天，白天里就是积肥劳动，把玉米秸秆铡碎，与垃圾大粪混在一起，堆成像山一样的肥堆，等待春天发酵后运到地里，这个倒是很环保的做法。每天晚上我们就搞访问，那时就叫访贫问苦，写这里贫下中农、劳动模范

① 《鲁迅全集》第 3 卷，人民文学出版社 2005 年版，第 152—153 页。

的先进事迹。韩先生那年63岁高龄，也参加写作。他是研究中国古典文学的专家，一下子就变成写好人好事的记者，真不知道怎么写，但是他努力写好。他不会用当时的套话，写到模范人物学习毛主席著作“老三篇”有这样的句子：“想起了忠诚勇毅的张思德，银须飘洒的老愚公。”怎么写的白求恩，我给忘记了。总而言之，语言很典雅生动，但是那时的人们都觉得他的语言不合时宜的词太多。韩先生很不好意思地说：“我长期不接近贫下中农生活实际，写得不好。”于是此事还成了好典型，中文系的一个总结材料里还写过他的事迹，引用过上面的资料说他思想改造得好，在“教育革命”中找到了自己的不足云云。真说不清那是夸他还是贬他。长期以来，形成的“整人术”中有一个绝招，就是求全责备。让一位古典文学研究家写农民的小故事，有点为难他了。不懂就给人戴上一个“脱离实际”的帽子，也是对老先生的污辱和折磨。但是，我们真的没有污辱过他。

我大学毕业以后，学校从天津正式迁校到了古城保定，中文系就设在了河北省原哲学研究所的一个小楼上。韩先生家仍然在天津，单身来到了学校工作。学校的房子也紧张，韩先生先被安排同我们青年教师共住在一个很大的、容10多个人的房间里，里面放的全是学生用过的双人床。正好我和韩先生睡的是一个上下层的床，我自然应该住在上层。房间夏天热得没法过，有的老师用白纸将玻璃糊上，以求遮光防热，居然有效果，还自己做小电扇，也有点效果。到了冬天，白天看书冷得不能出手，晚上躺下无法入睡。我是天天给大家生火炉，弄得满房间是烟，生着炉子也真不容易，屋子太大，火烧得再旺也不怎么管用。韩先生因为衣服比我暖和，他可能不觉得那么冷，我穷得白天连一件像样的棉衣也没有，晚上也只有一条不厚的被子，夜里翻来覆去，睡不着觉，弄得下层的韩先生也不得安生。他问我：“你是不是很冷？”我说：“是。”他叹了口气，把自己的皮上衣一甩就搭到了我身上。我不好意思，又给他放下来，说“您年纪这么大了，别冻着，我没事”。但是他像个老父亲一样执意照顾我、关怀我，此事让我特别感动，终生难忘。

三、韩文佑先生与朱自清

《朱自清全集》第9卷《日记卷》第226页，记载了1933年5月24日星期三下午上课的情况："歌谣只来一人，诗来四人。韩文佑即歌谣班之一人，告予以其恋爱事迹大概，其人甚认真。"①朱自清先生上课，经常是来听课的人很少，记得"文辞研究"只有两个人听过，即季镇淮、王瑶两位先生，而听"歌谣研究"的只有韩文佑先生一个人。但是他听课很认真，给老师留下了深刻印象。上课的时候看来也很随意，韩先生跟他讲了自己的爱情故事，那是韩先生失恋的时候。就在这一年的暑期，他便为爱情而肄业退学了。

我们初听说韩先生与朱自清先生是"儿女亲家"关系，那是很晚了。初听了有点好奇，似乎不敢相信却是事实。1967年，韩先生聪明漂亮的女儿韩珊晨与朱自清的五公子朱思俞结婚。思俞1935年生于北平，是朱自清与陈竹隐所生的次子。他是从西安航空学院毕业后留校任教的，1978年才调到天津南开大学任教。我们那年听韩先生讲唐诗时，每周都到他家上课，韩珊晨也和我们一起听课。她性格活泼天真，有时也积极回答韩先生的问题。有趣的是，珊晨说错时，韩先生也不客气地直接说："你说得不大妥当。"于是把我们都给逗笑。我们对韩先生敬仰至深，韩先生也不苟言笑，我们都不敢打听他的家庭生活，也没有机会详细追问这是怎么回事。

曾经有一段时间我暂时放下了鲁迅研究，关注过朱自清研究，缘于我知道韩先生同朱先生的亲家关系。1982年冬天的一天下午，我按照朋友的介绍拜访过陈竹隐在清华大学的家。我贸然地敲开门，迎出来了一位女士，我一看推断出她是朱自清的女儿。我说："您是容隽老师吧？"她很吃惊地说："是啊，您怎么知道，从哪儿来？"我说我从韩先生那学校来的，是韩先生的学生。我知道朱容隽是朱自清先

① 《朱自清全集》第9卷，江苏教育出版社1998年版，第226页。

生的四女，是陈竹隐先生所生的唯一女儿，1940 年生于成都，北京师范学院毕业后任教。她听说韩先生，立刻把我让到了屋子里。我能够见到陈竹隐先生，很高兴，也很激动。我在那里恭谨请教半小时左右，说到了自己对朱自清先生和陈竹隐先生的敬仰、对朱先生文章的喜爱、对朱先生人格的钦佩，也说到了我是韩文佑先生的学生，曾经得到韩先生的教诲和单独辅导，学习过古典文学。她简单地问过韩先生的情况后就同我谈朱自清了。

朱先生的第一位夫人是武钟谦，与朱自清同生于 1898 年，1916 年与朱先生结婚，1929 年 11 月 26 日因肺病逝世于扬州家中，享年 32 岁，生有 3 子 3 女即：迈先、采芷、逖先（转儿）、闰生（闰儿）、效武（阿毛）、六儿。陈竹隐是 1931 年与朱先生相识的，六七月间订婚，并在中南海度假，过了一段恋爱生活，8 月 4 日结婚。陈竹隐是四川人，生于 1903 年 5 月，原籍广东，从高祖起迁居四川。初入四川省立第一师范学校，毕业后曾在青岛做过电话接线员。工作一年多之后就考入了北平艺术学院，成为齐白石、溥西园的弟子，工于书画，也兼学昆曲。我才了解到她是一位艺术家。朱自清与她共同生活 18 年，生子乔森、思俞和女儿容隽。1948 年朱自清去世后，陈竹隐一边工作，一边抚养儿女，并参与《朱自清全集》的编撰，后来，她把朱自清生前的手稿、文章、实物、全部捐献出来，只给每个孩子分得一封朱自清的信作为纪念。中华人民共和国成立后，陈竹隐女士一直在清华大学图书馆工作，曾任北京市第四、五、六届政协委员、北京市第六届妇联委员及清华大学工会副主席。陈竹隐于 1990 年 6 月 29 日离世，享年 87 岁。她一生相夫教子，以她的大爱照料了一个完整的家庭，我对她非常敬佩。

见到她，很想聊聊他们的人生故事，但是陈先生热心谈朱自清的研究。她说非常支持我对朱先生的研究，给我说朱先生在北京大学读书的那些日子，被子很薄就用绳子把脚底下捆起来。我很吃惊地说："是吗？我上学那几年也是这样捆的。"她向我介绍了朱金顺先生的《朱自清研究资料》，还说到台湾学者周锦先生的研究著作《朱自清研究》。陈先生说自己视力很不好，手拿高倍放大镜一个字一个字地照给我看全书的章节。我当时向陈先生表示，我会在研究朱自清先生上多做点工作，她表示了感谢的意思。

后来我虽然见到过韩先生，但是见面的时候话题很多，也没有说过这一段故事。那时总想会有个好的时间我同韩先生说说朱自清，听听他讲女儿的婚事。但是人生苦短，竟然没找到机会，韩先生就匆匆地走了。送别韩先生时，我专程来到了天津韩先生的新居所，见到他的住所楼下摆放了很多的花圈，表示着许多人对他学问和人格的敬仰。韩先生从教60余年，桃李满天下，其门人弟子成名成家者不乏其人。韩先生的学问道德，堪称师表，深受同辈及青年爱戴。一个人的一生有这样的影响也就是最大的安慰了。

四、聆听韩文佑先生讲龚自珍

韩文佑先生在我们中文系老一代人的眼中，是一位学问渊博、学贯中西的学者，我对此领教最多。我有幸两次做过韩先生的入室弟子。我的古典文学阅读基础和研究能力，同韩先生的教导实在是分不开的。我虽然不是他的研究生，但是我比他带过的任何一个研究生接受过的单独辅导都多得多。

我第一次做韩先生的弟子，不是在大学课堂上的听课，而是有幸接受他的一对一的辅导。

时间在1974年的秋季，当时的大学还没有恢复高考制度，但是已经有从工农兵中选拔的学员来校学习。他们来到学校的任务似乎不是真正读书学习的，那时叫“上大学、管大学、改造大学教育”，简称为“上管改”。这些学生好学的人自然有，但自以为真是学校的主人，无心好好读书学习、只是来搞运动的人也很不少。他们也不称韩先生是老师，叫“老韩”，这是“军宣队”教导的。那时的“军宣队”“工宣队”对一切老少老师，统称老这个老那个。1971年“九一三事件”林彪出事后，我们中文系进行过一次以“法家文艺思想研究”为选题、

"以研究带教学"的特别教学，在一个工农兵学员班里进行。那时老师也没有资格正式地对学生进行教学，而是由青年老师辅导、学生进行写作；其实也还是得由老师动手。任务是一个作家分到一个组，被选为法家的古人有：荀况、韩非、王充、曹操、柳宗元、刘禹锡、李贺、王安石、李贽、王夫之、龚自珍等11人，我就分到了龚自珍。我一向喜欢啃硬骨头，认为龚自珍研究虽然有难度，但是有文章可做。我要写一篇论文，并且组织学生对龚自珍的诗文进行一次选注。

以我那时的阅读能力，读懂龚自珍是有困难的。孟祥照先生告诉我，可以请教韩文佑先生。当我找到先生，问能不能给我讲一讲如何阅读龚自珍时，没想到的是，韩先生很痛快地答应辅导我。其实，他能够给我讲一两次也就是求之不得的奢望了。他见我问的问题很多，也肯于细心地听他讲解，便一口答应可以每天下午给我辅导。我说您的身体太劳累，这样行吗？他坚持说，他愿意辅导我。我真是高兴得不知道说什么好。

这时候，中文系已经搬到了学校本部南院。韩先生同高熙曾先生同住在10多平方米的一间小平房宿舍。那是一间透风漏气，周围也很吵闹的简陋平房。那一排平房住着好几位老先生，黄绮、李文秀等也在那里住。房前面是低洼的地面，安着几个不能打球的破篮球架子。春天里没有花，到夏天荒草疯了似的长高，完全可以放牧牛羊；一下雨，门前成为水乡泽国，青蛙的叫声不绝于耳，蝗虫、蟋蟀能蹦到室内光顾。站在门口，似乎可以观景，可以养鱼。但是眼前一片汪洋，出门就得蹚水。这算什么宿舍呢？

在这样的房子里，靠近北窗，我坐在他的对面，听他讲近代文学与龚自珍、林则徐、章太炎、梁启超、王国维。有时候我也带着一两个学生一同去请教。学生古文基础差，不但不懂，也不大懂礼貌，什么都问，有时问他："韩老师，您当教授，一个月能挣多少钱？"韩先生并不介意地说："我工资200多块，给得太多了，我做不了多少事，很惭愧。"我说："您有学问，做的事情别人谁也做不了。"

韩先生讲龚自珍，并不关心他是不是法家，我也不在这方面生拉硬扯。我也不认为他就是个法家。龚的著作包括舆地、经学、诸子、佛学、文学几个大部分。《龚定庵全集》有王文濡《序》云："清至嘉、道，学凋文敝，索索无生气。定庵乃崛起于其间，经研《公羊春秋》，史熟西北舆地，文宗诸子，奥博纵横，变化不可方物。诗亦浸淫六朝，而出清刚隽上，自成家数。晚尤耽心禅悦，游目释藏，故所作多大彻大悟之言。沿及同、光，风尚所趋，尊为龚学。"看到这些我才知道那时已经有"龚学"之说。《龚定庵全集》的序中，最好的一篇是仁和曹籀的长序，称龚自珍是"嵚崎磊落之才"，百年难得一见的才人。"前不见古人，后不见来者。"他用《明良论》和《尊隐》的句式，称："其人其文，卓然大家。宜其上下五百年，而独有千古。呜呼！天之生才，不亦难乎？盖慎之又慎矣。"这些评介文字，我读后非常吃惊，也给了我读龚自珍的浓厚兴趣。

先生给我讲的是研究龚自珍的政治思想和文艺思想相关的文章。他让我先得看看《龚定庵全集》书后附录的龚的"同县后学吴昌绶"编的《定庵先生年谱》，了解生平事迹，也让我要注意龚的《己亥杂诗》，那也是龚以诗体写成的生平录。他说可以主要读与文学有关的那些文章，但是别的方面的文章最好也读过，不然没法了解整个作家的思想学术观点。

说到龚自珍的文艺思想，应该重视几篇文章：《长短言自叙》《写神思铭》《京师乐籍说》《述思古子议》《病梅馆记》，这几篇先生都给我一字字地串讲过。韩先生说，《长短言自叙》说的是文学的尊情观，人有情难锄，只好尊情、囿情。"情孰为尊？无住为尊，无寄为尊，无境而有境为尊，无指而有指为尊，无哀乐而有哀乐为尊。情孰为畅？畅于声音。声音如何？消瞀以终之。如之何其消瞀以终之？曰：先小咽之，乃小飞之，又大挫之，乃大飞之，始孤盘之，闷闷以柔之，空阔以纵游之，而极于哀，哀而极于瞀，则散矣毕矣。"这些话是龚对自己的《长短言》而说的，其实他是借题发挥，他并没有《长短言》这个诗词集，借此对抗理学的"存天理灭人欲"之说，顺便就说到了文学的本质方面。情既然不能灭，那就应该受到保护。"囿"即保护。龚自珍的《写神思铭》也说到心灵："心灵之香，较温于兰蕙；神明之媚，绝嫮乎裙裾。"这将刘勰的《文心雕龙·神思》说得更形象了。

韩先生认为《京师乐籍说》是一篇极精彩文章，批评的是历代统治者钳制知识分子的方法。那就是想尽一切办法愚民。引进那么多的乐籍，就是让文人沉迷于酒色而忘记了处士横议。你看文章的句子："使之耗其资财，则谋一身且不暇，无谋人国之心矣。使之耗其日力，则无暇日以谈二帝三王之书，又不读史而不知古今矣；使之缠绵歌泣于床笫之间，耗其壮年之雄才伟略，则思乱之志息，而议论图度，上指天下画地之态益息矣；使之春晨秋夜为奁体词赋、游戏不急之言，以耗其才华，则论议军国臧否政事之文章可以毋作矣。如此则民听壹，国事便，而士类之保全者亦众。"多好！没想到，"人主有苦心奇术"，是为牢笼人才，我们说的文艺也可以这样用于政治的。

我问《述思古子议》中"闻之观古子，观古子闻之聪古子，聪古子闻之思古子"，观古子、聪古子、思古子都是谁？先生说，那都是作者的假设，其实是他自己在说。文章批评功令文，说八股文是禁锢人才的。"言也者，不得已而有者也。如其胸臆本无所欲言，其才武又未能达于言，强之使言，茫茫然不知将为何等言；不得已，即使之姑效他人之言；效他人之种种言，实不知其所以言。于是剽掠脱误，摹拟颠倒，如醉如寐以言，言毕矣，不知我为何等言。"几句话就说出了八股文违背了文章应该直抒胸臆之法，而变成了沽名钓誉之具，这样下去还会有什么好文章？我说：那么文章开始故意地说几个"闻之"也是影射八股文的陈陈相因的。先生说"说得正是"。联系到《病梅馆记》假借批评文人画士和鬻梅者，影射了社会政治对人才的禁锢。"有以文人画士孤癖之隐，明告鬻梅者，斫其正，养其旁条，删其密，夭其稚枝，锄其直，遏其生气，以求重价，而江浙之梅皆病。文人画士之祸之烈至此哉！"晚清时期，有文字狱，把话说到这个程度已经够大胆了。《病梅馆记》最后说到社会对人才的摧残，也是自己对解放人才的理想："誓疗之：纵之顺之，毁其盆，悉埋于地，解其棕缚；以五年为期，必复之全之。"这也是借解缚梅花，来说人才应该解放。韩先生很详细地给我讲了龚自珍的《杭大宗逸事状》，我觉得龚自珍先生的内心是有压抑的。杭世骏因为上书谏议"朝廷用人宜泯满汉之见"，差一点被杀头。被人以"狂生"的理由保出来，却不明不白地突然间死了。

韩先生猜测很可能是官方派人给杀死了。杭世骏是很有学问的人，可能是给害死的。

韩先生因此推断，龚自珍南归以后，突然间死于云阳书院，也很可能是让人给暗害了。先生告诉我，可以读一下龚自珍的《跋破戒草》，可见他一边作诗，一边说戒诗，觉得诗的力量实在是太小。因此他一生戒诗有两次，第一次在嘉庆二十五年(1820)秋，他 29 岁时。这一年他第二次参加会试落第，以举人选为内阁中书，还未就职而南归，诗人的思想受到打击，加之对佛教萌发兴趣，在前一年的诗中写“梵史竣编增楮寿，花神宣敕赦词精”(《梦得“东海潮来月怒明”之句，醒，足成一诗》)的句子，是年写的《驿鼓三首》中有“书来恳款见君贤，我欲收狂渐向禅”的句子，看得出他有学佛逃禅的思想。逃禅以“收狂”，收“放心”，强力泯灭脑海中的幽情遐想，使得自己易于奔腾激动的心平静下来，排除纷沓的思绪，向惮悦中去求心灵的解悟和超脱。正是在这种思想的驱遣下他有了第一次的戒诗。其《戒诗五章》之一说：“百脏发酸泪，夜涌如原泉。此泪何所从？万一诗祟焉！今誓空尔心，心灭泪亦灭。有未灭者存，何用更留迹？”他一生不断地焚功令文，也不断地戒诗。《戒诗五章》中有“戒诗当有诗，如偈亦如喝”的诗句。《从春徂秋……十五首》中有“戒诗昔有诗，庚辰诗语繁。第一欲言者，古来难明言。姑将谲言之，未言声又吞。不求鬼神谅，矧向生人道”的诗句。他的诗写得不通俗，不大好懂，那就叫“清深”：“欲为平易近人诗，下笔清深不自持。洗尽狂名消尽想，本无一字是吾师。”(《定庵集外未刻诗》)

我同韩先生谈论龚自珍的诗文，向他请教问题，却从来也不说龚到底是不是法家。我们早就忘记了这回事，管他是不是，我们有兴趣的是了解龚的文学思想和民主思想。我们先了解透一个对象再说。文章到底说的是什么，先得弄清楚，然后再评价。

全面了解龚自珍的政治思想、民主思想，要看他的全部著作。比如龚自珍有“至人”的思想。我理解，也就是尼采所谓的“超人”。他自己也是个“至人”。韩先生也是至人。《庄子》曰：“古之至人，先存诸己而后存诸人。”龚自珍在《涼燠》中说：“古之至人，皆未始欲言也，至人之言人情不得已，故虽导原于至人之心，不杂以至人之言，不原于至心则无本，杂以至言则勿用，杂以至言则勿尊，若其至心，则弗欲言已。”至人是他所追求的理想人格，这种人的崇高不凡，并不在于他的生活起居，而在于心灵。此心不可言传，即使有言也是不得已而言。心的本质是无法言传的。我们只能知“事”，而对心的理解要靠“觉”。这样的说法，有点孤独味道。我们有多少人能够理解龚自珍的思想呢？其实也不难，龚先生写过一篇《宥情》：“龚子则自求病于其心，心有脉，脉有见童年。见童年侍母侧，见母，见一灯荧然，见一砚、一几，见一仆妪，见一猫，见如是，见已，而吾病得矣。”龚自珍追求复归“童心”。他32岁时，有诗说：“不似怀人不似禅，梦回清泪一潸然。瓶花帖妥炉香定，觅找童心廿六年。”(《午梦初觉，怅然诗成》)《己亥杂诗》中，他再说“童心”：“既壮周旋杂痴黠，童心来复梦中身。”《梦中作四截句》称自己“六九童心尚未消”。龚自珍主张的“童心”，有和李贽“童心说”相同的一面。他认为“童心”是真心，而“私”则是人之本性。

韩先生说，文言文的难懂，在很多时候并不是因为词语难，而是思想距离我们有些远，如龚自珍的《明良论》《古史钩沉论》《尊隐》《尊史》等。韩先生用了两个下午的时间给我讲这些文章，他讲得很快，我似懂非懂。回来后我又反复地读这些好文章，学习这些经典的文章，逐渐了解了龚自珍的民主思想、士的思想。韩先生说，龚自珍属于“今文经学派”，这一派从“公羊三世说”的观点看社会政治。他昂起头给我读《尊隐》的情景至今历历在目：“日之将夕，悲风骤至，人思灯烛，惨惨目光，吸饮莫气，与梦为邻，未即于床。丁此也以有国，而君子适生之；不生王家，不生其元妃、嫔嫱之家，不生所世世豢之家，从山川来，止于郊。而问之曰：何哉？古先册书，圣智心肝，人功精英，百工魁杰所成，如京师，京师弗受也，非但不受，又裂而磔之，丑类窳呰，诈伪不材，是辇是任，是以为生资，则百宝咸怨，怨则反其野矣。贵人故家蒸尝之宗，不乐守先人之所予重器，不乐守先人之所予重器，则窭人子篡之，则京师之气泄，京师之气泄，则府于野矣。如是则京师贫；京师贫，则四山实矣。古先册书，圣智心肝，不留京师，蒸尝之宗之(子)孙,见闻婞婀,则京师贱;贱,则山中之民,有自公侯者矣。如是则豪杰轻量京师;轻量京师,则山中之势重矣。如是则京师如鼠壤;如鼠壤,则山中之壁垒坚矣。京师之日(苦)短,山中之日长矣。风恶,水泉恶,尘霾恶,山中泊然而和,洌然而清矣。人攘臂失度,啾啾如蝇虻,则山中戒而相与修娴靡矣。朝士寡助失亲,则山中之民,一啸百吟,一呻百问疾矣。朝士僝焉偷息,简焉偷活,侧焉徨徨商去留,则山中之岁月定矣。多暴侯者,过山中者,生钟簴之思矣。童孙叫呼,过山中者,祝寿耇之毋遽死矣。其祖宗曰:我无余荣焉,我以汝为殿矣。其山林之神曰:我无余怒焉,我以汝为殿矣。俄焉寂然,灯烛无光,不闻馀言,但闻鼾声,夜之漫漫,鹖旦不鸣,则山中之民,有大音声起,天地为之钟鼓,神人为之波涛矣。"天地都为他们敲鼓打钟,神人也来推波助澜。这是多大的气魄!

西汉董仲舒在《春秋繁露》中说:"《春秋》分十二世以为三等:有见,有闻,有传闻;有见三世,有闻四世,有传闻五世。"到了东汉何休《公羊解诂》又以衰乱、升平、太平释"三世",龚自珍说的"深于《春秋》者"就是指的今文经学派的董仲舒、何休。所以龚氏按公羊三世说,把社会分为"治世、乱世、衰世",而认定晚清的中国已临衰世。其在《乙丙之际箸议第九》中说了衰世的特点:"衰世者,文类治世,名类治世,声音笑貌类治世。黑白杂而五色可废也,似治世之太素;宫羽淆而五声可铄也,似治世之希声;道路荒而畔岸隳也,似治世之荡荡便便;人心混混而无口过也,似治世之不议。"再说衰世之无才人:"左无才相,右无才史,阃无才将,痒序无才士,陇无才民,廛无才工,衢无才商,抑巷无才偷,市无才驵,薮泽无才盗:则非但鲜君子也,抑小人甚鲜。"

不但没有有才的君子,连有才的小人也没有。为什么会是这样的情景呢?是社会对人心的摧残,那就是有一套毁灭人才的"屠戮法":"当彼其世也,而才士与才民出,则百不才督之缚之,以至于戮之。戮之非刀,非锯,非水火;文亦戮之,名亦戮之,声音笑貌亦戮之。戮之权不告于君,不告于大夫,不宣于司市,君大夫亦不任受。其法亦不及要领,徒戮其心,戮其能忧心、能愤心、能思虑心、能作为心、能有廉耻心、能无渣滓心。又非一日而戮之，乃以渐，或三岁而戮之，十年而戮之，百年而戮之。”不但屠戮人的行为，也屠戮人的心灵。而且从儿童开始就施以屠戮。这样的形势下，“才者自度将见戮，则蚤夜号以求治；求治而不得，悖悍者则蚤夜号以求乱。夫悖且悍，且睊然眮然以思世之一便已，才不可问矣，乡之伦聒有辞矣。然而起视其世，乱亦竟不远矣”。才者求治不得，即求乱。这就是所谓的衰世的情景。

读这段文章，我越读越感受到韩先生之所以重视此文，是发现它有现实意义。至少是我与韩先生也有隔代而心灵相通的感觉。在那个史无前例的浩劫中，有多少人才被扼杀，有多少人的心灵被屠戮？跟从韩先生读书，让我大开眼界，思想的门被打开了，有周身通透之感。后来我在论述鲁迅思想的时候，就使用过龚自珍这些深刻的话。鲁迅曾经在《我之节烈观》中揭露“无主名无意识的杀人团”，我同龚的思想对比了一下，写出了文章，收入了《破解鲁迅》一书。这得感谢韩先生的辅导。

龚自珍有这样的思想，难怪他虽然曾经苦心做八股文，想借此取得功名，终于明白了这条道路的坑人害人，曾怒烧功令文。韩先生特别称赞他的烧毁八股文的果决态度。顾炎武在《日知录》中说：“八股之害，等于焚书。”在参加科举考试时，龚自珍不肯写标准的八股文，却“祖王荆公上仁宗皇帝书”，结果考试受挫。在《己亥杂诗》中他写道：“霜毫掷罢倚天寒，任作淋漓淡墨看。何敢自矜医国手，药方只贩古时丹。”“九州生气恃风雷，万马齐喑究可哀。我劝天公重抖擞，不拘一格降人才。”他就是这个态度。《人草稿》中讽刺的正是八股文模式的人才。那样培养出来的简直就不是活人，是一些没有血肉的稻草人。

有一次，我读了《乙丙之际箸议》的系列文章后，对韩先生说，定庵的文气真好，像诗一样美。先生立刻给我读了《尊隐》中的一段。先生读完眯着眼说，这文章写得多好，多有气势！别人写不出。

说到文气，韩先生不止一次地强调让我好好地领会《己亥杂诗》中龚自珍评陶潜的一组诗：

陶潜酷似卧龙豪，万古浔阳松菊高。
莫信诗人竟平淡，二分梁甫一分骚。

陶潜诗喜说荆轲，想见停云发浩歌。
吟到恩仇心事涌，江湖侠骨恐无多。

陶潜磊落性情温，冥报因他一饭恩。
颇觉少陵诗吻薄，但言朝叩富儿门。

韩先生从诗中特别看的是文艺思想。先生说，龚自珍一生写的诗应该比留下来得多得多，大部分散佚了。这3首诗的文学思想很独到。韩先生说，诗中能够看出陶渊明的人性光明磊落，有个人的人格。我因为看过《鲁迅全集》，能够理解这3首诗，我说，陶渊明好像是个平淡的隐士，这是表面，定庵说他有"二分"诸葛亮的用世立功的一面，也有"一分"不得用世的压抑和牢骚。陶公有侠气的一面，这是个发现。记得鲁迅先生评论陶渊明并不是整天"静穆"，而也有"金刚怒目"的一面。如《读〈山海经〉》中"刑天舞干戚，猛志固常在"，就是明显的例子。韩先生是鲁迅通，他立刻就说"是的"，并且说第三首指的是陶渊明《乞食》中的"感子漂母惠，愧我非韩才。衔戢知何谢，冥报以相贻"。我说是不是鲁迅也受到过龚自珍的影响，韩先生说很可能，但是鲁迅没说过。我喜欢读鲁迅的书，正好可以向韩先生请教问题。

先生特别称赞《自春徂秋……十五首》《秋心三首》《咏史》《十月廿夜大风不寐起而书怀》《能令公少年行》等诗。《秋心三首》中写："秋心如海复如潮，但有秋魂不可招。漠漠郁金香在臂，亭亭古玉佩当腰。气寒西北何人剑，声满东南几处箫。斗大明星烂无数，长天一月坠林梢。"诗人有抱负却不得施展。《西郊落花歌》中写："如钱塘潮夜澎湃，如昆阳战晨披靡；如八万四千天女洗脸罢，齐向此地倾胭脂。"浪漫主义，气势非凡，以前没有人这样写过。诗最后写"安得树有不尽之花更雨新好者，三百六十日长是落花时"，是一个美的期待。

我说有点像杜甫《茅屋为秋风所破歌》的结尾，也是对美好的期待。先生说“是”。

先生称赞《纪梦》中的句子“西池酒罢龙娇语，东海潮来月怒明”是奇妙的对仗。我说“怒”字用得特别，先生说《梦中作四截句》第二首也有“怒”：“叱起海红帘底月，四厢花影怒于潮。”后来钱锺书先生的《谈艺录》曾经称赞定庵用“怒”字，“精彩百倍”，还举例龚自珍的《说居庸关》：“木多文杏、苹婆、棠梨，皆怒华。”

韩先生还很有兴趣地说，龚自珍还批评过通货膨胀。《馎饦谣》中“父老一青钱，馎饦如月圆；儿童两青钱，馎饦大如钱。盘中馎饦贵一钱，天上明月瘦一边”就是。但是写得最好的律诗是《咏史》：“金粉东南十五州，万重恩怨属名流。牢盆狎客操全算，团扇才人踞上游。避席畏闻文字狱，著书都为稻粱谋。田横五百人安在，难道归来尽列侯？”他解释了诗中的典故，我们心有灵犀地彼此点头说“他的七律写得真好”。为什么好，先生肯定有话，但是没法再继续往下说了。让我想到的是，在那个特别的时代里什么人成了名流，什么人是操全算的狎客，什么人居了人上人的上游，什么人成了文字狱的受害者，逼得人只能变成苟且之辈。特别是诗的末尾警告了人们，别做好梦了。

韩先生跟我说过的话很多，我做过一些笔记，无法全写出来。他的讲解和我独自读书的理解，肯定是不一样的。他解释字词的读法，给我规范；他解释古代的掌故，给我知识。比如他说龚自珍著作中的“最录”应该读“撮录”，就是摘录；他说“模范”应该读作：múfàn，“微薄”不应该读作：wēibáo，而是 wēibó。

他跟我说，书中说的银子有“火耗”是指碎银铸造银锭时会消耗一些斤两。他说“四海变秋气，一室难为春”最好地概括了晚清政治衰世的无法改变。“西池酒罢龙娇语，东海潮来月怒明”和“叱起海红帘底月，四厢花影怒于潮”充满浪漫主义色彩。真是好对句，堪称绝唱。韩先生也非常喜欢《己亥杂诗》，他几乎全给我讲过。他说：龚自珍的诗多警句，如“我劝天公重抖擞，不拘一格降人才”是他呼唤人才的最强声音，可以对照“春秋公羊学三世说”理论理解。“落红不是无情物，化作春泥更护花”表示自己即使告老还乡，也惦记着国家和人民的大事。不能说这就是忠君思想，古代的文化人报效国家的责任意识就是爱国意识。这些诗当时我自然全给背诵下来；至今不能说烂熟于心，也了如指掌。韩先生从一开始就跟我说：清代的诗文要比唐宋的更难懂。而读龚自珍就更难，没有人给他的全集作注释。可是经过先生的辅导，我破解了很多的难题。在此不便一一说出。通过韩先生的辅导，我再努力查考文献，转过来给工农兵学员辅导时那就方便得多了。

最后的所谓“评法”，我说想写一篇《龚自珍的爱国主义》了事。韩先生说有一篇文章《送钦差大臣侯官林公序》是特别重要的。他给我讲过。他说龚自珍的爱国主义最集中反映在他研究《海国图志》，关心中国的疆域，反对英国的鸦片输入中国。可以从几个方面构思：批判旧社会、提倡政治改革、呼唤使用人才的不拘一格、反对外敌侵略等。他因此又向我介绍了林则徐与龚自珍的关系，还让我看魏源的《海国图志》。先生给我讲了一遍龚自珍的《送钦差大臣侯官林公序》，并且说这是表现龚自珍爱国主义的诗。龚自珍支持林则徐禁烟，给他出了许多主意。先生还让我看当时的历史资料。我就读了一些野史笔记，特别是近代的思想史资料，还读过《近代稗海》，因此知道了读正史的同时应该读一些稗史。

我问到龚自珍的词作，先生跟我说过一个观点，晚清有许多人，写诗和写词的题材是不同的，诗关系到社会思想，词就纯粹是个人感情生活的写照，多艳词。龚自珍和其他人一样，如士大夫的“携妓而游”是那时所谓的“雅事”，对此我们现在的人不好理解。我依此观点，读过了定庵全部词作，觉得好作品也很多。《浪淘沙·写梦》：“好梦最难留，吹过仙州。寻思依样到心头，去也无踪寻也惯，一桁红楼。中有话绸缪，灯火帘钩。是仙是幻是温柔，独自凄凉还自遣，自制离愁。”艳而不俗。《水调歌头·辛未六月二日，风雨竟昼，检视败簏中严江宋先生遗墨，满眼凄然，赋此解》：“风雨飒然至，竟日作清寒。我思芳草不见，忽忽感华年。忆昔追随日久，镇把心魂相守，灯火四更天。高唱夜乌起，当作古人看。一枝榻，一炉茗，宛当前。几声草草休送，万古遂茫然。仙字蟫饥不食，故纸蝇钻不出，陈迹太辛酸。一掬大招泪，洒向暮云间。”这样的词有作者自己特殊的人生失意和辛酸的感慨，词彩细腻，情感却不输诗作。

韩先生教我阅读的方法，于是我便努力多多地浏览近代思想家和作家的作品，此后，我收集过魏源、曾国藩、阮元、林则徐、秋瑾、王国维、梁启超、黄遵宪、康有为、严复、林纾、陈衍、吴梅、刘师培、章太炎等人的作品，并把这些人的作品给学生讲授。这样我便更理解了龚自珍“但开风气不为先”的思想。

我的论文《论龚自珍的爱国主义诗歌》很快地写完了，还对龚的20多篇诗文作了一套注释。我自己学习到了很多，我的学生也有提高。这一段故事我很少跟别人说起。在那个特殊的年代，并没有几个人把老先生的学问当回事，也没有几个人承认他们的学问。我想韩先生能够牺牲自己的很多休息时间辅导我，也是他发现我们师生间有心灵的交汇。他了解我不是个胡说八道、胡思乱想的后学。

后来我听说，韩先生曾经给人辅导过《鲁迅全集》，让我大吃一惊，后悔当时没有更多地向他请教鲁迅的相关问题。他对鲁迅作品了如指掌，把古今文学打通、贯穿起来。张中行曾说过，像韩先生这样有丰厚的学养，并能自由驾驭的学者是不多见的，韩先生是个真正的学者。

五、韩门立雪(1)

1979 年，我第二次成为韩先生的入室弟子。那时，我们学校为青年教师办了一个古典文学进修班，韩先生给我们讲唐诗，讲古代散文。听课的有詹福瑞、韩成武、刘淑学、申德纪、石宝田等，后来听课的时而也有天津的老学生陶德臻等。

我们就住在天津马场道河北大学的东院原址楼里，为照顾韩先生我们到先生家里听课。

韩先生过去在中文系讲过很多课，主要是历代散文、唐宋诗文，他后来做研究生导师给研究生指导过的论文多是在唐宋这一段。我们知道，过去的大学里文学课是不分家的，韩先生哪一段也能讲，我觉得他讲现代文学也行。

韩先生那时住的仍然是河北大学北后院西湖村西的筒子楼老房子。他每周四、周六上午给我们上课半天，先讲唐诗，后来讲了散文。我们几个青年人，不管刮风下雪，总是在早晨 8 点钟以前来到韩先生的家门外静静地等候。由于需要乘坐公交车，我们怕迟到就得早早地出发，路中随便买个煎饼，边走边吃，却有时提前半个小时就来到了先生的楼下。冬天里站在寒风中，脚下还真的有雪，我们戏称是“韩门立雪”。这样说并不是觉得辛苦，而是一种幸运和雅趣。有时有人急着赶车，买了食品，却忘记了拿回找的钱。于是我想起了我系一位老师的笑话。他早晨像我们一样赶上班，在路边买了一个煎饼，交了钱后骑车就走。摊主幽默地喊他：“老师傅，我卖了十多年煎饼，急着走的人见得多了，有的人拿了煎饼忘记取找的钱，有的人拿了钱忘记要煎饼，您可倒好，什么也不要就走了，照您这样，我可是赚大发了！”一个笑话说完车到站了。

我们总是在 7 点 55 分的时候来到敲先生的门。师母开门后，房间里面有韩先生和他的女儿韩珊晨、女婿朱思俞，还有韩先生的外孙子。小孙子有时赖床不起，韩先生总是说，不要急，让他慢点，不要冻感冒了，真是至爱。

一年的进修中，我们前半年听先生讲唐诗，他让我们准备的教本，就是人民文学出版社的《唐诗选》上下册。韩先生也不是全讲，而是自己随意选一些典型的篇目。他先让我们看注释，讲一下诗中的典故和词语，用主要的时间说作品的精彩之处何在，一边讲作品内容，一边也说一些作者的生平故事。韩先生对古书里的名句、典故随口道来，准确无误。我们问他怎么记得这么清楚。他说：“都是小时候背诵的，许多的书到了现在还能背诵下来。”此事对我们的触动很大，我虽然已经不是“小时候”了，但也决心坚持多多地背诵。

韩先生讲得比较细的是两种作品：一种是艺术上特别好、有故事可说、历来为人称道的；另一种是里面的文字比较难，需要作很多解释的。韩先生讲过高适的边塞诗，如《燕歌行》，高适一生有征战的经历，诗写得很切实。“男儿本自重横行，天子非常赐颜色”能够再现战争的生活场面。高适善于用对照的手法来写征戍之事。“战士军前半死生，美人帐下犹歌舞”是一例，“少妇城南欲断肠，征人蓟北空回首”也是一例对比。

对李白的《梦游天姥吟留别》先生也是特别喜欢的，他还特别对古代的登山木屐有兴趣，“上山去其前齿，下山去其后齿”，想法可谓聪明。全诗先写天姥山的飞动气势，以显示山之高，再说“我欲因之梦吴越”，引起梦游，从景之暗，写到景之明，忽然间仙人列如麻，霓为衣，风为马，在魂悸魄动之时，顿时惊醒。最后的句子很重要，人生不过如此，都是一场梦，功名利禄终归是梦幻。所以，人活一生，为什么非得“摧眉折腰事权贵”，弄得自己不能“开心颜”呢？李白诗的思想之高在此。然而，李白也是个很懂得人情的诗人。韩先生讲过《金陵酒肆留别》，李白出川去越中，一位普通的朋友在一个小酒店里送别他。“欲行不行各尽觞”是说将出行的人和不出行的人，同饮了一杯酒。“请君试问东流水，别意与之谁短长？”绵绵的留恋之情，让人很感动。

韩先生讲杜甫，特别重视《北征》的长篇叙事和入声韵的使用。韩先生说：“诗中充分表达了诗人的沉郁顿挫的感情，曲折庄严。他恰当地用入仄声韵，而且一韵到底，很好地衬托出庄严之情。”诗中有趣的是写出了许多的生活细节，一点儿也不枯燥，如小儿的情态写得实在是好。韩先生特别提醒的是，诗的最后，“煌煌太宗业，树立甚宏达”，是一种庄严，是诗人对国家的关心，绝不能硬拉扯到封建迷信上去。这个提醒极为重要。历来的解释就喜欢什么事都往政治上拉，往古人头上泼粪，给许多古人戴上“忠君”的大帽子。韩先生话虽然不多，却注意了这样的偏颇认识。韩先生讲到杜甫《春夜喜雨》中的“晓看红湿处，花重锦官城”时说，“花重”是用了“通感”的手法。什么是通感，就是人的五官感觉的互相影响。韩先生让我们看钱先生的《旧文四篇》中的《通感》，并且对钱先生大加赞扬。韩先生讲课从来不说“我认为”，而总是介绍前人的说法、学界的观点，引导我们思索问题。说到《江畔独步寻花七绝句》中“黄四娘家花满蹊，千朵万朵压枝低。留连戏蝶时时舞，自在娇莺恰恰啼”时他说，杜诗写得那么顺畅和自在，句句精彩。先生强调“蹊”是小路，就是“桃李不言，下自成蹊”中的那个字，读诗时这些关键字不能囫囵过去。

与诗人的生平事迹关系重要的诗韩先生都给我们讲过了。如《自京赴奉先县咏怀五百字》《月夜》里面有特别的“心行之往复”手法，《观公孙大娘弟子舞剑器行》对于我们理解一切艺术都有启发。对于《丹青引赠曹将军霸》，韩先生认为写画马是有独到的。记得当时我们说到了郭沫若先生的《李白与杜甫》，认为其曲解李杜太过分了，应该受到批判。韩先生说：“这倒不必了，大家知道就行了。郭老是我们都很尊重的人，谁好意思对他进行批判。他也受了许多的苦，不必对他太苛求。”

韩先生也讲了被闻一多先生誉为“诗中的诗，顶峰上的顶峰”（《宫体诗的自赎》）的张若虚的长诗《春江花月夜》，说全诗的换韵形成九段诗，成了唐诗中的名作。我那时听先生的课，不知道为什么他欣赏刘长卿的诗。《唐诗选》中的6首全给我们一一讲解。他给我们读了那一段作者介绍：“刘长卿和杜甫同时，比元结、顾况年长十多岁，但其创作活动主要在中唐。他的诗气韵流畅，音调谐美。跟年辈较后的大历十才子相类。他的近体诗，大都研练深密，而又婉曲多讽，七律尤以工秀见称，但缺乏雄浑苍劲之作，也和中唐诗风近似。但就写景的冲淡闲远而论，他显然又受了王维、孟浩然等人的影响。”韩先生认为这段文字概括得极好，让我们注意。后来我查到了《唐诗选》中对刘长卿的评价，原来是出自钱锺书先生之手。韩先生当时可能不知道这个背景，但是以他的眼力，已经判断出这些话说得不同凡响，肯定出自大家之手。

先生讲到白居易的《琵琶行》，说里面写音乐声音，选取了自然中、生活中的许多声音作比，是绝妙的好。先生还比较了韩愈的《听颖师弹琴》，说二者各有千秋。韩先生在讲解唐诗的时候，曾经在讲《琵琶行》时使用过“通感”的概念，讲的《登高》时用过“登高而悲”的概念，讲杜甫《月夜》时用过思念“心行之往复”的概念。有一次，我们在课间聊天时说到这些解释非常精辟，韩先生就坦率地说："我的这些解释有许多是从钱锺书先生那里来的。你们可以看钱先生的书《旧文四篇》《宋诗选注》《谈艺录》。前两种现在书店里面就有，那里有我认识的一个人，你们找他就一定能够买到。《谈艺录》那个现在没有新版，旧版的我可以借给你们看。"先生介绍的书我们都如期地买到了。他借给我们的那本《谈艺录》虽然整齐干净，却很旧了。我们轻轻地翻看了一下，不好意思从头到尾地用先生的这个本子读完，日后时时留心坊间消息就行了。到 1984 年，我终于购得了《谈艺录》，书价是 3.25 元。后来在北京进修的佟明羽来信告诉我保定新华书店有这本书了，我购得两本，另一本送朋友了。我也因此对钱锺书的书特别留心。在看了《管锥编》后，我也找到了韩先生说的那些观点和论述，确实深有启发。不过先生讲唐诗自有他的独到发现，韩先生的诚心也让我感动不已。

六、韩门立雪(2)

1979 年后半年，韩先生给我们讲散文作品，用的是中国青年出版社的《历代文选》做教本。他先后讲过《滕王阁诗序》《师说》等散文。许多文章我们读过，但是那里面几乎全是名句，听先生的讲解会有新的收获。过去没有背诵过的，也还是想背诵下来。

韩先生讲了韩愈的《师说》。先生说，老师的任务是"传道授业解惑也"，老师是重要的，但是"惑也并非全是老师给解决的"。讲到"师道之不传也久矣！欲人之无惑也难矣！古之圣人，其出人也远矣，犹且从师而问焉；今之众人，其下圣人也亦远矣，而耻学于师。是故圣益圣，愚益愚。圣人之所以为圣，愚人之所以为愚，其皆出于此乎?"时韩先生说，这些话都有偏见，韩愈只是专一地强调师之重要，他自己不会没有体验。韩愈的文章，婉转刻意，写得尖锐但不全面。这些话当时就发人深思，现在看看笔记上的话，更佩服先生的锐利思想。

韩先生讲了《〈张中丞传〉后叙》，他说这是表彰安史之乱中死守洛阳的名将张巡和许远的，是韩愈读了李翰的《张中丞传》后作的补充和辩冤。先生读了第一段后说："文章说，李翰的传中，没有记许远的事迹，也未记雷万春事。可是韩愈的文章也没有说到雷万春事。这里可能抄写有错误。文章最末一段是要揭露官场黑暗，与本文无大关系，但是有意义。"

他还讲过《祭十二郎文》，这是韩愈祭侄子十二郎的祭文。韩愈幼年丧父，由哥哥嫂子抚养长大，十二郎是哥哥韩介的儿子。文章不用骈体文的形式，近于白话，叙述了一系列往事回忆，悲从中来，不可断绝。可以想见唐代的口语也是明白好懂的。作者以向着逝者诉说的口吻写成文字，哀家族之凋落，亦哀自身之未老先衰，哀死者未壮而早夭，文中疑天理、疑神明、疑生死之数，乃至疑后嗣之成立，极写内心辛酸悲恸。真是一篇好文章。韩先生还让我们了解这种祭文的写法有一定的规范，却也有不同的语式设计。

《柳子厚墓志铭》是碑铭体文章，也应该了解其规范。文章开头先说柳宗元的祖辈功名之盛，再说柳宗元的功名之盛，说明唐代是很重门阀的，韩愈也未能免俗。但是铭文中表达了韩愈对柳宗元参加王叔文集团的不赞成，说是"不能自持"，就是把握不住自己。但是柳子厚不媚权贵，刚正不阿；被贬后，很关心人民的疾苦，对朋友也很义气。对此韩愈有很公正的评价。韩文佑先生特别称赞了柳子厚被贬至永州为司马时"居闲益自刻苦，务记览，为词章，泛滥停蓄，为深博无涯涘，而自肆于山水间"。韩先生对文章中的精彩议论着重解释，以引起我们的深思。如："呜呼！士穷乃见节义。今夫平居里巷相慕悦，酒食游戏相征逐，诩诩强笑语以相取下，握手出肺肝相示，指天日涕泣，誓生死不相背负，真若可信；一旦临小利害，仅如毛发比，反眼若不相识。落陷阱，不一引手救，反挤之，又下石焉者，皆是也。此宜禽兽夷狄所不忍为，而其人自视以为得计，闻子厚之风，亦可以少愧矣。"韩先生称其为"精彩的论述"。今天读了，也能够了解世情之薄。亲人朋友间有多少人曾经山盟海誓，指天涕泣地表示生死不相悖，一到了面对小利害时就会"反眼若不相识"。此等人，如果读了柳文，是应该有点愧悔吧。韩文义正词严，的确是有一种咄咄逼人的气势。这让我立即想起了某运动来时，有些人的表演。不过，那些人也不懂得愧悔。

后来，韩先生略讲了柳宗元“自肆于山水间”而写的《小石潭记》，让我们注意，开头是写发现小潭的经过，引导我们走向小石潭。“水尤清冽”之后，虽然写的是水清，但是没有用一个“清”字。这就是文章之妙——以虚写实。我立即想到了朱自清的《荷塘月色》就是用这样的手法写的。文章的情调相似，都是写“清”，朱先生有新的创造，加上了以静写清，又以声示静，再加上了以想象中的热闹衬托“清冷”。手法真是丰富。这些想法没有机会同韩先生交流，我便写成了文章。

韩先生还给我们讲过李清照的《〈金石录〉后序》，这也是我早就读过而且特别喜欢的文章。我不仅喜欢文章，也喜欢李清照、赵明诚夫妇雅致的生活。另外，韩先生认为文章并不算短，但李清照的文字之典雅和洗练是很让人佩服的。如，能用一句话概括一本书的内容：“取上自三代，下迄五季，钟、鼎、甗、鬲、盘、彝、尊、敦之款识，丰碑、大碣、显人、晦士之事迹，凡见于金石刻者二千卷，皆是正讹谬、去取褒贬，上足以合圣人之道，下足以订史氏之失者，皆载之。可谓多矣。”这既有内容的概括，也有作者的态度申述，这就是语言的功夫。概说之后，说金石研究的意义，却从巨人的印象说起：“自王播、元载之祸，书画与胡椒无异；长舆、元凯之病，钱癖与传癖何殊？名虽不同，其惑一也。”做了有意义的事，却从“无意义”说起，文章给自己留下了很多言说的空间。这是很会写文章的人才能这样做的。古人早就有玩物丧志之说，历数几件故实：其一，王播，应该是王涯，是唐文宗宰相，死于甘露之变，他喜欢收藏书画，秘不示人，同珠宝一起放在夹层墙内。他死后，别人破墙取走珠宝，将珍贵的书画弃之于道。其二，唐代宗时宰相元载，因贪赃枉法、专横跋扈而被判死刑，家产被抄没时，发现他藏的仅胡椒就有 800 石，别的财产就可想而知了。其三，晋人和峤，字长舆，家产富有，却极为悭吝，爱钱如命，人称其为“钱癖”，也不知道要那么多的钱有什么用。其四，晋人杜预，字元凯，爱好《春秋左传》而成癖，人们也对他有微词。文章述世人之诟病，不分良莠地认为，一切癖好，都是惑及自身的傻事。言外之意，他们夫妇喜欢收集金石，也被别人看成是自惑。但是，人生无癖不乐，文章中写得最有趣的地方是："后屏居乡里十年，仰取俯拾，衣食有余。连守两郡，竭其俸入，以事铅椠。每获一书，即同共勘校，整集签题。得书、画、彝、鼎，亦摩玩舒卷，指摘疵病，夜尽一烛为率。故能纸札精致，字画完整，冠诸收书家。余性偶强记，每饭罢，坐归来堂烹茶，指堆积书史，言某事在某书某卷第几页第几行，以中否角胜负，为饮茶先后。中，即举杯大笑，至茶倾覆怀中，反不得饮而起。甘心老是乡矣！故虽处忧患困穷，而志不屈。收书既成，归来堂起书库，大橱簿甲乙，置书册。如要讲读，即请钥上簿，关出卷帙。或少损污，必惩责揩完涂改，不复向时之坦夷也。是欲求适意，而反取憀栗。余性不耐，始谋食去重肉，衣去重采，首无明珠翡翠之饰，室无涂金刺绣之具。遇书史百家，字不刓缺，本不讹谬者，辄市之，储作副本。自来家传《周易》《左氏传》，故两家者流，文字最备。于是几案罗列，枕席枕藉，意会心谋，目往神授，乐在声色狗马之上。"于是我们似乎便懂了他们夫妇的快乐。这正是陶公所谓"此中人语云：不足为外人道也"。我们感受到，韩先生是性情中人，他不但有诗人气质，也有学者情怀，特别欣赏文人的文化精神，这对我影响极深。我认为所谓文化的传承，不仅是把旧书反复地出版，还得有一批又一批热爱中国文化的人如痴如醉地坚守文化传统，传播文化信息，才能让中华民族的优秀文化不仅青春不老，也能血脉常流。

说到这里我想起来，韩先生还特别称赞梁启超的文章写得好，有气势。他给我们讲过《少年中国说》，他读的声音并不高，却很坚毅有力。

每次课都是整整的半天，先生娓娓道来，我们如坐春风。中间休息一小会儿，先生也继续同我们聊天。早就有人说，先生的"题外话也是学问"。全部课上完，先生总是彬彬有礼地送我们出门，直到楼下。我永远不能忘记的是先生给我们讲《严先生祠堂记》，这是范仲淹《岳阳楼记》外又一篇好文章，是记写"光武帝故人"严光的祠堂的。

其中有“微先生,不能成光武之大;微光武,岂能遂先生之高哉?而使贪夫廉,懦夫立,是大有功于名教也”之句。如果没有严先生便不能成就光武帝的气量宏大;如果没有光武帝,又怎能促成严先生品质的崇高呢?严先生的榜样,能使贪婪的人清廉,胆怯的人勇敢,这对维护礼仪教化确有功劳。文章最后那四句歌词:“云山苍苍,江水泱泱,先生之风,山高水长!”韩先生特别喜欢,读过之后头向后仰着,连声说写得真好!我当时就想,韩先生之风,也正是“云山苍苍,江水泱泱,先生之风,山高水长!”能够让我们永远记得。

七、为徐志摩死难发表檄文

如果想了解韩先生叱咤风云的英姿,应该读一下韩先生学生时代写下的激扬文字。早在1931年韩先生在清华大学读书时就参加过一场关于徐志摩的论战,写过一篇论文《读杨丙辰先生在百科学会讲演辞》。韩先生的文章源于徐志摩的空难,是为徐志摩的评价正名的一篇利剑似的檄文,足显韩先生的侠义风采。

时间是1931年11月19日晨,徐志摩从南京免费搭乘一架“济南号”邮政班机赴北京。午后2时,飞机在济南上空遇到云雾,触碰开山(白马山),机碎人亡。驾驶员王贯一、副驾驶梁璧堂和徐志摩遇难。此时徐志摩年仅35岁。他作为一位才华洋溢的抒情诗人以这样悲惨的形式离开人间,激起了人们的许多议论。首先是北大举行了隆重的追悼会,与此同时,京津沪一些报刊发表了悼念文章。《北平晨报·学园副刊》,连续多日发表纪念文章,并合集成书。《大公报·文学副刊》也参与此事。

发出的声音显得异样的是北大德文教授杨丙辰,他于1931年12月20日在百科学会作了题为《大诗人、天才、徐志摩和他的朋友们》的讲演,稿于1932年1月11日发表于《大公报·文学副刊》,猛烈地抨击了悼念徐志摩的人们。他认为徐志摩不能与世界第一等诗人比肩，朋友们称赞他过分了。他说：“‘诗圣’底惨死，惹起他的一大群亲爱的朋友们一阵子大忙乱：追悼，演说，写文章，出专刊，一幕跟着一幕地揭开，真是多年以来北平见过的名人界里的一件盛举。演说虽然我未曾去特特地听了，但是文章却是我一篇一篇都拜读了的。文章做得真不少，真可谓洋洋大观；不过全体文章里头所说的话，归结起来，却总不出下列的一串：徐志摩—人品性格—漂亮可爱—真可爱—伟大的天才—空前的大诗人。这实在很有些像是他的惨死竟成了他的一件大幸事一般了，因为他是由他们这些文章里面，一转而成了神人—天人—上帝。”①

杨丙辰在文章中全面否定徐志摩，他说：“读了徐的诗集后，不能不怀疑到他的伟大的天才，空前大诗人的位置。徐诗的失误在于，他对新诗的见解根本就是错误的，过于追求腔调的铿锵和形式的完美。在他的诗集里，大部分都透露着东拉西扯，以迁就字音，和东补西裁，以迁就形式的痕迹。再就是，他所有的才智，不见得符合伟大诗人的天才的条件，即富有创造性的幻想力，热烈真挚的情感，一点灵明的判断力。在这些上头，不仅不能和世界性的大诗人相比，就是和当时的一些年轻诗人徐伯订、孙毓棠等人相比，也还逊色。因此可以说，徐志摩仅有大诗人的浮光，而无大诗人的实质。他一生‘好玩’，态度浮动，不深刻，许多人都有同感；他的离婚、他的交朋友、他的写文章、他的作诗，都是‘好玩’。他的那些朋友，只知捧他，崇拜他，加他以‘诗圣’‘诗哲’的徽号，而不知切实地纠正他的缺点，使他的才华不致旁趋。真可说，他对得起他的朋友们，而他的朋友们反倒是辜负他了。”②

关于吹冷风的杨丙辰其人，温源宁著《不够知己》里曾有生动的描写：“他的相貌出奇。他的作风也出奇。如果但丁还活着，要重写他的《神曲》，就一定要给杨先生开辟一片新的境地；因为杨先生既不属于天国、炼狱、地狱，也不属于地狱边境……他自成一类。”③总而

---

① 韩石山著：《徐志摩传》，人民文学出版社 2014 年版，第 362 页。

② 韩石山著：《徐志摩传》，人民文学出版社 2014 年版，第 362—363 页。

③ 温源宁著、江枫译：《不够知己》，岳麓书社 2004 年版，第 323 页。

言之，他是个特立独行的怪人。从他对徐志摩的非议上也能看出，此公确是个有独立见解、敢说敢当，也不负责的学者。

这些缺少尊重、一味贬低诗人的评论，让热爱徐志摩且正沉浸在悲痛中的朋友们，难以接受，他们纷纷摩拳擦掌，准备上阵反批评，为徐诗人伸张正义，以寄托哀思。

这时，第一个站出来发表檄文的就是年轻的学生韩文佑先生。1932 年 1 月 25 日《大公报 · 文学副刊》发表了《读杨丙辰先生在百科学会讲演辞》。据韩先生的老师吴宓在《徐志摩与雪莱》一文中所述："有一位韩文佑君，是清华我班上的学生，其人多情多感，看见杨君那篇文章之后，立刻跑到我的房中，泪落声嘶的，责问我忍心登出杨君之文。我赶忙安慰他，并请他快快去写一篇为志摩辩护的文章来。韩君的文章，还有二三位的文章，大都是赞美志摩的，在以下数期的文副中接连登出了。"吴宓说："我个人心中确是袒护志摩，然而编辑的天职，遇有好文章，必须以公平的态度急为刊登。"①

据吴世昌说，《晨报》的编辑冰森先生最早约他写辩驳文字。吴世昌先生是徐志摩的表亲，当仁不让，1932 年 1 月 15 日，很快写出题为《读杨丙辰〈大诗人、天才、徐志摩和他的朋友们〉》数千字的长文章。编辑却没有立即发表，经过吴先生的催问，到了 1 月 28 日、29 日，吴世昌的文章才连载刊出。冰森将吴先生的文章题目也给改为《论志摩》。

这里可以将当时的论争文章拉一个目录，供读者参考：

芳菲：《徐志摩羽化后之片片》，载 1931 年 12 月 30 日上海《晶报》。

杨丙辰：《大诗人、天才、徐志摩和他的朋友们》载 1932 年 1 月 11 日天津《大公报 · 文学副刊》。

方玮德：《再谈志摩》，载 1932 年 1 月 11 日天津《大公报 · 文学副刊》。

韩文佑：《读杨丙辰先生在百科学会讲演辞》，载 1932 年 1 月 25 日天津《大公报 · 文学副刊》。

---

① 吴宓：《徐志摩与雪莱》，《宇宙风》，1936 年第 12 期。

吴宓:《答复玮德》,载1932年1月18日天津《大公报·文学副刊》。

郑寿麟:《徐志摩与德国之表现派》,载1932年1月25日天津《大公报·文学副刊》。

吴世昌:《论志摩》,载1932年1月28日、29日北平《晨报·学园》。

冰森:《关于〈论志摩〉》,载1932年1月28日北平《晨报·学园》。

杨丙辰:《好玩的解释》,载1932年2月《鞭策》月刊第1卷第1期。

张露薇:《论诗人徐志摩》,载1932年2月22日天津《大公报·文学副刊》。

胡适:《志摩日记一页》,载1932年6月5日《独立评论》第3期。

沈从文:《论徐志摩的诗》,载1932年8月《现代学生》第2卷第2期。

汪辟疆:《我所认识的徐志摩》,载1932年9月1日《读书杂志》第2卷第9期。

李梨:《诗人徐志摩之死》,载1932年11月《红叶》第3期。

陈梦家:《纪念志摩》,载1932年11月1日《新月》月刊第4卷第5期。

方玮德:《志摩怎样了》,载1932年11月14日天津《大公报·文学副刊》。

高植:《志摩与我》,载1932年《小说月刊》第1卷第2期。

茅盾:《徐志摩论》,载1933年2月《现代》杂志第2卷第4期,收入1936年4月上海生活书店版《作家论》。

阿英:《徐志摩的诗》,载1933年5月1日《南风》第8期。

阮无名(阿英):《新月派的戏剧运动》,见1933年6月上海南强书局版《中国新文坛秘录》。

比较一下,韩先生的文章不仅仅发表得早,也比吴世昌的文章精炼锐利。吴先生文章近6000字,而韩先生仅用2600字的文章,表达了自己的意见。他以一位青年学者的身份发声，以诗评家的口气向杨丙辰发起申斥。韩先生没有用笔名"韩刚"，有点敢于应战的姿态。韩先生主要是责备杨丙辰的无知和无情，集中攻其文章的轻漫之语"一生好玩"论。杨先生说，徐志摩一生好玩，态度浮动，不深刻……他的离婚、他的交朋友、他的写文章、他的作诗，都是好玩。韩先生认为："这与我所见到的徐先生恰恰相反，我不知杨先生何所见而云然。"韩先生用诗人的自述和朋友们的评论文章为证，说明徐志摩是严肃的诗人，"不苟且，不潦草"，"惨淡经营"，他不想成仙，只想安分地做人，而且自剖起来"永远在殚精竭虑地求它更能精工，更能美好"。怎么说他是为了好玩？

韩先生又说，徐志摩一生作的诗并不多，算起来"一个月还派不到一首"，有时"一年只淘成一首"，这样的态度能算好玩吗？韩先生列举了《问谁》《难得》《盖上几张油纸》《翡冷翠的一夜》《偶然》《庐山石工歌》《我等候你》《拜献》《他眼里有你》《再别康桥》《杜鹃》《黄鹂》《山中》等诗篇，请杨先生指出徐的"好玩"之所在，只一句他也满意。论志摩的诗如此，散文也一样。韩先生仅举《追悼我的彼得》一篇，即问杨先生"忍心"吗？这里说的小彼得是志摩的第二个儿子，韩先生说志摩极为伤痛地追悼自己的幼小的儿子，谁忍心说是为了好玩？

再从朋友们的情绪来说，"他惨死之后，多少他的朋友，他的读者，为他痛哭流涕，为他发出深沉永久的哀思，这岂是'好玩'的人所可致？"

再说徐志摩的结婚、离婚，多被闲人们诟病。杨先生也说他"好玩"，"轻薄的爱"。韩先生说："他怎样严肃怎样苦辛地去追求爱？他说：'我将于茫茫人海中访我唯一灵魂之伴侣；得之，我幸；不得，我命，如此而已。'"韩先生认为志摩的婚姻的不幸并不是什么好玩的事。志摩在诗中写："他在为你消瘦，那一流涧水，在无能地盼望，盼望你飞回！"（《猛虎集·献词》）又"痴，想磔碎一个生命的纤微，为要感动一个女人的心！"（《我等候你》）韩先生认为，这是何等的忠贞，何等的坚强与迫切！

文章最后，韩先生申斥了杨先生的无情："如此的不厚道，如此的不公平，如此的厚诬死者，无论如何，我决不能为杨先生恕！”①

八、韩文佑先生与现代文学研究

韩先生从老清华里出来，有着老一辈清华人的传统，他的学问是不分古代与现代的。有人说我读书太杂，我不与之争辩，但不以为然，因为韩先生说他读书没有边界。先生读过的书很广博：诸子、经学、史学、诗词歌赋、古代散文、古代戏曲、现代诗歌、现代散文与小说、外国小说和其他作品，他都很熟悉。所以说他的学问渊博，是名副其实的。在我们老中文系里，可能韩先生读书最多最广，他是通过读书长学问。其次应该是李离，他是读书增兴趣，遣闷释烦忧。他们中没有一个人是为了名利和金钱而读书。我一向认为古代说的“书中自有”什么什么，那是讽刺文人的异想天开，不是给读书人的人生指导，可惜人们拿这些话当真了。

据著名翻译家蓝英年先生回忆，在“文革”时期，因为红卫兵打派仗，已经被监督管制的他多在北京，在偶尔回天津的时候就跟随韩先生学习鲁迅杂文。“在天津的日子便跟随韩文佑先生一起读鲁迅的杂文。从第一卷《坟》开始。我先读一两遍，晚上坐在他宿舍前的马扎上，同他讨论，听他讲解。韩先生对鲁迅作品之熟令我惊讶。他不仅对每篇都熟，甚至能背出句子和段落来。韩先生讲完后，我回去再重读他讲过的几篇，接着按顺序读下面的杂文。我们就这样一直读完第六卷的《且介亭杂文末编》，平均每篇都读过三四遍。韩先生肄业于清华大学，对北大、清华教授的趣文逸事知道得很多，也讲给我听。其中有关清华教授的逸事，张中行先生写入《负暄琐话》，也是听韩先生说的。韩先生还把周作人、郁达夫和徐志摩等人的作品借给我看，并且都是初版本，让我眼界大开。他让我先看周作人的《谈龙

① 韩文佑：《读杨丙辰先生在百科学会讲演辞》，载1932年1月25日天津《大公报·文学副刊》。

集》和《谈虎集》，然后再看《雨天的书》和《自己的园地》等集子。我读周作人比读鲁迅吃力，对他那些抄书文章读不下去。韩先生说过了五十岁我就读得下去了。五十岁以后，‘文革’早已结束，是我最忙的时期，办刊物、翻译书、带研究生，没有时间再读周作人的书。现在过了七十岁，仍没再读，只读过论述周作人的著作。那时听韩先生讲鲁迅的还有一位中文系的周先生，是研究现代文学的教师。他专门研究叶圣陶，但对五四时期的其他作家也很熟悉，他也谈到很多大作家以及他们的作品，弥补了我这方面的缺陷。”①

我在这里补充说明：蓝先生的回忆里说的周先生，正是我们教研室的周绍曾先生，他是韩先生的邻居，与韩先生同住在一个筒子楼里面。他年轻时候写过研究叶圣陶的一篇论文，但是并不专门研究叶圣陶，倒是对鲁迅、周作人也有兴趣研究。这个兴趣也许与接近韩先生有点关系。至于说到韩先生跟他们讲郁达夫和徐志摩，这肯定是真实的。因为韩先生写过研究这两位作家的论文。本文前章已说到了韩先生论徐志摩的文章。

那篇研究郁达夫的论文，题目是《读郁达夫先生的〈迟桂花〉》，署名韩刚，发表于 1946 年 11 月 1 日出版的北平《文艺时代》第 10 期上。这一篇论文从考证开始，不相信小说是“虚拟”的，通过对郁达夫的《沧州日记》和《水明楼日记》中与小说有关的内容对照互证，从而研究小说的内容，认为“感伤气氛和灵的觉醒与战胜两者是这位病肺者性格的根柢”。

关于对这篇小说的艺术分析，韩先生用的是比较文学的方法，写下一段极为精彩的文章。

> 类似《迟桂花》，借着外面的一点为契机而酝酿成一篇作品，这样的实例还有许多。《少年维特之烦恼》自然最有名，屠格涅夫在海滨遇见一位青年医生而创造出《父与子》里面的巴札洛夫，弗楼贝尔看见一幅怪画后便断续用了二十五年长时间精制成《圣安东的诱惑》，也是显著的例子。但是仅仅一位医生一幅

① 蓝英年著：《那些人，那些事》，广东人民出版社 2014 年版，第 67—68 页。

画或一阵桂花香绝不能引出一件艺术品。让我们从较远处说起。

《诗品序》提出"直寻",《沧浪诗话》提出"妙悟",意思未尝不好,但都不免有流弊,尤其是"一味妙悟"四个字。直寻与妙悟绝不是一切。直寻与妙悟之前之后需要做的功夫非常之多。而且正因为有事前的功夫,才更容易碰见妙悟,有事后的功夫,妙悟才不致落空。概括地说,这就是平日人格的与艺术的素养,和临下笔时的细心推敲。杜少陵自谓"读书破万卷,下笔如有神"。张宗子以为"精思静悟,钻研已久,而石火电光,忽然灼露,其机神摄合,正不知从何处着想"。里尔克在《布里格随笔》里则强调情感不算,因为我们早就有了,唯有经验才是诗的生命。他认为必须尝过各式各样极深极广的生活,使之渗化为自己的血,和自身再也不能区分,"那才能在一个非常稀奇的时刻有一章诗的第一字从它们中心脱颖而出"。(见《沉钟》第十四期或《新诗》第三期冯至先生译文及论文)里尔克说的是诗,其实可通于一切艺术。这样,除了写作技巧的练习,除了性格天分属于遗传方面者人力毫无所施之外(在这一点上我是一位宿命论者),下余读书,观察观照,特别是生活经验,这三者愈是积累得多,自发或被诱发而创作的机会也愈多。只有在遍生荒草的野原上,星星之火才可以烧开一片火海的。

所以《迟桂花》写成的故事之有意义,不仅在于一阵花香可以诱发一篇好小说,更在于暗示给读者诱发之前之后的培养功夫。作者自己的性格、他的多年创作的经验、他的博读、他的理想女子的憬慕,所有他的人格与艺术的素养,借着花香与邂逅的两重机缘迸发而出,加以作者的艺术感觉艺术约束的缘饰,便成功一篇上好的作品。①

韩先生的研究从"直寻"和"妙悟"的理论说到了小说创作的"事

① 王自立、陈子善编:《中国文学史资料全编·现代卷·郁达夫研究资料》,知识产权出版社2010年版,第360—361页。

前功夫”与“事后的功夫”再加上“临下笔时的细心推敲”，才能产生好的作品。性格天分、读书、观察、观照、生活经验的积累，是文学创作能够成功的秘密。我们会发现，韩先生并没有从浪漫小说、自叙传小说的特点上空洞地研究作家，而是从事实出发，进行诗学比较研究。这样的研究风格很能表达先生的文学研究方法论。

九、山高水长

我们进修结束后，我也有几次看望韩先生。我知道他是我们古典文学专业最早的硕士生、博士生导师，我和李离、刘崇德、詹福瑞经常在聊天时说到先生的学问和为人，连连称赞先生。但是没有一次当着先生的面说感谢和敬仰的话，我有许多话觉得说不出口。但是先生是我治学路上重要的指导老师。他对我的好，小而言之，是关心我的成长，大而言之，是对我们的教育事业人才培养的关心。

韩先生是1991年7月4日病逝的。7月8日，我们向先生告别，天空浓云密布，骤降大雨，天地同悲。追悼会后，雨立即停止。在送别韩先生的追悼会上，我向先生深深地行礼，心中是悲凉，是温暖，全有。在先生的眼里我可能算不上他最好的学生，因为我后来的教学岗位，没有选择古典文学专业，这主要是因为我还有现代文学的研究任务在进行。但是我对先生的敬仰是由衷的、永久的。

韩先生的身体不算强健，但是从来不胖，也不弯腰，他从来不会跑步和运动，却走路轻快。他曾经跟我说过：“我上学的那时候，身体就不好，别的同学说我这个人活不长，因此处处注意，所以这么老也还活着。”说得那么轻松和幽默。到了他感觉特别衰老的那一两年，他就不断地默默地整理自己的书，并偷偷地写了遗嘱，锁在了自己的抽屉里。在一个偶然的机会，他对自己的女儿说：“我的遗嘱写好了，就锁在抽屉里，我走后，你再看。”珊晨很不愿意听：“爸爸，你怎么这样，您不是挺好的吗？”后来，她看到的父亲的遗嘱，并没有写财产的处理，他一生也没有积下多少财产，但是先生一生爱书，他的藏书十分珍贵。他在遗嘱中写了其中哪些旧书比较珍贵，哪些如何处理，告诉家人应该如何对待。

一身清白，两袖清风。这就是我们敬爱的韩先生。李离先生告诉我，韩先生去世时，有人称赞韩先生是“做人特别自觉”。女儿珊晨说：“我爸爸那不叫‘自觉’，那叫‘自尊’。”知父者莫若女也。自尊，正是韩先生的做人特点，他从来都尊重别人，也尊重自己。

2015—2016 年间写成

魏际昌先生和他的文学研究

魏际昌先生

一、魏际昌先生对我的教导和鼓励

魏先生是我上大学时认识得最早的老先生，他当时在中文系的资料室工作，那时我并不知道魏先生在反右中曾被错划，也不知道他为什么在资料室工作，没有从事教学。他那时还不到60岁，身材高大，腰板挺直，说话声音豁亮，有底气，有节奏，一字一板地发声，坚毅而有力度。从风度看，总觉得他有行伍之气。我上学的时候就是个书呆子，并没有认为资料室工作就算低人一等，便是今天我仍然认为，最有学问的人才有资格管理图书。

初入大学，见到魏先生总是坐在桌子旁边写着什么，觉得很神秘。他一般很少与来看书的老师们聊天。其实，我知道资料室里是不准学生进入的。但是当我好奇地进门，借口说想找一本什么书，别处没有时，先生不但没有把我赶出去，还帮助我找。他问我："今天没课吗？怎么不去上课？"我说，现在是张弓先生的现代汉语课，我听不懂老师的南方口音，想自己看书学习。他淡淡地说了句"那可不太好啊"之后，竟然没劝我回去听课。从此我就经常到那里看书。我从来没见过那么多书，特别是在那里还可以看到已经过期的旧杂志，一篇篇地查我喜欢的作家和诗人的作品。比如我读了连载在《新港》杂志上的梁斌的小说《播火记》，读了我想买而买不起的清代王筠为指导儿童识字而编写的《文字蒙求》和许慎的《说文解字》，看了并摘抄了严阵、闻捷的诗，还看了臧克家的诗和《学诗断想》等书，还发现，我从家里带来的一本《花间集》原来很珍贵，我后悔已经把它给看烂了。我就这样一边看一边抄记些我认为有用的东西。

魏先生见我在认真地看书，也不跟我说话，等我出门一会儿回来，他叫着我的名字跟我说："你看书还很认真，知道做笔记。这样很好，日久天长收获就大了。"我很吃惊他为什么知道我的名字，想是他看了我的笔记本。他笑着揭示我的秘密："你喜欢写诗？看着看着，自己也写一首。"我不怕他翻看我的笔记，但是有点不好意思地说，那不是诗，只是随便写点感想的句子。这事情过去了好多年，到了"文革"以后，我已经毕业留校工作了，先生仍然在资料室工作，他还记得我上学时候的那点逃课的事。我说："您那时没有把我赶出去，也没有批评我，算我很幸运。"

毕业工作了以后，我才知道魏先生天天在那里抄写的东西就是文献资料卡片。我特别佩服他那样数年如一日地认真工作。先生是中国古典文学的研究专家，对先秦文学和桐城派有过专门研究，也是一位文献学专家和诗人。他把资料室的全部书做成了卡片，装进卡片箱，这个工作既烦琐也劳累，但是他仍然从容地做着。他不时向我介绍各种书，允许我随便查阅书目卡，真是应有尽有。他做的卡片有两种，一种是目录卡片，另一种是资料摘抄。这为日后自己搞教学、带研究生、写文章、研究问题积累了很多有用的资料。我从先生那里请教如何做资料卡片，开始学着做资料卡片。不过后来我就改用了电脑记录资料，更加方便了。

我忘记不了他那时说了一段让我极感动的话："刘玉凯的人品好，好读书，我早就认识他了。在'文革'中不但没斗过老先生，还特别尊重我们，能做到这点，那是很不容易的，很不容易的。"话似乎说得很动感情，好像是藏在心里一直想表扬我的话。他这些话好像不是对着我说的，因为在场的还有李离老师和其他别的老师。他说的话让我心里一热。我说："您比我父亲还年长，是长辈，我上学就是想跟老师学习读书搞学问。"他还说了不少鼓励我的话。这里不便多写，我记在心里就行了。从那回开始，我就跟魏先生一点也不拘束了，总想跟他请教点什么东西。1988 年的中秋节，我和老伴儿带上家乡的老酒去看望先生，正好先生的《桐城古文学派小史》由河北教育出版社出版，我得到了先生的赠书，特别高兴。这是先生的力作。

魏先生的著作

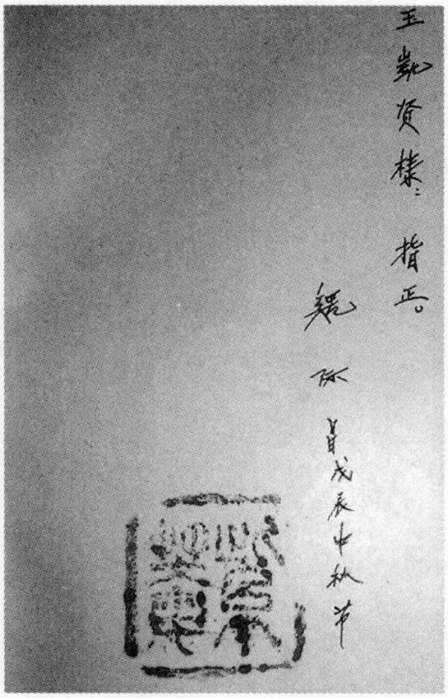

魏先生的字迹

我同先生畅谈时间最长的一次，大约是1980年前后，我陪魏先生的一次出差。系副主任李离先生找我，特别嘱咐让我陪同魏先生出差一次，陪他到廊坊师专讲一次课，记得他讲的是“论孟”，即《论语》《孟子》。魏先生说我去是最合适的人选，他年纪大了，出门需要有人照顾。其实，先生的心态是比我都年轻得多。他自己带了一个小收音机，和我一同乘坐火车，一边听着音乐一边说话。我从来没有这样的习惯。要听音乐我就不说话，想说话我就不听音乐。但是我们一起聊了很多读书学习的事情。魏先生说，现在他们这一代老人儿对老祖宗的东西还熟悉，能讲讲，以后没有人懂这些东西了，就没人能讲了；可是这些古代的也需要有人继承。我说，可惜我现在搞的是现代文学，如果可能也搞点古代文学研究。我还说：您放心，我们这一代人也会努力的。我向他汇报了自己读过的古典文学书，说到一些散文和诗，也说到了他跟随胡适先生读研究生的一些情节。他说胡先生是一位博学的学者，也很善于交际，是很活跃的社会活动家。他说胡先生是新派学者，但是，旧学的基础也非常好。所以魏先生就在胡适的指导下读研究生，做了论文研究桐城派的文学。胡先生提倡整理国故是有道理的。我说鲁迅先生反对胡适的做法，可能有他的用意，他的文章多有偏激，但是偏激之中也有特别的所指。在西方文化引进初期，其还没有得到我们的普遍接纳，很快地又让大家进研究室，弄故书，鲁迅先生是担心五四可能走过场。我又跟他说，我喜欢五四后的新诗，胡适的诗就写得很有趣。我不是讨好魏先生，我真的喜欢胡适的《尝试集》，他越写得通俗越有味道。我说我在廊坊给函授生讲过闻一多的诗。魏先生说：“闻一多这个人太霸道。”但是没有往下说。

我跟魏先生正说着话，魏先生突然间说：“玉凯，你看那边的女的是谁?”我说：“不认识。”随便一个人，我怎么会认识？他说：“她是歌唱家郭兰英！我们去打个招呼。我在抗战时就认识她，打过交道。”我看清楚了，同一车厢里的那个人，长发，牛仔裤，在那里也不坐下来，跟同车的演员们聊天，正是歌唱家郭兰英。我向她问好后，就听魏先生很亲切地同她聊了几句。郭兰英大概也没有想起魏先生是谁。

我们到了廊坊，来接我们的人总是不来，魏先生很着急，可是我们也没有电话，等了有一个小时我们才到了学校。初春的天气还很冷，我很怕先生着凉，但是他到了住处，就打开收音机，听广播。晚上住下后，就有在廊坊师专工作的石海夫妇携一双子女来看他。魏先生说，他们不是一般的师生关系，我发现魏先生跟学生的关系简直像父子一样。能够达到那么亲密，说明他老师当得好。第二天，魏先生给学生作学术报告。先生一直站立着讲课，引经据典，纵横驰骋。有时大家听不懂他说的是什么字，我就帮助先生作点解释。下来后，先生问我：讲的内容能够听明白吗？我说：能。因为我读过“四书”，我手边就有祖父读过的“四书”，先生表示很吃惊。但是魏先生讲的课对我理解问题很有帮助。魏先生那一段时间经常出门讲课，他是从来也不要讲课费的。

最近查阅资料时发现了范泉先生主编的《中国近代文学大系争鸣录》中有一条我与魏先生合署名的短文，如下：

> 《大系》各集选目，应力求多中选精。现在的《小说集》应注意选些优秀短篇，可以从不同角度见到当时的社会面貌。①

这肯定是魏先生寄给范泉先生的短文，内容正是我们在火车上谈到的问题。我是比较关心近代文学资料的，我跟魏先生说过如果选小说应该按不同的内容，多选些短篇，不必节选那些人所共知的长篇小说。另外，希望精确地编辑和校对，这样大的资料整理项目是有文献价值的。这些意见，确实是我们共同讨论过的。魏先生可能写得很不少，限于要求书中只选取了一段。魏先生很尊重我的意见，给我写上了个名字，我根本就不知道。事实证明，后来我们见到的大系成果并不尽如人意。虽然得了奖，也不证明它就是一套好书。

我正式工作以后，每年都到魏先生那里看他几次。他年龄大了，身体却很好。他有一根手杖，是用机关枪子弹壳焊接起来的，这个来

---

① 范泉主编：《〈中国近代文学大系〉争鸣录》，上海书店出版社2012年版，第221页。

历已经是个谜了，衬托着他的坚硬的性格。他那时住的房子是小三间，阳面一间就是他的书房，里面满满的全是书。他的房子没有厅，阴面一间开辟成了客厅。魏先生喜欢收藏古物，很显眼的是正面悬挂了一副梁启超的对联墨宝。有人说那副对联并不是真迹；如果是真迹，先生也舍不得天天挂在那里吸尘。听别人说，魏先生有一些真品收藏，比如，他收藏有李鸿章朱批白文《史记》，可谓稀有物；除了藏书，还有些藏画，如有明代陈白阳的水墨芭蕉，陈白阳是与徐青藤齐名的画家。听说，魏先生去世后，这些旧书旧物，让中国书店给了几万元钱就一车给拉走了。魏夫人对此很平淡地说："放哪儿都一样，没用。"不知道她说的话是什么意思。当我偶然间见到魏先生的书在网上被炒卖时，心里总不是滋味。先生一生花费大量工夫收集的书籍和文物就这样散失了。它的价值是几万元钱能够换得来的吗？先生只有一个儿子，在华北电力大学工作，不是搞文科的，大概也不懂他的那些书，唯一的孙女是学外语的，也不搞古典文学。

二、魏际昌先生生平事迹

（一）在吉林第一师范学校的读书生活

魏际昌先生，字紫铭、子明，号紫庵，祖籍河北省抚宁县。1908年3月24日生于吉林省永吉县，1929年吉林省立第一师范学校毕业。吉林虽位置偏僻，但自1926年北伐战争前夕，欧、美、日本的资本主义教育思潮即开始流传进来。五四运动以后的爱国思想，和北京、上海的新文艺作品也不断地渗入，反帝反封建的学生爱国运动（特别是关于抗日的）层出不穷，《新青年》《语丝》一类的进步刊物最受欢迎，因为这里早已有了地下党在活动了。青年时期的魏先生受新思潮的影响很深，他是学生中间的社会活动家。他敬仰那些爱国志士，并且支持他们与旧政府的黑暗势力作斗争。比如有一次，私立毓文中学的马骏作了题目是《救救中国》的演讲，语言激烈。魏先生将演讲中的话写入了作文本，被老师批评为：这是煽动人起来捣乱的话，怎么也记下来给老师看，下次不可！可见魏先生当年思想的激进。

魏先生在吉林省立第一师范学校读书6年半，早起晚睡地读《古文观止》《东莱博议》。给他帮助最大的老师是高亨和傅贵云。高亨，字晋生，原名仙翘，一师十四班毕业生，后入清华，是梁任公启超的高足，小学底子深，我国有数的笺注学家，《周易古经今注》《老子正诂》是其名著，历任东北大学、河南大学、北京大学中文系教授。傅贵云，字仲霖，后改名傅鲁，绰号小傅，是吉林文教界的一员“福将”——督学、校长、大学讲师、教育厅科长，职务扶摇直上。他的业务比较新，文学概论、中国文学史等科目都是他开蒙的，其为人静默寡言、温柔敦厚，颇得学生欢心。这些专业知识的学习对于魏先生是很重要的。①

(二)在吉林大学的读书生活

“九一八”事变后，魏先生进入1929年才成立的吉林大学教育系文学专业读书，这时他是工读生，一边做工，一边读书。所谓工读就是给预科的老师写石印讲义。他曾经给穆木天选的日本名著作讲义。不到一年，因为字太蹩脚，不受同学欢迎，他就专看图书馆了。在图书馆主任胡体乾先生的照顾下，每周工作3个晚上，每月可得大洋7元，仍然不够学费。魏先生又求大哥帮助，将他荐到总务处兼职写公文，日间在教育厅又当司书。这样他的经济上的问题解决了，学习生活才能够维持下来。

当时日本侵华，时局紧张。东北军阀张作霖被日本人炸死在皇姑屯车站，其子张学良继承了父业，成为东北保安总司令。“九一八”以后，东北军阀实行不抵抗政策，社会动荡，人心不安。

魏先生说：他在吉大时，并不看重学业，经常参加一些抗日爱国的社会活动。学生们关心国家大事，成立学生联合会，奔走呼号，游

---

① 本节内容参考了魏先生的《回忆二十年代在吉林的读书生活》，收入中国人民政治协商会议吉林省吉林市委员会文史资料研究委员会编《吉林市文史资料》第4辑，1985年10月内部发行。

行示威；创办进步刊物，宣传革命思想，在艰难中自己发行。他们喊出的口号是："天下兴亡，匹夫有责！""还我河山！""打倒卖国贼，睡狮猛醒！"等爱国内容。

在学习上他不愿意死记硬背地读教材，而是自己找书读。他喜欢读从外国翻译来的文学作品，如高尔基的《母亲》，老托尔斯泰的《战争与和平》《安娜·卡列琳娜》《复活》，爱伦堡的《烟袋》和鲍里斯·拉夫列尼约夫的小说《第四十一》，肖洛霍夫的《被开垦的处女地》《静静的顿河》；英美名著有狄更斯的《双城记》《大卫·科波菲尔》，辛克莱的《煤炭王》，莫泊桑的《项链》等。这显得不守规矩，但是由于魏先生是当时吉林大学学生联合会主席，学校对他也没有怎么样。①

(三)在北京大学的读书生活

抗战时期，由于吉林大学被迫解散，魏先生转入北京大学中文系读书。1931—1937年，魏先生是在北京大学度过的。投考北大，进了中文系，与胡适、钱玄同、周作人、刘文典诸先生经常接触，屡受教益，魏先生称之为"春风化雨"。这不仅因为有许多名师，而且北大是五四新文化运动的策源地，许多大师是提倡白话文的作家，魏先生耳濡目染，受到影响。校长蒋梦麟、新文学家周作人、法国语言学博士刘半农、古典文学家刘文典、历史学家马衡、中文系主任经学家马裕藻，还有徐志摩、闻一多、梁实秋、翁文灏、丁文江，都是名家。学生中也有著名的疑古派史学家顾颉刚、五四运动的健者傅斯年、中国经济史专家陶希圣、古代音韵学人魏建功等，都不同凡响。魏先生得到了一个非常好的学习环境。

特别是魏先生能够聆听胡适先生的教诲："白话文并非我胡某人发明创造的，不过是古已有之于今为烈罢了。从宋人话本(说书人用的)、道学家语录(如二程朱子的讲学)、元明的杂剧(剧中人的科白)，尤其是明清的章回小说(《水浒传》《西游记》《儒林外史》《红楼梦》)，

① 本节内容参考了魏先生的《回忆二十年代在吉林的读书生活》，收入中国人民政治协商会议吉林省吉林市委员会文史资料研究委员会编《吉林市文史资料》第4辑，1985年10月内部发行。

履霜坚冰至，其所由来渐，哪一种不是白话的渊源？我写的《白话文学史》就是证明这一进化的史实的。他接着说：‘我并没有强迫哪一位非作白话文不可。但是，经验告诉我们，这是大势所趋人心所向的事。’很显然，胡先生这话是专从文体改革方向说的。语言是思想的外壳，它也不可能不反映着作者的思想感情。他所谓‘须言之有物’，这‘物’正是文章的内容。他自己就解释得好：‘吾所谓物，约有二事：一、情感；二、思想。’又补充着说：‘达意达得好，表情表得妙，便是文学。’这在当时，实在是被认为言之成理无可非议的。我个人也觉得把誉之于口的语言，和笔之于书的文字，统一起来方便得多，而且这不只是新文化运动的一个方面。”①

入北大第二年毕业，魏先生同胡适先生商量之后，在周作人教授的指导下完成论文，因为这显然是在周作人影响之下形成的。他阅读《袁中郎全集》《白苏斋类集》《隐秀轩集》《怀麓堂集》《焚书》《徐文长文集》等，写出了论文《袁中郎评传》，获文科学士。论文写得很认真，而且选题中体现出了五四新文化精神。袁中郎，是“公安派’的中坚人物，是反对明代“七子”的代表人物。此前，还没有人认真研究过他，论文中特别论及袁中郎非常欣赏徐文长的《四声猿》，特别介绍袁中郎尊重李卓吾的“离经叛道”精神。这很有新意，而且论文后面附有袁中郎年谱，体现了治学的严谨和做学问的一丝不苟。

我们阅读《胡适日记全编》，还能见到了魏先生的资料：“看哲学史试卷子。三十九人之中，绝对不及格的七人；勉强及格的十三人；六十一分以上，七十分以下的五人：魏际昌（中三）、陶［继］多（中五）、徐芳（中三）、王之桢（哲一）、杜占鳌（史一）；七十分以上的七人：王崇武（史二）、李子信（史一）、薄怀奇（史一）、常乃慰（中三）、沈秉钺（政三）、何兹全（史三）、补考王碧书（哲四）；八十分以上七人：曾寒（中二）、杜呈祥（史二）、赵九成（史一）、胡慎贤（中三）、高尚仁（政四）、周

① 全国政协文史资料委员会编：《旧中国的文化教育》，安徽人民出版社2000年版，第420页。

信(史一)、孟广第(史二)。不及格的七人,除一人外,皆平时不上课的人。”①

(四)做胡适的研究生

1935年夏,魏先生从北京大学中国文学系本科毕业,在50名报考者中脱颖而出,考取了研究生,胡适为导师。同时考取的还有侯封祥、阎崇璩、李棪。北大的研究生,并无固定的学习场所,除了有时随本科学生班听课外,绝大多数时间是花在校内外的图书馆去查资料的。导师和研究生间的座谈,每学年也不过两三次,多半是在红楼二楼左侧南面的“国文学会”室中进行。

后来魏先生在胡适的指导下作《桐城古文学派小史》。魏先生曾回忆道:“后来胡指定我写《桐城古文学派小史》时说:‘“桐城谬种,选学妖孽”!大家都这样讲,你同意吗?既称为“学派”而不曰“文派”,便不单纯文章上的事了。“文章韩欧”以外,还有“学行程朱”哪,密斯特魏,你应该把它彻底探讨一下。’过了些日子,胡又对我说:‘司马迁以人为纲据事系联的传记手法,很可以采取。具体到“桐城派”,为什么不能弄清楚从方苞到林纾的师承情况,及其分播到各个地区的源流呢?’还说:‘唐宋八家和桐城派的古文,其最大的优点是他们甘心做通顺清新的文章,不妄想做古董。不过有的时候,自命为卫道的圣人,竭力攻击汉学,反对新思潮,就未免不知分量了。’”②这些指导都是很重要的研究思想,很好地保障了论文的质量。魏先生用了将近两年时间,写出了《桐城古文学派小史》,并获硕士学位,得到了导师的肯定。这篇论文许多年后得以出版,仍然是有新意的学术著作。

1937年魏先生顺利毕业,除了完成论文《桐城古文学派小史》之外,学习期间,在沈兼士教授指导下,撰写了4本《说文释义》文稿。1934年他加入北强学社,被选为该社的理事,在《北强月刊》上署名魏紫铭发表论文《明代公安文坛主将——袁中郎先生诗文论辑》(《北

---

① 胡适著、曹伯言整理:《胡适日记全编》第6卷(1931—1937),安徽教育出版社2001年版,第308页。

② 全国政协文史资料委员会编:《旧中国的文化教育》,安徽人民出版社2000年版,第426页。

强月刊》1934年1卷6期)、《尔雅学》(《北强月刊》1935年2卷1期)、《先秦诸子论学拾零》(《北强月刊》1935年2卷3期)、《明清小品诗文研究》(《北强月刊》1935年2卷5期),产生了很大的影响。

(五)在抗战中的经历

1937年"七七"事变以后,抗日战争全面爆发,魏先生从天津经山东到南京。在南京一度在民国军事委员会青年战地服务班学习。后曾任第一战区民众运动指导员,不久随训练班经由江西到湖北武汉。1938年武汉沦陷,转到湖南,担任湖南省教育厅第一民众教育馆馆长、湖南省教育厅社会教育督学。

所谓"民众教育"是20世纪以来,由于中国乡村"日趋崩溃"的情势激发了社会各界的各种"社会改造"思潮,民众教育便是在这种背景下,由南京国民政府借助行政力量自上而下掀起的颇具声势的"由教育改造以达社会改造"的教育运动。民众教育馆作为这场运动的综合机关,担负着推行国家政策、促进民众文化水平提高、倡导社会风气以及提升农村经济力、改善民众生活等重要职责。魏先生发表的论文《中国民众教育史刍议》,追述了中国历史上的民众教育及其意义。1938年11月13日,长沙发生"文夕大火",魏先生随民众教育馆人员由长沙迁到永顺,继续宣传抗日,饱受国破家亡、颠沛流离之苦。

1941年魏先生任湖南省第八中学校长。这个中学1941年才在保靖建立,校址分设武圣宫和禹王宫。创办时该校仅有教师17人,学生130人,余超原、魏际昌、吴廷梅、严纪都、肖逢蔚、彭勇诺、龚泽铣等先后担任校长。1944年后,魏先生任广东省立文理学院教授。

(六)抗日战争胜利后

抗战胜利后,魏先生任吉林省教育厅主任秘书,不久到东北大学任教授。在他任主任秘书期间,工作是很认真的。据有关回忆,他是一位"忠诚拥护国民政府的青年"。1946年6月6日,新任国民党吉林省政府主席梁华盛带着省府秘书长吴至恭、教育厅长胡体乾、财政厅长姜守全等到长春。当天晚上,长春人士在大和旅馆设宴欢迎,并请新六军军长兼长春警备司令廖耀湘作陪。"席间请由日本人组成的东宝歌舞团演出歌舞助兴。会开始后，教育厅主任秘书魏际昌——一个忠诚拥护国民政府的青年起立发言，说：‘接收东北未竣全功，战事仍在进行，我们应该上下一心，励精图治，争取东北人民的拥护。现在不是歌舞升平的时候……’魏发言时，全场肃静。”①魏先生敢在那样的场合讲那样的话，可见其爱国之心和坚硬的性格。

1949年以后，魏先生进入华北大学政治研究所学习，一度为傅作义将军秘书，时间很短，即后到西北大学、西北医学院、东北大学、长春大学、西北艺术学院等校任教授。

1952年魏先生加入中国国民党革命委员会，1954年入中国民主促进会，1993年实现自己的夙愿，加入中国共产党。先生为此赋诗一首，发表于2009年4月15日的《河北大学校报》："宇宙同体在，日月分天光。昆仑亘古峙，江河入海洋。官商响人籁，大块焕文章。芝兰君子性，松柏寿而康。信念终未渝，归宿果堂皇。矢志为人民，献身共产党。悠悠兮仲尼，仁心宣教忙。荡荡乎太白，铿锵走四方。冀州亦多士，高歌慨以慷。驰驱黄金台，桃李各芬芳。顶礼贾衬君，授手做津梁。温良恭俭让，诗国共翱翔。"这里说的贾衬君，指介绍魏先生入党的校党委书记贾瑞增同志。

三、魏际昌先生晚年的学术研究

魏先生自1952年调至天津师范学院（1960年改名河北大学）后，一直在此任教授。几十年来其主要从事资料工作和教学工作，曾编写大量讲义及专题报告，20世纪50年代发表论文《孔子教育思想》，参与孔子教育思想的讨论。

魏际昌先生十几年来坚持在教学科研第一线，努力工作兢兢业业。特别是新时期以来，他焕发了青春的活力。魏先生任中国古代

① 中国人民政治协商会议吉林省长春市委员会文史资料研究委员会编：《长春文史资料》第8辑，1985年内部发行，第60页。

文学研究生导师，讲授先秦散文研究课程，积极培养研究生，教书育人，桃李满天下。他的学生都已成为各个部门的业务骨干，有的已成为国内知名专家，他为中文系建设作出了重大贡献。他一生从事中国古代文学研究，撰写了不少学术论著，主要有专著《桐城古文学派小史》《中国文学讲稿》(上、下两卷)、《论孟研究》《李白评传》《先秦散文研究》等，另有论文《汉魏六朝赋研究》(手稿)、《“灵”的飞扬与“色”的绚丽——美在〈屈赋〉的我见》《晚明双慧，辉映荆南——也谈袁中郎与钟伯敬》《喜见傅山批点汲古阁崇正本〈唐诗纪事〉残卷有记》《元散曲散论》《从方苞姚鼐的言行看“桐城派”》《唐六如评传》《徐文长论》《屈赋再生，灵均遗爱在人》《〈诗〉〈佹诗〉荀、屈两赋的渊源试探》《为晚清的苦行主义者——山东乡村教育家武训先辈“平反”》《略论钟、谭评选〈古诗归〉之艺术手法及其创见》《辨言蛮夷华夏和屈原的宗教及江汉文化》等。

四、魏际昌先生的桐城派文学研究

毫无疑问，魏先生对自己的研究成果是有足够自信的，但是真正了解魏先生学术成就的人其实是很少的，因为他的著作人们没有认真读，可能也是读不懂。考察先生一生的著作，可知其涉猎甚广，包括小学、经学、楚辞学、诸子学、历史散文史、诗学、教育学、政治学诸多方面。但是，在众多的研究成果中，他的桐城古文学派的研究是很有影响的成果，应该说，这项研究有他自己的创新点。这项研究起于做胡适的研究生。不可否认，从历史的职任上说，胡适属于五四一代新学的领军人物。他提出白话文学最早，也最有影响，其实，他是拥有深厚的传统文学基础的修养后才发起新文学运动的。他深知中国字的繁难，因此力图改革中国文字和中国文学。他提出的文学“八事”，也称为“八不主义”，是向旧文化告别的设想。这样的提倡好处是给新思潮的进入中国开辟出道路，从而可以重评中国文化，重释中国文学,并不是彻底毁灭中国文化和文学。当年胡适先生的这一番用心,并不是人们都能认识到的。因为我们喜欢用最简单的思维和判断来论述历史思潮,忽略了问题的复杂性。

如果从五四就结束了对桐城派文学的研究,显然是不明智的。

第一,桐城古文学派的"古"。

桐城古文学派给人的印象是守古不变的文学流派。其实它们是厌烦了"剽窃、摹拟",以提倡复归古文传统的一种"复古主义"。

桐城派的建立,意在传统思想文献中"寻根"。中华民族传统文化有自己的根,这根就存在于一大卷 6 部经中。《周易》《老子》用的是符号语言。《尚书》记言,《春秋》记事,用的是官府语言。而《毛诗》用了官与民都通行的带暗示性的艺术语言以配合乐舞。《论语》这部儒家经典影响最大,甚至连谜语、笑话中也不乏其辞,这就是民族的根。即使是狄德罗的《百科全书》中也记载过,在清朝,唐代末期的古文也很时兴,安徽桐城就开办了这样的一所正规学校,并且重新任命了校长。在这所学校,大家可以像 9 世纪的韩愈那样用简单而传统的方式交流。到了清末民初,北京大学教授国文课,则开始以桐城古文学派为主。

桐城派文章最反对"剽窃、摹拟",认为"剽窃前言,句摹字拟,是为戒律之首"。其主张务去陈言、不蹈袭前人一言一句,保持自然,不竞为僻字涩句,端绪不宜繁多,陈义不当芜杂。曾国藩在《〈湖南文征〉序》中认为古文本无所谓义法,回归古文就是远离僵死的义法。他说:"窃闻古之文,初无所谓法也。《易》《诗》《书》《仪礼》《春秋》诸经,其体势声色曾无一字相袭。即周、秦诸子亦各自成体,持此衡彼,画然若金玉与木卉之不同类,是乌有所谓法者。后人本不能文,强取古人所造而摹拟之,于是有合有离,而法不法名焉。若其不俟摹拟,人心各具自然之文,约有二端:曰理,曰情。二者人人之所固有。就吾所知之理,而笔诸书而传诸世,称吾爱恶悲愉之情,而缀辞以达之,若剖肺肝而陈简策。斯皆自然之文,情性敦厚者,类能为之。而深浅工拙,则相去十百千万,而未始有极。"[①]这些自然文章观,可以直接

① 曾国藩著:《曾国藩全集·文集》,河北人民出版社 2016 年版,第 74 页。

通向近代提倡“我手写我口”的诗界革命家黄遵宪的主张，也同胡适先生的“有什么话，就说什么话；话怎么说，就怎么写”的意见很接近。我们研究文学就应该给历史上的革新派一定的历史地位，而不能盲目地否定他们。

第二，魏先生的著作有力地阐明了：桐城派并不是保守的文学流派。

由“桐城古文学派”名字的由来，魏先生解释了桐城派形成的意义。

“首先需要说明的是：它是一个学派，而不是单纯的文派。因为桐城的作者，不只讲求文章还要顾及学行，与以诗歌创作为主的‘江西诗派’（北宋末年，以黄庭坚为首），以经学考证为主的‘汉学家’（如东汉的马、郑，清初的顾、江、戴、段），以性理实践为主的‘道学家’（宋代的濂、洛、关、闽，其重要代表程、朱），俱不相同。他们是从‘言有物、言有序’，发展到义理（思想）辞章（艺术）考据（科学方法）三者并重的古文之学。”①

其次，说到桐城古文学派，不应该认定为守旧的一派，他们是文体改革的先锋，是追求文学改革的一派。魏先生揭示：“桐城派古文，可以说是文从字顺、通俗充实、准确有法、清新流畅的文体。它既总结了自唐、宋八家以来的经验，有所继承，又规抚了明代归有光的文风‘疏淡简洁’。更重要的是他们为中国古代散文提出了创作上的方法论，也可以说是艺术内在的规律性；有物有则，抒发性灵，说自己的话；使人易懂，为情造文，完成它的宣传任务；越来越接近于语体文的境界了。‘履霜坚冰至，其所由来渐’，谁都知道清末民初的‘新文学运动’不是从天上掉下来的。换句话说，通俗清顺的古文已经给它垫了底儿啦，起码从散文发展的角度上看是这样的。”②

再次，应该历史地看待五四时期对桐城派的批判。应该肯定五四时期对新思潮的引进，同时也不能不对旧时期的文学有一个暂时的搁置。

---

① 魏际昌著：《桐城古文学派小史》，河北教育出版社 1988 年版，第 1 页。

② 魏际昌著：《桐城古文学派小史》，河北教育出版社 1988 年版，第 32 页。

清代形成了以安徽桐城人方苞、刘大櫆、姚鼐等为代表的散文流派——“桐城派”。五四时期，钱玄同在《新青年》上发表的《致陈独秀函》中称“桐城巨子”和“选学名家”为“桐城谬种”“选学妖孽”，一时成为鼓动青年的口号。五四运动时期，提倡白话文，反对文言文，提倡新文学，反对旧文学，将这种阻碍新文学发展的旧文体和不良文风当作“谬种”“妖孽”来反对，而胡适在《建设的文学革命论》中只说“不作言之无物的文字”。1920年，蔡元培在《新青年》上刊出了《洪水与猛兽》，将新思潮比作洪水，将军阀比作猛兽。他说：“中国现在的状况，可算是洪水与猛兽竞争。要是有人能把猛兽驯服了，来帮同疏导洪水，那中国就立刻太平了。”①实际上蔡先生既不反对新思潮，也不愿意推波助澜，而是主张疏导，革命需要疏导，建设也需要研究。

五四以后，应该有一个经典重译的阶段，作为导师的胡适先生建议魏先生研究桐城派，并不是让他为五四翻案，也并非体现胡适的守旧和复古，而是他“多研究问题”思想的具体实施。魏先生在他论文的《前言》中指出：指斥桐城派为“桐城谬种”的看法“必须予以纠正”。因为桐城派的“道”是程朱之后的儒家，他们的“文”是“韩欧之间的古文”。他们自立桐城派，实有民族抗争意识。因为女真人主中原之后，汉学学风日渐空疏。一批文化人力主汉文化，而抵制异族的侵入，形成一种士者的风气。明末清初，顾亭林、黄宗羲、王夫之等具有民族气节和改革社会意识的知识分子提倡实学，要以实际资料来研究改革社会，重振汉学。桐城派的前辈方以智，明亡以后，落发为僧，隐居梧州；戴东原的哲学思想也影响了戴名世。从源头上说：“顾炎武的精深博大，汉、宋兼综，讲学而不堕于空疏，考古并不流入破碎……再加上黄宗羲、王夫之等的综贯经史、旁推百家，而学行相顾、亮节高风，这个头儿可真开得好。名世、方苞，同在江南，楼台近水，岂有不濡染耳目先得皓月之理。”②

又次，魏先生的著作肯定了桐城派文学的思想性和文学创新。

① 王风、蒋朗朗、王娟编：《重回现场：五四与中国现当代文学》，北京大学出版社2014年版，第189页。

② 魏际昌著：《桐城古文学派小史》，河北教育出版社1988年版，第5—6页。

魏先生在论文首章论述戴名世，认为他的被“鞫实坐斩”，是因为他“大逆不道”。清人入主后，汉人与之貌合神离，统治者施行怀柔政策无效后即用“文字狱”杀人。戴名世在文章上才气奔放，敛气于骨，凌厉雄杰，反对摹拟。文章风格，流利清新，短小精悍。何曾保守？他的文章，一点也不古奥。看他的散文，语言通俗流畅，清新优美，又何曾有半点“谬种”？如《游大龙湫记》中写：“大龙湫，为天下第一奇观。水自雁湖合诸溪涧，会成巨渊，渊深黑不可测。其侧有石槛，中作凹，水从凹中泻下，望之若悬布，随风作态，远近斜正，变幻不一。或如珠，或如球，如骤雨，如云，如烟，如雾；或飘转而中断，或左右分散而落，或直下如注，或屈如蜿蜒。下为深潭，观者每立于潭外，相去数十步，水忽转舞向人，洒衣裾间，皆沾湿。忽大注如雷，忽为风所遏，盘溪横而不下。”①

魏先生的书中写到方苞，提示他的身世清寒，自幼苦读书。如其自述“少诵书史，窃慕古豪杰贤人”(《文集·与白玫玉书》)。与他交往的朋友，多为豪杰之士。后方苞进秀才，以教书为业，一度在河北涿州教书3年，后得乡试第一，但试礼部又不第，到39岁才成进士第四名。因此，魏先生在书中称“桐城派的创始人方苞”，刚正不阿，“敢为戴名世之《潜虚先生文集》作序；敢于揭发当时官吏之贪枉、监狱的黑暗，以及法律的严酷。此外，他还能够接近李塨、刘言洁、王昆绳等畸行之士，与之往返讨论学术，延揽刘大櫆、沈廷芳、王兆符等为弟子，传授义法，光大桐城，有始有卒，不愧为豪杰、文宗”。②

论及方苞，魏先生说：“不管怎么说，方苞毕竟是一位古文大家，有为有守有物有序的桐城派创始人，这一点就是长于吹毛求疵的钱大昕也未能否认。因为我们只要打开《望溪文集》一看，便随时可以发现纯真古朴、发人深思的散文。特别是记言记事的传、序、志、铭，以及哀辞、墓表之类都是远学“左国”，马、班“史汉”，近规韩、欧八家的。换句话说，就是饶有史法，载道言志之作。”③

① 魏际昌著：《桐城古文学派小史》，河北教育出版社1988年版，第11页。
② 魏际昌著：《桐城古文学派小史》，河北教育出版社1988年版，第20页。
③ 魏际昌著：《桐城古文学派小史》，河北教育出版社1988年版，第37页。

说到刘大櫆，他也是潦倒不得志之士，自康熙至乾隆数十年间应顺天府试，两中副榜，终不得举。他有“客子无人惜，衣衫常垢污。匏瓜无人食，终日系门间”之叹。这就注定了他“纯朴真挚，吃透社会人情，而用笔自然，寓凄凉于素描之中，为情造文，画面历历。在桐城诸人中应居首席”①。他并不是方苞的入门弟子，而是在成学以后到了京师受到方苞揄扬的。方苞说，“刘生大櫆，不但精于时文，即诗古词，眼中罕见其匹。为人开爽，不为非义”，又说“及门刘生大櫆者，天资超越，所为古文颇能去离世俗蹊径，而命实不犹”。② 他的为人也很孤傲，“我行我素，君子忧道不忧贫。冷暖自知，他人何有于我哉。此种风范一立，遂为桐城作家定了学行的基调”③。他文章很有气势，“洋洋洒洒，一泻千里”，“笔尖横扫，力有千钧”。大櫆论诗从声音、节奏、音韵等方面入手，能够将《礼记》《乐记》的理论融汇一体：“夫诗成于音，音成于声，声成于言，言成于志。志平则音和，志哀则音促，志敬则音凝，志佚则音荡，故圣人乐观焉。夫然后奏之以金石，吹之以管笙。宫以宫倡，徵以徵合，高下疾徐，莫不中节，屈申俯仰，杂而成文。”④他强调诗的功用，也是有现实意义的诗论。“他说‘圣人制诗’是为了教化天下的。无论田野农夫、闺房妇女，乡曲孩童，都能够作‘歌谣’以颂美讥失，于是，‘刑罚之烦，赋敛之苛’皆有以‘达隐、舒塞’，而‘忿憾、无聊、不平’之气，也可以得到抒发、宣泄了。”⑤这样的诗学，一点也没有古奥怪诞的味道。

我们纪念魏先生，应该懂得他的研究成果。所以上面的简述虽然挂一漏万，也是应该述说的文字。

---

① 魏际昌著:《桐城古文学派小史》，河北教育出版社1988年版，第47页。

② 魏际昌著:《桐城古文学派小史》，河北教育出版社1988年版，第46页。

③ 魏际昌著:《桐城古文学派小史》，河北教育出版社1988年版，第49页。

④ 魏际昌著:《桐城古文学派小史》，河北教育出版社1988年版，第57页。

⑤ 魏际昌著:《桐城古文学派小史》，河北教育出版社1988年版，第57页。

太阳记得您，桃花记得您

——追忆雷石榆先生

雷石榆先生

1996年12月7日，雷石榆先生离我们远走了，他走得匆匆，这更加深了我对先生的怀念。

每年春天，先生门前那个小花园开满了桃花，古槐也生出了新芽，一片生机，他总是穿着天蓝色的秋衣，在花园里散步、打太极拳，还做一种他称之为“太阳功”的气功，两脚跟并拢，提起脚跟，昂起头，瞻望初升的太阳。我至今疑心那是诗人的浪漫，并不是什么可以学习的“气功”。一次他问我：“你能这么做吗？能这么看早晨的太阳吗？”我说：“不成！太刺眼！”他爽朗地笑着，天真的样子像个小孩儿。

如今，园里的桃花又开了，却不见了雷先生的身影，每次上课走过小园，心情都十分沉重。先生离开时，我没有能够送别他。他是1996年12月7日下午去世的。此时我也正在住院，在治疗足伤，前天刚做完手术，正在同疼痛作斗争。我住的病室离雷先生很近，两楼之间的距离不到100米，我没有任何思想准备地住了院，想着几天后便可出院，要替雷先生做点什么。可是我手术后隔一天就传来了雷先生病逝的不幸消息。我心中的悲痛远远超过了手术的疼痛。我想立即在医院里写点纪念的文字，但是怎么也写不成。我才知道鲁迅所说的"长歌当哭，是必须在痛定之后的"[①]确有道理。在那几天难熬的日子里，我没有参加向雷先生告别的仪式，也无法为送走雷先生做点哪怕是扎一朵小白花的小事，倒霉的伤脚使我无法走出半步。

学校、系里许多敬爱先生的同志们、朋友们、学生们齐心做事，送别式十分隆重。我见到了告别仪式照片，先生身上撒满了鲜花，这是他喜欢的。突然间我的眼前出现了他微笑的脸，我止不住激动的热泪。当我刚刚可以勉强行走时，就来到了雷先生的书房。我说："雷先生，我来看您了，我来得太晚了！"我再也说不下去了。现在，我要把我想到的写下来。园里的桃花又开了，不见了先生的身影，我今天凌晨起来，不想再睡，要同雷先生说几句话。

一、帮助雷石榆先生查找生平资料

无论从年龄、学问、阅历来讲，我都不能把雷先生看作一般的"朋友"；他应该是我真正可以尊敬的老师。然而，先生始终愿意把我当成好朋友。这大概可以从1974年说起。我保存有先生送我和爱人的结婚礼品：两个日记本。他亲自送给我们时说："这两个本上的字有意义，一个是'风华'，一个是'风光'；风华正茂，无限风光，多好哇！"此时，河北大学已经搬到了保定，"文革"还有余波；风华虽有，未

① 《鲁迅全集》第3卷，人民文学出版社2005年版，第289页。

来的风光如何，谁能知道？他却十分乐观。我知道他在“文革”中受过不少苦，住“牛棚”时间最长，表现却被称为“不好”。因为他一来留学过日本，同日本人有朋友的交往；二来到过台湾，叫作有“港台关系”，这怎么能算“交代”得清楚呢？他只说自己是受过迫害的，曾经他是中国共产党领导的中国左翼作家联盟的成员，曾经被日本当局驱逐，又在台湾被蒋当局驱逐，可是，在那个年代，谁会听信他？

粉碎“四人帮”以后，雷先生精神焕发，他不仅在系里开专题课，而且作学术报告。记得他讲诗歌欣赏可谓身临诗境地表演，时而激动，时而大笑，前仰后合，极度开心。可是学生也听不明白他为什么那么开心，却跟着笑起来，笑他的笑态生动可爱。

后来才知道，先生喜欢海涅、拜伦、雪莱、济慈，常常口吟诗作手舞足蹈。他自己也常常写诗。他是著名的现代诗人，早在20世纪30年代已是左联诗人，抗战时出版过不少诗集。我渴望能读到雷先生的诗，新的、旧的都想读，但当时很难找。后来被抄走的部分资料发还了他，其中就有诗集、文集，但零落不全。有关部门答应给他落实政策，他说：“钱，我不想要，我要自己的书，因为再找到这些东西很难。”他只希望组织上帮助他收集到佚失的著作，复印件也好。

后来，确实陆续找到一些，到他去世为止，据我所知，出版的书只差一本《在文化斗争的旗下》无影无踪。这是一本1932年由广东台城同文印书馆出版的书，收集了早年他宣传马克思主义文艺思想的一组文章。先生回忆说：“这本书恐怕难以找到了，那时我主编台城的《民国日报》副刊，因为我连续发表这些宣传马克思主义的文章而引起了论争，我那时被围攻过3个月。现在想起来，就更怀念这本书。”此后，我特别留心收集雷石榆先生的著作和散佚文章。

1984年至1986年之间，我同本系另外一位老师一同编《李健吾研究资料》，南北奔波，整天埋在旧杂志的尘土中。我们从民国时期的旧杂志中查到了李健吾先生的大量著作资料和生平资料。同时，也发现了雷先生的一些文章和诗歌。比如《夜莺》上发表的《黄水之歌》《被强奸的土地》《我仍要歌唱》《虽然你脸上没有奴隶的烙印》《新

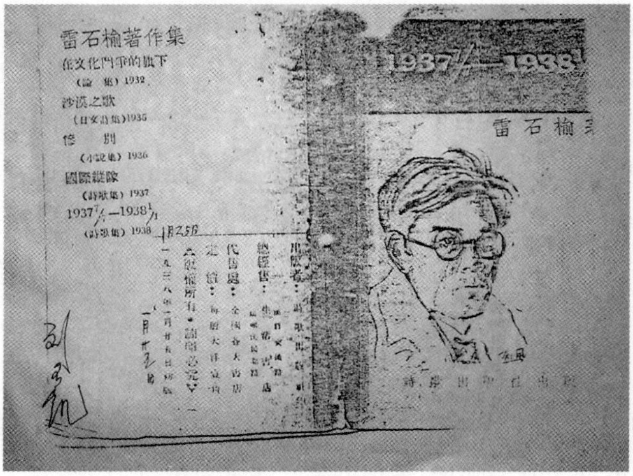

《在文化斗争的旗下》书影

世纪的父母》等诗，从《诗歌杂志》上也发现了他的《在诗歌的联合战线上》《国防诗歌应走的路线》等文章。还有雷先生主编的《西南文艺》上刊出的郭沫若《关于屈原》的一封信，收信人的名字用了××，我猜想是寄给雷先生的，“××先生”大概应该是“石榆先生”。经雷先生鉴定，正是。郭先生在这封信中称赞了雷先生：“足下及其他友人以开展地方文化为鹄的，并以牺牲奋斗之精神黾勉从事，不辞艰苦，钦佩无似。”①郭信中提到雷先生在致郭的信中“抄示胡适否认屈原存在之论据”，今雷信原件已佚，但雷所抄示的“证据”，即胡适《读〈楚辞〉》中的内容。郭沫若的这封信未收入他的书信集，《郭沫若年谱》也未提到过。我发现，这本刊物的刊名就是雷先生的手迹。

雷先生对这些久别的文章、诗歌、资料十分珍爱，后来还特意邮购了新影印出版的《夜莺》合订本，以作纪念。

雷先生是抗战诗人，我在讲授中国现代文学史课的时候，经常说到先生的创作。1987 年，为纪念抗日战争胜利，我同系里的领导商量，想为雷先生搞一次座谈会和诗歌朗诵会，主题是“雷石榆先生同 86 级中文系学生纪念抗日战争胜利座谈会与诗歌朗诵会”。得到系

① 《西南文艺》，1942 年第 2 期。

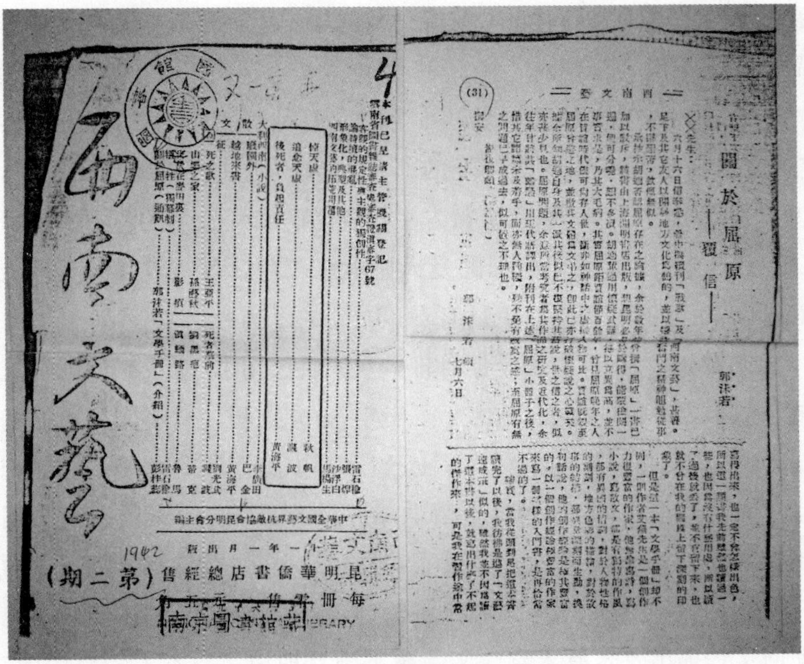

《西南文艺》书影

里同意后，活动在 1987 年 12 月 15 日下午成功举行，至今仍然保留着录音资料。活动由我来主持。我先讲了雷先生的生平和抗战诗歌，然后让雷先生讲了话，最后就是学生朗诵我选出来的雷先生的诗。《故乡在烽火中》由袁军朗诵，《人生难得这一回》由郗向阳朗诵，《那么一天》由李历朗诵，《再一度生活在春天》由刘伟青朗诵。学生们朗诵这些对于他们很陌生的作品，却非常有感情，这是我和雷先生没想到的。雷先生和张先生对这次活动特别重视，事先都做了录音的准备。后来雷先生还不止一次倾听这一段录音。我当时想，这个活动不仅是为了让雷先生能够高兴，也是对我们的学生进行一次传统教育，让他们记住这位老诗人曾经为民族解放事业作出过特别的贡献，让他们记住那段峥嵘岁月，记住我们的抗战传统。

1988 年 5 月，为了收集雷先生的著作，我陪同雷先生及雷夫人张丽敏老师同行到过一次北京图书馆，在馆内目录卡中查资料。张丽敏老师将要查找的书目交给了图书管理员。当时想找的主要是 1936 年时代出版社出版的《惨别》和 1932 出版的《在文化斗争的旗下》。

我们十分欣喜地查到、复印了《惨别》,这是先生十分珍爱的自传体作品。另一本没有查到。

张丽敏先生找到这本书里一个时尚而且美丽的小姑娘给我看:“这就是和老雷在日本谈恋爱的那个女孩的照片。”我故意笑了笑,说:“很漂亮啊!”《惨别》就是雷先生写自己的恋爱故事的。书的扉页二上还写着“献给锁在岛国的爱人岸七已二(Kc.Nami)”,扉页一上有那个女孩的像,扉页三上还有女孩漂亮的手迹。

据雷先生说,这本书是他自日本回沪后仅用了 10 天时间就写成的。故事发生的时间是 1934 年下半年,雷先生租住日本人岸氏家的房子,不久就与房东的小女儿岸七已二(书中的 Nami)恋爱了。他记录了自己从 1933 年春到日本留学一直到 1936 年 11 月被迫离日回国期间的一段感情历程。书稿完稿后由上海新钟书局出版。所谓“惨别”是名副其实的。1932 年冬天,雷先生的父亲自南洋回乡,他便向父亲提出要东渡求学。父亲颇不满意地说:“日本人侵略中国,你为什么反倒向日本人学习。”他说:“日本侵略者与日本人民不同,到日本去学习深造也是为了更好地报效祖国。”父亲勉强同意。1933

《惨别》中小姑娘的照片

年他与李元春同行，自香港转上海，再到日本，入中央大学经济科就读。当时，日本军国主义残酷地迫害日本共产党领导人和左翼作家。中国的左翼进步学生因同情日本左翼作家也遭到秘密监视，不断有人被驱逐出境。雷石榆不仅参加了中国左联东京分盟，还主编过分盟的刊物《东流》，并且用日文写诗词同日本左翼作家并肩作战，成为日本《诗精神》同人中唯一的中国人。1935 年 3 月，雷先生出版了日文诗集《沙漠之歌》，书中收入 25 首诗。同年 5 月，雷先生主编的《诗歌》创刊，但该刊不断受到日本警方干扰、威吓。1935 年 8 月始，小熊秀雄与雷石榆用明信片形式写诗，往复不断。这些诗的传递过程产生了一种特别的宣传效应，其中又有若干首载于左联东京分盟的《诗歌》和上海的《立报》。其中的言辞十分激烈。终于，雷石榆因为此事被捕并被逐出日本。这期间雷先生的诗，集中在"反战"主题上，至今还清晰地留在日本的文学史上，成为中日联合反战的最惹人注意的事件。雷石榆先生当年在日本友人的营救下平安踏上回国轮船时，日本朋友止不住高呼"雷君万岁！"这声音使雷先生激动不已，每次回想到这一幕，他都充满了自豪。由于这样的原因，雷先生重视《惨别》是有他自己特别的道理的。

后来，我曾为雷先生的《惨别》询问过广东和江苏的出版社，求它们帮忙再版一下此书，因为我见到了人民文学出版社与上海书店曾出版过民国时期的文学名著旧刊本。出版社都很友好地来信说，再版书之事实在难办，怕不好发行。20 世纪 90 年代初，我又同雷先生商量，请学校的出版社为雷先生出版一本诗集、一本论文集、一本研究资料。我还记得，雷先生为此还郑重地审阅了我为他编的论文集目录。他不同意收入过多的早年作品和一些文艺短论，愿意精选，出得有点质量。他的治学严谨不仅体现在教学中，在对待自己的文字上也是一样。

二、可敬的诗人雷石榆先生

雷先生在抗战时期的诗歌作品数量多，质量也很高。关于当时的创作，有几件事他是经常同我说起的。

第一件事是他写作诗歌《华南，我们保卫你》的过程。1938 年 12 月 6 日雷先生写了这首诗。在同一天，雷先生在广州广播电台亲自作了朗诵，并将诗发表在当日的《救亡日报》上。后来，他把 1937 年 7 月 7 日至 1938 年 1 月 1 日之间写的诗编成一本诗集，书名就叫《华南，我们保卫你》。该书由茅盾题写书名，但到出版时又为了醒目改成了《$1937^{7/7}$—$1938^{1/1}$》这样一个很特别的书名。查 1938 年 1 月 26 日《救亡日报》，有茅盾的重要文章《这时代的诗歌》：

> 在广州，最近出现了不少的歌咏这大时代的诗歌。单举我所读过的，已有蒲风的《抗战三部曲》，林焕平的《新的太阳》，黄宁婴的《九月的太阳》，青鸟的《奴隶的歌》，雷石榆的《国际纵队》，零零的《时代进行曲》，温流的《最后的吼声》，克锋的《赴战壮歌》，都凡八种。而散见于各报定期刊尚未结集单行者，或已结集而未出版如雷石榆之近作《华南，我们保卫你》，尚不能计数。①

茅盾的这篇文章已收入《茅盾全集》第 21 卷。雷先生说，那是他一口气写成的，用保卫华南的感情来写，因为 1938 年初华南尚未沦陷，保卫华南自然是大家共同的抗战心声。这本诗集写作的时间是 1937 年 7 月 7 日—1938 年 1 月 1 日，其中只有《华南，我们保卫你》是 1938 年元旦后写成的，这是个例外。1 月 26 日茅盾的文章说它“未出版”，事实上 1 月 25 日“已出版”，书虽标示出时间，但大家不能

① 《茅盾全集》第 21 卷，人民文学出版社 1991 年版，第 337 页。

立刻见到，所以他才那么说的。这本书的封面上印有郁风为雷先生画的头像，神态逼真，雷先生很喜欢。

第二件事，雷先生常谈到 1937 年 12 月 7 日在广州欢迎郭沫若的盛况。郭沫若是 1937 年 7 月 25 日自日本“别妇抛雏”回国抗日的。郭老归国在当时是个重要新闻，公认为一件大事情，一件有点神秘意义的大事情，所以人刚上岸，他在邮船上写的步鲁迅韵的七律诗便广泛地传开了，几家报纸争着刊登。郭老回国后先抵上海，后来短期到嘉兴、杭州，又回上海，年底达香港、广州。1937 年 7 月雷先生告别了他主编的《福建民报》的副刊《艺术座》，到达广州主持创办《广州诗坛》（后改为《中国诗坛》），正赶上参加欢迎郭沫若的盛大集会。

大会是由救亡呼声社与青年群社组织，借省党部礼堂举行的。参加的人数超出预想人数的 6 倍以上，只好改在大操场举行，郭沫若在大会上作了演说。雷石榆当场作诗《欢迎郭沫若先生》，并跳到台上，向群众高声朗诵，赢得一片掌声。此后《救亡日报》发特稿报道了此事。但是郭沫若的“年谱”和“传”均未涉及此事，是为一个遗憾。雷先生朗诵的这首诗后来收入了《1937$^{1/2}$—1938$^{1/2}$》。雷先生谈到此事时似乎又恢复了当年的青春，手舞足蹈。当 1986 年 6 月 12 日访日时，雷石榆回到阔别 50 年的母校日本中央大学，在讲演会上讲了《〈诗精神〉为中心的中日文化交流》，并当场作汉诗《献给母校——日本中央大学》。雷先生 1944 年的诗《青春解》中写道：

> 即使是年老而有童心的人，
> 应用青春之力作人生的创造。
> 当残酷的枷锁还套在民族的身上，
> 当我们还未追捉住高度文化的微尘，
> 每个有灵魂的青年，
> 应该为大我生存献出他的生命！①

这多年前的呼啸和呐喊声与他重访日本的高声朗诵汇在一起，

① 张丽敏编著：《雷石榆诗文选》，河北大学出版社 2010 年版，第 74 页。

表现出一个老诗人反对侵略战争的最强音。

雷石榆先生的身体一直很好，他性格天真而浪漫，喜欢音乐、跳舞、绘画。平常出门旅游，他总带上画夹，兴致一来便到外边写生，他的水彩简洁而有恬淡的美，他的水墨画也颇有生气。雷先生处世超然，与世无争，绝对远离争名夺利的任何较量。他为人忠厚、诚恳，为别人想得多，总不愿麻烦别人。我知道，直到他去世，他的工龄还是从抗战开始计算的。我说："这很不公平，左联作家应算'红军干部'，怎么能算'抗战干部呢'？应该找组织。"据张丽敏老师说："此事也找过，但十分麻烦，雷先生不愿再去费脑子，也就不再争取了。"

他还是终日谈诗、写诗，小本子上写得满满的，偶尔也送出去发表。但是，说实在的，我还是最欣赏他抗战时的诗，而且仍愿意他写白话自由体诗，不愿他写旧体诗。我不好说明，便努力称赞他偶作的白话诗好，他也未觉得旧诗有什么不可以作，自得其乐。至多三两个人读过他的小本子，这是太不划算的创作。我和系里几位老师常为他着急，希望他早一点写回忆录。一次，我说："您要写回忆录，把在日本和抗战时的事写出来，留给后人是很好的史料，现在《新文学史料》杂志常发表老作家的回忆，您可以争取在上面发表。"雷先生感到此事有难处：人家会给登吗？在大家的劝说下，他同意开始写回忆录。但是他又表示：要写就先写林基路。我说："林稷如？"他说："不！是林基路，林为梁。"于是他写了长篇回忆《追思烈士林基路》，当文章发表后我才知道，这是早在1983年就已写成的稿子，1987年又作了修订才发表的。后来雷先生又发表过《追念李何林同志》等文章。这时，他已开始写《我的回忆》。他写文章很快，用复写纸一次写出两份，一次成稿，基本不用改，写累了便休息一下。我在一个偶然间知道了此事，便建议送到刊物上发表出来，让雷先生的文章有个去处，也可以让很多老朋友知道一些往事。

为雷先生的回忆文章能顺利发表，1988年5月，我曾陪同雷先生及夫人专程到北京找到了《新文学史料》编辑部。我们贸然地找到了黄汶同志时，他和蔼地接待了我们。我介绍了几句雷先生的情况之后，雷先生不知道自己应该说什么，大约也很不愿意为这事对人求什么，显得生怕给人添麻烦的样子。但是黄汶同志说得十分恳切：雷先生是我们的文学老前辈，我们发表先生的回忆录是理所当然的。我们的刊物是《新文学史料》，文学史料类、回忆录只要以文学活动为中心来写就行，革命活动可以写，但要以同文学革命有关系的为主。大意如此。我当时为此事的办成特别高兴。很快，雷先生完成了回忆文章，并且连续在刊物上发表。我感到，雷先生的谦虚待人、多为人想的诚挚之风，让我永远难忘。

受雷先生的激励，我打算动手编雷先生的研究资料。我用了1990年春节休假全部时间编出了《雷石榆研究资料》，包括《雷石榆小传》《生平创作年表》，还选3首诗附于文后。资料编成之后，寄给了南京师范大学的《文教资料》，后来发表于1991年第3期。以这一资料为基础，我想编辑一本《雷石榆研究资料》，并将其纳入《现代文学研究资料》（乙种）之中。此事我同中国社会科学院的张大明先生请示过，张先生说他同意编入上述那一套丛书。但是后来因为经费

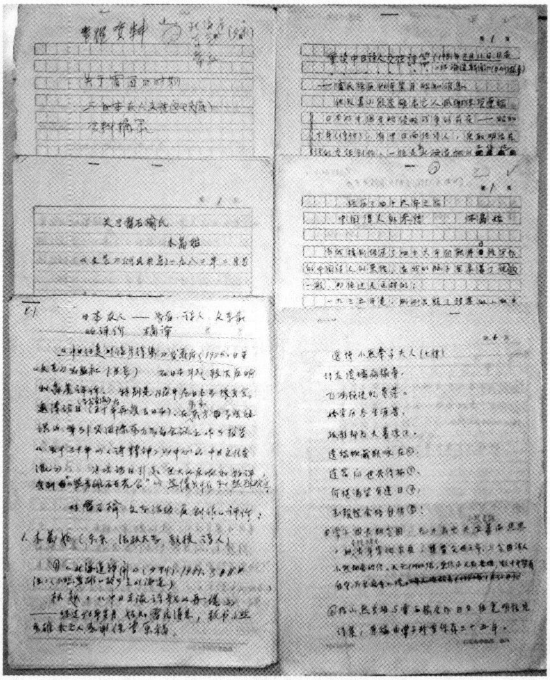

雷石榆先生的部分手稿

问题，没有成功，连我们那时编成的《李健吾研究资料》也搁浅在了中国戏剧出版社。但是我对雷先生的资料研究始终没有停止。

三、晚年的雷石榆先生

从1994年开始，雷先生的身体越来越不如从前，听张丽敏老师说，他常闹身体累，写着写着字，便说累了，就得休息，甚至有时早晨起来了，要写字，忽然又说太累，写不下去，又躺下睡觉了。我想，83岁的人了，干那么多活儿，也够难为他了。好在老伴儿是得力助手，为他查找资料，帮助他复写稿件，照料生活，排除了许多困难。在写回忆录的日子里，雷先生一般是上午写稿，等中午他休息了，张先生便帮他看稿、替他准备资料。这年冬天，也许因为太累，雷先生病倒了。

记得只是发烧，不过是感冒引起，但不退烧，烧得十分虚弱，输液几天也不见退。后来，他终于逐渐好转了。有一天，忽然见先生好起来了，我分外高兴。我说：春天得病容易恢复，又可以到小园里看桃花了。当他出院后，我还写了两首诗送先生：

一

雷公不老八十三，未泯童心步履翩。
诗赋曾抒家国恨，教泽还润杏桃园。①
两逐已味秋茶苦②，一聚幸逢春气还③。
小恙区区从容愈，霞光飞彩照晴天。

---

① 雷先生从教60载，桃李满天下。

② 雷先生曾在日本被日警方驱逐，在台湾又被蒋政府驱逐。但是他终于能够在保定与分别20多年的前妻、儿孙团聚，先生甚为高兴。

③ 大陆改革开放之时，在台湾的前妻蔡瑞月携儿雷大鹏和两个孙子来探望。

二

雷公矫健是为何？度尽劫波壮气多。
情胜喷薄青春语，心童流淌生命河。
身轻不为浮名累，德厚当有著述多。
老伴阿春形相助①，扶桑忆罢观《三国》②。

我的诗写得并不好，当时的目的无非逗雷先生一笑。但雷先生看后却说："诗写得很好！可惜我脑力不足，不能和你的诗。这诗可以让丽敏送出去发表。"于是雷先生托张先生寄给了《厦门日报》，不久便真的发表出来了。

1996年冬，雷先生又住院了，这次有脑出血现象，大家都很为他着急。但经过一段治疗、护理，他又奇迹样地恢复了。夏天时，我到他家看望曾提到，我想开始写雷先生的传记，有些问题想同雷先生谈谈，一次谈一点就行。张先生立刻加以阻拦说："现在不行，等他养好了病再说吧。"我同意，我说我也没有现在要劳累先生的意思。但后来雷先生便很少出门，后又住院，到了年底也不见有大的好转，但我觉得危险是不会有的。我见他虽患脑出血，但身体并无偏瘫，应该不重，可是大夫却总说很危险。我们不大信：大夫总喜欢把病说得厉害点。我这样想。在我因足伤突然也住进了同一家医院时，也没想到先生几天后便永远地走了。

晚年工作着的雷先生

雷先生，你为什么走得这么急？我们不是说过，春天来的病好恢复吗？我们不是还要到小园里看桃花吗？我还想学学您奇妙的"太阳功"啊！您怎么就走了呢！太阳怀念您！桃花怀念您！

---

① 夫人张丽敏，又名阿春。

② 当时一边回忆访问日本的故事，一边看正在播出的电视连续剧《三国演义》。

四、写在回忆录之后

上面的文字是雷先生病逝后，我在悲痛中写下的，算是一个回忆录吧。我说过，那时我脚受了点伤，也来不及查找雷先生的生平资料。现在查找点资料，把有些情况补充说明如下。

（一）雷石榆一生的文学贡献

雷先生是一位知名教授，在外国文学研究，特别是日本文学研究方面，不仅是一流的专家，而且他就是文学创作的参与者。这一点没有几个人能够同他相比。多年来他培养的学生很多，是桃李满天下的。他主编过的教材《外国文学史教程》也正式出版过。

雷石榆（1911—1996），笔名纱雨、杜拉，广东台山县人。参加过中国左翼作家联盟东京分盟，主编过盟刊《东流》《诗歌》，并用日文进行诗歌创作。日文诗集《沙漠之歌》出版后，受到日本文学界好评。1933 年留学日本，1935 年任东京《诗歌》主编。1936 年回国后历任广州《中国诗坛》主编，第二战区敌前总司令部编译员，中华全国文艺界抗敌协会天津分会常务理事、总会第三届理事，江西《民治日报》副刊主编，台湾《国声报》副刊主编，台湾大学副教授，香港南方学院副教授，中山学院教授，天津津沽大学教授。1932 年开始发表作品，1962 年加入中国作家协会。著有日文诗集《沙漠之歌》，小说集《惨别》，小说散文集《婚变》，中篇小说集《夫妇们》，诗集《国际纵队》《1937$^{7/7}$—1938$^{1/1}$》《新生的中国》《小蛮牛》《八年诗选集》，论文集《文艺一般论》，专著《日本文学简史》《潮流诗派》等。

a

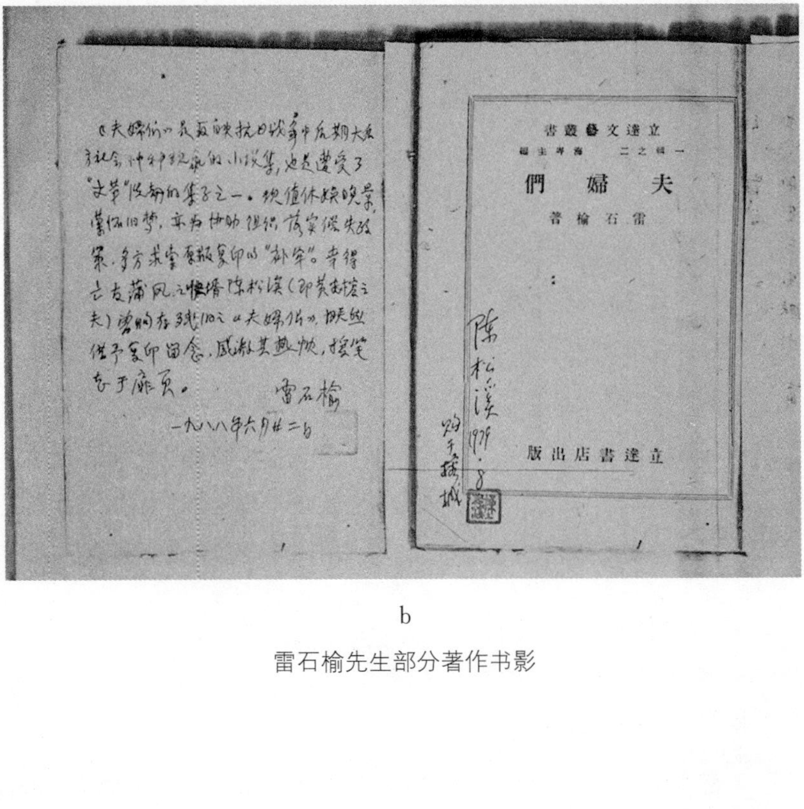

b

雷石榆先生部分著作书影

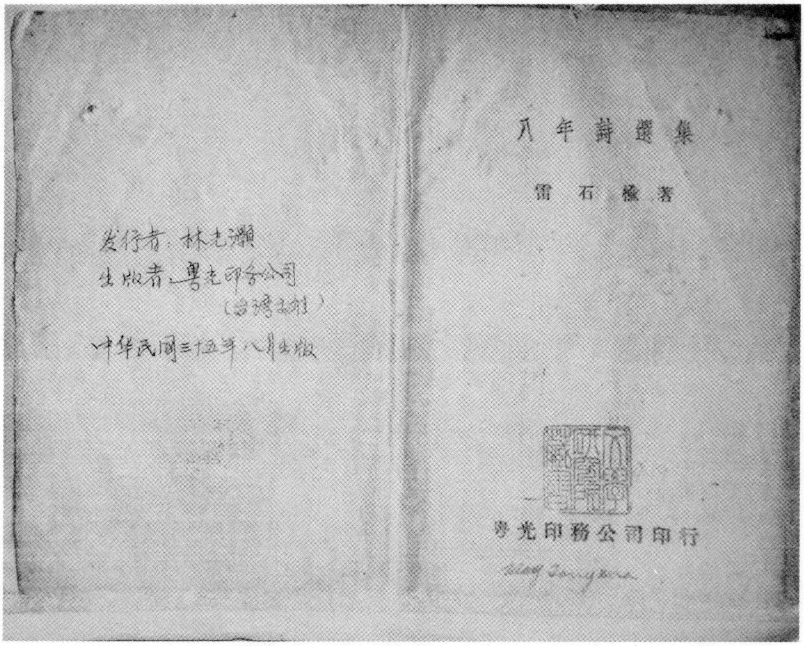

a

b c

雷石榆先生部分著作书影

1937 年，雷石榆先生参加中华全国文艺界抗敌协会，投身抗日救亡文化活动，主编刊物，身赴战区，发表了大量的文艺作品。他当时想去延安而因道路难通，未成行。1939 年，雷石榆先生到昆明，作为第三届文艺界抗敌协会理事，主持昆明分会工作，并主编分会会刊《西南文艺》。抗战时期，国共合作，他曾随爱国将领卫立煌从事文化宣传工作。

抗战胜利后，台湾光复，1946 年雷石榆先生应邀赴台任《国声报》主笔兼副主编。当时的"'厦大校友作家群'倡导并服膺于雷石榆的'新现实主义'文艺观，认为文艺工作者要敢于直面社会现实，发扬战斗精神和艺术创造力，创作出紧贴进步的时代脉搏、具有积极向上的社会意义的作品。值得注意的是，雷石榆在厦门《明日文艺》1947 年第 5 期以雷霖为笔名所撰《编后记》中就曾强调：'我们要追求明天的辉煌远景，今日就非紧紧与现实搏斗不可，所以我们的取稿是重视显示内容，技巧是其次，重视作品社会价值，不计较作者写作上的地位。'这篇文章发表日期与《国声报》《南光》副刊创刊日期相差无几，而雷石榆在《文学的任务》（《南光》副刊《艺文周刊》第 6 号）中所表达的'文学不但反映现实，同时也指导现实'的观点，可谓是这种现实主义战斗精神与注重作品社会价值的文艺观的承续，亦可视为他在《台湾新生报》《桥》副刊台湾新文学论议中正式提出浪漫主义与现实主义相结合的'新现实主义'理论的先声"①。

1947 年雷先生任台湾大学法学院副教授，以后到香港任南方学院副教授、中业学院教授。1952 年其应聘来天津，为津沽大学（河北大学前身）教授，先后曾任中国现代文学教研室和外国文学教研室主任。数十年来雷石榆教授坚持在教学科研第一线，教书育人，桃李满天下，经他提携而成名成家者，颇不乏人，为中文系学科建设作出了重大贡献。

1986 年雷石榆教授应邀赴日本进行国际学术交流，为中日友好和文化交流谱写下新篇章，产生了深远的影响。其一生著作等身，成

① 杨彦杰主编：《光复初期台湾的社会与文化》，福建教育出版社 2011 年版，第 447 页。

果丰硕。属于学术研究方面的主要有：专著《日本文学简史》《文艺一般论》《写作方法初步》；论文《评李煜词的基本问题》《关于贾宝玉的典型性格》《新诗的格律问题》《但丁和他同时代的抒情诗派》《诗歌审美判断的探索》《略评川端康成及其创作道路》《1930 年代以〈诗精神〉为中心的中日文化交流》《关于汉诗与日本民族诗歌的关系》《试评石川啄木的创作思想及其艺术成就》《试论小熊秀雄童话诗的特色》《绝代歌手与斗士——海涅》；属于创作方面的有：诗集 7 部、译诗 2 部、小说集 3 部，不细列。

（二）张丽敏（1926—2015），雷先生的第二任夫人

张老师生前是河北大学中文系资料室的老师。祖籍辽宁大连，生于重庆。1951 年毕业于南开大学历史系，后来曾执教于天津女子中学，再后来调入河北大学中文系资料室工作多年。她与雷先生共同生活 30 多年，度过了许多艰难岁月，是相依的伴侣，不但帮助雷先生整理生平资料、编辑雷先生的著作，也是他的生活秘书。

1997 年的回忆录我没有在这方面多说，因为那是雷先生才去世后写成的。关于回忆文章的产生我交代几句：雷先生去世不久，有一天我见到了李离先生，他告诉我他写了一篇回忆雷先生的文章，已经交给了张老师，因为《新文学史料》已经答应，可以在刊物上发一组回忆录，来纪念雷先生。我于是想到无论如何我应该写一篇文章争取加入这一组稿。时间很紧，发搞在即，我克服很多的困难集中资料，整整用了一个昼夜写成一篇文章，现在看很多地方写得不周全。文章写成后，我将此事特别告诉了张丽敏先生，没想到她有点不高兴地说："你的文章是什么题目？为什么不事先让我看一下。"我说是个一般性的标题，她仍然说应该让她看一遍。我说，实在对不起，那时时间太紧，来不及，您放心，我不会写任何惹您不高兴的事。其实我是说，什么

雷先生与张丽敏先生

事情会惹她不高兴，这个我是知道的。文章发表之后，我认真地读了自己的文章，真怕有伤害她的文字；但是，并没有发现，而且自信比她的怀念文章写得好。再见到了张先生时实在没想到，她又说："你的文章中说我们一起到北京找人民文学出版社，请求《新文学史料》发表雷先生的文章，是事实。但是你没有联系成，就回来了，你说你第二天有课。"我说："您记得不确，我们共同找到了黄汶先生，他肯定地答应发表雷先生的文章，并且还说尽量不写与文学无关的事情就好，因为是文学史料。当下雷先生也答应了。我有日记记载着这事。"张先生执意说："我也有日记，我记得没错。"我们并没有争吵，因为我怕自己是记错了，回家还是查了我的日记，证明张先生说得不对，但是我没有再对先生申辩。我想让她误会吧，我问心无愧就行了。

这些年我主动帮助雷先生做过几件事，都不是组织上让我做的，我从来没有明确的任务负责雷先生的事。但是我做事总是想尽量做好就行了，做人不仅应该义气，也应该认真，不能那么轻率马虎。此事的真相，可以取个旁证：后来，责任编辑黄汶先生写过一篇《雷石榆回忆录编后感》，提到了此事："雷石榆先生想写回忆录时已是临近80岁的老人了。他夫人张丽敏同刘玉凯同志到编辑部来商谈这件事情。我们虽然作了肯定的答复，但在接到老人誊写清楚、包装整齐的原稿后，确实也曾有过踌躇难断的想法。当时，刊物的生死存亡主要是看能否解决经济效益的问题，这部长篇回忆录肯定要占相当多的篇幅，雷石榆何许人也，在老人当中还是有不少人知道的，而在解放后生长起来的人，知道他的就不多了。后经编辑部研究决定，还是将其记述前半生的文字全部发表。这部分文章刊载后，听到不少老同志的赞许，但也有人说是刊物缺稿子了，才发这样不知名的东西。不久，从国外传来反映，回忆录受到日本文学界的重视，那里很快就将其译成日文出书。应该说，它为中日文化交流，又增添了新篇章。"①再以后，张先生出版的《雷石榆人生之路》一书中仍然写道："刘老师因事，等不到约见之日（10 月 17 日）他先离京了。"仍然是错误的记忆。其实是第二天，即 15 日上午就见到了黄汶先生，并且联系成功

---

① 黄汶：《雷石榆回忆录编后感》，《出版科学》，1999 年第 3 期。

后我才回校上课。为什么一定不承认我同黄汶见过面之事呢？我此生就见过一次黄汶，如果不是那次见到的，怎么会有他态度温和、面庞红润的印象呢？这样说是不是有点不厚道。退一步说，即使我没有见到编辑，我也是牺牲了自己的时间陪您二老办事的，能够如此无礼吗？

李离先生说张先生对我的文章还有另外的意见。张先生对李离说："玉凯说我和老雷相濡以沫，怎么能这么说我呀？"此话李离先生是懂的，立刻说，"相濡以沫"是好的意思，比"相依为命"的意思还好。李离先生立刻背诵鲁迅在《芥子园画谱》的扉页上赠予许广平的诗："十年携手共艰危，以沫相濡究可哀。聊借画图怡倦眼，此中甘苦两心知。"这也纯粹是一个误会。也许，张先生对我的意见主要是雷先生去世时，我没有参加送行的仪式。我已经跟她解释过。张先生这样说也是记忆的错误。雷先生最后住院治疗时，正巧我也住在同一个医院治疗脚伤，才做过手术，根本就不能下床。张先生知道后还特意到我的病房看望过我，表示了特别的关心。没想到没几天雷先生却去世了。我怎么可能参加悼念雷先生的活动呢？可是讣告所使用的生平资料就是依据我的"雷石榆传"，由李离先生执笔写成的。我记得没错的是，我在那年春节期间，伤未痊愈的情况下，第一次出门走路，便到雷先生家中追念先生。那时张先生已经将雷先生的部分骨灰存放在了花盆的泥土中，忘记了种上的是什么花。时间过去了很久，我仍然很悲痛地哭了。

我自认为我了解先生的一生业绩，也了解他的内心。我敬爱先生，并没有什么做作，也没有功利，更谈不上报恩。雷先生没有给我上过课，是我工作之后，只听过他给工农兵学员讲的诗歌欣赏。他是一位可爱的诗人和学者。我自己主观认为我比张先生更懂雷先生。

(三)我给雷先生写传的事我并没有忘记

雷先生去世以后，有一次见到张丽敏老师，我再次请教能否做此事。张老师说："老雷走后，什么也没给我留下，他的传就不用别人写了，我写。"可是，我给先生写传，与他的回忆录是不一样的。我说，算了，以后什么也不写了。说实在的，我很敬仰和佩服张先生，她以 80

多岁的高龄，苦干不辍，写成一本厚厚的书，经过了怎样的艰苦的努力，是很难想象的。但是她写的是她的爱人雷石榆，我可能会写“文学家雷石榆”。

终于，《雷石榆人生之路》，2002 年由河北大学出版社出版，几年后的 2010 年，河北大学出版社又出版了张先生编的《雷石榆诗文选》。雷先生的夫人能够如此努力地编书写书，是一种爱的力量在鼓励她，这不是任何一个爱人都能够做到的。她似乎为了自己灵魂的安妥和慰藉，也是为了证明，即使是雷先生的前妻不离开她，也不会帮助他做好这样了不起的大事。不过我觉得雷先生的人生传记我还可以写，不同于她的亲情、友情的记述，我是想用文学史研究的视角来写他。此事是将来我要做的。另外，我也会公平地写出雷先生的心底的隐情。因为他从来也没有放下对台湾那边妻儿的怀念。他曾写过一篇电视短剧《望海》，发表于《河北文学》1980 年第 4 期。剧中的主人公叫“何思归”，我想那意思就是“何时归”或者“何不思归”，就是个最好的证明。

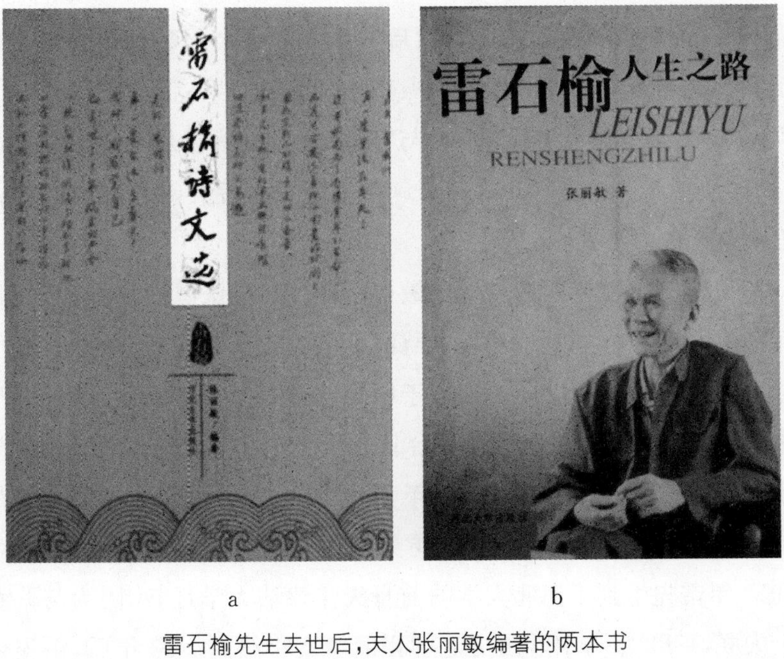

a　　　　b

雷石榆先生去世后，夫人张丽敏编著的两本书

(四)关于雷先生与前夫人蔡瑞月

蔡瑞月(1920—2005),台南人。1933年入台南州立第二高等女子学校,毕业后于1937年到日本留学,进入石井漠舞蹈专门学校。毕业后于1941年加入石井漠高徒石井绿的舞蹈研究所工作。1946年回台,于台南开设“蔡瑞月舞蹈艺术研究所”。1947年1月在台北市中山堂正式公演,演出了芭蕾舞《白鸟》等作品,5月20日与雷石榆结婚并迁居台北,继续创作教学。1949年12月因受雷石榆问题的牵连入狱,历3年,1953年1月出狱,同年在台北市中山路成立“蔡瑞月舞蹈艺术研究社”,后改名“中华舞蹈艺术研究社”,同年荣任“中华文艺协会”舞蹈组副主任委员。1983年至1988年于澳大利亚悉尼及墨尔本教授舞蹈,并指导悉尼歌剧院的民族舞蹈演出。1989年至1997年于澳大利亚里斯本持续舞蹈研究及视觉艺术的研究与创作,1997年被澳大利亚昆士兰科技大学艺术学院推崇为台湾舞蹈先驱,并举办该校舞蹈系与左营高中舞蹈组联合致敬舞展,同时召开座谈会。1998年,她致力于整理舞蹈史料,协助日本国宝级舞蹈家石井绿、折田克子等人来台进行口述访谈二次世界大战期间台湾舞蹈史。1999年10月由澳大利亚返台进行蔡瑞月文化基金会捐赠舞蹈史料文物活动。2000年1月开始重演经典舞作《新建设》《木偶上阵》等20部舞蹈作品。2001年8月返台参与“第一道月光蔡瑞月”活动,并重演《新的洋伞》。她曾于1994年获颁民族艺术薪传奖,2005年逝世后,有关部门颁发褒扬令。

雷石榆先生与蔡瑞月女士最初是在台北相认识的,两人于1947年结婚。1949年雷石榆被以“匪谍”罪名驱逐至香港,与妻子有通信联系。蔡瑞月也被逮捕并囚禁于绿岛长达3年。出狱后,她继续从事舞蹈教学、创作与演出,并在台北市开设“中华舞蹈社”教导年轻学子、儿童研习现代舞。自1950年1月后,二人失去联系。蔡女士是从她大哥处得到雷的消息的,雷先生也知道了蔡瑞月被保释出狱。1953年雷先生到了河北大学的前身天津津沽大学任教,因为与蔡女士失联,1963年与中学历史老师张丽敏女士结婚。10年后,雷先生方得知蔡瑞月母子的消息:蔡瑞月在台湾,儿子大鹏在澳大利亚。雷石榆喜不自胜，立即写信给留日同学、台山好友朱伯濂。1973年3月5日，雷先生接到儿子大鹏第一封信。3月8日，北京华侨问讯处告知，大鹏已经于1972年应聘加入澳大利亚阿德雷得市现代歌舞团。3月14日，雷先生给分别27载的儿子写了第一封信，并且加上一张照片，信中说："犹如身在奇梦之中，是个意外的惊喜，而回忆20多年的往事，又不胜伤心。"但是，信被退回来了。直到1975年3月5日，大鹏才得知父亲的消息，儿子也很激动："拭一拭眼睛自语：这不是一场梦吧！我不禁热泪盈眶，兴奋难眠。"1983年，蔡瑞月与雷大鹏移居澳大利亚，蔡瑞月在布里斯班继续从事舞蹈创作。1987年雷先生以深深的怀念写了散文《海峡那边的儿子》刊《厦门文学》1989年第1期。1990年5月起，《新文学史料》第2期开始发表雷先生的回忆录——《我的回忆》，第3期连载。第4期发表先生的《重访扶桑半纪后》。这个消息传到了台湾，后来才有蔡瑞月偕同儿子雷大鹏夫妇及两个孙儿，飞往河北保定。雷石榆与阔别40年的台湾妻儿及全家聚会于保定河北大学。

1994年，蔡瑞月与雷石榆在中国保定的再度见面，是对他们二人极重要的事情，彼此都很重视。我听李离老师说，张丽敏先生做了很好的准备，并且表示，"很欢迎他们一家人回来见面，都这么老了，我不在乎这个了。到时候我给他们借一套房子，他们怎么在一起，怎么说话我都不管了。"说得真是大度。

事实上，人的真感情问题是无法回避的。结果是，雷先生无论到哪儿，张丽敏先生是一定跟着在场，而且喜欢替雷先生说话。见蔡女士也一样，张先生的好心可能是怕累着雷先生也未可知。听说张先生很礼貌地送给蔡女士和她的儿孙一些礼物，会谈中蔡女士很埋怨雷先生什么一定要离开台湾。蔡女士表示同情雷先生的曲折孤独的经历，这也就是对他的怜爱之意，但雷先生没有听懂，说那是政治迫害，说他是被驱逐出来的。雷先生当着张先生的面，没有把话接过来，只违心地说他在大陆这些年生活得很好。这又是向张先生传递的感谢之意，不这样说肯定是不行的。这样的会谈，真是让雷先生处于非常不自由的状态，左也不好，右也不是。也许是雷先生可能不愿意咀嚼那些苦果了，只是看着自己的儿子和两个孙子，喜欢得不得了，恋恋不舍。一想到他们走后，可能此生就再也见不到了，心情颇为沉重。这样的会面严重地影响了雷先生的身心健康。

雷石榆与蔡瑞月

蔡瑞月早年的英姿

此一番特别的会见之后，雷先生的健康水平下降，反复发病，1996 年冬，雷先生因脑血栓、脑出血住院。但他经过一段治疗、护理，又恢复了自理能力。到 1996 年 12 月，雷先生的病突然恶化，12 月 7 日病逝于医院。张先生主持送别雷先生，做得极好，她说不收任何人的礼钱，是雷先生生前的嘱咐。12 月 11 日，河北大学以极隆重的仪式向雷先生告别。

9 年后的 2005 年 5 月 29 日，蔡瑞月女士在澳大利亚病逝，享年 84 岁。

又 10 年后，张丽敏先生病逝。

一切恩恩怨怨就此结束了。也不知道雷先生远在澳大利亚的儿孙生活怎样。

(五)雷石榆先生的情感生活

雷石榆先生承认，他一生的爱情生活有 3 次，第一次是与自传小说《惨别》里写到的那个女孩，就是书的封二上“锁在岛国的爱人岸七己二(Kc.Nami)”。她们认识的时候雷先生才 22 岁，那应该叫青春的游戏，双方都没有好好地想想，就爱上了。也许，雷先生如果没有后来的被逐，他们不仅会爱得死去活来，也可能爱上一万年，是亦未可知。雷先生在特别的环境下被一个异国的欣赏者所崇拜、所追随，难免会有格外的激情发生。那是他的初恋，青涩的果子最美，但是不大好吃。

我认为雷先生真正爱的是第二个爱人，即台湾的爱人蔡瑞月。他们最让人欣赏之处是性格上的相合、事业上的默契。诗人遇到了舞蹈家，共同的话语当然非常多。从舞蹈家蔡瑞月终生不再嫁的守贞也可以看出对方是多么珍惜那一段感情生活。对方失去了爱情，一生将雷先生的骨肉一儿两孙养大成人，为了忠于相约的信念，蔡先生吃过多少苦，无法想象。雷石榆被以“匪谍”罪名驱逐后，蔡瑞月也被逮捕囚禁 3 年。炼狱生活对于一个艺术家来说，是生命的折磨。但是，出狱后，她有 3 件事情没有忘记：其一，终身不再嫁，日日夜夜思念自己的爱人，一直在寻找雷先生；其二，将他们共同所有的儿子，以及后来的孙子养大成人，在适当的时候，交到雷先生的怀抱，这个也实现了；其三，仍然没有放弃自己所爱的事业，因为那也是雷先生所爱的事业，而且也将这一事业传给了自己的后代。

雷先生与张丽敏先生是事业上的合作者，而且是很好的合作者。应该这样说：张先生认为，雷石榆是她最理想的爱人，她集欣赏、崇拜、敬仰、同情于一体，以至于发展起来的爱都很真诚。张先生素质高雅、为人温厚，彬彬有礼，对雷先生忠贞不贰。她不但是雷先生的生活秘书，也是文字秘书，生命中的好帮手和新闻代言人。雷先生因为有了张先生，可以少做很多事，少说很多话。但是她并不能算雷先生的知己知心爱人。从蔡瑞月的大陆之行也可以看出雷蔡会面的尴尬。总而言之，说句公平话：雷先生的后半生，如果没有张先生相伴，除非他去台湾与蔡瑞月团聚，他很可能活不到 80 岁。而且即使蔡女士与他团聚了，后面的那些工作，如整理书稿、出回忆录、为他写传记、与外面的交往，这些事情不会得到蔡的理想帮助。因为她有自己的事业。也许，雷先生会说：“我什么也不想要，就想要一个爱。”那可能是真实的雷石榆先生。

(六)关于雷先生的一首诗《假如我是一只海燕》

假如我是一只海燕,
永远不会害怕,
也不会忧愁。
我爱在暴风雨中翱翔,
剪破一个巨浪又一个巨浪,
而且唱着歌儿,
用低音播放爱情的小调,
但我的进行曲,
世间也没有那样昂扬。
风静了,浪平了,
我在晴朗的高空,
细细地玩赏:
形形色色的大地,
苍苍茫茫的海洋。
而且我爱恋着海岛,
海岛的自然那么美丽,
而且那么多浪花,
那么多风雨,
还有啊!太阳用多彩的光芒,
把它浮雕在白云绿水间,
我发狂地飞旋歌唱,
用低音唱出爱情的小调,
用高音开始进行曲的前奏。
哦!假如我是一只海燕,
永远不会害怕,
也不会忧愁。

《假如我是一只海燕》最初就是一首诗,不是诗剧,作于何时,不可考。相关可证的资料说，这首诗是1948年作于台北，但是，当时并没有发表。雷先生却一直对这首诗耿耿于怀，终于发表于1993年8月5日《厦门日报》第6版《海燕》副刊，很契合副刊的名称。45年后发表时，雷先生作了一个《前记》称："这首诗作于1947年1月，是配合舞蹈家蔡瑞月为台南大地震义演而写的。"张丽敏先生认为"这是记忆上的错误，应勘误"，并且说明："1948年在台北，周青在中共地下党的授意下，约同雷石榆组织'乡音艺术团'（雷石榆为之命名）宣传爱乡、爱国思想。雷石榆创作舞剧诗《假如我是一只海燕》，由蔡瑞月编成现代舞曾表演过。"而张先生并不是当事人，如何能够确定诗的写作时间？

我们可以确定的是：一、这首诗最早并不是舞剧诗，而是一首抒情诗；二、作品第一次披露是在1948年的赈灾义演；三、内容是写爱情的。从以上推断，显然就是雷先生写给刚刚从日本归来的蔡瑞月的一首情诗。"爱恋海岛"指的是从日本学成回到宝岛台湾，"发狂地飞旋歌唱"，歌颂舞蹈者美丽风姿；"永远不会害怕，也不会忧愁"这是对舞者的爱抚和暖意，显然跟爱国主义没关系。雷先生虽然从"爱国"的角度解释过这首诗，也只是附会一下。如果还原一下情境，应该是中山堂演出后，雷先生献给蔡的情诗，只需要一个读者，所以他不想发表出来。这里还有一个情节不能忽略，不是雷把诗改编成了诗剧，而是蔡瑞月珍爱过分，终于在一年后改编成舞剧的。这应该是他们二人的定情作品。

所以雷先生是故意披露："这首诗作于1947年1月。"这是初识的时间，他怎么会记错呢？

五、郭沫若与雷石榆先生的交往

郭沫若既是文学家，也是个社会活动家，他的一生，交流交游十分广泛，但是他与雷石榆先生的关系不大为世人所知，查《郭沫若年谱》，关于他与雷石榆先生关系的记载也一字未见，这是一个不小的遗憾。由于雷石榆先生是我的老师并和我长期在一起工作，我有机会了解到郭沫若与雷石榆先生的一些情况。现在郭沫若、雷石榆都已经去世，为了纪念他们，我应该把那些鲜为人知的材料提供给读者，以供研究。

雷石榆从青年时代就知道郭沫若，喜欢他的诗歌，对他创作的《女神》等作品十分佩服，仰慕这位开一代风气之先的浪漫主义诗人。雷先生说："当我留学日本时，是个二十二岁左右的青年，由于我少年时代就爱好文艺，而且爱读创造社出版的刊物，深受郭老的《女神》等革命浪漫主义诗篇的启发和鼓舞，所以当留日的一些从事文艺活动的朋友约我去拜望郭老时，我喜不自禁地陪同到千叶县去。"①大革命失败以后，郭沫若在党组织安排下避居日本。1933年雷石榆留学日本时，郭老已经同安娜结婚并居住在安娜家中。当时他的行动十分不自由，出入都受到日本密探的严密监视。雷石榆不怕风险，多次登门拜访他，有时还有蒲风、李春潮等诗友同去。听见门铃声的郭沫若总是迎出来，热情接待他们。夫人安娜沏茶，送坐垫，满堂是乐融融的气氛。郭老谈吐自如，没有因避居而有忌讳之色。据雷石榆先生说："我们访问郭老，多是谈到文艺上的问题。无论请教任何问题，他都出口滔滔，知识的渊博，见解的卓越是令人敬佩的。记得有一次谈到祖国的现状和政治斗争形势时，他态度很严肃，神气昂奋，斩钉截铁地说：'看吧，只有共产党才能救中国！'"②有时，雷先生还带来纸请郭老题字作纪念。郭老总是兴致勃勃地拿出笔墨，且谈话且挥毫，有时也凝思一下，直到一张写完为止。这些题字被雷石榆全部带回国内，在上海一位朋友的家中秘密保存。20年后，存放的书箱安然无恙，那些珍贵的条幅却全然失踪。每回提起来，雷先生都连声说可惜！据雷先生回忆，有一张条幅录取了《论语》上面两句，略去一个"夫"字：

---

① 张丽敏编著：《雷石榆诗文选》，河北大学出版社2010年版，第221页。

② 张丽敏编著：《雷石榆诗文选》，河北大学出版社2010年版，第221页。

逝者如斯，不舍昼夜。

这是表示以爱惜光阴，勤奋学习共勉。

1937年7月7日，全面抗日战争爆发，郭沫若“别妇抛雏”，秘密离开日本，参加神圣的抗战。12月6日，他南下广州，第二天下午两点，受到广州各界人士的热烈欢迎。雷石榆先生在郭沫若演讲之后，登台即兴诵诗《欢迎郭沫若先生》，全场掌声雷动，一是表达欢迎郭沫若的热情；二是赞扬雷石榆的诗写得多、写得快，可谓神来之笔。《救亡日报》刊出特稿，报道如下：

郭沫若先生已经在本月六日到广州了。救亡呼声社与青年群社即于七日下午二时假省党部礼堂举行欢迎大会，参加的人，非常踊跃，超出预料的人数六倍以上，临时改在大操场举行，于是郭沫若先生便在群众热烈的掌声中出现了！郭沫若先生的态度雍容和蔼，演词的每一句都渗透了浓厚的感情，每一个字都像铁钉子那样，钉进了群众的心坎里，使我们永远不会忘记。下面，便是诗人雷石榆先生当场写成的朗诵诗，在郭先生演说完毕之后，接着便向群众朗诵出来的。

《欢迎郭沫若先生》

我们在岛国不自由地相见，
然而我们自由地痛谈祖国的事情；
那时你虽不是北伐时代的英姿，
但你却兴奋地说：
“我还有力量拿枪杆打仗！”

不过是年余的时光，
祖国正要展开全面抗战的当儿，

你偷偷地别了亲爱的安娜和儿女，
投回母国的怀抱——火焰的上海来了，
你和许多的文化先进，
拿笔杆当枪杆扫射敌人！

直至上海化了焦土，让敌人闯进了
这一片坟场，
你们也为着完成“掘墓者”的使命，
在魔爪的指缝溜出来了，
你又来到了一别十多年的革命策源地的广东！

我们在这里偶然而又必然地握手，
我们没有多余的寒暄，
我们没有空闲的话旧，
我们救亡的烈火在心头燃烧，
我们新的愉快在眼光中迸流，
我们拿出“干”的精神，
“干”的力量，
表现我们的感情，我们的任务！

郭沫若先生！
你举起领导的旗帜吧！
我们为新的民族革命，
吹响抗战的喇叭，
挥舞抗战的笔杆，
紧握抗战的枪头，
动员抗战的工农，
组织抗战的民众，
在你的前后，
在你的左右，

我们排成铁的队伍，
一起战斗，
直到日本法西斯灭亡的时候。

一九三七.十二

这首诗热情洋溢，饱含了诗人的爱国热情。这是雷石榆先生特别珍视的一首诗，后来收入他的诗集《1937$^{7/7}$—1938$^{1/1}$》。

不久，郭老从广州到了武汉，雷石榆先生也离广州到晋南第二战区从事编译工作，这时郭老已经到了重庆。1939 年冬，雷先生从洛阳辗转南下，途经重庆，再次会见郭老，他们一如往日，亲切话旧交谈。雷先生第二次访问郭老是要向他来告别。但郭老的秘书姚潜修在郭老从会客室走进内房的那个片刻，对雷先生说，他有意向郭老请示让其留下来工作，雷先生没有同意。因为他得到《诗歌》同人之一的梁梦回协助，先解决了到昆明的交通费，然后转到东南方面去。

雷先生离开重庆辗转到昆明主持全国文艺界抗敌协会云南分会的工作，主编会刊《西南文艺》。当时他与郭老有多次通信联系。1942 年 1 月郭老以神来之笔，写出历史剧《屈原》，并很快在重庆被搬上舞台，这真如一道闪电，炸开了重庆阴霾的气氛。当时，雷先生知道胡适曾发表文章，否认屈原在历史上的存在，并把胡适观点摘出，于 6 月 16 日随信寄郭老。郭老于 7 月 6 日复信，全文如下：

石榆先生：

六月十六日信奉悉，暑中拟续刊《战歌》及《西南文艺》，甚善。足下及其他友人以开展地方文化为鹄的，并以牺牲奋斗之精神黾勉从事，不辞艰苦，钦佩无似。

承抄示胡适否认屈原存在之论据，余于数年前曾撰《屈原》一书已加以驳斥，该书由上海开明书店出版，想昆明必易于购得，能蒙检阅一遍，便可分晓，恕不多渎。胡适辈过用怀疑武器，每以立异为高，并不实事求是，乃其大毛病。其实屈原距贾谊仅百余年，曾见屈原晚年之人在贾谊时代尽可尚存人世，断非如神话中之虚拟人物可比。贾谊既亲至屈原曾游之地，并仿其文体为文吊之，即此已亦打破怀疑说之心脏矣。据余所知胡适自身及其一派其后似已不复坚持旧说，世之信之者，似也甚少见也。屈原问题，余意所当考究者为其作品之研究及近代化，余往年曾将其《离骚》用现代语译出，附刊在上述《屈原》小册子之后，惜其他诸篇未及着手，而亦无人踵继，殊不免有寂寞之感，至屈原有无之问题已早成过去，似可置之不理也。

耑复即颂

撰安

郭沫若

七月六日

由于信的内容十分重要，当时正担任《西南文艺》主编的雷石榆先生便将信抄出在刊物上发表，载1942年第2期。雷先生略去收信人名，以“××”代替。后来原信在抗战动荡中遗失了。幸有发表件为证。

抗战胜利以后，雷石榆先生到了台湾，任台湾大学副教授，并于1947年与台湾著名舞蹈家蔡瑞月结婚。正巧这一年郭老原夫人安娜也来到台北，住在原创造社成员陶晶孙家中。陶与郭老算是连襟关系，并也在台大任教。雷先生曾到陶家访友话旧，此时郭老的长子已去香港，女儿和次子都已长大。不久，郭老的孩子都由香港转往内地解放区。儿子郭志鸿后来在北京音乐学院学钢琴，曾来天津与雷石榆先生见过面。志鸿的姐姐也是音乐学院毕业的，在台湾时，曾到雷石榆先生家中作客。1949年，雷被逐出台湾，与妻、儿痛别，一水脉脉，相隔不相见，转眼几十年。

中华人民共和国成立以来，雷先生曾多次进京开会、办事，但是怕打扰了工作很忙的郭老，未登门拜访过，但有通讯联系。1952年5月10日，雷先生刚到天津，便写信给郭老，报告自己的行止，谈到自己在台湾见到安娜和孩子的情况，又向郭老回顾了几年来自己身陷囹圄、被逐、与妻子惨别，妻子也遭迫害之事，还谈到自己勉力工作，报效新生的中国之心。信中还介绍了自己近期出版的新著《写作方法初步》。郭老于5月13日，当即复信：

雷石榆先生：

五月十日信奉悉。

《写作方法初步》似尚未见。

您夫人已出狱否？

孩子多大；常有信否？

祝您　努力。

郭沫若

五.十三

在“文革”之初，雷石榆先生因为“海外关系”而被斗，被关“牛棚”。在恐怖气氛中，郭老的手迹也随同那些可能被抄去大做文章的材料被烧毁了。对此，雷先生十分惋惜，感到是难以弥补的遗憾。说来凑巧，竟有这封信压在书箱，意外得之，倍加珍视。几年前，蒲风的女儿黄安榕同志索求信原稿，言由她代转郭沫若研究会，雷先生便把原信寄给了黄，只留下信的复印件。

雷先生是现代诗人，他的诗受郭沫若的影响是多方面的，但主要表现在作品思想的清醒、战斗精神的不屈不挠，以及充满革命浪漫主义精神方面。论及二人的才智方面，雷先生谦虚地说：当然不能和郭老相比。但我觉得从满腔诗的激情，兴会之来，便妙思泉涌，口吐珠玑，笔下生风，落纸云烟来比较，二人不是有若干共同之处吗？

王振华与李何林先生

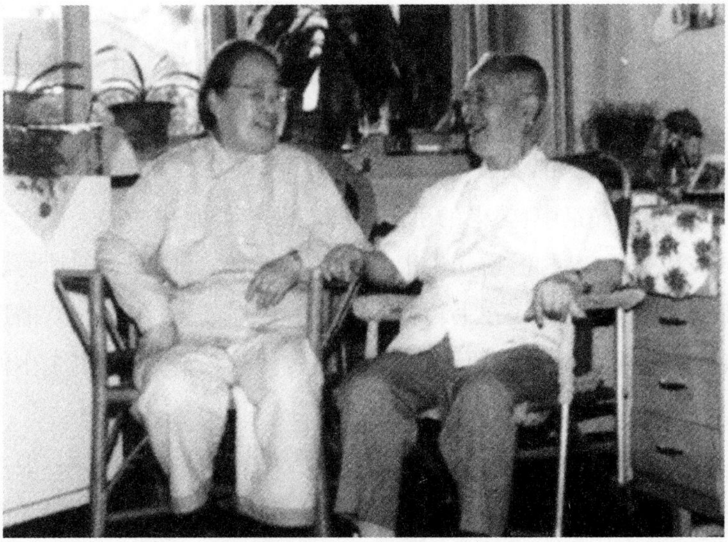

王振华先生与李何林先生在北京寓所

王振华(1913—2001),曾任河北大学中文系主任。

李何林(1904—1988),鲁迅研究的先行者,中国现代文学研究学科的奠基者之一,曾任南开大学教授、中文系主任,鲁迅博物馆馆长,鲁迅研究室主任。

王振华先生是李何林先生的夫人,是我读大学中文系时的系主任,当然算师生关系,不过她没有给我上过课。那时李何林先生是南开大学中文系的系主任。夫妇两人各自主管着一个中文系,这是个很有意思的现象。也许正是因为这个原因,再加上两个学校在天津本来就是地脉相接的邻居，所以南开大学跟河北大学的关系历来很好，两个学校的老师也彼此认识。我跟二位老师的私交虽少，但是也知道一些有趣的故事。

我了解他们生平的一些故事，别人也未必全知道，说出来可以作个纪念。

一、传说中的“五四新女性”

五四新女性有自己的家国情怀，王振华先生关心国家与民族的命运，将自己的人生意义与国家民族的前途命运联系在一起，是觉醒的知识分子的新选择。

王振华先生出生在天津一个律师家庭。兄弟姐妹9人，大哥、大姐是前母所生，大哥较王振华大26岁，大姐长她24岁。母亲是续弦。她的家庭成员中父亲、大哥、二哥、表哥都是律师。王先生排行第八，下边还有一个妹妹。她6岁进私塾，读的却是国文和修身，两年后进了资本家乐达仁独资开办的天津达仁女子小学。该校聘请的校长是著名的教育家马千里。

1921至1926年间，达仁女子小学是天津妇女运动的一个重要阵地。王先生不但有一位好校长，也结识了许多水平很高的老师。王先生回忆：“教我们算术的是鲁自然先生，教国语的是李峙山、张广煦、刘兆慧、王贞儒先生，教音乐课的是马校长的夫人张冠时先生，马校长亲自教我们公民常识课。此外，邓颖超先生虽未在我们班任课，但常在周会上对我们讲话。记得她总教育我们‘要做人民的公仆’。‘公仆’这个词深深地刻在我的心上。全校师生亲如一家，老师待学生如亲人。这些老师都是天津妇女运动的中坚分子，许多妇女团体都是他们参与组织的。”[①]达仁对于王振华先生的一生和为人可以说具有决定性的影响。特别是马千里校长，给她留下了终生难忘的印

① 田本相著：《李何林传》，河北教育出版社2003年版，第69页。

象。这对年青的王振华影响是很大的,使她真正成了一个叱咤风云的新女性。

马千里亲自带着学生走出校门去讲演,或者参加争取妇女权利的斗争,还把高年级的学生组织起来,成立“幼女团”,小团员经常参加社会活动。1925 年,她们参加了三八妇女节纪念大会、追悼孙中山先生的集会、纪念“五七”国耻日的游行示威,王振华参加并且站在桌子上演讲。在“五卅运动”中,她为抵制日货,挨门挨户到商店和居民家宣传。他们还请社会名人到学校演讲,刘清扬、郭隆真等人的讲话,鼓舞了王振华先生,使她懂得了“人为什么要活着”的问题,人要多为别人做好事,要使人都能平等幸福地活着。这是一种新的人生观的建立。

1926 年,振华先生在达仁小学毕业,考取了天津河北省立第一女子师范。她的老师顾随先生拒绝执行军阀所下的学生必读“四书五经”的命令,在王振华初中 3 年中,顾随就给她们连续 3 年开讲鲁迅作品和鲁迅所推崇的北欧、东欧的作品。于是,她随着顾随先生学了鲁迅的小说、散文和杂文。初中 3 年读完,就进入后期师范阶段,分理科、文科、美术科,王振华上的是理科。文科班的国文教师是李竹年,也就是李何林先生。她不但知道李先生是鲁迅的崇拜者,也在李先生的影响下读了未名社同人的书,如李霁野翻译的陀思妥耶夫斯基的《穷人》、韦素园的《最后的光芒》、台静农的《地之子》、韦丛芜的长诗《君山》等。她还大量地阅读翻译作品《烟袋》《第四十一》《平凡东西的故事》《铁流》和鲁迅的译作《七人集》等。李何林还推荐给她美国辛克莱的《石炭王》和《屠场》,也因此她与李何林先生建立了爱情关系。

1931 年 9 月 18 日,正是“九一八”事变当天,王振华先生入读北平师范大学外语系。她是颇有血性的女性,在国难当头之际,很快就投入抗日活动之中,被推举为全班的抗日干事。抗日的同学,要到南京卧轨请愿,王振华先生被选为卧轨请愿的十指挥之一。

1934 年,华北的局势恶化,热河失守,全国抗日斗争也越来越走向高涨。1935 年 12 月 7 日,国民政府批准“冀察政务委员会”成立,北平的大学生义愤填膺，爆发了"一二·九"运动和"一二·一六"运动。王振华先生将全部身心投入爱国运动中，成为北平妇女救国会的宣传部部长，并且是南下扩大宣传团的成员。在学生运动高潮中，她被捕关押了20天，经过营救，由父亲保释出狱。不久，她参加的南下扩大宣传团也被国民党赶回北平。王振华先生在五四精神的影响下，成长为一名勇敢的战士。

20世纪30年代和40年代前期，王振华跟随着李何林先生，奔走于天津、河南、山西、北平等地，主要从事大学、师范或中学的教学工作。他们于1946年冬到台湾任职于省编译馆，1948年春进入华北解放区，继续从事现代文学的研究与教学。特别应该说起的是他们在昆明的日子里参加的斗争。他们是1942年来到昆明的。可能是因为李何林先生出版的《近二十年中国文艺思潮论》在大后方被禁，他终未能在西南联大教书，便应昆明一个朋友的邀请去做些文字工作。振华先生则经过一段时间才到了昆华女中。在中国共产党领导下，全国人民反内战、要民主的呼声逐渐高涨。从1943年起，重庆、昆明、桂林这3大城市就逐渐形成了大后方民主运动的中心。昆明文艺界成立了"中华全国文艺界抗敌协会昆明分会"。他们通过这个会在抗战最后的二三年间，举办过多次千人左右参加的文艺讲演会、文艺晚会、世界著名作家纪念会、诗歌朗诵会、文艺讨论会等，利用文艺集会的形式，宣传进步思想，抨击落后和反动，反对法西斯主义，反对内战，要求民主。李何林、王振华共同编辑的《昆明晚报》的杂文副刊，李何林编辑的《昆明日报》的文艺副刊，在当时都起了一定的作用。王振华被选为"民盟云南省执行委员会"的执行委员兼妇女运动委员会主任委员。当时闻一多也是执委，因为工作忙，他担任的文艺工作委员会主任委员，转由李何林担任了。在连续发生李公朴、闻一多被暗杀的事件后，李何林、王振华的人身安全也受到威胁，但是他们仍然勇敢地参加了反抗斗争，并且不顾生死地为二位烈士料理了后事。李何林曾两三次进领事馆向同志们汇报外面的情况和李、闻火葬等善后事宜。王振华因为阑尾炎治疗后也立即出院，到了云大附属医院，一直住在云大女生宿舍，以就近照顾和安慰闻夫人高贞和李夫人张曼筠，直到料理完毕。他们于7月23日离开昆明，到上海转南京，到梅园新村十八集团军办事处见到了周恩来和邓颖超同志，汇报了李、闻被暗杀前后的情况。不久，在周恩来的安排下，他们出席了“南京各界李、闻追悼会筹备会议”，以揭露国民党特务的暗杀真相，以便扼制这种卑鄙的行径。他们的事迹是令人感动的。

二、王振华先生的婚恋故事

王振华先生选择比自己长9岁的李何林先生为人生伴侣，是很自然的事。她选择的是人生的导师，选择的是真正的知己。

听老一点的先生介绍，王振华先生讲课是生动有趣的。她讲到五四新文化运动，即以自己的亲身经历为素材，把当时的文化背景、社会背景和文学作品相对照，深入浅出，引人入胜。特别是她不回避自己的恋爱婚姻，让学生们有些吃惊。王先生说，她与李先生恋爱是很大胆而且热烈的。李何林是王振华先生的老师和人生引路人，应该算师生恋。他们不怕人们异样的眼光和窃窃私语，不怕有人在背后向他们投小石子。他们并肩行走，扬长而去。当时，天津河北省立第一女子师范的校长齐璧亭先生，坚决严禁学生恋爱，设法严密防范男女接近，更不必说师生恋。教师是不能同学生恋爱，当然是更不能结婚的，这是不成文的规定。但是这也阻挡不住爱情的选择，他们为了结婚，何林先生向校长提出了辞职申请。

为了消除人们的议论，他们宣布：李何林先生与王振华先生婚礼于1931年7月4日在北平中山公园公开举行。他们的家就安在东城灯市口朝阳胡同4号。两个人追求的是朴素和温馨，婚礼简单，也不需要什么嫁妆，也没有征求父母的同意。他们在中山公园的来今雨轩，宴请亲友。王先生的这种果断和勇敢有点像娜拉、子君，但是她说绝对不会选择《伤逝》的道路。女方既不会做男人的玩偶，也不会放弃自己的事业。她懂得了：子君的道路不能走，娜拉的路也走不通，妇女想在社会上立足，就必须先在经济上取得独立，也明白了没有社会的解放，是不可能有真正的妇女解放的。但是现实的问题是李先生为爱情失去了自己的教师职业，生活的压力全来了。王振华先生还在北师大继续读书，何林先生的二弟延陵在燕京大学国文专修科读书，三弟延年在天津中日中学上学，李先生的家乡霍邱的父母也需要帮助，需要他来负担。为了照顾方便，王振华先生还把瘫痪的母亲接到他们家里来住。在困难之时，女子师范的同事郑謇介绍李先生到北京私立慕贞女子中学任教。李何林先生不得不拼命地在其他学校兼课，勉强地维持家用。王振华先生回忆："我们结婚以后，我把瘫痪的老母亲接到我们家来一块儿过，还请了一个保姆。这时我母亲已经能够起来走动了，只有一只手还不能动。我们平常吃饭都是很简单的青菜，顶多买一二十个铜子的肉，冬天总吃白菜烩豆腐。但我们过得高高兴兴，快快乐乐。一到放假，家里就热闹起来，何林的许多同乡朋友就来了，李霁野、韦丛芜不必说了，那是常客，还有霁野的弟弟李昭野，丛芜的侄子韦德富，其他还有冯文洛、颜一烟等，他们还住在家里，没有床，就睡在地板上，就像一个俱乐部，热闹极了。朋友们都愿意来我们家里，我和何林也很欢迎他们来。"①

他们一生有 4 个子女，分别是李豫、李冀、李云、李津，生活很温暖。

听南开大学的老师说，两位老师其实关系极好，可是由于性格上都有些犟，谁也不服谁，在家里有许多小事他们也争论起来没完。天津人叫这种现象为"抬杠"。一根杠子两个人抬，这头高那头就会低，谁也不让谁。比如，屋子里的一件家具，你说放在南边我说放在北边，是怎么都行的，争个没完。先生的孩子们知道他们这点小习惯。一听他们开始抬杠，就纷纷回避，说"别管他们，一会儿就好了"。但是有的学生因此说李先生怕老婆，其实是"东风吹战鼓擂，不知道他俩谁怕谁"。有一次，李先生晚饭后在校园里面散步，几个已经当了老师的老学生想同李先生开个玩笑，就迎上前去对李先生说："李先

① 王振华：《我的自述——留给儿孙们》转引自田本相著：《李何林传》，河北教育出版社 2003 年版，第 75 页。

生，请求个重要的事情，行吧？”“什么事情，请说。”他们说：“我们商量了一下，成立了一个男子解放委员会，一致同意请您当个会长，行不行？”李先生听了后，脸变了色，愤怒地说：“你们搞什么名堂！”

这一怒是比不怒更逗人乐个没完，笑得大家都弯了腰。李先生走远了，也不知道他笑没笑。可能没有笑吧，因为李先生从来就不苟言笑。人们说先生的可爱就在于他凡事都特别认真。

20 世纪的 70 年代，我同胡钢老师到南开大学看望李何林、王振华先生，李先生非常客气地同我们聊天，说的都是教学与研究的问题。我们说特别想看看王先生，我们是她的学生啊。李先生说：谢谢你们想着她，不用看了，她已经成了植物人，什么也不知道，也不认识你们了，你们也不认识她了。我们也只好作罢。但是王先生居然就这样又活了 20 多年。李何林先生人长得身材挺拔，眼睛大，皮肤白，长寿的样子，却没有王先生的寿命长。人生真是难测。

三、王振华、李何林先生的正直豪爽

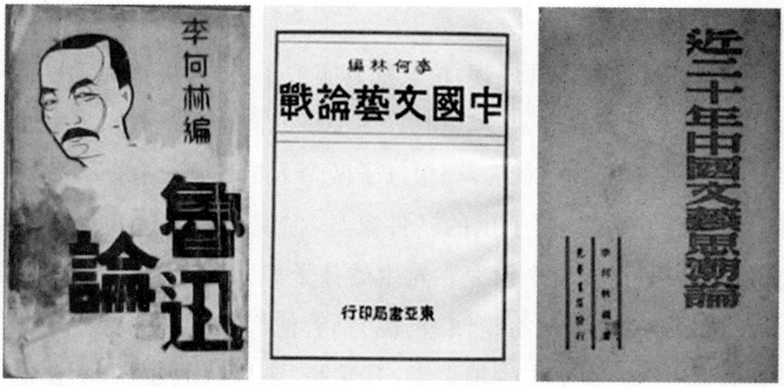

a　　b　　c

李何林先生部分著作书影

我上大学时就认识了王先生，她身材中等，体态略胖，一直留着短发,从来没变过。她总是戴着黑框眼镜,走路很慢。她穿着十分朴素,不穿裙装,记得那时就是蓝色的衣裤。她是一位不讲究穿戴的朴实的老师。她虽然是我们的系主任,却并不多说话,很有些威严的神态。可能因为身体不太好,许多事情是黄绮副主任出面的时候多。她是现代文学专业的教授,用现在的话说,就是“学术带头人”。在“文革”前的那个时代,是消除等级观念、淡化职称、淡化领导与被领导关系的时代,对长者只要称先生就可以了。

她对青年教师的成长特别关心。有一位教师回忆说:她利用开会前的时间,用自己带来的一点毛线,想给孩子织双毛袜子,还没有动手织就让王先生发现了。王先生并没有批评她,只说:“你不用织了,我出钱,去给孩子买一双吧。别浪费时间,年轻时候要把时间用到读书做学问上。”我觉得王先生真是极好的老师,既有严格教导也有亲切关怀。

我曾经参加过李先生主持的烟台鲁迅研究班。他要求我们的是:一、上课必须按时到;二、不许吸烟;三、不许打牌。每次上课大家还没有到齐的时候,李何林先生早就穿戴整齐,精神抖擞地端坐在讲台上等候了。如果有人来晚了,他一定要批评:“你们都是老师了,上课怎么能够迟到呢?你们上课时,如果有学生迟到你们高兴吗?下次一定按时到课。”如果有人吸烟,他就大声说一句:“不准吸烟。”他针对有人打牌的事也说过:“为什么玩儿那些没用的东西,这不是浪费精神吗,有时间好好读书多好。”他和王先生都是这样的性格。

读《李何林传》,有一段故事让我很感动。王振华先生生长子李豫时,辞去了工作,一度跟随何林先生到了河南焦作工学院。焦作工学院打麻将成风,赌博泛滥。何林先生对此种风气十分气愤。一次李先生和王先生在同事马卓如家看见了同事们正在打牌,他从牌桌上抓起一把牌,回身就走。无论马卓如如何跟他要,他就是不给,他说就是要把牌局给搅散。但是马卓如 3 岁的儿子得了痢疾,病情严重,医院都没有了办法,据说只能用药物来灌肠了。医生不愿治,何林先生天天来给孩子灌肠,终于治好了孩子的病。王振华先生说,何林就是这样一个人,他对一些事疾恶如仇,但是对朋友又是暖如春风。

李何林和王振华先生在“文革”中都经历过“劳动改造”，扫地、拔草、清理厕所，什么活儿都得干。那时他们都是五六十岁的老人了，尤其王先生身体不好，虽然别的老师尽量关照她，也够艰难。王先生在运动中也受到过冲击，不过，我没有见过有人给她贴大字报，也没有人说她有什么问题。“文革”后期，到了林彪事件以后，在我们学校当时的领导主持下，对“文革”时期的遗留问题有一次普查和落实政策。那时说，要“通过调查研究，对老教师的问题有个说法，以便恢复工作”。那时江青、张春桥等人还在台上，这种工作做起来是很困难的。调查人员拜访了王先生和李先生，没想到王先生对着来人大骂江青无耻，说他们几个人就是想把国家给搞乱。她说，应该严惩这些坏人！真是语惊四座，连李先生都示意她不要太激动。这种大义凛然的气度，让人会想到她即使被关入牢房也没有屈服过，怎么看得起祸国殃民的几个坏人。每每想起王先生，我都肃然起敬。这也让我想起李何林先生光明磊落、刚正不阿的故事。

四、李何林先生的鲁迅精神

说到王振华，不能不说说李先生的鲁迅精神，因为这是两位教授的共同精神资源。王先生很少动笔写作，自有原因。李何林先生多年给学生讲鲁迅，研究鲁迅，思想和风度深受鲁迅先生的影响。除了早年他出版的《中国文艺论战》和《近二十年中国文艺思潮论》之外，他的《鲁迅的生平及其杂文》《鲁迅论》《野草注解》，我都早就读过了，但是还愿意再读。我私下以为，李何林先生的人格，应该成为我们知识分子的楷模。人应该活得自信、自尊，像鲁迅、李何林一样，正义、正直、正气，既无私无畏，又能坚持真理，修正错误。读李先生的书感觉到有一股香气贯胸，即使是他的书中引用的鲁迅语录，也觉得别有异样的深义。心里总在想:这是一位有敏锐思想和伟大人格的人物写下的足斤足两的文章，不能当成一般的作品看。有一些轻薄的学生说：鲁迅也是人，他也有错误缺点，为什么不能批判。我总是说，你们还不懂鲁迅，面对一个敢于以自己的生命捍卫真理的人，我们即使批评他也得留着一点敬仰吧。对李先生、王先生也是一样。

李何林先生自1949年以来，多次受到"批判"。最早的那一次，人们的印象最深刻。那是所谓"拔白旗"的年代，李先生明明是红旗，也给错拔了一下。那是因为李何林写的那篇《十年来文学理论和批评上的一个小问题》。此事明明就是个设局的陷害。起因是时任中宣部副部长的周扬到南开大学视察工作，对李何林说，多年没有看到先生发表文章了，有些什么想法不妨写成文章，拿给他看一看。据李先生讲，那篇文章他只是送给周扬个人征求意见的，周扬却拿去发表了（见1960年1月8日的《河北日报》），并且组织全国性的批判，这种做法本身就欠厚道。一篇并非自己送去发表的文章，却上了报，招致全国性的批判。李先生凛然面对，不接受任何污辱，甚至公开发表《我还要固执己见》的文章。南开大学中文系开大会批判李何林，先生"牙齿宁碎，舌头不烂"，每次批判会，都穿上庄重场合才穿的一套制服，整齐领袖，手提茶壶，去和批判他的人论辩。那骨气，那风采，让我和跟我一样非分的学生颇为心仪。①

李先生对1958年的停课炼钢铁、学生编教材、"单科跃进"速成法等违背教学规律的狂热之举，明确表示反对。有人批判他是反对"大跃进"，是"秋后算账派"。他义正词严地说："不用等秋后，我现在就算！"在所谓"拔白旗"运动中，对于受到批判的汉语史专家马汉麟和古典文学研究专家许政扬，李先生加以保护。他公开说："这匹马（指马汉麟）是匹好马！"许政扬在批判会上当场晕倒。李先生对会议主持者愤怒地说："我一再地说过，不能这样做！看看，果然出问题了吧！"在对马、许的批判会之后，他沉痛地说："如果把他们斗垮了，再找这样的人就难了！我们就是需要这样的系主任。"

李先生的爱才不仅表现为他对学者的保护，而且还表现为能够抛开个人感情，谅解那些批判他的人，称赞他们虽然说得不对，有些

① 参见白维国：《"吹捧李何林的反革命骨气"》，《读书》，2016年第6期。

地方他们根本没理解我的意思，但是思路清楚。他真是大度。

这种种的表现可以归纳出一个基本点：实事求是。对待自己的问题坚持科学求是态度，对待他所经历的历次批判运动，他也敢于说真话：批胡适时，他说，从政治上批判胡适的同时，也要正确地评价他在五四新文化运动中的重要作用和他对新文学的贡献。在批胡风时，他说，胡风历史上还是进步的，抗日时期他主编的《七月》就是很有影响的进步刊物。批电影《早春二月》时，他发表论鲁迅《〈二月〉小引》的文章，实际上是提出了不同看法……再后来，他自然是难逃厄运，但他都坦然处之。这不但是因为他有勇敢坚持真理的信念，也是因为他能够看透中国历史的发展必然趋向。

五、我与王振华先生的一点缘分

我虽然没有听过王振华先生讲课，但是她来保定那年却一度成了我的邻居，因此有了见面交谈的机会。这事说来话长。

20 世纪 70 年代初，河北大学搬迁到保定，一些老教师因为各种原因，经常住在天津，很少来校。驻校的工宣队、军宣队下了命令，无论什么情况必须一律来校上班。那时的王振华先生，早已经没有系主任的职务，也没有人会格外说到她的旧身份。她身体已经很不好，为了这个公职，也不敢不来到保定。当时河北大学才搬迁到保定，她来后，先是被安排住在一个二层筒子楼的一个房间里，那里原来是学生的集体宿舍。

有一段时间，李何林先生来保定看王先生，领导们还是出于对他们的照顾，就把他们安排到了院子角落一个小小的房子里。那间小房也是砖结构，原先是居民的一个小厨房，窄小得只能放下一张双人床，两个人进去就很难转身了。门前低洼，下了雨，就会积水很多，出门简直像渡河一样。他们夫妇就在这里蜗居了多日，好在院子里就有食堂，也算方便。那时我还是单身，就住在他们小房子的旁边。后来中文系搬到了学校本部的一个破楼里，这个小院就成了职工宿舍。巧的是，一来二去，李先生、王先生的“故居”后来成了我的小厨房，这也是个缘分啊。二位先生在这里住时我跟两位先生常打招呼，我说太委屈他们了。李先生却说：“大家住得这么紧张，还给了我们一个单间，够优越的了。”王先生也说：“很好很好。”李先生来这里从来没有抱怨什么，出出进进，穿衣整洁大方，乐乐呵呵，和大家打招呼聊天，但是从来不发牢骚，大家觉得他是个可爱的老头儿。我却跟许多人说：王先生是邓颖超的学生，李先生是南昌起义的老革命，是鲁迅的朋友，他们二人是我们现代文学的专家。我当时知道的也就这么多了。

书法艺术与语言学

——忆黄绮先生

黄绮先生

黄绮先生于2005年12月23日病逝。我觉得应该写点什么。他是我大学时的系副主任，是我的老师。他的身体年轻时不是很健康，越到了晚年却越显出生命活力。我曾预言他能轻而易举地活到100多岁。这样说是因为他特别重养生之道，从年轻时候他就说自己身体不好，所以不让自己累着。

黄绮，号九一，安徽省安庆市人，1914年5月生。1941年毕业于西南联合大学中文系语言文字专业。1941年至1942年，在清华大学文科研究所做助理，并为西南联合大学中文系助教。1942 年至 1945 年在北京大学研究院文字专业学习，1943 年至 1944 曾在中法大学中文系兼任教学工作。1946 年至 1949 年在安徽大学中文系任教。1951 年至 1981 年在河北大学中文系任教。历任河北大学中文系副主任兼语言教研室主任、天津广播大学中文系副主任，1981 年后在河北省社会科学院工作。

黄先生从来不急于做事，凡事慢慢来。他说话声音清晰，略有沙哑但是从来也不高声，走路也不赶程，太极拳天天坚持，风雨无阻。看他的气色也让人觉得他并不像个老人。有人说写字是一种养生之道，可能也有道理。现在他突然病逝，让我有点意外，虽然我知道他病得很久了。

我们大家都把黄先生名中的“绮”读作“qí”，“文革”前，他曾多次给大家纠正，说那个字应该读“yǐ”音。黄先生研究古文字学，他说的不可能不对。我想，他的名字大概出于陶渊明《桃花源诗》：“嬴氏乱天纪，贤者避其世。黄绮之商山，伊人亦云逝。”“黄绮”两字隐指两位隐士，即绮里季吴实、夏黄公崔广二人的简称，是商山四皓中之二人。商山四皓是指秦末汉初（公元前 200 年左右）博士东园公唐秉、角里先生周术、绮里季吴实、夏黄公崔广。他们因不满始皇暴政，避乱隐居商山。他们不慕高官，清白自守，为历代士庶所敬仰，出山时都 80 有余，眉皓发白，故被称为“商山四皓”。商山四皓，名气很大，后来的诗文中常常被提到，如李白《东武吟》：“闲作东武吟，曲尽情未终。书此谢知己，吾寻黄绮翁。”

黄绮先生的大学毕业照

黄先生一生的爱好广泛，而且许多方面是很精通的。不知道别人怎么说，我认为他的学问第一，篆刻第二，书法第三，诗词第四，绘画第五。黄先生去世后，河北省石家庄建了一个纪念馆，我觉得那个雕像做得并不好看，似乎满面愁容，没有先生那种精神气。

一、黄绮先生的学问

黄绮先生一向会保养身体，当然他也有保养的条件。我第一次见到他的时候，离现在50多年了。他那时才50岁，但是，他就是那时的老先生、老领导。他是以系副主任的身份给我们大学新生讲治学之道的。他走进教室时，大家被他的风度镇住了，一时很惊奇。他细高的身材，走路慢悠悠的，却很有节奏。他穿着考究，衣不沾尘，面容清峻，头发卷曲而乌黑，面孔严肃。他的眼神高傲，好像对一切都不屑一顾似的。但他并不凶，在适当的时候他笑一下，露出他的高雅不俗。那时候他这样有身份的教授，出来上课都会有人陪着，给他提包、端水、擦桌子、搬椅子，还负责给他板书。于是我第一次领教了教授的气派。我没有觉得他可笑，倒照出了自己这个从乡下来的野小子的土头土脑。我那时的感觉，用现在的一个俗词，就是：真牛！

记得他讲的是"约—博—约"的治学理论，我们听得似懂非懂。他说："学问之道就是始于约，继而博，再由博返约。"这就是先要少而精，由精至于广博，在广博的基础上再集中于一方面深入研究，如此反复。这些话对于刚刚入学的大学生是有点深奥幽玄了，当时觉得有隔世之感。所以后来在"文革"中，有人贴他的大字报，说他思想守旧。还有幼稚逞能的高年级学生给他画了漫画，讽刺黄先生弹奏一张琴，琴弦上发出的正是"约—博—约"的曲调。其实，他说的实在是对的。这是让我记忆终生的治学金玉良言。当我带自己的研究生时，讲了清代学者章学诚的《文史通义》，才发现，黄先生所讲的正是他的理论："学贵博而能约，未有不博而能约者也。以言陋儒荒俚，学一先生之言以自封域，不得谓专家也。然亦未有不约而能博者也。以言俗儒记诵漫漶，至于无极，妄求遍物，而不知尧、舜之知所不能也。博学强识，自可以待问耳，不知约守，而只为待问设焉，则无问者，儒将无学乎？且问者固将闻吾名而求吾实也，名有由立，非专门成学不可也，故未有不专而可成学者也。”“学必求其心得，业必贵于专精，类必要于扩充，道必抵于全量，性情喻于忧喜愤乐，理势达于穷变通久，博而不杂，约而不漏，庶几学术醇固，而于守先待后之道，如或将见之矣。”①在那个蔑视学术的年代，黄先生还在执着于学问，津津乐道地谈学术，讲治学，那种不合时宜，正好说明了他的不失赤诚之心。

那时我们还特别查过黄先生在本校学报上发表的学术论文，诸如《关于上古汉语鼻音尾的问题——扬雄方言音辨问题之一》等多是论音韵学的，我们根本不懂，觉得研究这些东西，实在是太深奥的学问。不知道自己将来能不能学到这些看来一点用处都没有，而且让人望而生畏的学问。后来我听说他一直在搞《说文》研究，也找到了他的专著《说文部首讲解》。从20世纪70年代，他就预告自己将出版一部大书《说文解字三索》，但是迟迟未见，有人怀疑他是不是真的能写出这部书。20年后的1994年，书终于出版了。这部3册有100多万字的巨著，全部是请抄写工一字字抄出来的，字体隽秀，令人十分惊奇。他多年致力于《说文》研究，终于将成果贡献给了学界。这不仅表现出了先生执着于学术研究的功力和韧性精神，也顿时澄清了人们对他的种种怀疑说法。黄先生的治学历程可以让我们相信，一个学者致力于一项研究需要有义无反顾的精神，别人的议论和猜测是大可以不必管的。学者应该做的事情只有一件，那就是要以自己的努力证明自己的价值。只要自己是个有实力的人，早晚会让那些说闲话的人无话可说。

黄绮先生常说自己是闻一多的助教，大家觉得他将此事挂在嘴边，有攀附名人之嫌。我也曾经有此看法。因为他极少说他是唐兰的研究生，唐兰没有闻一多名气大。唐兰（1901—1979）是著名学者、文学家、金石学家。1929年，唐兰在天津主办过《商报》的《文学周报》以及《将来月刊》，后来在北京大学、清华大学等学校任教，1939

① ［清］章学诚著：《文史通义》。

年入西南联合大学任副教授、教授，黄绮先生就是在那时候当了他的研究生。中华人民共和国成立以后，唐兰调入故宫博物院任研究员等职，后任副院长，1979 年 1 月逝世。他从事教育和科研 50 多年，在广泛的学术领域有独创性贡献，如古文字学、古代史、青铜器研究等。他将文字学、历史学、考古学等诸多种学科有机地联系起来进行研究，显示了他的博学和创造精神。他于音韵学、诗词、绘画、书法等方面有很深造诣，著作有《殷墟文字记》《古文字学导论》《天埌阁甲骨文存》《中国文字学》等。黄先生从他那里学到了很多东西。

黄先生在河北大学的教学时间很长。他是河北大学中文系语言学硕士点上最早的导师，为这个不大热的专业培养了许多人才。他在 40 余年的教学和研究中，涉及现代汉语和古代汉语的语音、文字、词汇、语法等诸方面，在音韵和文字研究方面，尤见功力。他讲课、研究问题，均有自己独特的学术见解，不盲从，不迷信。现在这个研究生点上的大多数老师都是他的直接或者间接的学生。他治学严肃而认真，从来一丝不苟。他的学风影响了他的研究生，在这方面他的成绩是很大的。我没有研究这门学问，但是喜欢书法、绘画、篆刻，是受他影响的。

检录黄先生的著作，属于文字学的论著有《部首讲解》《解语》《说文解字三索》。论文有《双音节词次序的颠倒及其意义的侧重》《上古汉语动词前后代表边音音节的"来组"字》《关于上古汉语鼻音尾的问题——扬雄方言音辨问题之一》《论声母分合——扬雄方言音辨问题之一》《论古韵分部及支、脂、之是否应分为三》《之鱼不分，鱼读入之》《论汉隶表音对形声的冲击》等 20 余篇。书法篆刻著作有《黄绮·当代书法家精品集》《黄绮书法刻印集》《黄绮书法论文集》《书法题跋》，还有诗集《归国谣·无弦曲合集》等。

我把黄先生的书法排在他一生事迹的第三位，不是看不起他的书法，而是要说明，他的书法源于他的学问。要明白他不是一个世俗意义或者流行文化意义上的会写毛笔字的人，他的书法的成功全是学问滋养而成的。

二、书法、篆刻、绘画

黄先生的篆刻作品

黄先生说过，他从 5 岁开始练毛笔字，用一碗白水当墨，用棕毛绑在竹棍上当毛笔，在砖上写，练得很苦。他从上小学到上中学，从未间断过；在大学教学，也坚持不辍。在一首词中他写到了自己的师承："学字从唐始，入晋自无难。忽然特喜汉魏，濡笔几多年。抛弃斯翁纤弱，沉醉两周六国，姿态重如山。殷契近原史，取彼利刀尖。好奇险，贪丑拙，不需妍。不择毛锥软硬，触纸间方圆。回到宋元涉猎，顿悟有清知变，大胆叛前贤，篆隶草行简，融我笔毫间。"他总结的"观察、临摹、修养、顿悟、创新"是书法的 6 项准则。他又提出"守法、破法、立法"，坚持创新。他曾经说过书法要靠悟。他说，比如，我自己在走路时忽然间看见墙上的泥点和墙的形状，就想到相似的书法笔画。他说得很对，古人曾说过从舞蹈、武术、云影、树影中得到启发而悟得书法的奥秘。伍尔夫夫人有过一篇文章《墙上一点痕迹》，说的是艺术的联想。这一篇文章的中文本是叶公超先生翻译的，当年刊于《新月》四卷一号（1932 年 9 月）上，那时黄先生还未到西南联大，但是说法那么一致，我疑心他是后来读到过的。文章中就说到了从墙上的一点痕迹，勾起自己的一系列联想。叶公超先生为此评论道：一个简单意识的印象可以引起无穷下意识的回想。这种幻影的回想未必有逻辑的连贯，每段也未必都完全，竟可以随到随止，转入与激动幻想的原物似乎毫无关系的途径。这是真正懂得艺术真谛的话。书法家的成功固然在于苦练，但是感悟领会比苦练更重要。我欣赏黄绮先生的长卷，他为悼念闻一多先生，用3年时间书写的《妙法莲华经》长卷，还有他的《长恨歌》《琵琶行》两幅长卷等作品都成为传世之作了。

我同黄先生有多年的交往，应该说有很好的师生加朋友的关系。他在河北大学工作的时候，总是将我视为学生和朋友，我无论何时都可以径直进入他的房子同他聊天，他也不把我当作客人。他在那里做他的事，用不着起身同我应酬。我同他谈诗，谈书法。我去他那里就是为了欣赏他写字的神情和姿态，我觉得这与顿悟书法关系极大。我甚至觉得没有看过书法家怎么当场挥毫，怎么张弛有度地运用线条、处理点画、安排结构，就无法真正懂得书法的奥秘。

我有很多机会向他求字，也相信他会答应给我写字，不论是多大的字。我竟然没有保存他一幅字，其原因很简单，我学他的方法，不想学他的字。这样说无论如何有些不合时宜。其实，不喜欢黄先生字的大有人在，这不会影响黄先生书法的名气。我知道，随着黄先生的影响大起来，原先对黄体不看好的人也改了口。从说是非转而开始向他求字，称赞他的字如何如何前无古人，后无来者。其实无非认为他的字很值钱而已。

曾经有一个时期，我写字很受黄先生的影响，都是从随处可见的黄先生的题字学来的。当时保定小城里影响很大的几个书法家的字都很差，不入道者极多。比如20世纪70年代这里流行一种大肥胖字，大小牌匾都出于某名人之手，丑得让人厌烦。那时我想，就算保定的什么都好，凭着这种字体在城里泛滥，也让人怀疑这古城到底有没有文化。黄先生来到保定后，他的几处题字，一扫俗气，显出了出类拔萃的劲健高格。我也不由自主地模仿过他的书体，甚至写得有点像黄体了。我发现这件事后，深深地讨厌自己的没出息，所以就不愿意让这种影响继续下去了。

其实并不是看不起黄先生，是因为我对书法有自己的偏好。我一贯认为，中国的艺术不是所有的东西都在不断进步，不断提高。有许多艺术发展到了高峰就难以超越了。即使有人能够超越，也只能属于个别现象，不会有普遍性。书法作为中华民族的一种艺术，最光辉的时代早已经过去了。就好像作近体诗，我们无论如何也不能超过唐人一样。我们今人的书法，是不能同古人相比的。中国的书法艺术鼎盛时代既然已经过去了，我们学习书法就只能学习古人，而不是今人。我不反对学校开设书法课，但是那不是让学生向老师学习，而是引导学生向古代大师学习。黄先生有不止一个弟子执意学习他的风格，亦步亦趋，甚至可以达到乱真，我觉得是很可笑的。这也并不是黄先生所愿意的结果。因为他说过："师我者死，似我者生。"这是说师承他的书法、不求创新者是死路一条，这是对的。可惜极少有人理解他这句话。

一个人的字，如果已经大致写到看得过去的程度时，成名不成名就决定于书法之外的事情了，那才是"功夫在书外"。我认为，书法家的成名有几种原因：一是要有充分的自信，就是自己以为好；你不肯说自己的好话，别人怎么会说呢？二是要有身份，书法的成名多是由别样的原因在起作用，地位高者，字自然会贵，如大官、作家、诗人、词人、画家。没见过一个乡间秀才能够成为书法家的。三是要有人炒作。我们现在能找到不少例子，说明某人字并不出色，而名气大得让人受不了。

对于黄绮先生的书法，研究的人是不少了。他的一个学生还专门出版了研究专著《黄绮书法论稿》，洋洋洒洒20多万字。书的作者不是书法家，也并不想在这条道上出世，但是下了很大功夫研究书法艺术，真是勉为其难了。我认为那本书是写得极为认真，很多地方运用了美学和艺术辩证法分析黄先生的书法作品，是我没想到的。书中出于对自己老师的敬仰，说20世纪中国书法界的最大成就是产生了黄绮的书法理论，它标志着中国书法以实用为主要目的的自为艺术时期的结束，和以欣赏为主要目的的自觉艺术时期的开始，标志着中国书法从此将作为形态完备的门类艺术而与其他艺术形式相并列。黄先生见到了这本书之后，特别有题字云："××此著有卓见，但愧然不敢当。"这两句话怎么讲呢？我想，书中对他的作品面面俱到称赞，让一向很自负的黄先生都有点受不了。"卓见"是说不囿于世人说长道短，确实有自己的理论研究见解。"不敢当"是谦虚，也是委婉地批评那本书对黄先生的书法说过了头。将一切可以用于书法艺术的夸奖话几乎全堆放到黄先生的身上，此做法可以理解，但不可以提倡。试想如果著者再写一部论黄先生祖宗黄庭坚书法的著作，应该怎么说话呢？写评论著作尽情地称赞那是容易的，最难把握的是评价的尺度分寸。

黄先生做的许多事情，要是换了我就不会那么做。他申明自己是黄山谷的几十几代孙，我相信这也许是真的，但是，总觉得这是隔世的语言，是多余的交代。重门阀、讲承传、续宗谱，是中国书画家的习惯，今人很少这样表白。可是，现在如果有人反问你：艺术家为什么不可以续宗谱呢？这有什么不对吗？我们还真是没法回答了。

钱绍武先生评价说黄绮先生的书法高雅大度，"理法谨严、笔墨苍健、拙巧互用、章法丰富、书意强烈……熔古今于一炉，根老蕾新，古朴中见雅趣，读之如吃了橄榄，耐人寻味。几十年来，他对中国的古文字、篆刻、书法刻苦研究和实践，并通过创作、教学、出版、展览取得了令人瞩目的成就"①，这是对的。但是钱先生未说明，他的书法与篆刻之间的有机关系是什么。依我看，黄先生的书法最大特色在于充满金石味。他将篆书、楷书、行书、隶书等多种书体融成一炉，显示了最可贵的硬而不瘦、力而不僵的强大生命活力。他的行书胜于楷书，篆隶书又胜于行书。如果他的行书不是写得过大，也是他的一绝。他的小行书刚劲有力，章法齐整，又变化多端，有刚毅之美，如《琵琶行》。我不喜欢他的大字，不管是"龙""寿""醒""鹰""鹅""天行健""酒催诗""童心"等，觉得没有一幅是成功的作品。大字实在是难以写好的，在黄先生也不例外。黄绮先生的字，有乃祖的雄放瑰奇，

① 潘学聪著：《云养青山——我与黄绮先生的师生情缘》，河北教育出版社 2008 年版，第 228 页。

但无涪翁那种飘动和秀逸，神气奕奕。山谷名作《诸上座贴》，是前无古人，后无来者的奇迹。正所谓"龙搏虎跃，不可控御，宇宙伟观也"。

如果评价一个人的书法，总要找到一个根基，比如说在金石气、书卷气之间，他属于什么风格呢？我说黄先生的根基是金石功夫。黄绮先生的书法绝在摹金石，亦病在泥于金石。这特点真是争似闻一多先生了。我见过黄先生创作一幅钟鼎书法的过程。他用的是很浓的墨，绝对不晕染，有些干枯的感觉。他写得不快，字写完之后，在字的肩头、转弯处还数加补笔。我当时对此大为吃惊，没见过书法家写字还要补笔的；补笔后，一挂起来，也会看出那痕迹的。我知道，他在字的肩角处补几笔是为了强调字的挺拔和精神。现在存世的如大字"童心"、篆字"寿"，都有补笔。我想这种做法是来源于篆刻的起草。我认为他的篆刻是比书法更为出色的创作。

黄先生在篆刻方面简直如痴如醉。他生活中离不开那些漂亮光洁的成箱成包的大小石头。多次搬家，他也没有损失过一块。这让我们立刻想到联大时期的闻一多先生，他曾因一时经济上紧张，以刻印挣小钱儿维持生活，他刻的印现在已经成为稀世珍品了。黄先生赶上了"文革"，篆刻这种艺术一时也不时髦了，但是黄先生没有停止创作。他曾经追随"文革"做了一套篆刻，大小石印装了一箱子，那些篆刻作品，如"大批判""大串联""斗私批修"等，刻得真好！有人说：这是追时髦，以趋时而自保。依我看，在那个年代，也没有办法，他是酷爱艺术，心痒难耐，不能不刻，也许有保护作用吧！军宣队、工宣队的人对他都没有整，还曾评他是什么什么模范，大家觉得有点怪，也不承认。这并不是他的污点，但是想来肯定不是他的光荣，而是他的书生气被利用了。

从篆刻上说，黄先生主张将简体字融入篆刻，这是个大胆而创造性的尝试。其实，在评价"破体"艺术的时候，我们要十分小心。很多事情的好坏是难以判断的，而且也看谁来做。黄先生篆刻别出心裁，构思奇特，偏偏刻得非常好，刀刀见功力，更看出他主张的"疏处能走马，密处难插针"的艺术章法。他还将行书引入篆刻，别有趣味，也是极大胆的尝试。仅仅从这些方面看，他在篆刻上的创新尝试就是前

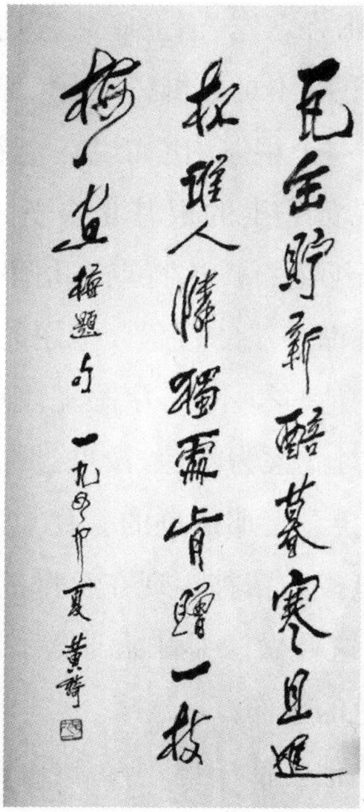

a

b

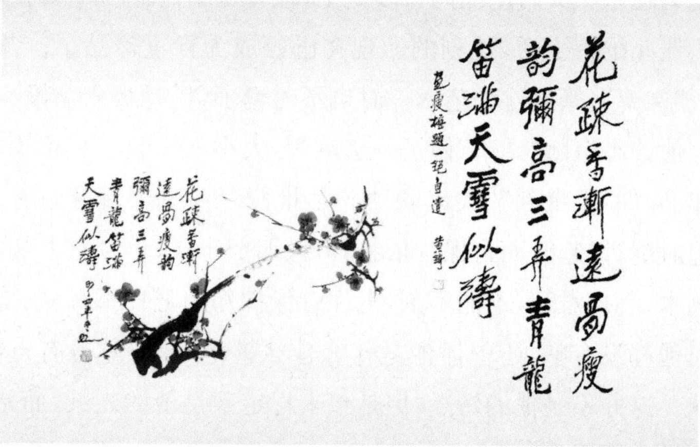

c

黄绮先生的艺术作品

人连想也不可能想到、今人也不敢做的离经叛道的做法。我倒佩服这种“无法无天”的黄氏篆刻法。我说黄先生“篆刻第一”的原因就在于此。这让我们想到苏东坡的故事。有人责备苏轼作书，不守古法，他就写了论书的名诗《次韵子由论书》：“吾虽不善书，晓书莫如我。

苟能通其意，常谓不学可。貌妍容有颦，璧美何妨椭。端庄杂流丽，刚健含婀娜。好之每自讥，不谓子亦颇。书成辄弃去，谬被旁人裹。”这些诗句，表明苏轼书法出于自觉的追求。这并不是谁都可以说的话。因为一个艺术家一定要达到随心所欲的能力，才好这样狂放不羁。黄山谷还是能够理解苏轼的：“士大夫多讥东坡用笔不合古法，彼盖不知古法从何出尔……或云东坡作‘戈’多成病笔，又腕著而笔卧，故左秀而右枯。此又见其管中窥豹，不识大体。殊不知西施捧心而颦，虽其病处，乃自成妍。”鲁迅说过，非有天马行空似的大精神，即无大艺术的产生。黄绮先生的篆刻中有乃祖书法的狂放精神，他的书法却是狂放得不够。

中国人用毛笔写字，书家多会信手弄笔绘画。黄先生也一样，这方面我们也许知道得比较少。其实黄先生的画是很有个性特色的，也是特别有功力的，你能从中发现黄先生的傲骨。20 世纪 70 年代，系里办过一个小刊物，许桂良老师管刊物，请黄先生为封底左上角画

黄绮先生的绘画作品

一幅小梅花。他很愿意画，稍假思索之后，提笔即成，来得实在是生动劲健。他用黑色墨笔画成，刊物制成了一块铅版，套印成了一幅似篆刻效果的小图，风格极像他的字，也像他的篆刻。画虽小，但显得有强大的生命力，可见画并不在大小。当然，他画的那幅巨幅梅花国画是他最欣赏的作品。这棵老梅的枝干粗大，让人疑心有千年树龄，然而繁花满树，密密麻麻，姿态纷呈，又显得那么年轻。我第一次看到画的感觉是：黄先生一定能够长寿，但是我没见到他画别的花鸟虫鱼，好像黄先生并不想在更多的方面占用自己的精力。

三、黄绮先生的诗

我知道黄绮先生写诗是很早的事，但是说来也是个悲剧。初次真正读到的他的诗，是被红卫兵抄写在大字报上的。大学高年级的同学自视觉悟高，路线斗争性强，已经开始对这些诗上纲上线批判的时候，我们低年级的学生却在欣赏。记得一张大字报揭露的是他反党、反社会主义的傲骨，说他的诗句“白首拜青山”，反动之至，理由是“盼望蒋介石反攻大陆”，青山，就是台湾。这样的上纲上线在当时是铺天盖地，到处皆是，这是“欲加之罪，何患无辞”了。记得当时我抄了全部上墙的诗词，并没有写过他的大字报，后来在两派打仗时候被当作“黑材料”给抢走了。

“文革”后，我读过他的《归国谣·无弦曲合集》，从中知道他的诗教很早，而且很幸运地能接近经典。书的《序言》写得特别好，既有故事，也有感情。先生写道：“五岁时开始学平仄四声和对对子。读《千家诗》《唐诗三百首》。不知是什么原因，也没有人告诉我哪些好，好在什么地方，而自己就喜欢‘蜂蝶纷纷过墙去，却疑春色在邻家’‘儿童相见不相识，笑问客从何处来’的一类句子，很快上口能背诵。清明节，父辈常带我去山谷祠（在安庆山谷祠街）祭祖，焚香烧纸，户尊族长对我说：‘山谷公七岁能诗，你也应该学作诗。’我记住了这句话。

稍长，去我的住在乡下的外婆家，坐民船（民间用的木船），经过大龙山（山较出名），我不自觉地脱口唱出‘欸乃（船夫摇橹声）一声见大龙’的句子。我的二伯父说：‘有“采菊东篱下，悠然见南山”的韵味。’”①

作为黄庭坚的后代，在潜意识上黄先生接受其先祖的影响。他私塾里读过《千家诗》，在读大学时先后选了陈寅恪先生的“白香山研究”、刘文典先生的“温李研究”、朱自清先生的“宋诗研究”。在西南联大他也听过罗庸、闻一多先生讲唐诗。后来自己阅读诗时，喜欢李白、杜甫、南唐二主、李清照、辛弃疾、纳兰性德。自己“读完一家，草拟几首”，后来把那些作品都烧掉了。卢沟桥事变以后，出于抗战的信心，首先即用《归国谣》词牌写词，取日寇侵占我国之领土必将归还我国之意。

在昆明西南联大，“教师们研究语言的兼通文学，研究文学的又擅语言。我受他们影响极大。我写的诗词请教他们哪一位都行。游国恩教授看见我在参观中央大学（即现在的南京大学）某教授昆明山水画展后写的词中有‘江山有我才堪画’句时说‘这是很好的爱国主义警句’，游先生在课堂上还以此句举例赞扬。我在清华大学文科研究所任助理时，和闻一多老师、朱自清老师住在一个楼上，朝夕见面。闻先生见我写的‘离怀亲病犬，贫意护饥鹰’，他说‘有老杜之沉郁’，大概是指上句说的，我即时补说了一句‘老杜无我之激扬’，意指下句”②。

罗庸先生为黄先生的诗集写了序言，口气很中肯，也很亲切。黄先生能够得到老师的支持和鼓励，是他的荣耀之事。

黄先生说他的写词，是受到吴梅先生的影响。因为他大学三年级时向吴先生请教过作词。

我曾问过黄绮先生，在五四后的新诗人中，他最喜欢谁的诗，他不假思索地说：喜欢闻一多先生的《死水》。我从来没有见他作过新

---

① 黄绮著：《归国谣·无弦曲合集·代序》，清华大学出版社 1997 年版，第 29 页。

② 黄绮著：《归国谣·无弦曲合集·代序》，清华大学出版社 1997 年版，第 31—32 页。

体诗，却没想到他并不反对新诗。一次，我从西北出差回来，写了一首很长的白话诗，送给他看，其实就是以此为由头去见他。他说我写得很有气势。我没有将这话当作表扬，只当作客气的鼓励。但是他事后又对别的老师说过同样的表扬我的话。我从此发现他其实是一位很喜欢奖掖青年，也能够包容的学者。因为黄先生并不做新体诗，他乐此不疲地大量地写旧体诗词，而且写得很认真。他将诗作好后，还怕别的人看不懂，就自己加上了很多的注释。系里的老师曾笑话他的注比诗的字还要多。他说，如果不加注，怕人家看不懂啊。即使是自己把诗抄到宣传栏，也一样后面跟着一大串注释。

《归国谣》书影

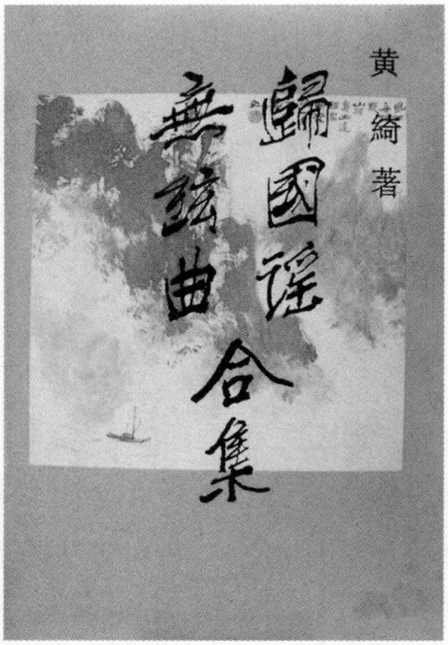

《归国谣·无弦曲合集》书影

到了1997年7月，清华大学出版社出版了先生的《归国谣·无弦曲合集》。这本书流传得并不广泛。《归国谣》这个书名容易被误解为：从国外归来而作的诗词。其实，这是借词调名来给自己的书命名。归国谣，也称归平谣、归自谣，是唐代教坊曲名之一，后来用作为词调名。黄先生在书中说："《归国谣》为题，'归国'取'日寇侵占我国之领土必将归还我国'之意。"①他用此表达自己盼望祖国解放的爱国情绪，这是旧词赋予新义。这是抗日战争开始之后，他从贵州赴云南途中创作的一组诗。其中有许多是揭露国民党政治黑暗的作品，如《抓夫》《卖猪血妇人》，也有不少是表现爱国学生抗日情绪的，如《图书馆暮归》《自度歌》《蝶恋花·广土》。对于他的诗集《无弦曲》，黄先生说："抗日战争胜利了，我试让'旧瓶'能膨胀能缩小装'白话新酒'，按曲牌写了些小令，称之为《无弦曲》。曲牌声韵接近词律的更爱填写。"②书名取自萧统《陶渊明传》说及陶的"不解音律，而蓄无弦琴一张。每酒适，辄抚弄以寄其意"。陶诗中多次写琴，如"少学琴书""委怀琴书""衡门之下，有琴有书""曰琴曰书，顾盼有俦""乐琴书以消夏""觞弦肆朝日，樽中酒不燥""清琴横床，浊酒半壶"等。可见他不仅有琴，也不可能无弦。《拟古》诗中的"知我故来意，取琴为我弹。上弦惊白鹤，下弦操孤鸾"，也是说明他会弹琴。黄绮先生的诗集取这样的名，无非说明这些作品是自弹自唱的心曲。

黄先生的诗词最引人注目的特点是，从那些诗词中能够感受到他"求实不得，似欲赴虚"的创作方法，也就是创造意境的方法。有一首词《渔父·渔父家风》写道："溪头照影浴红英，浊世自清明。白鸥愿作儿孙辈，一一取呼名。须十丈，发无茎。笑纵横！纤云似网，欲换鱼儿，尽作天星。"这显然是创造了一个属于他自己的诗境。哪里来的渔父呢？就是虚拟意境。

黄绮与黄山谷在好诗词、喜欢书法，追求独特性方面，真的有些共同点。我一向认为黄山谷诗、书皆有独特贡献。比较起来，他的诗地位重要，但是他的书法更高，独创性胜于诗作的地位。我觉得他的诗也许有人还能够达到他的水平，但书法是无法超越了。在诗上，黄庭坚是江西诗派的开山祖，他的诗誉高，时人将他与苏轼并称"苏黄"，但是孰高孰低，仁智异见。《王直方诗话》云："山谷旧所作诗文，名以《焦尾》《弊帚》。少游云：'每览此编，辄怅然终日，殆忘食事，邈然有二汉之风。今交游中以文墨称者，未见其比。所谓珠玉在傍，觉

---

① 黄绮著：《归国谣·无弦曲合集·代序》，清华大学出版社 1997 年版，第 31 页。

② 黄绮著：《归国谣·无弦曲合集·代序》，清华大学出版社 1997 年版，第 33 页。

我形秽也。'山谷有言:'宁律不谐而不使句弱,用字不工而不使语俗。'"故人称其功力追老杜。黄山谷追求清闲奇峭,自成一家,在《退听序》中称"诗非苦思不可为",似杜诗的苦思成篇。晚年的黄山谷诗洗尽铅华,独标隽旨,如"桃李春风一杯酒,江湖夜雨十年灯"。朱自清曾对山谷评云:"宋初诗承唐余,至苏、梅、欧阳变为大雅。然各极其天才笔力,非必锻炼勤苦而成也。庭坚出而会萃百家句律之长,究极历代体制之变,自成一家,虽只字半句不轻出,为宋诗家宗祖。江西诗派皆师承之。"①然而,山谷诗的缺点也是明显的。张巨山云:"山谷古律诗酷学少陵,雄健太过,遂流而入险怪。要其病在太著意,欲道古今人所未道语也。"这用力太过,以至于有点险怪,倒对黄绮先生有影响。

还有一点要说到的,黄绮先生同山谷一样好理论研究。山谷关于诗的许多主张是经典之论。如《书王知载朐山杂咏后》云:"诗者,人之情性也,非强谏争于廷,怨忿诟于道,怒邻骂座之为也。其人忠信笃敬,抱道而居,与时乖违,遇物悲喜,同床而不察,并世而不闻,情之所不能堪,因发于呻吟调笑之声。胸次释然,而闻者亦有所劝勉。比律吕而可歌,列干羽而可舞,是诗之美也。其发为讪谤侵陵,引颈以承戈,被襟而受矢,以快一朝之忿者,人皆以为诗之祸,是失诗之旨,非诗之过也。"诗的本质不是"怒邻骂座",但是,那些"快一朝之忿"之作,亦是诗人性情的表现,是"失诗之旨,非诗之过"。这里说的"失旨"是指失"温柔敦厚"之旨,而不是指别的。黄山谷不敢悖孔子的诗论,但是他是抱着一种宽容态度对待诗的"舒愤懑"现象。他的话说得恰到好处。

黄庭坚的理论是让诗脱俗的理论,他在《与子飞子均子予书》中称:"人胸中久不用古今浇灌之,则俗尘生其间,照镜觉面目可憎,对人亦语言无味也。"黄绮先生的诗同他的书法一样也力避俗滥。

① 《朱自清全集》第7卷,江苏教育出版社1992年版,第522页。

四、学者难得的天真

要是我说黄绮先生是一个能够保持天真的人，也许有很多人不承认吧。但是我是这样认为的。他的许多不合时宜之言、之行，不是他的世故，而是天真。比如他未必看得起工宣队、军宣队那些人，但是他也不得不应酬他们。他热爱的篆刻，到了“文革”时，还要刻什么“大串联”之类的石印，似为多此一举。但是今天看来，还没有第二个人以篆刻的形式记录“文革”的全过程，所以这也是十分珍贵的。先生曾与一个裱字者发生过一次官司，因为裱字者搞丢了他的一幅书法作品。他执意高价索赔。从法律上说黄先生并没有什么错，但是他说自己再也写不出那么好的书法了，我却认为有点过分了。我不懂书法的神秘，但只相信，如果自己的身体没有出什么大毛病，字只能越写越好。越写越差的人是很少的。

河北大学刚刚从天津迁入保定，有许多教师因家庭和个人的许多困难未来保定工作，他却是比较早就长期定居于保定工作的老教师。他那时曾经住在学校一片空地旁的一间极小的平房里，屋前下雨即积水很深，难以出行，但是他却很不在意。因为那时年轻点的老师都三四个人才能摊上一间小屋。他自己知道学校对他也算得上优厚了。他屋子里永远放着那些文房四宝，随时挥毫创作。来人同他聊天，他会慢悠悠地说他的字如何如何写得好，甚至说自己的字受到过哪个名家的夸奖等。他没等别人给他的“黄体”取名，他却早就创造了一个“铁戟磨砂”体的名字，但是并没有几个人能够理解这是什么体，更没有多少人附和承认。因为他说的太不通俗。凡此种种，真能看出他是个性情中人，胸中无纤尘，率性直言，自我欣赏。试想吧，哪位文人不是这样的呢？不过别人不那么说，就少惹人厌烦，黄先生却不怕，也用不着怕什么。你说那些是非，他也听不见，他的自信力是很高的墙，能够抵挡人们的大小议论。写到这里，我突然间想起了一位艺术家——狄德罗，他有一次对别人评论一位叫格瑞兹的画家说："我们这位画家稍有一些贪图名声，但他的虚荣心是孩子气的；这是对自己的才华的一种陶醉。他天真得会这样说他自己的作品：'请看吧，这才真叫美呀！'您如果夺走天真，那您也就夺走了他的灵感，也就扑灭了一团火，才华也就消逝了。我很担心，一旦他变得谦虚起来，他会不再是现在的他……"[①]黄先生能不能当得起狄德罗这样的评价，我们不必太在意，我只是说，黄先生的天真也是一种才华的陶醉，并不是盛气凌人的那种。我这样说不是不敬，而是热爱先生的。

2006年1月10日写，2016年补充修订

---

① [苏]阿尔巴托夫、[苏]罗斯托夫采夫编：《美术史文选》，人民美术出版社1982年版，第307页。

金石学与辞章学
——记谢国捷先生

谢国捷先生

谢国捷先生(1915—1989),字戌生,斋馆号有曲全室、万匋簃等。祖籍是江苏武进,后定居于河南安阳,1915 年出生于诗书传家的书香门第。早年毕业于辅仁大学哲学系。大学毕业以后做国文教员,教文科国文、中国文学史、国学概论等课程。后任职于河北女子师范大学、河北大学中文系及新闻系。他最大的功劳是带领几位老师创建了河北大学新闻专业,使其从中文系下属的一个专业,发展为新闻系,再发展为新闻传播学院,并且拥有一级学科博士点。

一、我与谢国捷先生

谢国捷先生在“文革”前已经是河北大学中文系的一位老讲师，因为多年不评职称，那时大学教师里面教授、讲师也很少，大部分是助教。所以讲师给人的印象是很突出的。到“文革”以后谢先生才评的副教授、教授。他评副教授的时候，别人问他业务方向是什么，他在表里面填上了“辞章学”，这是从古代文学的“义理、考据、辞章”里来的。

我入大学时认识谢先生比较晚，就知道他是书香门第出身，学问渊博，但是不知详情。大学毕业后，我和爱人乔云霞留校工作，不知道搞什么专业好。但是，我们当时同写作教研室的老师比较熟悉，都想搞写作。结果是她以谢先生为师，先讲写作课，后来也就跟着谢先生过渡到新闻专业。我选择了现代文学专业。在此过程中，我与谢先生越来越熟悉，变得无话不说，无事不谈。

我到过先生的天津老宅，那是浦口道的一座小洋楼，共住着两户人，另一户是高熙曾先生一家。他们二位可以说最能聊得来。我忽然明白了为什么谢先生总说到高先生的事。他说，“高熙曾可是最懂学问。他会讲古曲，还会唱”，“高先生的书法写得真好”，“高先生抄宣传栏的书法，我都想偷偷地给揭下来”。但是他从来也没说过高先生的什么缺点，这就是人品。我每次到谢先生家拜访，都是依次看望两位老师，受教极多。

谢先生的工资级别是讲师中的最高级，与副教授中的最低级相同，每月 149.5 元，生活上，那时就算不错，比一般老师好得多。因为他只有一个儿子，生活过得算是比较宽裕。

谢先生为了教学方便，随校来到保定生活和工作。这样我便同他接近较多，想来是因为他有学问，平易近人。到他那里请教学问很方便，不管他多忙，也会耐心地把手边的事情推开，听我请教问题，没事随便聊聊天也行。他为人厚道，从来不说别人的坏话，却喜欢夸奖自己的学生，也乐于助人。他也会说笑话，说完了自己却不笑，让我笑得前仰后合。

有一年的春节过后，谢先生才从天津回来，我登门拜年。他说了一个笑话让我永远忘不了：有人说现在的商店食品缺乏，那也不对，说食品质量不高倒是事实。有个朋友从街上买了一包饼干，特别硬，有多硬，你听我说。他提着饼干包过马路，不小心，那包东西掉在了马路中央，一辆汽车飞驰而来，他连忙向便道躲闪。车过之后，人没伤着，再去看那包饼干，还好，一块也没碾碎，却深深地碾进了柏油路，陷到里边。他舍不得丢掉，可是怎么也抠不出来。正想不出好办法时，幸亏过来一位年轻人出了个高招：你再到旁边那个小卖部买一斤江米条，可以当钻头，找一块砖头，一点点地砸，就抠出来了。你想这两种点心都够硬的吧。

这可以算一个相声小段。由此可见先生的幽默性情。

“文革”结束以后，我们这些年轻老师前途未卜，人生道路茫然。他那时还没有将家属接来，生活上也很不方便，我们有时想帮助他做点什么，当然也是想请他多多地指导我们的读书和进修。他鼓励我多读书，打好学问的基础，要过古文关，要学会写文章。当他知道我在读古代诗文，就借给我那合订本的老《辞源》使用，书我用了多年。还书时书封面有点开裂，就请工艺师给重新做了装订，他见了没有说不好，却高兴地说比原先更漂亮了，也结实了。后来的 1977 年 6 月，他还帮助我购买了最早的《现代汉语词典》(商务版 1973 年试用本，内部发行)，我使用了多年。后来我也购到了 4 卷本的新版《辞源》。我知道学者的工具书谁也不会外借的，对于我们夫妇俩人，他却很大方。对此我心存感谢，难以言说。

我们之间的聊天说到如何进修，如何读书的时候最多。他说过：不论你将来搞什么专业，讲什么课，中国古典文学和语言学是必须得学好的，而且写作也得学会，这是中文专业的基础。我说才毕业不知道应该读什么书，他让我读古代的诗文，读《文选》《古文观止》。我说我有一套线装本清余诚编并评注的《古文释义》，高中时候就读过了，他说，那曾是清代私塾中的古文选教材，有批注，有评，有音义，很好读，过去是小学读的，你们高中读过就不错了。

谢先生曾组织对我们原来编的写作教材进行修改。这部教材的初编已经让教研室的同人付出了很大的努力，年仅38岁的杨长庚老师为此积劳成疾突然病逝。1976年，任写作教研室主任的谢国捷先生主持了写作教材修改。教研室其他人分别承担了不同任务，谢先生修改定稿。他字斟句酌，一丝不苟，几乎废寝忘食。经过近两年的奋战，1978年书稿完成了修订。1979年9月，由河北大学中文系写作教研室编写的《写作基础知识》由河北人民出版社出版。因为当时各学校还没有这样的教材，所以书发行得很好，第一版就印了60万册，后来，国防科工委又印了8000册，作为本系统职工培训用书。虽然那时书上没有署名谢国捷主编，但是他的功劳是不能忘记的。先生谦虚地说："让我写，我写不快，但是我能够给大家改文章，保证内容、表达、语言、文字方面不会有问题。"

谢先生这样说是有根据的，他是活到老学到老的耳聪目明的学者。有一次我去向他请教问题，他正在看一篇从报纸上剪下的小文章。他跟我说："你看这文章写得多好。"我当时就觉得，那不过是一篇报刊文章，能够好到哪里去。他却像一个青年学生一样恭敬谦虚地随时学习语言和提高自己的写作能力。我于是也开始剪报，集了很多资料。不过后来屋子里堆放的东西太多，搬家时就全部给卖掉了。现在想想是有点可惜了。

谢先生讲课效果好，学生们都爱听，也是几十年都忘记不了的记忆。能够把写作课讲好是真不容易的。他灵活地运用古典文学、语言学、辞章学的知识，把课讲得绘声绘色，幽默风趣。他说每次上课都很快乐。那时我想他就是我的榜样，应该追求那种人生快乐。

有一年春节过后，先生从天津回到学校，我和爱人乔云霞去看望谢先生，除了一点小礼品外，记得是给他带了一张有寿字的贺卡，我们是希望老师健康长寿。没想到的是，他看了又看后，特别感慨地说："我已经60岁了，真是老了，越来越喜欢这个寿字。"他说的喜欢是真心的。我懂得他的为人，这反映出他珍视别人的情感，也是体现出他的做人风度。我当时就发现他把同事、朋友、学生送给他的新年贺卡全给放在书桌、书架上展览出来了。说实在的，看了之后有些激动。我从他那里学会了尊重别人，因为没有见别人这样做。后来我也学着他，别人送给我的书我是一定要读的，别人送给我的礼物，一般情况下，我不会转送给别人。人间的温情很可贵。

二、谢国捷先生出身书香门第

谢国捷先生从来不跟我们吹他的家族，但我们能从侧面知道许多故事。安阳谢家是个有名的大家族，祖居江苏武进罗墅湾。谢国捷先生的祖父谢瑄，字仲琴，生有 4 子：长子，即大伯谢宗夏，字锡成；次子，即二伯谢宗华，字翊周；三子，即三伯谢宗汾，字仰怡；四子，即谢国捷先生的父亲谢宗陶，字菊农。谢氏世系见下表。①

武进罗墅湾谢氏世系表

谢瑄（仲琴）（祖父）	谢宗夏（锡成）（大伯）	谢国桢（刚主）
		谢国栋（虚中）
谢瑄（仲琴）（祖父）	谢宗华（翊周）（二伯）	谢国梁（历生）
		谢庆生（女）
		谢德生（女）
		谢松生（女）
		谢国权（甲生、言彪）　配陈瑶华
	谢宗汾（仰怡）（三伯）	谢絮咏（女）
		谢国彦（午生）　配何联基（伯华）
	谢宗陶（菊农）（父亲）	谢国捷（戌生）　配吴之澍
		谢絮青（女）　适刘植源
		谢国振（雷生）　配谢敏
		谢国愈（辰生）　配王惠贞
		谢国祥

① 李经国编撰：《谢辰生先生往来书札》（下），北京图书馆出版社 2010 年版，第 596 页。

在他们家族中，我们能够找到熟悉的名字：谢宗陶、谢国桢、谢国愈、谢国祥。

谢先生的先父谢宗陶曾是民国时期徐世昌大总统的总统府秘书，并且为之创立了四存学会和四存中学。徐世昌 1919 年到博野县北杨村瞻仰颜元故居，认为颜元与李塨的学说可以富国强民。次年，其即在北京组织"四存学会"①，并在府右街筹备建立了"四存中学"。谢宗陶又做过直系军阀吴佩孚的幕僚，为财政组的主任参议。他曾经写过的文章有《徐世昌出任总统的前前后后》《第二次直奉战争随军见闻》《关于汉代的践更、卒更和过更》。1933 年谢宗陶同许以栗合编过一本《先哲名言》，这是河北省地方行政人员训练所的讲义，采用经、子、集部百余种书中有关通达治本、修养心身、国政民情的语录 600 余则，分上、下两编。

谢国桢（1901—1962）是谢国捷先生的堂兄，字刚主，著名明清史研究专家。1926 年考取了清华研究院国学门，随梁启超学习和研究，毕业后曾于国立北平图书馆任职，其后在国立中央大学、云南大学执教，中华人民共和国成立后相继在南开大学和中国科学院哲学社会科学部（即后来的中国社会科学院）历史研究所工作。写有《清开国史料考》《晚明史籍考》（后出版增订本）、《明清史籍考》《明清之际党社运动考》《明清史谈丛》《江浙访书记》《明清笔记谈丛》

在瓜蒂庵读书的谢国桢先生

① 四存学会由民国大总统徐世昌于 1920 年组织成立的。徐世昌年轻时服膺颜李学。四存学会在他授意下，由张凤台、李见荃出面谋划组织而成立，吸收社会名流林纾、赵尔巽、严修等人。学会以发扬颜李学说为宗旨，借助颜李学鲜明的经世致用的主张，推扬自己的文化观，即是以颜李为主体，反对全盘西化，兼顾中西新旧，主张中西文化互补。四存学会想借颜李学说与西学的汇通来重构中国人的精神家园，从而建设一种新的文化价值观。

《明末清初的学风》《史料学概论》《两汉社会生活概述》等重要著作和大量学术论文，编纂了《清初农民起义史料辑录》《明代农民起义史料选编》《明代社会经济史料选编》等资料汇编。谢国桢先生治明清史试图建立新史学，主张拓宽资料范围，对笔记小说资料大量利用。他认为研究明清历史，单取所谓“正史”，“事多隐讳”，“语焉不详”，特别是人物传记写得呆板枯滞，而补充正史材料之不足的文献，就是当时遗留下来的明清两朝“实录”，当时地方政府所储存的档册、情报、公文、阅件等史料，以及野史笔记和诗文集，还有当时地方当局所编修的地方志书，从各方面入手，方能见到历史真相。他的史学研究路径是很前卫的。

谢国愈先生

谢国愈，字辰生，是谢国捷先生的弟弟。1922年出生于北京。20世纪40年代跟随郑振铎任业务秘书，在上海参与了战时文物的清理工作，并协助郑振铎编撰《中国历史参考图谱》《甲午以后留存日本文物目录》等。中华人民共和国成立后一直就职于国家文物局，负责政策法规的起草和制定工作，先后任文物处业务秘书、文物处副处长、国家文物局研究室主任、国家文物局副秘书长、国家文物局顾问。1982年主持起草《中华人民共和国文物保护法》，撰《中国大百科全书·文物卷》前言，第一次明确提出文物的定义。他是中共十三大代表、第七届全国政协委员；现任中国文物学会名誉会长、国家历史文化名城专家委员会委员。近年来虽身患癌症，但仍坚持奔波在全国文物保护战线上，为中国文化遗产的保护作出了特别贡献。出版有《新中国文物保护史记忆》等书。

谢国祥(1930—2001)的名字是我们熟悉的，他是谢国捷先生的同父异母弟弟。生于北京，1948年5月在天津从事地下工作，同年12月加入中国共产党。1949年2月至1983年6月，历任共青团天

谢国祥先生

津市委员会常委、《天津青年报》总编辑,《天津晚报》副总编辑,天津市文化局艺术处副处长,天津市京剧团团长,百花文艺出版社总编、党委书记。1983 年 6 月起历任天津市出版局党委副书记、副局长、局长,天津市文化局局长、党委副书记等职。1988 年 5 月至 1993 年 7 月任中共天津市委宣传部部长。1993 年 7 月,他在离开市委宣传部后,以天津市中华民族文化促进会副会长的身份,在李瑞环同志的直接领导下,做了继承、发展民族戏曲的“音配像”工作,由他担任策划兼制片人,为振兴京剧事业作出了贡献。主编过《杨宝森纪念集》《厉慧良纪念集》《天津古建筑》《中小学京剧读本》《传统京剧故事》等书。

三、高朋满座的谢宅

谢国捷先生的住室经常是高朋满座,笑声朗朗。向他请教学问的人很多,除了本校的年轻老师,也有远道慕名而来的朋友。我相信,会聊天也是一门学问。他很会聊天,谈天说地,评古论今,说东道西,人文百家,书里书外,故事很多。但是他一不炫耀学问,二也不说是道非。

到了保定,所谓的谢宅就是一个单元房。他同老伴儿吴老师住在这里,他们的独生子在天津工作,有时短期来看他们。谢先生对烹调很内行,说起来全是学问。在这里无论什么时候有客人来,他们都很热情。有时,家里也成了开会的地方。为了创办新闻专业,一些老师就经常在他家开会商量。居室布置得一点也不豪华,却有茶喝。

经常来访的瓦当收藏和研究专家吴磬军先生，可谓谢门常客。吴磬军是清苑区北蛮营村人，自幼喜欢书法，1982 年河北经贸大学毕业后工作。他曾回忆书画家刘志义先生带他拜访谢先生的情景："谢先生接过瓦当，把赏后用嘴亲吻，情不自禁地感叹：

瓦当学专家吴磬军

'哇，太美了！'还说：'我和老伴儿一辈子都没有这样亲过。'可见燕下都瓦当在一位学者心目中的地位"。[①] 这让刚出校门的吴磬军先生

有吴先生题跋的瓦当拓片

① 吴磬军著：《燕下都瓦当文化考论》，河北大学出版社 2008 年版，第 255—256 页。

震惊不已，至今还记得因为亲瓦当，谢先生嘴角沾上泥土的样子。结识了对历史、文学、哲学造诣颇深的谢国捷先生，吴磬军认识了不少瓦当，并且开始收集研究。1985 年，吴磬军到了易县挂职商业局副局长。临别之前向谢先生辞行，谢先生告诉他：“易县有燕下都，燕下都有瓦当，比秦国、齐国的还要好，就是研究滞后。你挂职锻炼就一年，官当成什么样不知道。但你要是研究瓦当，兴许比当官强。”从有些幽默的话中，吴先生听出了认真的内容。他没有当成一句笑谈，此后的吴先生真的成为中国最有影响的瓦当收藏家和研究学者，还出版了多种研究著作。

谢先生是性情中人，他交往的人多是有特别性情的人，比如，“文革”后期，语言学家饶长溶先生曾经在河北大学中文系工作过一个时期，与谢先生成了好朋友。他们之间除了生活中互相关照、切磋之外，更多的是探讨学问，这是极少有人知道的故事。以致饶先生即将离开河大时，二人置酒畅饮，高歌放怀，极少写诗的谢先生还写诗相赠。我想，这就叫知音难觅，这是谢先生所梦想的旧式文人的交游生活。可惜真能够与他这样畅叙、畅饮的人在学校里也很少。今天看看谢先生的诗和漂亮的书法作品，觉得跟他学的东西很不够。

谢国捷先生写给饶长溶先生的诗作

但是先生并不孤独，他可以与不同年龄段的人交朋友。在他的生活中有一位韩大星，与他可称为忘年交。韩大星是保定文联主席韩映山先生的公子，是颇有名气的篆刻家。人们只知道因为谢先生特别喜欢篆刻艺术才与大星交往。但是我知道大星是怎么认识谢先生的。谢先生的学生，也是我学生的靳智伟是个才子，不但功课学得好，上学的时候就喜欢篆刻。正好他的爱人是韩映山的女儿、韩大星的妹妹，大星也爱好篆刻。真是巧得让人叹服。

总而言之，韩大星从靳智伟那里了解到的谢先生的学问和为人更多些吧。据大星先生回忆，他对谢先生的爱甚至胜于对自己的父母；出差从远处回来，不是先到家，而是径直去看望谢先生。父亲骂他："哪个孩子回家都是先往家跑，没见过先往老师家跑的！老师重要还是家里重要？"我认识韩映山，有些交往，他是个既温文尔雅，又深通文学、卓有成绩的作家。这并不是对大星先生的批评，而对他执着于艺术的一种特别的赞赏。大星同谢先生的交往不仅给自己的学习带来了很多的促进，也让谢先生有个相知甚深的年轻朋友，这对谢先生无疑很重要。今天看来，大星给我们记录的资料，也让我们更好地认识了谢先生。大星的文字水平很高。他这样写道：

谢老好吸食香烟，指间总是夹着一支烟，云烟"三七"牌不带滤嘴的，到了烟不离手的程度。我就奇怪了，为何他手里的烟不抽，长长的烟灰也不向下掉？怎么我手中的烟灰稍一动弹全掉到身上、裤子上，一不小心就是一个窟窿。谢老的食指中指之间永远是焦黄焦黄的，一天三盒烟。谢老终年死于肺癌，恐怕是和他的烟量过大有关系的。

谢先生在住所与韩大星合影，照片背后题字：
大星仁弟留念，一九八三年春节
摄影于河北大学宿舍　国捷

这一段记录是真实的。谢先生不幸死于肺癌，肯定与烟有关，这也是真的。先生爱烟，有点痴迷。他的吸烟历史很长，但是到了年龄稍大时却有意识地戒烟了。他的桌子上放着香烟，有时说话也拿着烟而不吸，那是陪客的应酬。烟是勉强戒了，但是他太喜欢烟味。他跟我说过，他知道吸烟不好，所以决心戒除。“我不吸它，只是看看、闻闻，过过瘾还不行吗？”他将华丽包装的香烟恭敬地放在桌子上，馋了就弹出一支，放在鼻子下边，边捻转边嗅一会儿，怪可怜地说：“真香啊！”让一位长期吸烟的人放弃这种嗜好，有点残酷。看着先生那可怜可爱的样子，我产生过一个奢望：让真正的科学家来个证明，吸烟本来就是无害的。可是怎么可能呢！有吸烟的客人来，他似乎有了借口，点上一支烟，看着烟雾袅袅升起。先生还喜欢香烟的包装纸，精心收藏了很多，是当作艺术品欣赏的。有谁出差，他会先嘱咐给他收集外地的烟包纸。

谢先生患肺癌，自己是知道的。他住在部队的二五二医院，我们每次去看他，都怕加重他的痛苦而不敢落泪，也不知道怎么安慰他。他不能躺卧，只能趴伏在桌子上喘气。到后来有人来探视，他就摆手不让进门，拒绝探视。因此有的同事对此有些不理解。其实，他是不愿意把自己的痛苦转给别人，绝对不是不热情。他与病魔搏斗，只能靠自己了，他没精神再同大家兴致勃勃地攀谈，直到最后。

四、谢国捷先生与金石学

从谢先生的喜欢瓦当，让我们想到了谢先生是有专门知识的学者。

谢老先生平生好古，但是从来都思想开放，不封闭。他是从热爱中华民族传统文化的视角的好古。平常与他谈话，他最有兴致的是谈古书、古画、古印章、古碑帖拓片、古陶瓷、古瓦当，总而言之，金石书画、古典诗词，无不津津乐道。家里墙上悬挂的字轴镜框，书架上的陈设摆放也多是这类物件。他经常得意地说:"这副对联是启功先生送我的,那个是我弟弟跟徐邦达替我要的山水画;镜框里是上海图书馆馆长顾廷龙写的小楷,东墙上挂的是魏碑第一碑——《东巡皇帝之碑》。"

我发现,谢门一家兄弟,好像都很好古。谢先生不是玩儿古董,而是自己曾经学过这方面的知识。我曾在偶然间见到宋镇豪在《记著名甲骨学家胡厚宣先生》中记述过谢午生:"但在市侩商贾之外,平、津诸师友却另有一番情谊。北平容庚和天津谢午生,欣然出示所有甲骨,慨允先生施拓。于省吾把全部藏品让先生手录一过,其中包括一片甲骨文中字数最多、材料极珍贵的长篇战争虏获祭祖刻辞。曾毅公、黄伯川、李革痴、乔友声等,还以甲骨拓本相赠。"这里说的谢午生,就是谢国彦,字午生,是谢国捷三伯之子,应该是他的兄长。忽然想起,他们居于安阳,那里是殷墟的所在地,一定是有许多的甲骨文物流散民间,想得到是比较容易的。收藏起来总比流失要好。

谢先生在辅仁大学读书时,喜欢古物也一定跟陆和九教授有关系。因为鼎鼎大名的陆和九教授讲过金石学,谢先生选修了陆先生的课。陆和九(1883—1958),原名开钧,别号墨盦,湖北沔阳人。青年时就学武昌讲武学堂,毕业于清吏部学治馆。能文而兼工书画,历任湖北襄阳第三师范国文教员、武昌大学汉文科长;中岁迁居北京,任中国大学国学系讲师等教职,讲授金石学、古器物学、文字学及书法、篆刻等课程,博学勤求,收藏碑刻砖瓦拓本甚富。

陆和九先生生前曾经给谢国捷先生镌治过许多印章,谢先生有的田黄石印章,寿山石的几方印,还有竹根印、象牙印、黄杨木印都是。谢先生说竹根印料是明末年间,家里存下来的印章材料。谢先生那块田黄石章,曾经被河大历史系教授周庆基先生看上,想拿别的宝贝跟他交换。谢先生说那你得告诉我为什么看上这枚印章了,再说换不换。周教授是河北大学历史系考古学的专家,也是一位收藏家。但是他就是不告诉谢先生为什么喜欢;因为一旦告诉他物件的神秘处,谢先生就更不会出手了。此事饶有趣味。

其实,谢先生收藏的宝贝,有时大家也想不到。据尚友萍回忆:

一次保定举办保定地区的碑刻拓片展览，但缺少《魏泰武帝东巡御射碑》拓片。据清代《易县志》记载，此碑原立于易县大山深处毛尔岩的鸾铃河岸边的山上。碑文大多已漫漶不清晰，完整文字所存不多。但由于此碑文字具有由隶书向楷书转变时期的典型特点，故在书法史上具有很高的价值。我们曾到原址寻访此碑下落，可惜踪迹全无。后听说河北大学谢国捷先生藏有此碑拓片，遂大喜过望；蒙慨然应允，得补展览缺憾。从此交往日繁。按古代的说法，谢先生是个金石学家。举凡金石书画、拓片碑帖、瓷器瓦当，无所不喜，无所不善。这样我们之间就有了共同语言，遂成忘年之交。

谢先生懂得的金石学问，在他生前，没有被大家很好地注意。这主要是因为中文系、新闻系，都没有这方面的专业。英雄无用武之地，想来，真是很可惜了。

五、教学认真的谢国捷先生

谢国捷先生教学的认真，是尽人皆知的。他做事认真，即便是写信也一丝不苟，一字不改。那是多年养成的做事的素质。

我忽然想到了一件事。他不是中共党员，但他在年轻时候参加过学生爱国运动，因而被当局逮捕。有人说他有变节行为，也就是说他出卖过朋友。“文革”时他也曾经被审查，为此谢先生写过很详细的“交代材料”。我毕业后，赶上“文革”后期落实政策，曾经整理过先生的资料。那是用钢笔写下的工工整整、一字不改的书法，而且句句是有理有据。他说，他不但没有出卖朋友，还保护了他们。当自己被当局抓走时，那个朋友从身边走过，他也没有说那个人是谁。

先生从来都是在讲课之前认真准备，写好教案、讲稿，即使是已经讲得特别熟悉的课也一样。不像有些“才子”拿着一两张纸就到学生面前对付。据来新夏先生回忆：

广东中学师资力量强，高中语文教师谢国捷刚从辅仁大学毕业，风流倜傥，出口成章，颇受学生爱戴。谢国捷老师家富藏书，他允许我去他家读书，并不时向我讲述治学之道。我的第一篇学术论文《汉唐改元释例》就是在谢老师指导下完成的。谢国捷老师就是为我指点迷津的第一位良师，他的言教、身教，奠定了我一生做人、治学的基础。他的讲课从来不说题外话，上了讲台就精神饱满，口若悬河。他是一位好老师。①

谢先生的为人宽厚、对我的教导永远让我难忘记。我初上讲台讲鲁迅，没有多少底气，多少有点紧张。我的爱人乔云霞初讲写作课，跟着谢先生进修业务，谢先生算是她的导师。谢先生对我们说："不紧张是不可能的，我最初也是紧张，不过，你就这样想：我站在这里讲，就得自信，我就行。不然，你就讲不好。"乔云霞第一次讲课后，来听课的黄绮先生给予肯定后给她提了一个意见，说她的板书不够好。她认为是个批评。谢先生说："黄先生人家是书法家，你得学到他书法家水平才行啊！"意思是说，那不算什么批评，只是个过高的要求。我于是就说过不止一次：谢先生一定给我写一张书法，让我们学习。他说："我写不好，高熙曾先生的字那才是写得好。有一次国庆节，中文系办宣传栏，他写了一首诗，我看了好半天，真想偷偷地揭下来，自己收藏。那时是不敢。"

说句实话，谢先生很熟悉中国传统文化，让他讲历史、文学、语言、考据、辞章、金石，都不在话下，搞新闻学，他是有些生疏。但是他领导着一个小的团队，奋发图强，披荆斩棘，为河北大学新闻学科的发展打下了良好基础。

---

① 来新夏著：《遂答四说》，广东人民出版社2015年版，第109页。

六、创建河北大学新闻学科

河北大学新闻学专业始建于1980年，1982年开始招生，1995年正式成立新闻系，2000年成立新闻传播学院，是改革开放以后我国最早建立的新闻传播学类专业之一，办学规模和办学质量在国内居于领先地位。学院现设置本科系5个和公共教研部1个：新闻学系、广播电视新闻学系、播音与主持系、广告学系、编辑出版学系和中外文化教研部。学院拥有新闻学、传播学两个硕士学位授权点，并于2010年成功申报新闻传播学一级学科博士点。

谢国捷先生是创建河北大学新闻专业的主要组织者。当初，提议创建新闻专业的是楼沪光先生，他是中国人民大学新闻专业出身，当时在河北大学教务处工作。河北大学是个老学校，但是学科太少，特别是应用学科少，这不能适应改革开放大局下飞速发展的新形势需要。楼先生想到了河北大学应该创建一个新闻专业。当时楼沪光先生经常来谢先生家聊天。他以战略的眼光，从学科发展和现实需要出发，建议谢先生领导创办新闻专业。谢先生学问渊博，对新闻的重要性也很了解，立即表示了支持。很快，他与楼先生商量后一起拟写了创建新闻专业的报告材料。1980年5月报告得到原国家教委批准。1980年7月，为建立河北大学新闻学专业，河北大学成立新闻专业筹备组，由谢国捷先生担任筹备组组长，楼沪光任副组长，成员有吴庚振、乔云霞、王瑞棠等老师。他们商量安排了几件事：首先是解决人才问题，引进专业老师，从北大毕业的李广增，从复旦大学毕业的焦国章、杨秀国先后来到学校。为了了解学科发展和进修业务，多次派老师到外校进修本专业的课程。从1981年起的几年内，谢先生先后派吴庚振、王瑞棠、张松之、申德纪等几位老师到中国人民大学进修。1983年9月至1984年7月，中宣部、教育部委托人大新闻系办全国新闻师资班，谢先生推荐乔云霞与李广增老师去人民大学再学习。谢先生还请外校教授来河北大学讲学，也派乔云霞等老师参加全国的学术会议，加强本专业同全国新闻专业的沟通交流。楼沪光先生后来调到《河北日报》任副总编，还一直关心着河北大学新闻专业的发展。这些都是历史。

新闻专业需建立新闻学资料室和购入设备，没有资料就是无米之炊。乔云霞负责资料室建设工作，大包小包地往回背资料，这事儿我是知道的，有时候我也帮她往回背。那时的书价便宜，可是邮寄书要另外花钱，她舍不得让公家再多花钱，宁愿自己受累。谢先生知道后很心疼。谢先生与楼沪光先生还组织编印了内部刊物——《新闻资料》，广泛征集新闻学书目和研究资料。去北京进修的人，每次回

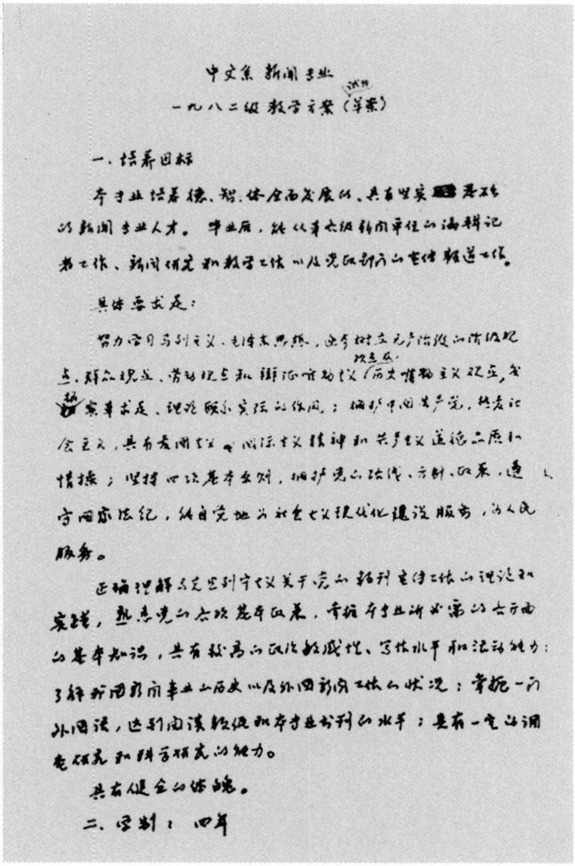
中文系 新闻专业
一九八二级 教学方案（试行草案）

一、培养目标

本专业培养德、智、体全面发展的、具有坚实基础的新闻专业人才。毕业后，能从事各级新闻单位的编辑记者工作、新闻研究和教学工作以及党政部门的宣传报道工作。

具体要求是：

努力学习马列主义、毛泽东思想，逐步树立无产阶级的阶级观点、群众观点、劳动观点和辩证唯物主义、历史唯物主义观点，发扬实事求是、理论联系实际的作风；拥护中国共产党，热爱社会主义，具有爱国主义、国际主义精神和共产主义道德品质和情操；坚持四项基本原则，拥护党的路线、方针、政策，遵守国家法纪，能自觉地为社会主义现代化建设服务，为人民服务。

正确理解马克思列宁主义关于党的报刊宣传工作的理论和实践，熟悉党的有关基本政策，掌握本专业所必需的各方面的基本知识，具有较高的政治敏感性、写作水平和活动能力；了解我国新闻事业的历史以及外国新闻工作的状况；掌握一门外国语，达到阅读一般和本专业书刊的水平；具有一定的调查研究和科学研究的能力。

具有健全的体魄。

二、学制：四年

当年新闻专业制定的教学方案

来都向谢先生汇报学习和工作进展情况。这样，新闻专业 1982 年开始招生，从一个中文系下属的专业，到 1995 发展为新闻系，5 年后建立了新闻传播学院。这样的发展速度和辉煌成果，首创者之功不能忘记，谢先生在其中的贡献不能忘记。

学者楷模
——记詹锳先生

詹锳先生

一、我认识的詹锳先生

从上大学时候起，詹锳先生给我的印象就是不大好接近。我这样说的意思不是他有架子，其实他没架子。算来，我第一次见到他时，他已经整整50岁了，算是一位老先生。他面庞方正，皮肤细白，中等身材，看上去较胖，短短的银发，见人总是微笑着。

了解詹先生可以看他的《自传》[①]《詹锳自述》[②]，还有林大志编的《詹锳先生年谱》[③]，这些能够帮助我们了解詹先生的一生。

“文革”中，詹先生确实被批斗过，可能是一些高年级学生们搞的。那时叫“群众运动”，实际上是无政府主义的胡来。我记得“革命委员会”成立以后，他没有挨过批斗。可能因为他的历史清楚，全是从学校到学校的经历。至于到邢台煤矿，河北遵化、玉田等地接受工农兵再教育，其实当时就是“教育革命”的实践，是学生和老师一起下去的，并不是对付老师的。我记得很清楚的是，1969 年有个战备疏散，当时有关方面认为很快就会同苏联打仗，一夜之间就决定了将天津学校本部的人全部拉向邢台农村。后来，战争也并没有打起来，一部分老师就到了唐庄干校“劳动改造”，其他同学大部分回到了天津搞运动。只是抽出 1964 级、1965 级的一部分同学加上几个老师分别下到工人农民中搞写作实践，算作“教育革命”小分队。几个小分队分别到了塘沽港、邢台煤矿、无极县、廊坊等地。是不是有玉田小分队、遵化小分队，记不太清楚了。詹锳先生和一部分学生分到了邢台煤矿。他们虽然也下过矿井，却没有在井下劳动，主要是让大家给报纸写新闻报道。詹锳先生很谦虚，说不会写那些东西，要向大家学习。没有学生欺侮他，只是他年纪大了，在生活上很不适应，这是个事实。其实学生们也不会写通讯报道。那时的感觉是我们确实是脱离实际的，应该到工农兵中学习。应该说，一些老师到下边去并不是为了挨整，而是以“接受再教育”的名义参加劳动。听说詹先生在那里被认为是“表现很好”的老师。

1970 年河北大学迁到保定稳定以后，詹先生可能是于 1972 年单身来保定工作的。我清楚地记得他住在校南院门口一个小楼(后来的招待所)的一层阳面第一个房子，别人是两个人一室，他是单独一间，不知道是不是为了照顾他。学校只有一届“工农兵学员”，也用不

① 载于《詹锳先生八十华诞纪念文集》，河北大学出版社 1998 年版。

② 载于《世纪学人自述》第 5 卷，北京十月文艺出版社 2000 年版。

③ 载于《詹锳先生八十华诞纪念文集》，河北大学出版社 1998 年版。

着上多少课，詹先生已经被“解放”，那时是可以自由工作的。

我毕业以后，被分到了现代文学教研室教学，跟詹先生不是一个教研室。我很想找他请教如何治学、怎样研究问题、怎样学习提高自己等问题，就找了一个由头敲他的门。他正在写什么，我来找他说话，他不但不烦，还很高兴，问我一些专业学习上的问题。我随口说读鲁迅杂文，知道《文艺与革命(并冬芬来信)》中的一句话：“但我以为当先求内容的充实和技巧的上达，不必忙于挂招牌。‘稻香村’‘陆稿荐’，已经不能打动人心了，‘皇太后鞋店’的顾客，我看见也并不比‘皇后鞋店’里的多。”问题是“陆稿荐”是什么？詹先生听了以后，很开心地笑着说：“就是点心铺子。”他看出来我是故意找碴儿说话，就没有进一步解释，说起来读书和写文章的事。他鼓励我系统读《鲁迅全集》，多看资料，打好基础，学会使用工具书。其实我问的问题也并不是一句话能够回答的。后来我自己查明白了，才知道，“陆稿荐”固然就是“点心铺子”，但是原先其实是人名，是南京的一个熟肉店铺里的老板的名字。老板就叫陆藁荐。藁荐，是草帘子。这里边还有个有趣的传说。说的是有一年夏天，天气热，煮好的肉也卖不了多少，傍晚熟肉店关门板时，见一个讨饭的老人，腋下夹着一卷藁荐，想来店里躲风雨借宿。陆老板为人善良，就让他睡到了灶间。第二天开板前老人却已经不辞而别了，但是留下了藁荐。陆老板就很随意地把破草帘子给烧火煮肉了。这时才发现肉香飘出来，街上的人都吃惊，不知道是什么香味。于是这一锅肉很快地卖光了。从此这家肉店的生意好起来，卖的肉越来越多。陆老板好久才省悟过来：这不是仙人给我帮忙来了吗！故事有点荒诞不经，不过很有趣。如果是谢国捷先生会跟我说很多；我以此知詹先生不会讲幽默话。他不会同我说笑话的。

不过，我能够找碴儿跟他说话，他并不反感，而且和颜悦色，给我留下了很好的印象。他同我说话没有一句闲话，只说读书学习的事，一点也不离题。这应该就是詹先生的一贯“执着”的性格。

于是我还告诉他，我从《东方杂志》上看到了先生的文章，并且记下来：《曹植〈洛神赋〉本事说》(《东方杂志》第 39 卷第 16 号第 54 页，

1943年)、《〈玉台新咏〉三论》(《东方杂志》第40卷第6号第52页,1944年)、《李诗辨伪》(《东方杂志》第41卷第2号第51页,1945年)、《漫谈四声》(《东方杂志》第41卷第12号第53页,1945年)、《论"裸体诗"》(日本小泉八云的英文本原作,詹锳译,《东方杂志》第41卷第13号第54页,1945年)、《改良国文教学制度刍议》(《东方杂志》第41卷第15号第54页,1945年)、《乐调五音与字调五音》(《东方杂志》第42卷第1号第78页,1946年)。

这是詹先生28岁到32岁时写的论文。我说,有一段时间,我喜欢到河北大学图书馆翻阅中华人民共和国成立前的报刊,发现我们学校有许多珍贵的旧刊物,如《语丝》《新潮》《新青年》《清华周刊》《西风》《论语》《学衡》《礼拜六》《紫罗兰》《夜莺》《诗》等,居然还有比较全的《东方杂志》,于是特别看看目录和重点文章。我告诉先生,我们学校的老师中,能够在《东方杂志》发表文章的,似乎只有詹先生和滕大春、唐文播、胡毅等几位先生。詹先生说认识胡毅教授,胡年龄大些,留学美国要早些。他没想到我会知道他当年发表的文章。他说,他手里都没有保存这些文章。

詹先生谨言慎行,回答学生的问题一向很简单明了。李离先生说,有一次一个学生问詹先生杜牧的诗《清明》中的"路上行人欲断魂"是什么意思,什么叫"欲断魂",詹先生只说了一个字:"跑"。我到现在也不明白,杜牧是写跑的心理,还是跑的样子。后来见到一位研究古代文学的朋友聊起此事,那人说:还真可能是写跑的形象。是不是指为了躲雨没命地跑?

詹先生的一生专心于读书和研究问题,总是让自己过得很简单,上学就是好学生,工作就是好老师,搞研究认准一个课题一直做到底,做到极致,似乎有让别人无法再插手继续的用意。成功的人做事总是遵循一条行为定律:集中时间、集中精力做好一件事。鲁迅称这种精神为"执着"。他曾经形容过这种执着精神为"无论爱什么,——饭,异性,国,民族,人类等等,——只有纠缠如毒蛇,执着如怨鬼,二六时中,没有已时者有望"①。

---

① 《鲁迅全集》第3卷,人民文学出版社2005年版,第52页。

《詹锳先生年谱》中说詹先生是“多次讲柳宗元的《封建论》。违心之论，幸未发表”。这恐怕不是事实，讲一篇古文有什么“违心”不“违心”。当时能够让詹先生出面讲课，应该看作是对他的特别高抬。这一待遇比萧涤非、周振甫还高。讲《封建论》，其实不是谁都有资格的。当年，毛主席说过他喜欢章士钊的《柳文指要》，为此还有一首七律诗《读〈封建论〉呈郭老》：“劝君少骂秦始皇，焚坑事业要商量。祖龙魂死秦犹在，孔学名高实秕糠。百代都行秦政法，十批不是好文章。熟读唐人封建论，莫从子厚返文王。”毛泽东批评了郭沫若1954年写的《十批判书》。郭沫若曾经赞扬柳宗元的《封建论》，为此毛泽东主席还写了一首顺口溜“郭老从柳退，不及柳宗元。名曰共产党，崇拜孔二先”。

可是，一般的人还没读过《封建论》，让有影响的学者讲《封建论》，是想强调遵“秦政法”，至于学者自己怎么讲，那也没有什么固定的标准。詹先生是说话谨慎的学者，并没有说什么“违心”的话。詹先生在《詹锳自述》中没有说到20世纪70年代初他的这一段特别经历，应该是想淡化它。其实詹先生受益的是这件事让他在“文革”后重新成了知名教授。

1971年，郭沫若的学术著作——《李白与杜甫》由人民文学出版社出版，这也让詹先生大大地出了名。这本在“文革”之中写成的书，有那个时期的极端思想倾向。但是它打破了文化荒凉，给学术饥渴的年代送来了一部似乎可以阅读的书。当时媒体对郭老著作的宣传达到了家喻户晓的程度，因为没有标明印数，不知道发行了多少册，第二年书再版了，估计至少在10万册以上。我们注意到，书前有3段主席语录，以标明是用的“马克思主义阶级论”的观点研究唐代诗人。我们且不研究这部书的观点是非，只说郭老在研究李白生平时引用过詹先生的考评文章结论，说詹先生的考证颇详，大概指《李白诗文系年》中的话“李白生于安西都护府碎叶镇”。这在当时有特别的政治意义，因为当时中国人民解放军边防部队在珍宝岛击退苏联军队入侵的珍宝岛自卫反击战才结束。由学者出面证明领土问题，是很好的做法。

1969年3月，苏联军队几次对黑龙江省乌苏里江主航道中心线中国一侧的珍宝岛实施武装入侵，并向中国岸上纵深地区炮击，中国边防部队被迫进行自卫反击。苏联政府妄称珍宝岛属于苏联，反诬中国边防军入侵苏联。中国外交部发言人指出：珍宝岛无可争议地是属于中国的领土，而且长期以来一直是在中国的管辖之下，有中国边防部队进行巡逻。正在这时，郭沫若的书里说李白生于今天咱们的领土内的碎叶，说明古代的碎叶也是中国领土。这是连郭沫若也没想到的政治意义。

但是，这件事却让詹先生的身份得到了肯定性的解放。虽然他自己并没有想借此翻身成名，但是在客观上詹先生是回到了学术自由天地。

1978年，我参加学校的进修班，詹先生给我们讲《文心雕龙》，我才第一次聆听先生的讲课。他声音并不高，清澈透亮，每周一次，两个小时讲完一篇。我记得很清楚，重点讲了《宗经》《辨骚》《神思》《体性》《风骨》《通变》《情采》《熔裁》《声律》《比兴》《夸饰》《隐秀》《时序》《物色》《知音》《序志》各章。从而我对刘勰的著作有了兴趣。詹先生那时天天按时工作，只有下午5点取报纸邮件的时间才出来走走。他上课时从来也不误课，当时听课的人很多，有些是河北大学毕业的老学生，有些是闻风而来的文学爱好者。听课的人晚到与否他也不会在意，他似乎也看不见，只是自己专一投入地讲课。半年的课，他一句废话也没有，也不会一句话三重复，更从来不搞什么对话、提问、互动等艺人的杂耍。我是特别爱听他的讲课的。因为他不但从文学理论的层面讲，也结合自己的对文学创作心理方面说清问题。这是先生的知识优势所在。

詹先生讲课时曾经说过，他正在写一部叫《〈文心雕龙〉义证》的书，还没有写完。他可以把写完的篇章讲给我们听。从后来讲到的篇章看，他讲的十几篇，卷1选了2篇，卷6选了5篇，卷7选了3篇，卷8选了2篇，卷9选了1篇，卷10选了3篇，而从卷2—5的篇章都没有讲。他说研究《文心雕龙》必须认真读《序志》篇。那里面讲了全书的内容结构。卷1的第一至第五，是讲“文之枢纽”，以后的20篇即从卷2到卷5,是"文体论",詹先生称为"风格论"的主要部分。卷6至卷10,这4卷詹先生称之为"创作理论和批评理论",其实,最后一卷应该称为"本体论"。先生主要讲的就是文之枢纽、创作理论和批评理论、本体论3部分内容。这些对于我们搞文学研究的人更有实际的意义。

詹先生讲课,时有考证的见解展示给我们。如他说:"《隐秀》中的句子'秀句所以照文苑',应该是'隐篇可以照文苑,秀句所以侈翰林。''隐篇'二句是据曹批梅六次本,其他各本都把这两句话错简成一句'秀句所以照文苑',就使人难以索解。纪批:此'秀句'乃泛称佳篇,非本题之秀字。这简直是望文生义,无法自圆其说。"他的讲解给我留下了很多难忘的印象。

学习《文心雕龙》直接的应用性意义也有,比如《文心雕龙》也能告诉我们如何搞研究,如何写论文。《文心雕龙·论说》里有精确的意见:"论也者,弥纶群言,而研精一理者也。"作论文的人要综合各家不同的意见,经过专门研究,从而提出自己的看法来。这真是经典的阐述。至于论文的要求,刘勰也说过高标准:"原夫论之为体,所以辨正然否。穷于有数,追于无形,钻坚求通,钩深取极;乃百虑之筌蹄,万事之权衡也。故其义贵圆通,辞忌枝碎,必使心与理合,弥缝莫见其隙;辞共心密,敌人不知所乘:斯其要也。是以论如析薪,贵能破理。斤利者,越理而横断;辞辨者,反义而取通;览文虽巧,而检迹如妄。唯君子能通天下之志,安可以曲论哉?"

书中讲,作精密的研究,应该"钻坚求通,钩深取极",深入钻研,以求通达,而不是浅尝辄止,敷衍了事。对于学术的严密性,也说:"弥缝莫见其隙","敌人不知所乘"。作文如打仗,应该万无一失,要连一点漏洞也不给论敌留下。写成的论文观点是否能够成立,也要看能否做到"论如析薪,贵能破理"。论文的论述,最重要的不是文辞的华美,而要像用斧头劈开木柴一样,正确地找到可以劈开的纹理。这也就是让我们通过论述解决关键性的问题,而不能隔靴搔痒。古人这些精彩的论述,切中要害,发人深省。长期以来,我们怠慢自己的文学理论,不知道我们的哲人之思,这是很遗憾的。

进修班结束后，我回到系里开始上课。学校的教学秩序也越来越稳定。詹先生从1980年开始招收硕士研究生，每一届是4名，后来又招博士研究生。同在一起听詹先生课的老师们回到自己的岗位。我没有选择古代文学教研室，一时有点遗憾。但是，也没有因此而改变业务方向。因为我知道自己应该在现代文学专业里做点工作，不能只想自己的兴趣。这是当时的真实思想。我如果能够重新选择业务方向，肯定会搞古代文学，在这种情绪之下，我购置了一些古代文学方面的书，也经常阅读古代的诗词、文学理论。《文心雕龙》对于我来说，简直就是个历史之谜。如先生所说，它是古代文学理论的奇迹。先生的讲述，引经据典，辨误考证，讲得有理有据，而且能够纠正前人在理解上的错误意见，也对范文澜、王利器的校勘失误加以纠正和补校。先生治学最大的特点就在于重视证据，从来不说空话。我那时对有些篇章是能够背诵的，其他也能够熟读。我离开进修班后，就很少见到先生了，但是我知道他真的是"满负荷"地工作着，也特别关心学生的生活和学习。福瑞先生曾说到过，跟随詹先生读学位，先生甚至拿出自己工资的一部分资助学生的生活。

我感觉到，詹先生最后的20年是先生最开心的晚年。他不但招研究生，也接受了几个大的科研项目，都成功完成了。这是他一生当中一直希望的无干扰、无是非、有节律、有成果的理想教学生活。可惜这样的时间太短了。

从那个特别年代过来的人，多数人特别伤感时代让自己的最好的年华丧失了，于是天天慨叹这种失去，如此延宕，又丧失了追回的机会。詹先生没有慨叹，也没有怨天尤人。他选择了集中精力，追回失去的时光的策略，他成功了。

二、詹锳先生的学者经历

詹先生在《詹锳自述》中说，他1916年5月出生在山东省聊城县城内一个商人家庭，名字詹锳，别号“振文”，都是家里人给他取的，“振文”这个字，他后来没有用过。

詹先生受过严格的“旧学教育”，从小在私塾里读过《百家姓》《三字经》《千字文》《弟子规》，后来也学过“四书”、《诗经》《左传》，再读《唐宋八大家古文》《古文释义》以及策、论、议，甚至八股文。从10岁起，开始学作文言文，他说自己“很笨”。李离先生称赞他：詹先生的聪明处就是从来都不说自己聪明，他对自己的评价一向是低调的。先生的《詹锳自述》中就有这样的文字：“整个童年时代都埋在书房里，不会打球，不会做操，也没有什么游戏和娱乐活动。”①“我从小就是一个彻头彻尾的书呆子。出国以前，我除去念书写文章以外，什么也不会。这样一个十足的中国书生，到美国去是很不能适应的。首先是吃不惯西餐，我不得不学着自己做中国饭菜。其次是不会跳舞，不会游水，这在美国大学生看来是不可思议的。善意的外国女生教我跳舞，而我在这方面是想象不到的低能，出了许多洋相。我花了不少功夫学游水，也只学会了个仰泳，蝶泳就学得很吃力了。”②“我这一生所学的，像是一个杂货摊，封建主义的，资本主义的，都对我有深浅不同的影响，使我很难用马列主义的观点方法，把这些庞杂的东西统率起来。”③

其实詹先生小时候是个聪明的好学生，他几年私塾后，没有上过小学就直接读了中学，在未来的几年他接受的是“新学”教育。他在高中时国文老师是王冶秋、李俊民、董秋芳、陈翔鹤等文学大家。考入北京大学后，他第一年在历史系，第二年转入中文系。当时，赵万里先生讲史料目录学，余嘉锡先生讲目录学，罗常培讲语音学、中国音韵学，胡适、罗庸、闻一多讲古典文学，朱光潜先生讲外国文学，郑天挺先生讲校勘学。这都是难得的一代治学大师。1937年，抗日战

① 高增德、丁东编：《世纪学人自述》第5卷，北京十月文艺出版社2000年版，第219页。

② 高增德、丁东编：《世纪学人自述》第5卷，北京十月文艺出版社2000年版，第223—224页。

③ 高增德、丁东编：《世纪学人自述》第5卷，北京十月文艺出版社2000年版，第227页。

争全面爆发，詹先生到长沙临时大学，在南岳衡山分校继续学习。1938年春，长沙临时大学西迁云南，改名西南联合大学，詹先生在云南蒙自分校上课，这里的老师是陈寅恪、刘文典、朱自清、冯友兰诸先生。他是在这样的学习环境下毕业的。

以上的事实告诉我们，詹先生接受过新旧两种教育，如此建立起来的知识体系应该是极为理想的。

詹先生跟我们这些学生讲过一句话：我的工作经验就是经常调换工作单位。他这样说，却没有说为什么。按詹先生的情况看，他工作的地方真是很多。

1938年从西南联大毕业后，詹先生到昆明的昆华女子师范学校任国文教员。1940年底，他到迁往贵州的浙江大学去任讲师，校长是著名科学家竺可桢先生。1943年夏天，他辞去浙江大学职务，到四川江津白沙的国立女子师范学院国文系任副教授。在女师学院他开了多种专业课，主要有：中国文学史、文学批评、中学国文教材教法研究，还有《诗经》《昭明文选》《文心雕龙》等专题课。1947年，他因为中文系派别的排挤，转任山东师范学院教授兼国文系主任。就这样，詹先生在9年内换了3个学校，遇到矛盾，不与面对，自己走自己的路，一路升职，从普通教员、副教授，迁升到教授职称，职务已经是系主任。他当时只有31岁，还很年轻，已经发表论文多篇。古人称“三十而立”，他真的做到了。

向更高的境界攀登，是詹先生的新选择。当他有了职业、职称、地位时，詹先生得到了一个出国留学的机会。他立即放弃工作，于1948年5月，赴美国留学，先在洛杉矶的南加州大学学比较文学。第二学期起，他一方面在南加州大学亚洲学系教汉语，一方面改学教育心理学。依靠中学数学基础好，詹先生在教育统计学方面取得了优秀的成绩，改任教育统计学助教，给主讲教师改习题、看卷子。1950年他取得教育心理学硕士学位，论文是《双目视力不平衡对阅读效率的影响》，秋季转入哥伦比亚大学师范学院心理学系攻读博士学位。在哥伦比亚大学师范学院取得心理学博士学位后，詹先生还没有领到证书，就回祖国来了。5年的海外留学，让他的能力有了很大提高。

詹先生1953年回到祖国，原想利用自己在美国学的工业心理学、教育心理学以及计算机软件知识等来为社会主义祖国服务，可是抗美援朝停战协定刚刚签字，从美国回来的人是得不到信任的。进不了心理学研究所，国内也没有电子计算机研究的专业，半年后的1954年3月，他进入天津师范学院（河北大学前身）做了心理学副教授。他在教育系教了6年心理学课，并且编写了心理学教材。教材全书14章，詹先生执笔写了11章。这期间詹先生也留下了一些可贵的论文成果：《巴甫洛夫心理学观点的历史探讨》《巴甫洛夫对心理活动和心理学的看法》《从心理学的对象看心理学的科学性质》。1957年他写过一篇《中学生的阅读兴趣调查》，没发表。另外，他还和其他同志合译了苏联鲁季克著的《心理学》，1959年由人民体育出版社出版。但是万万没想到的是，1958年康生亲自发动了对全国心理学的批判，他成了被批判的重点。

心理学研究的前途未可知。因为詹先生于1957年和1958年先后在人民文学出版社出版了《李白诗论丛》和《李白诗文系年》，显示了他研究中国古代文学的能力。于是，1961年，詹先生由教育系调到中文系教古典文学，任河北大学中文系教授兼古典文学教研室主任，晚年在河北大学古籍所工作任所长。

按理说，如果中国的教育能够正常发展，詹先生的专业无论是教育学、心理学，还是计算机软件，都是非常超前的科学。本打算学成之后报效新生的祖国，却没有能够派上用场，是让人想不到的遗憾。

他没有能够引领中国的新学科发展。最后的选择可谓阴差阳错，在绝路逢生中披荆斩棘，执着向前，创造出硕果累累，事业辉煌。

詹先生很谦虚地说自己“这一生所学的，像是一个杂货摊”。但是他“不崇拜古人和洋人，也不迷信名人，常常想在科学研究中提出自己的看法，而这些看法往往杂糅古今中外，不限于一种学科”①。读先生的著作会感受到他在多学科基础上生成的开阔思路、渊博的

① 高增德、丁东编：《世纪学人自述》第5卷，北京十月文艺出版社2000年版，第227页。

知识和勇敢自信的精神。

我们特别应该注意到先生的《詹锳自述》中有一段“自评”:“我目前从事的是中国古典文学方面的‘考据之学’。我对于‘词章之学’的理解,也往往是通过考据来进行,总是‘无征不信’。我觉得当前研究古典文学,一方面要打破传统的‘词章之学’那老一套,一方面也不要把古人的文学理论现代化,把古人美化成现代人,或者是用现代的标准对古人打棍子、抓辫子,那样都不是研究学问实事求是的态度。研究古典文学要抓对现实有指导意义的问题或项目,要运用马列主义的观点、现代化的科学方法,来对待古代作家和古代作品,还他们以历史上的本来面目。研究比较文学,也要从中外不同的历史背景、不同的思想传统和文学传统,来分析二者的区别性和某些类似性,以促进文艺方面的国际文化交流。”①这些话是说给我们这些学生的,也是说给学术界的。

三、李白研究与《文心雕龙》研究

詹先生特别欣赏“满负荷工作法”,他大概是从20世纪80年代的公共媒体上得知这个新词的,并加以提倡,一方面用来律己,另一方面也说给自己的学生。

所谓“满负荷工作法”原来是企业管理上的高效率工作方法,是以增强企业活力、提高经济效益为目的,以“人尽其力、物尽其用、时尽其效”为核心,以经济责任制为基础,在一定阶段内和特定条件下,使企业内部人、财、物等诸因素达到其应有(或标定)的性能,并适当进行组合,从而使企业整体效益达到最佳状态的管理方法。其中内容有9项:质量指标满负荷、经营工作满负荷、设备运转满负荷、物资使用满负荷、资金周转满负荷、能源利用满负荷、费用降低满负荷、人

① 高增德、丁东编:《世纪学人自述》第5卷,北京十月文艺出版社2000年版,第227—228页。

员工作量安排满负荷、8 小时工作满负荷。

詹先生用这个概念主要是出于人生的紧迫感。人年过花甲，应该有这种感觉。生命给自己的时间也许不很多了，应该努力工作，将自己想做的事做好、做完。詹先生在最后的 20 多年里，正是这样度过的。

詹先生一生中最重要的贡献就在于“李白研究”和“《文心雕龙》研究”。这两项研究几乎贯穿了先生的一生，也是他一生为之深入用功以达到的高峰。

先说他的早期李白研究。唐以后，杜甫、李白的研究逐渐成为唐代诗研究的两个重点。但是评论者偏向肯定杜甫的现实主义诗歌，而轻视李白的意义。詹先生也写过研究杜甫的文章《从杜甫诗文中看他中年的思想发展过程》。詹先生说“杜甫是一个政治诗人，他的诗反映了唐帝国由盛而衰的急剧转变，也反映了他在这急剧转变的时代中思想的发展；而且随着他思想发展的逐步提高，对于这一时代的反映也就更加深入。”[①]这也是从思想意义上着手的。李白研究没有杜甫研究那么完备和深入，詹先生选择李白为重点是有其学术眼光的。他的研究即从文本考证做起。1996 年《李白全集校注汇释集评》的出版是一项令人心生敬畏的大工程。在中华民族的伟大诗人去世 1000 多年之后，才有人做了这一工作。詹先生主持领导了一个研究生团队集体攻关，矢志不渝，终于成书。

詹先生的李白研究起自 20 世纪的 40 年代，早在 1941 年在浙江大学做讲师时就写成了《李白诗文系年》书稿，又写成了《李白集版本叙录》《李白之生平及其诗》《李白家世考异》《李白〈蜀道难〉本事说》《李白〈菩萨蛮〉、〈忆秦娥〉辨伪》等论文。他从美国归来后，就出版了他的《李白诗文系年》和《李白诗论丛》。《系年》之作，通过大量的考证已经将李白三分之二的作品纳入年代，为学界的李白研究提供了可靠的依据。《论丛》收入 8 篇李白研究论文，书中还收入了《李白游踪图》，将李白一生的漫游轨迹一目了然地展示出来。

此后詹先生几乎将自己的全力献给了《李白全集校注汇释集评》

---

① 詹锳：《从杜甫诗文中看他中年的思想发展过程》，《文史哲》，1962 年第 6 期。

一书的编写。此书的难度在于，李白的注释，远不及杜甫的注本多，有“千家注杜”，却只有杨齐贤、萧士赟、胡震亨、王琦“四家注白”。

中华人民共和国成立以来，注白较有名的是瞿蜕园、朱金城编著的上海古籍1980年版的《李白集校注》和1990年由安旗主编，薛天纬、阎琦、房日晰参加编写，巴蜀书社版的《李白全集编年注释》。

瞿、朱本《李白集校注》，以乾隆刊本王琦注本为底本，参以宋刊本《李太白文集》、宋本（宋杨齐贤集注）、萧本（元萧士赟删补）、缪本（缪曰芑刊本《李太白文集》）、胡本（《李诗通》）、咸本（《李翰林集》）以及唐宋时期重要的总集，进行校勘，并且以杨齐贤、萧士赟、胡震亨、王琦4家之注加以注释，其编年诗文达85%之多。

安本《李白全集编年注释》是第一种李白集编年本，它以乾隆刊本王琦注《李太白文集》为底本，校以北京图书馆藏宋刊本《李太白文集》、日本影印静嘉堂宋刊本《李太白文集》、明刊本宋杨齐贤注元萧士赟补注《分类补注李太白诗》等8种刻本，参以《敦煌唐诗写本残卷》《河岳英灵集》《又玄集》《才调集》《文苑英华》《唐文粹》《乐府诗集》《万首唐人绝句》等唐宋两代总集及选集，聚众择善。全书上、中，下3册，共收现存李白诗文约1000题（首），其中伪诗、疑伪诗和伪文、疑伪文分别列入未编年诗和未编年文内。书中题下多有题解，作品后大致分注释、集说、按语3部分。

詹先生主持的《李白全集校注汇释集评》，以静嘉堂宋本为底本，以明正德影宋咸淳本、元刊萧本、何校陆本等16种刊本和唐、宋、元、明各时期重要的总集及选本为参考进行校勘，并且附以注释、题解、串解，有学术性、专业性、严密性、通俗化的追求。历时10年，有8位学者参加了此项工作。此书得到了学术界的好评。

詹锳先生的《文心雕龙》研究是最有个人特色的成果。他不仅努力研究，成果累累，1980年还在中华书局出版了《刘勰与〈文心雕龙〉》，1984年出版了《〈文心雕龙〉的风格学》，1989年由上海古籍出版社出版了130多万字的《〈文心雕龙〉义证》。这3本书奠定了他在这一领域的领先地位。

詹先生在《〈文心雕龙〉义证》的《序言》中说：“我感到《文心雕龙》

主要是一部讲写作的书,《序志》篇一开始就说得很清楚:‘夫文心者,言为文之用心也。’过去有人把《文心雕龙》当作论文章作法的书,也有人把《文心雕龙》当作讲修辞学的书,都有一定的道理。但这部书的特点是从文艺理论的角度来讲文章作法和修辞学,而作者的文艺理论又是从各体文章的写作和对各体文章代表作家作品的评论当中总结出来的。”这是教我们如何理解全书。

《文心雕龙》风格学研究是詹先生的创新性发明。这应该是他研究《文心雕龙》的卓越贡献。先生在《詹锳自述》中说:“我认为《文心雕龙》一书最突出的贡献之一是它的风格理论。从调到中文系以来,我陆续写了这方面的论文多篇,有些于 1979 年、1980 年先后在各杂志上发表。”①后来其把已发表、将发表和未发表的这方面论文,编成一集,取名为《〈文心雕龙〉的风格学》,1984 年由人民文学出版社出版。

风格一词,在《文心雕龙》中见于《夸饰》篇:“虽诗书雅言,风格训世,事和宜广,文亦过矣。”先生认为,文体风格论属于风格的共性研究,这一研究具有重要的规范效力和指导意义。他首先对《体性》篇、《定势》篇、《风骨》篇、《隐秀》篇作了理论阐发。他说《风骨》和《隐秀》是两种不同的风格类型。

先生曾说过:“从《明诗》以下的二十篇分论各体文章,包括文学作品和非文艺性的应用文及著作等,一般叫作‘文体论’。这二十篇的结构,有很大的类似性。刘勰在《文心雕龙》的《序志》篇介绍这二十篇的纲领说:‘若乃论文叙笔,则囿别区分,原始以表末,释名以章义,选文以定篇,敷理以举统。上篇以上,纲领明矣。’”②以“风格论”概括这 20 篇文章的性质,并不是没有漏洞,比如《史传》《诸子》两篇就难以纳入。

詹先生也发现了这个矛盾,他说:“《史传》《诸子》,在《文心雕龙》中虽然列为专篇,实际上刘勰并没有把史传和诸子都列为文章之一

① 高增德、丁东编:《世纪学人自述》第 5 卷,北京十月文艺出版社 2000 年版,第 226 页。

② 詹锳著:《语言文学与心理学论集》,齐鲁书社 1989 年版,第 104 页。

体。他在《史传》篇中，除去说明史书的起源，并评论历代史家的短长以外，最后一部分专门讨论写史书的体例，对于史传体散文的风格特点，根本没有涉及。可见他纯粹是从史学观点来论史传，而不是从文学或文章的观点来论史传体散文的。《诸子》一篇，除去评论诸子的学说以外，也论及诸子文章的风格特点。但是对于先秦两汉诸子的文章风格的描叙，都属于诸子的个人风格。至于诸子的文体，刘勰也看到应属于论说体的。因此《诸子》一篇就没有谈到文体风格。”①这是很明智的阐述。因为《史传》是对史学文体的历史地位的全面论述。美籍华人汪荣祖先生醉心于史学，于中西史学会通，发明深意，阐释刘勰未申之义，有宏著《史传通说》注释刘氏之作，并且申明“中西史学之比较”，可以反证《史传》的文体价值。

对于纳入研究范围的各类文体，以文学风格论概括，还得有一个解释。那就是，对于非文学作品是不是也可以谈文学风格的问题。詹先生认为齐梁时期，还没能划清文学与非文学的界限。“《文心雕龙》文体论所涉及的对象，不一定都是文学作品，甚至可以说多数都不是文学作品。既然在齐梁时代还不能划清文学和非文学的界限，这种现象也就是无可避免的。然而无论是哪一体的文章，刘勰都要求它写得有内容，写得美，写得富于文学意味，事实上有些文章，虽然是为应用而写出来的，也还是很有文学意味。我们不能说，‘铭箴’‘诔碑’等不是文学体裁的类名，这类文章就不可能有艺术风格。在《文心雕龙》的文体风格论里，艺术风格和语言风格是很不容易划分的。他在文体论的‘敷理以举统’的部分，在讲到‘体’‘要’或‘大体’‘大要’的时候，有很多话讲的是文体风格问题，其中有些部分近似于艺术风格，而更多的部分近似于现代所谓‘语言风格’”。② 这些卓越见解，可以供人思考。但从现在看来《文心雕龙》实为广义的文体学，而不是狭义的文学理论。

① 詹锳著：《语言文学与心理学论集》，齐鲁书社 1989 年版，第 133 页。

② 詹锳著：《〈文心雕龙〉的风格学》，人民文学出版社 1982 年版，第 156—157 页。

四、詹锳先生实至名归

老一代的学者对于自己得到的荣誉一般会取淡泊的态度，詹先生尤其这样。即使是实至名归的荣誉他也不会太在意。他从来也不会对他人吹嘘自己的光辉学历和经历，也从来并不在意自己得了什么大奖，有什么特别的头衔。到了宠辱皆忘，真能做到视荣誉富贵如浮云，这种境界是一种文化修养。

但是时间和历史也真是很公平的，当那些追名逐利的小人物们一个个烟消云散之后，我们看到的就是实干家的清晰形象。

詹先生最后的辉煌应该是1978年到1998年这20年，从1978年给我们的进修班上课开始，那时先生62岁，正是好年龄。他不但应中华书局之邀出版了《刘勰与〈文心雕龙〉》，1979年他重新出版了《唐诗》，这本书一下子印了18万册，每本0.32元。詹先生说，他才得了400元的稿酬。他说："这本书你们到书店去买吧。我手里没有了。"我立即买到了。1988年先生在齐鲁书社出版了《语言文学与心理学论集》。1989年，先生用了几十年研究的《〈文心雕龙〉义证》3册出版。最重要的是这一个：詹先生接受了《李白全集校注汇释集评》工作，1982年定为国家项目。历经10年许，1996年《李白全集校注汇释集评》8册340万字巨著由天津百花文艺出版社出版，并且获得第三届国家图书奖。至此先生一生进行的两个大课题全部完成。两部大书全部出齐对于一个学者来说是十分重要的事件。我们才知道詹先生的"满负荷工作法"主要是提醒自己的年龄到了倒计时。这样的人生设计对于任何想有作为的人都很重要。

詹先生于1992年被评为全国教育系统劳动模范，并且被授予"人民教师"的称号。这个称号听着好像微不足道，我们当老师的不都是为人民服务的教师吗？但是我们知道，这可能是从老舍们的"人民艺术家"称号套过来的。所以也非同小可。

詹先生的兼职有：1981年参加在武汉召开的中国古代文学理论学会，被选为理事；1981年被国务院任命为规划出版小组成员；1983年参加《文心雕龙》学会，为常务理事，这是先生重新回到学术圈的标志。此后他多次参加全国的学会活动并且任职其中。

1985年詹先生被选为河北省政协委员，1986年被河北省政府任命为省语言文字工作委员会主任，1986年被国务院学位委员会评为博士导师。1987年河北大学在天津成立古籍所，詹先生任所长，开始招收博士生。1987年李白研究会成立，詹先生被选为会长。1994年起，先生又在北京语言学院受聘兼职教授，招收博士生。他先后得到了地位和荣誉。

詹先生的国外活动：1984年詹先生受邀访美，2月到印第安纳大学演讲，4月先后在耶鲁大学和哈佛大学演讲，还应邀参观了威廉斯堡市，到华盛顿参观美国国会，到费城参观美国独立宫，到纽约参观华尔街股市，更让先生高兴的是访问了母校哥伦比亚大学及师范学院。8月回国途中又应圣地亚哥大学之请，在东方学系演讲。经洛杉矶返香港，在香港中文大学讲学至10月。历经8个月的访问讲学结束。访问让詹先生名声重振海外。

为了纪念詹先生诞辰80周年、90周年、100周年，河北大学都召开过纪念会和学术讨论会。这说明了大家没有忘记先生。写到这里，我想起詹锳先生的优秀弟子詹福瑞先生在总结詹锳先生的学术生涯和学术成就时，有过一段很中肯的阐释："詹锳先生不仅治学严谨，而且是一个极有识见的专家。他一生治魏晋南北朝隋唐诗文，在唐代作家作品研究方面，他抓住了一个李白；而在魏晋南北朝文学研究方面，他抓住了《文心雕龙》。李白不仅是唐代著名诗人，也是整个中国古代诗人中最伟大的诗人，抓住了李白，就抓住了中国古代诗人的龙头。而《文心雕龙》一书，不仅在魏晋南北朝文学中占有极为重要的地位，即使在中国古代文学理论中，也堪称是空前绝后的著作。正是研究李白，不仅奠定了詹锳先生李白研究界的泰斗地位，也使他卓然成为中国古代文学研究的著名专家。而《文心雕龙》研究，不仅使他在魏晋南北朝文学研究方面占有一席之地，更重要的是使他又成为中国古代文学理论研究的著名专家。但是，在詹锳先生那个时代，李白生平事迹、诗文写作年代、诗文真伪等许多问题尚有大量的工作要做，所以，詹锳先生主要致力于这些基础性的工作。他的《李白诗文系年》写成于20世纪40年代，1958年由作家出版社出版。此书以年月为纲，考证李白诗文的创作年代，对李白三分之二以上作品进行了比较准确的系年，成为40年代以来李白研究的重大成果。时至今日，李白生平事迹中的一些重大问题，仍是李白研究中的热点问题。"①

① 詹福瑞著:《文质彬彬·序跋与短论集》，紫禁城出版社2009年版，第12—13页。

博学与才情

——高熙曾先生的学术人生

忽然想起高熙曾先生,他爽朗的笑声总在我耳边回响。他说话很热情幽默。我好像正在他的桌前向他请教学问;也好像他又来我家聊天儿,我们还留他吃我做的家常包子,他那么无拘无束,谈笑风生。于是,我想写点回忆文字,以此来深深地怀念高先生。

想起高先生,此时内心一阵苍凉袭来。先生离开我们已经30多年了。没有见到有一篇怀念的文章。一个人的身后这么安静也许是先生愿意的吧。可是我们生者就这样无情吗?高熙曾先生"文革"前曾为河北大学中文系副主任,这个职务他做到了"文革"开始自动被取消。谁给取消的?没有人,但是"革命"年代,旧的一切都不算了。20世纪80年代我也当中文系的副主任时,第一感觉就是自己不够格,我哪敢做当年高先生的位置呢?于是特别想念高熙曾先生。

一、我与高熙曾先生

高熙曾先生为人亲切而热情,可爱而真诚,是一位有真性情的先生。我敢说,无论是谁,只要认识了他,就让你永远忘不了。

我在见到先生之前,早已经知道高先生的大名了。中学时代我还是个文学爱好者,那时就一直订阅天津的文学刊物《新港》,即使在准备高考的非常日子里也没有停止阅读这本刊物。我特别注意到，刊物封底列入编委名单的那些文学家，记住了有一位高熙曾先生。那时年轻，莫名其妙地崇拜文学家，按那上面的姓名找他们的作品读。

我记得刚入大学的时候，很快地就认识他了。他是我们的系副主任，是有名的目录学家、古典文学研究家。他让我仰望得很，蓝色中山服，中等身材，不戴眼镜，皮肤红亮，头发乌亮，天庭很宽，普通话很地道，说话随和，声音高而清亮，笑声很爽朗。我总是见到他在众多的老师中间谈笑风生，时而还哈哈大笑，前仰后合，大家仿佛都喜欢听他说话。很遗憾的是他该给我们上课时，就开始了"教育革命"。20世纪60年代的所谓"教育革命"，就完全与办教育背道而驰。其反对的东西才是我们应该做的东西。爱读书，就是"死读书"；热爱研究学问，就叫"白专道路"；埋头研究就叫"不关心政治""个人奋斗"。这样也只能培养一批夸夸其谈的废物。在一片否定读书、否定科研的气氛中，大学纷纷下农村，参加社会上的政治运动，也在农村办分校，瞎折腾。高先生那时也没法给学生讲什么目录学，就自己研究毛主席诗词。旧体诗词曲，他是很内行的专家，他觉得讲毛主席诗词还能够接近古典文学专业。

教育的真谛在于发现人性之美，小心地呵护，极力地推扬，以促其成才，至少成为一个完全的人。如果用各种方法强力限制个人的特性，即使最有才能的人，也无法得到养育。晚清的龚自珍是了不起的文化启蒙主义者，他在《明良论四》中指出："庖丁之解牛，伯牙之操琴，羿之发羽，僚之弄丸，古之所谓神技也。戒庖丁之刀曰：多一割亦笞汝，少一割亦笞汝；韧伯牙之弦曰：汝今日必志于山，而勿水之思也；矫羿之弓，捉僚之丸曰：东顾勿西逐，西顾勿东逐，则四子者皆病。"[①]在体力劳动者里面，工作从来是有分工的，从来也不会有人要求一个炼钢工人一定是水稻研究专家。为什么要求一个搞古典文学研究的教授一定得能教给学生种田和盖房子呢？

不在那个时代，总不能理解那时的心情，高先生是领导，他得愉

---

① 龚自珍著：《龚定庵全集类编》，中国书店1991年版，第136页。

快地接受“教育革命”。有一次我们下乡到农村“开门办学”，要坐很长时间的火车，高先生同我们在一个车厢里面随意地说话。车停下来的时候，他下车买了一只烧鸡，一边喝小酒，一边美餐。让大家吃，谁也不敢吃，这样的潇洒，也就是他了。我看别的老师也不敢那么放肆地“腐化享受”，虽然也不到一元钱。可见他是个心灵追求自由的人。

我说高先生真诚，熟悉的人未必会赞同。我听到老师中有人说他“滑”，还有人为他取外号。我觉得他不是那种人。他是个弱者，只是不想与人为仇，存着那一份无处不在的好心与人相处。即使有做得不好的事情，也应该是政治教坏的。我们想一想吧，在政治生活失去正常的年代，上至很多大人物，下至一个普通拾破烂的老人，都难做成人人称道的绝对好人。非得让一个普通教书先生没有缺点，那是求全责备的不公平。我总相信他是个真诚而老实的人。

“文革”后期，高先生被管得松了一点就放到了学生的班里面，和大家一同学习，搞批判。他被安排到学生班里面学习，是按“群众专政”的思想这样做的。军宣队、工宣队让他到群众中来，是在群众的监督下自己批判自己的。批什么呢？“文革”前夕的1963年，高先生在天津百花文艺出版社出版过一本仅仅178页的小书《一束智慧的花》（思想修养谚语选集），署名高熙曾、卞济，是高先生收集的谚语。那个卞济，似为“编辑”的谐音。这么一本小书还得让编辑挂个化名才能出版，也是“古已有之”。高先生每天除了和学生一起学习“九大”文件什么的，剩下时间就是批判自己这一本书中“散布的封资修思想”。说来很好笑，我是他的合作者，就是让我帮助他批判这些谚语。这样做于理不通，怎么能“帮助”老师呢？这是当时的“工宣队”的安排。没什么可批的，因为这本书没有序、跋，没有一个字是高先生写的。说中国古谚语中有封建思想，那是不争的事实。他表现得很认真，而且写了很长的一本稿子，认真地很过头地批判着。对于他的稿子我提不出一点意见来，也不可能帮助老师改稿子。当然，最后这一“批判”也就不了了之。我觉得他在那一段时光过得很愉快。因为我们谁也不把他当“反动学术权威”，其实他也不是“反动权威”。

大家称他“老高”,他觉得很亲切,觉得是不把他当外人的意思。现在想来不可思议,可是那时要是叫他高教授、高老师、高先生,那肯定是个讽刺。他也习惯了这样既无礼也无情的称呼。想想吧,人是多么容易从一种正常情境进入癫狂啊!

“文革”以后,中文系的旧教研室全被取消,主持工作的人将全系分成了语言、写作、革命文艺、毛泽东文艺思想研究、封资修批判5个教研组。高熙曾先生本来是搞古代文学专业的,但是他不愿意成为批判对象,就重新做起,当了革命文艺教研组的组长。这时候,大家的教学课程是毛主席诗词、鲁迅杂文,当代文艺也就是讲浩然。人们取笑说这是:在毛泽东思想照耀下,鲁迅走在金光大道上。我是喜欢读鲁迅作品的。鲁迅研究专题课,由高先生辅导。他教我重读《鲁迅全集》原著,一卷卷地仔细阅读。他教我如何作索引,如何领会鲁迅思想。我得到了很多方法上的教益。他还把自己作的索引无私地借给我抄录,让我也这样做。那时他就住在大操场旁边一间小小的平房里,同韩文佑老先生同室。门前是低洼的地面,长满了杂草,一下雨就积水,青蛙自由地游泳唱叫着,人出门却很困难。但是他认真地工作,没有说过自己的困难。

后来,高先生年纪大了,也退休回到了天津。不过此后他得了脑血栓。逝世前他还在搞元曲注释,手已经不能很好地拿笔了,却对着一本元杂剧选认真地阅读。我去家里看他时,他对我说:“这许多地方是应该注释的。”他已经歪歪斜斜地注了一些。我知道,他懂元曲,有自己的研究,但有心而无力了。这能怨谁呢?

时代当然可以让人成功,也能让人一事无成,也能让人有才无法施展。这就是我时时怀念的高熙曾先生,这就是高先生的快乐和忧伤。

二、高熙曾先生的生平家世

很少有人知道高先生的家世,只知道他是北京人。其实,高熙曾先生祖籍浙江绍兴。清咸丰年间,其曾祖父高秀峰随其母亲从故籍山阴县后高村北上进京,拜翁同龢为师,任国子监助教。祖父高文彬任国子监典籍厅(图书馆)主管人,民国时期即转为历史博物馆的部门主任,1931 年病故。父亲高景廉早年毕业于北京师大附属中学,后转入通才商业专科学校,毕业后即在中法储蓄所、大中银行做职员。高家的堂号是“渤海郡燕翼堂”,厅间挂的是“燕翼贻谋”大匾。翁同龢为他家题写了对联:“试向诸生选何武;欲知老圃问樊迟。”高门一族到高熙曾这辈人,已经有 6 代人在北京定居 100 多年了,当然可以算北京人。

高熙曾先生于 1921 年 5 月 12 日生于北京一个书香门第。从 6 岁开始,祖父安排他和堂兄、两个叔叔一同读私塾。到了 10 岁才入北京师范大学附小插班,直接上了五年级。毕业后考入北京四存中学,一年后转考入北京师大附中,1940 年毕业后,入辅仁大学中文系,受教于顾随先生、孙人和先生,4 年后毕业。有此缘分,孙人和的女儿就成了高先生的夫人。辅仁大学毕业后,又入辅仁大学历史研究所读研究生。1945 年开始在贝满女子中学教“说文”课,半年后入中国大学任讲师,教唐宋诗词。后经孙人和、刘盼遂向清华大学中文系主任朱自清推荐,1946—1949 年任中文系助教。

直到 1953 年,高先生经过南开大学华粹深先生介绍,来到天津师范学院(学校后来改名天津师范大学、河北大学),在中文系任教。先后为讲师、副教授,曾任中文系副主任,教的是古典文学,特别是古代散文、唐诗、宋词、元曲、版本学、目录学。先生在 1958 至 1966 年曾担任九三学社宣传部副部长,1958 年加入中国共产党,直到 1980 年病逝。

三、“文革”中的高熙曾先生

高先生算不上多大的权威,他的人缘很好,应该不会被批斗。可是就有那么一天，上班的班车刚刚开到学校大院门口，有一群大学生一拥而上，高呼着“打倒牛鬼蛇神”的口号，把事先准备好的竹篓当成高帽子，给每个教授、讲师戴上了一顶，勒令他们从此应该老实交代自己的反动罪行。我没有参加这一场“革命性”很强的举动。后来我才知道，他们用的竹篓就是从厕所里找来的盛大便纸的竹篓，每次想起都让我好恶心。那些学生怎么想的呢？高先生就在其中，他当时是副主任、副教授，也受到冲击。那些学生“左派”们后来都将自己的责任推得干净净，纷纷升官发财，变得一点良心也没有。想起来，觉得人性的坏大概不是天生的，坏的政治教育让人变坏的速度是最快的。我一直相信，坏的政治就会出坏的国民。

高先生被整的事我是听人说的，大约是1968年他在牛棚里劳动了一段，不让他回家，住在一个大教室里，集中“学习”“交代问题”，他的胆子特别小，表现得“非常老实”。因为他明白，越是硬越受皮肉之苦。就这样，管理的学生也不饶他，听说他挨过打，是极带污辱性的抽嘴巴。狠狠地打他一下左边，他打着哆嗦说“这下很受教育！”对方来劲了，又在另一边打了一下，他又说“这下更受教育”。这就是大家传说中“滑”的依据，也不知道是否真实。我从来就不敢为此事问高先生，怕伤他的心。可是我明白，高先生如此受到折磨，为什么没有人责备打人者，却转过来骂被打的人是“滑”？高先生如此逆来顺受，还免不了酷刑的折磨，他敢硬吗？

先打倒，后找材料，是“文革”惯例。在后来“揭出”的罪行材料中，最“反动”的一条好像就是他说过他长得像某领袖。我看到这一条大字报后细致地端详了他，高先生真是一表人才，你还别说，还的确有点像。他不但有那个派头，发型也像，还有个黑痣也长在唇下相似的地方。但是他就那种性格，说笑起来，没心没肺，可见他不是一个有城府的人。一句开玩笑的话，其实是内心崇拜领袖的折射，绝对不是亵渎。拿这当成了反动言论，让高先生受尽了苦头。他哪里会、哪里敢对领袖有不尊敬的意思呢？他其实是极喜欢毛泽东诗词和书法的，在大学课堂上他就是讲授毛主席诗词的，还写过研究毛主席诗词的系列论文。

“文革”时他被关进“牛棚”后，天天跟着大家“劳动改造”，拔草便拔草，种树便种树，清扫便清扫。自己以为是根红苗壮的“牛棚”管理员，要学习流氓性用不着下功夫，“急用先学”也能够心领神会。管理“牛棚”的人，为了千方百计地折磨那些先生们，在工宣队的策划下，天天想法儿让他们干既脏又累的活儿；实在想不出活儿来时，就指示说：把南墙边的那一堆砖头搬到北墙根儿。大家谁还敢不用力气呢，但是一天就完活儿了。到第二天，还是没有活儿干，管理人眼珠一转说：今天把北墙边的那一堆砖头再搬回南墙根儿。不是原先就在南边吗？这你不能问，昨天那么搬是对的，今天这么搬也同样是对的。这是让你们改造。你说损不损？高先生仍然努力地做活儿，干得似乎很认真。他从不把心里的苦楚说出来，据说干活儿时还能说几个笑话让大家乐一乐。

四、高熙曾先生是名师

说高先生是讲课的名家，是不过分的。他来天津师范学院以后，不但在本学校讲课，还在南开大学中文系讲版本学、目录学，给天津教育局讲过《诗经》。1961 年在天津教育局举办的和平区业余文学讲习班讲文学基本内容、性质特征，讲唐宋词，讲关汉卿的《窦娥冤》《望江亭》，也讲过《西游记》，就在中国大戏院开讲。他还在广播大学、天津人民广播电台、天津剧协、天津话剧团、天津戏校、青年宫、语言文学讲习班讲课，这些地方都留下了他的声音。他讲的内容有两汉文学、唐宋诗词、毛主席诗词、旧诗格律、元曲、古典小说。高熙曾先生得顾随的真传，知识渊博，多才多艺，口才极好。他讲课时意气风发，手舞足蹈，且说且唱，课堂教学特别受学生的欢迎，讲过的内容让学生难忘。甚至多年以后，还有人取出笔记来重温当时的感觉。他要通过讲课感动学生，是在感动别人之前先让自己感动得淋漓尽致才肯上课堂的。这个特点也得顾随先生的真传。听他的课让人着迷得很。即使是课下同他说话聊天,只要有他在场,他就会成为发言的中心,妙语连珠,在人群中不断激起层层笑浪。

比如高熙曾先生讲:"杜甫诗如群山巍峨,有分量;李白诗若大江奔腾,有力量。"[①]此可谓杜的分量,有其力度在;李的力量,实自其分量来。先生又言:"董《西厢》以朴拙擅长,王《西厢》以文采见胜。今人多有赞叹王实甫之清词丽句,而忽视董解元的俚语俗言,实为文学研究者的偏颇。"[②]

学生们忘记不了高先生讲花间词《思帝乡》,这是韦庄的作品,并不难懂:"春日游,杏花吹满头。陌上谁家年少,足风流。妾拟将身嫁与,一生休。纵被无情弃,不能羞。"高先生却分析得细致入理,情意绵绵:

> 这首词比较简短。写一个古代少女,春日郊游,遇到一个她所喜爱的男子,就大胆地设想和他结婚,表现出对爱情的热烈追求,放在封建社会的晚唐五代时期来看,这首词是具有大胆反抗封建礼教束缚的精神的。
>
> "春日游",首先点明季节是春天。在唐朝,男女之间有礼教的"大防",男女见面的机会很难得,因此,游春便成了他们寻求配偶的佳节。从《诗经》的《溱洧》到这首词,其背景都写的是"春日游",不过,随着封建时代的推移,礼教对青年男女的约束性也愈严酷,这种词也愈写得热烈大胆。试看本词的第二句:"杏花吹满头"。同时,它还富有强烈的暗示性。"杏花吹满头"是叙事,却多么热烈呵。这里暗示出少女在杏花丛中穿来游去,时间很久。她不是为游春而游春,目的是要找个心爱的人。所以在她没有找到这样的人以前,她是流连忘返,往复奔波的,这样,才使得头上落满了杏花。直到遇见"陌上少年",她才感到头上已沾满了杏花。不,这是见面以后的事,甚至是写词时才回忆起来的。既然是"吹满头",说明杏花不是戴上的,而是被风吹在头

① 浪波著:《文谈诗话》,河北教育出版社 1996 年版,第 199 页。

② 浪波著:《文谈诗话》,河北教育出版社 1996 年版,第 200 页。

上，应该是缭乱纷纭的样子吧？她在春游时想要找个佳偶，一定就要显示出自己的美丽。按理应该是把这些乱花弹掉，但她没有这样做，这说明她根本没有注意自己头上有杏花。她所注视的乃是“陌上谁家年少”。那么，她是游了好久，偶遇年少，连杏花吹满头都不觉得了，恰好增添了她的美丽。春天的花很多，为什么只写杏花呢？也可能她所游的地方是杏林，但文学总不是地理文献。用“杏花”是点明春日，更重要的是因为它的颜色红艳，适合表现少女追求爱情和幸福的火热情感。①

因此，先生在对韦庄、温庭筠的比较中得出结论：“《梦江南》和《思帝乡》是他们作品中较好的，不仅艺术性高，也有一定的生活内容，和那些空虚、无聊、浓艳、华靡、脂粉气很重的作品不同。”从以上的记录稿也仍然能够看出先生讲课引人入胜的生动和幽默风趣，而且理论的概括，水到渠成。

高先生通过冯延巳《蝶恋花》看南唐词的特点时，从文本分析注意到了词作者的抒情视角是三层递进：“几日行云何处去？忘却归来，不道春将暮。百草千花寒食路，香车系在谁家树？泪眼倚楼频独语，双燕飞来，陌上相逢否？撩乱春愁如柳絮，依依梦里无寻处。”高先生认为：“上片用独语写寻觅，终日都不曾打听到你的去处；下片问双燕而不得，就又从梦境中去寻，这是翻进三层，结语用‘梦里无寻处’再跃进一层，煞住，而思念之情甚远甚长，是婉转情深的写法。”

高先生概括了冯延巳词的特点：“1.主题总是被遗弃女性的哀愁，因为作者本身所处的环境是统治者内部矛盾重重，国势衰微，朝不保夕的状态，他虽做到宰相，又时时有被遗弃的危险，因此很自然地就会采取思妇的主题来表达自己的苦闷。在客观上表现出当时社会被遗弃的妇女的悲哀，也是借思妇来抒发情感。因此，这种词往往与别人的词混在一起，因他们有共同的感受和哀情，风格也有近似处。所以这首词也有人说是欧阳修所作。2.处理情景关系是即景即情。南唐词不像温词那样多于情，使读者感到腻而黏，又不像韦词那

① 摘自高熙曾先生的讲义。

样情多景少，率直疏快，而是即景即情。北宋许多词也采用这个办法，欧阳修第一个学冯延巳的手法。直到《西厢记》还是如此。这首词价值不大，而在风格与手法上给后代的影响很大。”①

这里说的手法，是很重要的概括。写被遗弃女性的哀愁，实在是词人自道身世的折射。这种写法，后来有的概括为“男人说女人话现象”，先生早就说出来了。所谓“男人说女人话”，最早是闻一多先生概括的。他说：“上官仪的宫体诗是男人说女人话，而婉儿的宫体诗竟是女人说男人话了。这是时代不同的缘故。”②

应该说，这是个聪明的发现。1994 年，舒芜先生为此写过一篇很好玩儿的论文——《“香草美人”的奥妙》，他说自从屈原以后，中国辞赋开创了“香草美人”的传统，清代常州词派主张“托志帷房”，自称是“香草美人”传统的继承。《白雨斋词话》卷五第二七条有云：“蒿庵《蝶恋花》四章，所谓托志帷房，惓怀身世者”云云，是男人说女人话的代表作。这种现象可以从屈原、宋玉、曹植、辛弃疾的作品中见到证明。但是舒芜先生指出：“男人所应说的女人话，并非任何女人话，而只是‘性化’了的附庸奴隶之话。”③

因此我们很佩服高先生的“高见”。我在细心研究顾随、高熙曾先生的“讲课艺术”后发现，我们并没有很好地认识他们讲课的精彩之处，除了口才好，他们更多的是在对文学研究上有所发现，才有别开生面的效果。

五、高熙曾先生的学术研究

说到高熙曾先生，最不能忘记的是他的博学而且有专长。但是在一个特别的年代，他也不能不做点杂活儿。

---

① 摘自高熙曾先生的讲义。

② 闻一多著，蒙木编：《闻一多说唐诗》，北京出版社 2015 年版，第 256 页。

③ 舒芜著：《串味读书》，辽宁教育出版社 1995 年版，第 169 页。

说到下乡，我还知道他很有趣的一件事。据当事人回忆：1960年冬季，河北大学中文系部分学生在当时的霸县宫村公社参加"整风整社"。当时正好是困难时期，没粮食吃。大家搜集到野菜、树叶、旱草、水草、秸秆、秧蔓等100多种代食品制作方法，油印成册200多页，编成了书。山壁先生回忆过这一段故事：

1961年1月，我正在固安（当时属霸县）中公由大队搞"整风整社"，突然接到一纸调令，到分团报到。由中公由到分团所在的地宫村公社不过四五华里，我却足足走了3个小时。两个月的公共食堂已经把20年的体力储备消耗殆尽，我全身浮肿，一摁一个坑儿，半天缓不起来。

同时调来的还有高熙曾和浪波，高教授是中文系副主任，教词曲；浪波和我已是小有名气的学生诗人。名义上是编印一本油印资料，实际上也有保护人才的意思。在分团食堂可以按自己的定量吃，每月三十多斤，而不必按工作队的纪律每天跟社员一样吃四两指标。社员们是队里有大灶家里开小灶，而工作队员只有那四两。所以，我们三人心存感激，工作起来特别卖力气。

我们的具体任务是采访代食品制作经验，编印成册在全地区推广……

经过一个多月的蹲点跑面，我们共搜集到野菜、树叶、旱草、水草、秸秆、秧蔓等十项一百多种代食品制作方法，油印成册二百多页……资料编制过程中，对起什么书名议论较多，最后还是教授有学问，引经据典，旁征侧引，说李渔的《闲情偶寄》中叫《饮馔部》，袁枚全集中称为《随园食单》，我们叫《代食谱》，给粗俗的东西挂上个雅号。高教授躺在床上，眯缝着眼睛，露出得意的笑容，俨然完成了一部学术著作。①

---

① 尧山壁著：《百姓旧事：20世纪40—60年代往事记忆》，河北教育出版社2011年版，第182—183页。

高先生从《袁枚全集》中的《随园食单》得到启发，得意地取名为《代食谱》，给粗俗的素材挂上个雅号，便成了一部学术著作。袁枚能作，我们为什么不作呢？有点苦中作乐的味道，从中也可以知道高先生是一位懂得学问，也会做学问的学者。至今我都想看看这本书，说不定我会继续这个有意思的工作。但是那只是个油印本，再也见不到了。也许很多人不会相信，他会做这样化村俗为神奇的事，假我时日，我真的有兴趣重新做一本这样的书。因为我也经过那个“瓜菜代”的年代。

高熙曾在激情的年代，还编辑过《应用文选读和写作（初稿）》，高等教育出版社 1959 年 3 月出版。这本书为广播函授大学教材，是文选和习作课的应用文部分。全书分上下两编，上编着重讲解 6 个部分：什么是应用文、应用文的种类、几种公文名称的解释、公文的体式、公文写作中的几个问题、怎样写工作报告和工作总结。下编是关于一般应用文的写作，如口号、标语、对联，大字报，决心书、倡议书、挑战书、应战书和保证书，公约，启事，附录等。内容真是有点好笑。但是也能够看到那就是“大跃进”年代的文化气氛。让一位古典文学专家研究这些劳什子真是大材小用、人才滥用了。高先生不得不认真地编写这种通俗的教材并不奇怪。这种现象一直到“文革”前也没有改变。1965 年入学的大学生的写作课仍然是讲应用文写作，无非请假条、请求报告、启事写法之类。

高先生真正的学术研究有以下几个方面。

（一）编写《中国古典文学作品选注》

高先生也在努力改变教学简单化倾向，比如，他组织古典文学教研室编的教材就是很好的书。《中国古典文学作品选注》（第一分册）由高熙曾等选注，全书 270 多页，人民教育出版社出版，1960 年 4 月作为天津市广播函授大学教材使用。本分册包括《诗经》《尚书》《左传》《国语》《战国策》《礼记》《论语》《孟子》《墨子》《老子》《庄子》《荀子》《韩非子》《吕氏春秋》《楚辞》等，注释得非常详细，是自学古代文学的好教材。但是不知道有没有出版第二分册之后的各分册。

（二）整理《宋五家诗钞》

从 20 世纪 50 年代到“文革”前，高熙曾先生在从清华大学到天津师范大学、河北大学期间，做过许多研究工作，如1950年《清华人文学科年谱》记录，他曾经负责“整理闻一多遗稿及善本书籍”。朱自清先生病逝后，他还帮助朱先生整理过《宋五家诗钞》。这是朱先生编的一本宋代五家诗钞的选集，它们是：《宛陵诗钞》《欧阳文忠诗钞》《临川诗钞》《东坡诗钞》《山谷诗钞》。通过对各家的诗进行笺注，并撰写各家小传和跋文，从而勾勒出先秦至北宋诗史的轮廓。参加这项工作的有余冠英、浦江清、王瑶、叶兢耕、冯钟芸、高熙曾等先生。该书于1980年编入《朱自清古典文学专集》出版。此书在收入《朱自清全集》第7卷时，编者朱乔森先生有《编后记》云：“本卷的《古逸歌谣集说》《十四家诗钞》《宋五家诗钞》等，浦江清、余冠英、王瑶、叶兢耕、王昭琛、冯钟芸、高照曾等先生就分别作过整理或校定。”①这段文字中“校定”，通常写成“校订”，人名还有两个大的错误：王瑶、王昭琛，实为一人，昭琛是字；“高熙曾”，误为“高照曾”，实属不应该。

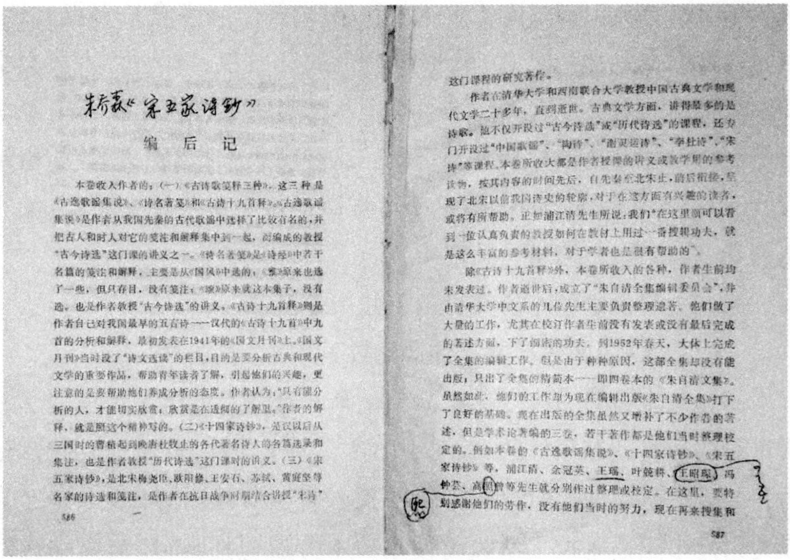
朱乔森《宋五家诗钞》

编 后 记

本卷收入作者的：（一）《古诗歌笺释三种》。这三种是《古逸歌谣集说》、《诗名著笺》和《古诗十九首释》。《古逸歌谣集说》是作者从我国先秦的古代歌谣中选择了比较有名的，并把古人和时人对它的笺注和解释集中到一起，而编成的教授“古今诗选”这门课的讲义之一。《诗名著笺》是《诗经》中若干名篇的笺注和解释，主要是从《国风》中选的，《雅》原来也选了一些，但只存目，没有笺注；《颂》原来就没有选。也是作者教授“古今诗选”的讲义。《古诗十九首释》则是作者自己对我国最早的五言诗——汉代的《古诗十九首》中九首的分析和解释，最初发表在1941年的《国文月刊》上。《国文月刊》当时设了“诗文选读”的栏目，目的是要分析古典和现代文学的重要作品，帮助青年读者了解，引起他们的兴趣，更注意的是要帮助他们养成分析的态度。作者认为：“只有能分析的人，才能切实欣赏；欣赏是在透彻的了解里。”作者的解释，就是照这个精神写的。（二）《十四家诗钞》，是汉以后从三国时的曹植起到晚唐杜牧止的各代著名诗人的名篇选录和集注，也是作者教授“历代诗选”这门课时的讲义。（三）《宋五家诗钞》，是北宋梅尧臣、欧阳修、王安石、苏轼、黄庭坚等名家的诗选和笺注，是作者在抗日战争时期结合讲授“宋诗”

586

这门课程的研究著作。

作者在清华大学和西南联合大学教授中国古典文学和现代文学二十多年，直到逝世。古典文学方面，讲得最多的是诗歌。他不仅开设过“古今诗选”或“历代诗选”的课程，还专门开设过“中国歌谣”、“陶诗”、“谢灵运诗”、“李杜诗”、“宋诗”等课程。本卷所收大都是作者授课的讲义或教学用的参考读物，按其内容的时间先后，自先秦至北宋止，前后衔接，呈现了北宋以前我国诗史的轮廓，对于在这方面有兴趣的读者，或将有所帮助。正如浦江清先生所说：我们“在这里颇可以看到一位认真负责的教授如何在教材上用过一番搜辑功夫，就是这么丰富的参考材料，对于学者也是很有帮助的”。

除《古诗十九首释》外，本卷所收入的各种，作者生前均未发表过。作者逝世后，成立了“朱自清全集编辑委员会”，并由清华大学中文系的几位先生主要负责整理遗著。他们做了大量的工作，尤其在校订作者生前没有发表或没有最后完成的著述方面，下了细密的功夫。到1952年春天，大体上完成了全集的编辑工作。但是由于种种原因，这部全集却没有能出版，只出了全集的精简本——即四卷本的《朱自清文集》。虽然如此，他们的工作却为现在编辑出版《朱自清全集》打下了良好的基础。现在出版的全集虽然又增补了不少作者的著述，但是学术论著编的三卷，若干著作都是他们当时整理校定的。例如本卷的《古逸歌谣集说》、《十四家诗钞》、《宋五家诗钞》等，浦江清、余冠英、王瑶、叶兢耕、王昭琛、冯钟芸、高照曾等先生就分别作过整理或校定。在这里，要特别感谢他们的劳作，没有他们当时的努力，现在再来搜集和

熙

587

朱乔森先生的《编后记》

① 《朱自清全集》第7卷，江苏教育出版社1992年版，第587页。

(三)校补《辛稼轩年谱》

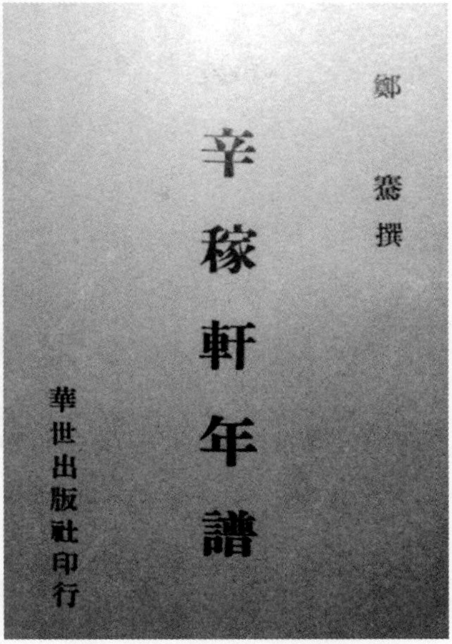

《辛稼轩年谱》书影

高先生还曾经喜爱辛弃疾的词,他收藏有1938年5月,郑骞编撰并自印的珍本《辛稼轩年谱》。高先生在书上作过细致的校补,并在扉页上记录了一段长长的"校补前记"。在书的扉页上,高熙曾用红笔记下的一段话,又为我们引出了浦江清和朱自清两位大师:"此书已藏箧十年。长忆十年以前,余在清华,终岁浸淫宋词,尤喜稼轩。偿写数文以绎辛氏佳作。浦公江清见之,深为激赏,为向佩弦先生提彀。予亦欲将辛词一一为之考绎。其后浦公并拟以词选一课令余担任,以授清华诸生。时事迁变,吾又转至北京图书馆,专治版本之学。而浦朱二先生下世已久,竟无从以报先生矣。"[①]郑先生与高先生都是原辅仁大学的同学,是顾随先生的高门雅士,受顾先生影响,都热爱辛词。

(四)校订清倪璠注本《庾子山集注》

从高先生的遗信中我们知道,他为文学古籍刊行校订过清倪璠注本《庾子山集注》,为此书订正伪注和脱误共有1000多条。"文革"前"匆促辑成",由人民文学出版社出版。现存的高先生的信中说到其书是由4册集成的:一、《〈哀江南赋〉笺》一册,二、《庾子山集注校记》一册,三、庾集有关资料一册,四、庾集校订进行情况及庾集介绍二文。此书手稿魂归何处,不得而知了。

① 马波著:《浮梦旧书海》,上海远东出版社2010年版,第209页。

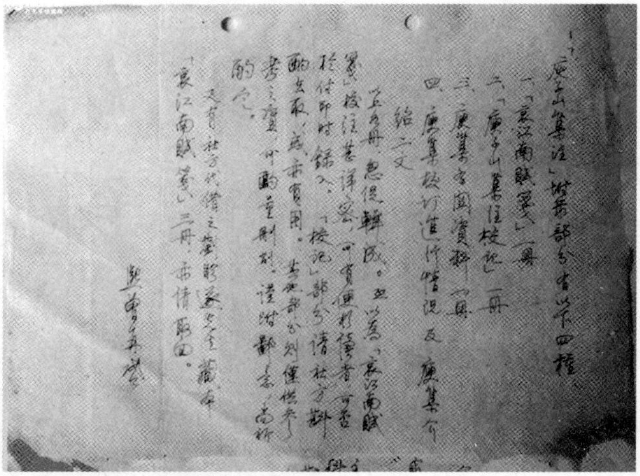
一、「哀江南赋笺」一册
二、「庾子山集注校记」一册
三、庾集有关资料一册
四、庾集校订进行情况及庾集介绍二文

高熙曾先生的信札

（五）古典戏曲研究

据高先生的得意门生张清华教授介绍，高先生在1959—1963年间，一直在做着一件大工程，即对元代的戏曲进行全面校注。

高先生对明徐庆卿原稿、钮少雅乐句、清李玉更定、朱素臣同阅的《北词广正谱》进行批校，对臧晋叔的《元曲选》进行批注校勘。这项研究是基础工作，既需要耐心，也要求研究者有文献学、版本学、目录学的学术能力。他以《古本戏曲丛刊》4集、《柳枝集》《酹江集》《元刊杂剧三十种》等为底本，一一校之，同时在《元曲选》和单行本的元曲上作批注。生前已经完成的批注本有《后庭花》《冤家债主》《留鞋记》《度柳翠》《魔合罗》《赵氏孤儿》《窦娥冤》《货郎旦》《碧桃花》《汉宫秋》《陈州粜米》《玉镜台》《合汗衫》《赵盼儿》《潇湘夜雨》《曲江池》《楚昭王》《薛仁贵》《墙头马上》《梧桐雨》《合同文字》《铁拐李》《荐福碑》《勘头巾》《双献功》《倩女离魂》《陈抟高卧》《黄粱梦》《孟良盗骨》等。

从高先生的工作可以看出他是想写一部资料可靠的《中国古代戏曲史》，而且在讲课中，已经编成了《中国古代戏曲选读》讲义。

很遗憾的是先生只在世59年就走了。如果将先生校勘过的作品正式出版，对于研究界是会有很大影响的，也是对先生工作的慰藉。

（六）词学研究

高熙曾先生师从顾随先生，后来一直在教学与研究中关注历代诗词。高先生对此有很多论述，如 1957 年在《新晚报》上发表剧评《川剧谭记儿》，1962 年在《光明日报》发表《西夏刻书和西夏刻工》，1963 年在《光明日报》发表《谈写刻》，1957 年在《天津师范学院科学论文集刊》第 1 期发表《柳永遗事考辨》，1959 年在《天津师范大学学报》1 期发表《论〈卷耳〉：〈诗经〉新解之一》。发表于《河北文学》1963 年第 2 期上的《“雨露之所濡，甘苦齐结实”——学诗例话》是一篇诗话，分析杜甫《北征》中的句子，引用了《唐子西文录》的话“古之作者，初无意于造语，所谓因事以陈词。如杜子美《北征》一篇，直纪行役尔，忽云‘或红如丹砂，或黑如点漆。雨露之所濡，甘苦齐结实’此类是也。文章只如人作家书乃是”，谈无意中的有意的创作是最佳状态。

另有《河北日报》1962 年 4 月 10 日发表的他的《杜诗给予南宋爱国诗人的影响》，通过对陆游、辛弃疾、文天祥的分析，看杜甫的爱国主义对他们思想的影响，指出“杜甫的伟大成就，首先在于他以高度的艺术力量表现了自己对祖国命运和人民疾苦的时刻关怀。他的不朽的爱国诗篇，不仅充分地反映了我国八世纪封建社会的现实和时代精神，而且一直哺育着历代爱国诗人，成为中华民族保卫祖国、抵制外来侵略者的精神支柱。这种影响，在南宋时期和明清之际，表现得尤为突出。”

高先生留下了大量的手稿，如《全宋词》的评点、《花间集》的评解。后者尤其值得欣赏，因为《花间集》曾先后有华钟彦校注、顾随作序、高熙曾批评，似可出版一本“顾序、华注、高批本花间集”。

高先生不但研究诗词，而且自己也是一位创作者。他的诗词没有出版过，但是他是出口成章的作家。比如他在 1965 年下乡期间就作过“新城纪事诗”40 多首诗。先生常有妙句，听说“文革”前夕，他从“四清前线”回到校园，一路乘车高兴之至，拟了一联诗：“清风十里高碑店，半夜三更下瓦房。”用地名合成巧对，古人也有过，但都是妙手偶得，如“晴川历历汉阳渡（通作树），芳草萋萋鹦鹉洲”（崔颢）、“即从巴峡穿巫峡，便下襄阳向洛阳”（杜甫）就是。人们都说这“高碑店”

是河北的一个地名,"下瓦房"是天津的一个住宅区,两个地名是绝妙的对仗。高先生没出过诗集,也很遗憾。

(七)解析毛泽东诗词

再值得一提的是,高先生发表了多篇解析毛泽东诗词的文章,都是学问严谨的作品。1962 年 5 月《人民文学》发表了毛主席的 6 首词。高先生便连续写下了 6 首词的解读文章 6 篇,分载于 1962 年 5 月 23 日、5 月 30 日、6 月 13 日、7 月 11 日、7 月 25 日的《天津日报》。这是在当时很出名的一件事。在众多的解释文章中高先生算是一家。一直到 1978 年,其仍然关注这一项研究。他写的最后一篇文章是《读〈七律・长征〉兼论"寒""暖"问题及其他——学习毛主席诗词札记》,发表在 1978 年第 1 期《河北大学学报》上。虽然署名是两个人,显然是高先生的"高见"。他批评了以往形形色色的错误解释,别开生面地把"金沙、大渡"一联巧妙地分成这样的停顿:"金沙水拍云崖——暖,大渡桥横铁索——寒。"这样就从整体上解释了"寒"和"暖",令人耳目一新。

据有关材料证明高先生尚有:中国文学史(手稿)、读小说札记(手稿)、古典诗词的朗读方法问题(手稿)等研究成果。

六、高熙曾先生的目录学

高先生的目录学,应该放在一个单独的问题里说说。

高熙曾先生的目录学得益于赵万里、顾随、孙人和先生的教导。清华大学改为理工科大学后,高熙曾先生通过赵万里先生调到北京图书馆善本部考订编目组任编目员。他曾同赵先生一同到过翁同龢的后人翁克斋家整理他们的藏书。据史料记载:"1950 年父亲翁之憙将北京图书馆赵万里、高熙曾两先生所选的家藏善本,悉数捐献,其中也有很多翁心存、翁同书及翁同龢撰写、编辑及批注的文献和稿件。例如翁心存撰《知止斋遗集》二十二种稿本,共一百十一册,及翁同龢辑撰的《瓶庐丛稿》二十六种稿本，共三十册。”①

此事可以从以下的回忆中证实。翁之憙长子翁开庆曾回忆说：“1950 年夏，天津解放后不满半年，北京图书馆赵万里、高熙曾两先生来访，下榻我家，遴选家中所藏书籍，昼夜不息，历时半月有余。凡所选善本，父亲都悉数举以献国家。”②两人住到主人家，历经半个月的工作，可见这批书的数量之多，工作之烦。

据高先生本人说，他在北京图书馆 3 年半时间里，对藏书做过很多有益的工作。他从实践中学习到了版本学、目录学的很多知识。所以他曾在辅仁大学兼课教图书馆学一年。在这一阶段，高先生写了很多研究文章，如《谈写刻》《西夏刻书和西夏刻工》《宋元刻工表》《明清刻工表》。高先生还编了 9 册《版本琐记》，写了《铁琴铜剑楼书目正误》《书目答问补正》《贩书偶记补》《书林清话校补》，还在周叔弢、傅增湘家里审订、鉴别、拣选过善本图书。

但是高先生诸多研究中，最有名的是他的目录学著作。他曾经用了多年的工夫作《书目答问补正》，但是这部书没有出版。现在看出版它也许没有多大意义了，因为其全部内容已经被来新夏先生录入了他综合编纂的《书目答问汇补》一书。据来新夏先生介绍，那是在 20 世纪 60 年代，他偶然间想到了，自己长期阅读和使用过的张之洞目录学著作《书目答问》上，已经做过许多的补订工作，于是想仿照《四库简明目录标注》之例，搜求各家批注，为《书目答问》做汇补工作。他将叶德辉、邵瑞彭、刘明阳、高熙曾诸家所标注内容一字不遗地过录下来。来先生的补订已经于 2011 年在中华书局正式出版。封面上印有：来新夏、韦力、李国庆汇补。书封面上竟然找不到原著者张之洞的大名，有点对不起古人。中华书局犯如此低级错误，让我不以为然。但是我懂得其中的奥妙。

高先生为人是很慷慨大方的。这一项“补订工作”，高先生已经做了不少，就在他将自己的书借给来新夏的那年的秋天，高先生中风

① 常熟市人民政府、中国史学会编：《戊戌变法与翁同龢》，中央文献出版社 2000 年版，第 306 页。

② 齐鲁书社编：《藏书家》（合订本 11—16 辑），齐鲁书社 2014 年版，第 71 页。

得了脑血栓。我想知道高先生的原稿何在。我从保定到天津他的家看望他时，他的手已经很不方便了，自己还在沙发上拿着书，给元曲眉批校。这应该是他多年在进行的“元剧汇校”工作。他担心自己的工作不能再继续，内心的遗憾是无法说出的。高先生在1980年去世，来先生的书出版时，高先生也看不见了。

七、高熙曾先生的书法

高熙曾先生字写得好，我喜欢高先生的书法。但是在那个低调年代，他从来也没说过自己是书法家，也从来不把自己的字当回事。他的字不但用于写讲稿，写信，也用于写大字报和宣传栏。1971年10月，他为系的国庆宣传栏写了一首词，内容让我给忘记了，那是迎国庆，只记得有一个“迓相迎”却印象极深，我说字真漂亮！可是当时我不懂那个字的读音和意思，问谢国捷先生，他解释之后说，高先生的书法真好，真想揭下来保存。可是没有人敢那样做，那时让他写几个字，留下墨宝很容易，为什么没有这个存心呢？因为那样做有危险。

但是他在天津日报1962年12月11日发表的《题宋仲温〈急就章〉临本》，说明他是很用功夫练字的。

高先生的书法漂亮，一是因为10岁前他在读私塾时得到了严格训练，二是跟着顾随先生读大学中文专业，受到的影响也很多。他给学生上课，写起板书也让学生很叫好。我多次见到他的毛笔字，但是那时也没有想到跟他索要“墨宝”保存，今天从张清华老师那儿得到了一本先生的书法集《高熙曾手书革命诗钞》，这里的几件作品：毛主席的《水调歌头·重上井冈山》《念奴娇·鸟儿问答》就很精彩。

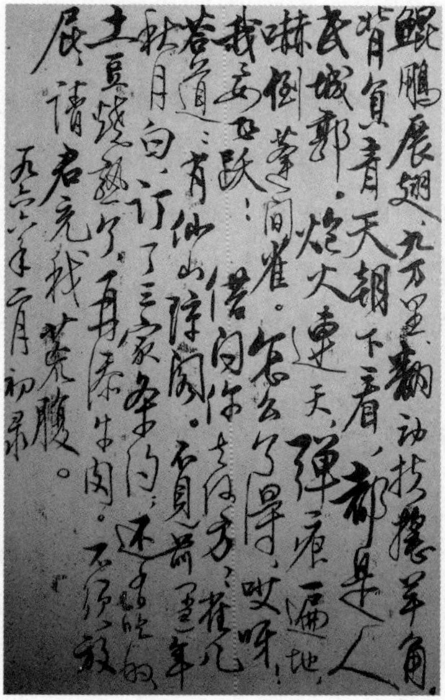

a

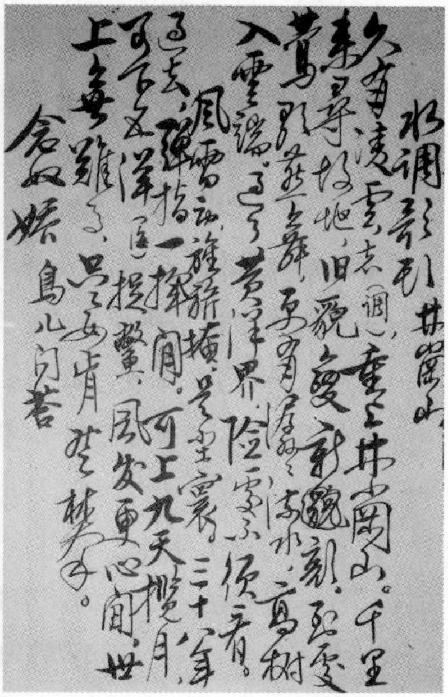

b

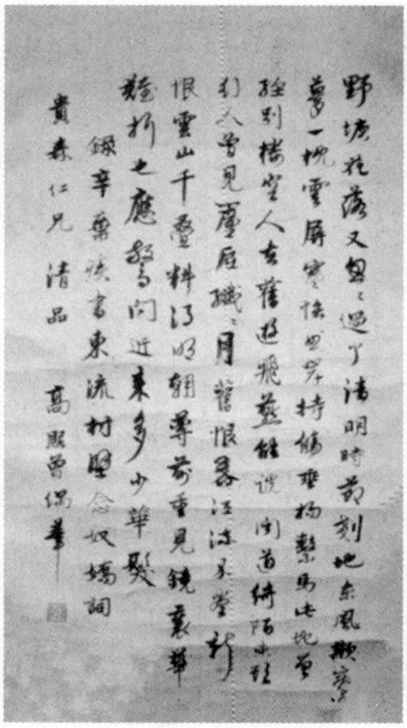

c

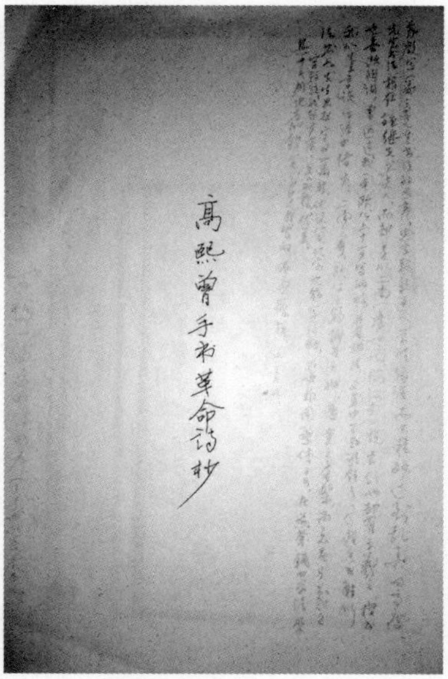

d

高先生的部分书法作品

我不敢评价先生的书法。这里引用书法家张清华先生的话。

先生聪颖过人，学谁像谁，而又精妙，达到乱真的程度。先生书法，根在钟继先、卫夫人，却是从二南（虞世南、褚河南）脱出，行草却有王羲之，楷书也喜欧阳询，曾送给我一本欧公六十岁写的帖，并有批语，“文革”中不知谁拿了。写瘦金书，酷似。我从先生言谈话语中悟出：二南之秀，欧公之箸，柳公之神，瘦金之间架，而总在王羲之法书上。先生思想守旧崇新，他说“简化字也写得好，不必非用繁体字不可”。①

我不大同意用简体字写书法，不过这话也说不清楚。因为所谓简体、繁体，是没法说清楚的。唐代的人，就喜欢用手头的简体字，如说、党、无，都用简体字，甚至“答”也写成草头，这有什么不可呢？

高先生留下了许多手稿，如果能够出版，那是极好的书法作品，还有他读过的书里面的批注，也很宝贵。偶然间，见到了网上在拍卖高先生的藏书，是他的珍贵的民国版《词话丛编》，是先生亲手用红笔批校过的。实在是漂亮极了。

写于 2011 年 6 月

---

① 录自《高熙曾手书革命诗钞》的封面，张清华题跋。

可敬的老师，伟大的母亲

——记敬爱的蓝蒲珍先生

a　　　　　　　　b

蓝蒲珍先生的著作书影

一、悲悼

离蓝蒲珍先生去世已经有 6 个星期了，离我最后见到她也有 13 个星期了，我想写一篇文章纪念先生。最后同蓝先生说话是那次为了送行孙执中先生而特地到天津的时候。孙先生也是我的老师，也是忘年交的好朋友。见到蓝先生，是从殡仪馆回来到他们的住所专门看望慰问她的。那天来的人很多,大多是孙先生的学生们。蓝先生坐在家中客厅的有靠背的椅子上,微笑着应付客人的慰问,已经没有力气起身了。但是她不会躺下休息,那样她会觉得对不起热情的来客。她一如往常,温暖地笑着,且彬彬有礼。我亲密地紧握她的手,拥抱了她,流着泪说特别想她。她说:“你怎么也来了。”我说只愿她节哀,并且多多保重自己。我坐在她身边一直没有离开,十分珍惜地想尽量多听她说几句话。她对老伴儿孙先生两年多的住院观察治疗、终于不得不告别的事实已经能够接受,连说谢谢大家对孙先生的悼念。为了她的健康,大家没有让她到殡仪馆亲自为孙先生送行。但是孙老师弥留的时刻,蓝先生特地去医院做了一个深情而隆重的告别,感动了在场的所有亲友和医生。

我觉得蓝先生的身体状况不能算好,看得出她的精力很弱,但她的笑是温暖的。万万没想到,在尊敬的孙执中先生病逝后70天的2013年3月24日,蓝蒲珍先生也追随孙先生而去了。他们夫妻二人手牵手走过了70年的一生,生了两儿两女,儿女都很优秀,也都很孝顺。他们中有一个女儿在保定工作,其他在北京和天津,这次都来给孙先生送行。知道这个消息后,我和老伴儿立即赶到了天津参加告别仪式。我无法抵制自己的悲痛,回来后,也不知道怎么写文章了。谨以一组诗表示对蓝先生的纪念。

恩师

春风吹绿树,悲悼下津门。
不见蓝师久,忽然隔世尘。
曾经聆教诲,永世暖我心。(蓝先生的教导永生难忘)
挥泪茫然立,欲绝亡此身。

师风

吾师生荆楚,因有士风高。[1]

① 荆楚之地,古来多义士才俊。

清语抨时弊，宛然历飘摇。①
温爱抚儿女，精研授鲁茅。②
担当识大体，举重似鸿毛。③

无憾

伴侣出联大，九十濡沫从。④
相期经风雨，执手白发终。⑤
儿女皆才俊，教坛共美名。
生平无怨悔，身后筑峥嵘。⑥

相携

携手寻长路，从教度华年。
及老欣然退，无由不成仙。⑦
嘉鱼好儿女，龙凤伴青山。⑧
光明磊落者，勋业可问天。

这时候我才发现，诗是多么无能，再用心写的诗也不如散文能够细致地说出人内心的一切。她是我的业务上的真正导师，我有很多话想对她说，她却听不见了。这种感觉带来的痛苦只有我自己知道。

---

① 敢于抨击时弊，经历了坎坷的人生路。
② 曾经讲授鲁迅研究、茅盾研究专题课。
③ 识大体，顾大局，做事举重若轻。
④ 他们是寿星，一同走过90年。
⑤ 两先生相爱，相约白头到老。
⑥ 生前为身正，身后是楷模。
⑦ 老来退休，全无遗憾。
⑧ 生在嘉鱼，魂归故里，于墓地长眠。

二、敬爱的蓝蒲珍先生

我说蓝蒲珍先生是我的导师，这是组织上给定的，我并没有在她的指导下读研究生，她只是我业务进修的导师，但是我一直承认她的导师名义。我应该庆幸有她这样的学习导师、人生导师。我经常登门拜访蓝先生，也能够聆听孙执中先生的教诲，这是我一生的幸运。当老师的“得天下英才而教育之”，是一乐，我能够“得明师而学之”，不也是一乐吗！

我敬仰她。她是大家闺秀，高雅美丽，豪爽大度，刚正不阿。让人佩服的是，她做什么事总是能够做到最好、顶好，无可争议的好。她在家庭中是好妻子、好母亲，工作中是一丝不苟、尽职尽责、不与人争长短、与人为善的良师益友。有一件事可以证明先生的做事认真程度之高。20 世纪 50 年代到中文系之前，蓝先生曾经在校报工作，她校对过的稿件没有出过一处差误，是传为佳话的。她的做事认真的素质得益于几位大师的教导，他们是：朱自清、冯友兰、金岳霖、潘光旦、吴景超、费孝通等先生。她上学时，金岳霖的逻辑学，人称“金逻辑”的课考过 100 分。她跟自己的小儿子说：考大学就考清华和北大，别的学校不进。经过她辅导的孙冀，真的考上了北京大学，而且一直在北大上完了研究生才工作。谁能不服！

蓝先生晚年出版了一本书《人生留痕》，上面有蓝先生自己写的简介，很简单：“蓝蒲珍，女，1922 年 6 月 30 日生，湖北省黄陂县人。1947 年清华大学社会系毕业，获学士学位。1947 年 9 月—1953 年 8 月清华大学任职。1953 年 9 月奉调天津师范学院（1960 年改称河北大学）任教。”她的人生哲学永远是谦虚做人。蓝先生出版了自己的著作后特别送给我一本“留念”。但是电话打来，跟我聊了有一个小时，她突然问我：“我去日本访问时，那个鉴定意见是不是你给写的？”我说：“不是啊！”那时我早不负责系里的行政工作了，怎么会让我给写呢？她说："你不是现代文学教研室负责人吗？"我说，那可能是人事处的人写的。我翻开书，找到了1993年她出国讲学时的批准表格。"政治表现和业务、技术水平"一栏写了这样几句话："蓝蒲珍同志能认真学习马列主义、毛泽东思想和中国特色的社会主义理论，拥护党的十一届三中全会以来的路线、方针、政策，坚持四项基本原则，政治上和党中央保持一致，'文革'和'两乱'期间无任何问题。该同志多年从事教学工作，勤勤恳恳，教学严谨，教书育人，教学效果很好，对茅盾研究有独到的见解。"①

我并不觉得这个鉴定写得多么好，鉴定的前半段话是按当时出国人员必须具备的条件生套出来的文字，是如此可笑而且可气。这些历来的"鉴定"总会写上有辱人格的内容，按说写人的优点缺点似乎都可以，但是没做过的坏事，是不必写"没做过"的。因为既然是一个好人，没干过的坏事自然是写不完的。比如写一个学生优秀，诸如"不迟到，不旷课，不打老师，考试不作弊，不毁坏公物，不偷东西"这样污辱人格的话是不必写的。鉴定的后半部分也没有对蓝先生有多么高的评价。甚至连她教政治经济学课、现代文学史课、教鲁迅研究专题课的事都没说。特别是她要到日本讲"鲁迅在日本"，总应该写上她对鲁迅研究是有水平的。但是蓝先生在文章中说校党委的意见从政治到业务对她有如此高的评价令她十分鼓舞，她对这总评价深感安慰和自豪。后来，她亲自知足地跟我说："在河北大学教学几十年，能够得到如此的评价也就够了。"这就是蓝先生的风度。她可以非常努力地工作，做到最好，但是从来不曾在乎自己的名利。我说："大概名利只属于那些追名逐利之徒。"先生说："你说的也对。"

我入河北大学中文系读书时，就远远地认识了蓝先生，她那时风采不凡，美丽优雅，庄重温暖。她说话从来不高声，都是低声细语。我不记得是哪一位名人说过：跟别人说话，仅仅让那位应该听到的听到就够了，不能像对全世界广播一样高声。那样不文明。蓝先生跟人说话语调轻风细雨，字字清晰，不高也不低，刚刚好。20世纪60年代，她是中文系的工会主席。我想，按我的经验，担任这个角色的人

① 蓝蒲珍著：《人生留痕》，天津人民出版社2008年版，第114页。

肯定就是个为人忠厚、和蔼可爱、热心公益的好人。后来知道，这个理解也不完整。因为蓝先生还是一位是最具有正义感的人，是自尊、自强、自爱，有领导能力的女性。

1968年，学校处于无事可做的状态。因为还没有复课，学生们仍然是天天学习首长讲话和领袖著作。军工宣传队让全部老师都下到学生班里一起学习。蓝先生分到了我们班。她从来也不会晚到，时间一到肯定会来学习。她经常说，来到班上是向大家学习的。我们没有对她不礼貌。有一次谈到她在“文革”中被冲击的原因时，她委屈地哭了。她说：“我学生出身，从来没有历史问题，有人说我在西南联大毕业时，参加了什么组织，也不知道是谁给写上的名字，我自己根本就不知道这件事，更不用说我参加什么组织活动了。怎么算我的什么问题。”此事清楚了就算完了，也没有给她定什么性质。才知道她是从西南联大毕业，后来在清华大学做老师，真是让人敬佩不已。

“文革”还没有结束，学校就从天津迁到了保定，许多老师并不来这里，有一些为了照顾家庭生活，纷纷设法调到天津工作了。蓝先生一家却很自然地随学校来到保定安了家。他们最初住在一个旧二层楼里，过年时，我去看他们，特别羡慕先生的大房子。从现在来说，他们住的不过是一破旧的单元房，两边是同样大小的卧室，中间一间房开成了一个厨房、一个小厕所，加了小过道，连暖气也没有。我跟蓝先生说：“这房子真大，真漂亮，将来我能够有62元钱的工资，住上这样的好房子，一生就满足了。”我说的是真话，却让蓝先生笑了好半天。她说，看来你的生活要求不高，这样会很乐观。

蓝先生很关心我们的生活，经常问到我孩子的学习和身体状况。我也带着孩子去看她，她特别喜欢我的女儿。我们觉得她是最会管理孩子、最会做家务的老师。其中必有秘密可说，可她只是说：“教育孩子不必太着急，父母做得好，孩子也差不到哪里去。”这话其实很重要，我们一直记着。蓝先生说：“孙老师不管孩子们的生活，他跟孩子们说得最多的就是一句话：现在好好学习，将来报效祖国。”这是对孩子们人生道路的指示和要求，也是他一生对自己的期望。

“文革”结束后，我留校工作却想不到跟蓝先生正好在一个教研室。那时教研室有十几位老师，开始招生的是所谓“工农兵学员”，学生很少，1977 年正式招生时，学生也不多。现代文学课分为现代文学作品选读和现代文学史两门课。我年年讲作品。蓝先生是我们专业的老讲师，她不想跟大家争讲课，就自己先后开了两门选修课，一个是鲁迅《野草》研究，一个是茅盾研究。她都是精心准备，细心备课。她的课是有开创精神的。我听过她全部的讲解，从她那里我懂了鲁迅的野草创作之于鲁迅的重要地位。

20 世纪 80 年代初，蓝先生申请副高职称时，有人为了排挤别人，自己先评上，在系里系外制造一种舆论，说蓝先生是“半路出家”的讲师，学社会学的，不懂现代文学，没有资格评高级职称。我曾经在系的各种会上讲过一个意见：“说蓝先生是半路出家是不对的，是对人的歧视。应该说她一专而多能，她的专业是社会学，也懂经济学，也懂文学，她是根据组织上的需要长期从事现代文学的教学的。这有什么不好吗？鲁迅还是学医学的呢，就不能讲小说史吗？郭沫若、郁达夫、夏衍、胡适也不是搞文学出身。我们系的老教师有几个是大学中文本科的？”后来又有人说她工作量不够，不能评副高职。我当时正在北京师范大学进修学习民俗学和现代文学。中文系还派人到北京找我调查取证，让我证明在 1978 年至 1979 年我在天津进修学习时蓝先生给我做导师上课的课时数。有人想借我的材料打击一位老实厚道、一向与世无争的好人蓝先生。我想，这就叫人善有人欺。我对此风气很反感，而且很气愤，于是我就很详细地写了蓝先生给我上课的真实情况。风波过去了，蓝先生顺利评上了高职。她有一次在花园里跟老伴儿一起散步时遇见了我，说了一句：“玉凯，谢谢你仗义执言。”我说：“如果我违心地讨好一些人，做假证明整自己的导师，那我还算人吗？我还怎么在中文系做人？”蓝先生和孙先生为此多次说，他们对我的话很感动。他们因此说我这个人“有点迂”。我懂，那就是夸我傻，不怕得罪某些人，不怕自己摊上事儿，我听了会心地笑了。

很多人并不了解，蓝先生大学本科是学社会学的，也在大学里面教过政治经济学课。她回忆录里说：

1952年“院系调整”，执中奉调天津师范学院（系教会学校津沽大学改制而成），要求开设“政治经济学”。这是一门新建的马克思主义理论课程，每周有两天要到教育部开设的培训班听苏联专家讲课，然后回到学校再给学生讲，就是俗话说的“现趸现卖”。到了1953年，执中就成了“政治经济学”中国第一代专家了，全校学生都要上这门政治课，人手严重缺乏，于是组织上以解决夫妻两地分居的理由，把我从清华大学调到天津，也“滥竽充数”地当起了政治经济学的老师。我们那一代青年人有一个特点，那就是绝对服从党的分配，指哪儿打哪儿，不讲价还价；会的要做，不会的也要学着做，而且要力争做好，这就是我从事政治经济学教学的由来。一直到1958年“大跃进”，停课闹革命，我无课可教，调去办刊物，这才向组织提出请求“归队”，于1959年初调中文系。

从1959到1987年离休，便一直在中文系任教，起初安排讲文科公共必修课——“大一国文”，从选教材、备课到讲大课，工作量之大自不必说，最让人吃不消的是学生每作一次文，便要评阅上百篇文章，这也算是基础锻炼吧！后来终于定岗在“中国现代文学”教研室，开始讲鲁迅、郭沫若、巴金、老舍、曹禺等大作家的名著，颇得学生好评。①

蓝先生离开工作岗位以后，不再做教学工作，儿孙们也不用管了，天天和孙先生一起手牵手地在南院的小花园中散步。学生们见了都问，这两位老师是谁，很羡慕他们的携手同行。其实，孙先生跟我说过：“我们可不是秀恩爱，蓝老师的眼睛不大好，我怕她摔倒了。手拉着手就是互相做个拐棍儿。”学校放了暑假，天气很闷热，我知道他们二老晚上散步，就故意在花园里找他们聊天，他们也愿意同我聊，主要是说一些自己的事。蓝先生说，孙老师这个人一生什么也不

① 蓝蒲珍著：《人生留痕·前言》，天津人民出版社2008年版。

讲究，名和利都不在乎，只想着工作读书。

蓝先生还说，孙老师这个人心肠软，极富同情心。一次，他看到一个学生在啃一个一元钱的饼子，就问吃得饱吗，孩子说，不怎么饱。回到家后，执中说完这事后就大哭：怎么能让贫家子弟读不起书呢？

我们说到过教育的产业化问题，蓝先生也持怀疑。孙先生研究经济，便说教育怎么能够产业化呢？教育是国家的百年大计、千年大计，不能靠教育赚钱发财，这样会影响教学质量。我跟蓝先生说过："把几门文学课，放在一起集中讲，有哪个学生能够看作品？不看作品，文学史不就成了空对空的道听途说。这能学到什么呢？"蓝先生认为，教育毁了，就会几十年也缓不过劲儿来。

有时偶然间说到某些官僚的腐败和讲排场、摆架子、大少爷作风，我也说过：为什么学校放假了，会议室都闲着，开干部会一定要到宾馆里去开，一动就是几十万的花费，公款用了就不心疼？

大约是二位先生80岁以后，也不记得从哪一天起就见不到二位先生了。一打听才知道他们回天津度晚年了。时间就是这么快，我也退休几年了。他们相继离开了我们，让人好心痛。蓝先生，孙先生，你们是我人生的好导师。

三、聆听蓝蒲珍先生教导

蓝先生在我们系的鲁迅《野草》研究、茅盾研究课都是首次开课，是创新意识下的设想。我是很注意旁听这两门课的。我在这两个方面有所提高能够进行一些研究，与蓝先生不无关系。对鲁迅《野草》的研究，让我理解了研究《野草》要了解鲁迅彼时彼刻的创作心理，也得通过阅读鲁迅彼时的小说和杂文作品，从而联系起来，才能真正地懂鲁迅的这本书。她告诉学生，要追求弄通文字的意义。通过讲课应该让学生能够读懂作品的基本意思，不然，理解起来会离作品太远，也可能影响本义。她的话不但是指理解这一本书，而且可以用于理解鲁迅的全部作品。老一代的人，总是告诉我们多多地了解文本，这的确很重要，记得李何林先生给我们讲《野草》时也是这样说的。因此，我花了很多的功夫细致地注释了《野草》，从而发现长期以来，我们对这部作品的解读存在着一个大问题：分析这部作品，我们忘记了鲁迅为什么会创作这本散文诗集，总是拿《野草》当成杂文、小说一样对待。所以搞不明白这部作品的特别处何在。

“茅盾研究”让我算读懂了茅盾作品。蓝先生讲茅盾专题课，是她独立研究成果的报告。她为此写了系统的教材和论文。

我们系别的老师没有人专门研究茅盾，也很少有人能够真正读懂书中关于经济学和公债的内容，所以没有注意到本专题的意义。他们不听蓝先生的课，以为自己什么都搞懂了似的。我听后，才真实地认识了茅盾的知识渊博，他是以社会学和经济学的视角揭示中国道路的第一人。茅盾在这方面的文学贡献至今没有人可以替代。蓝先生顶住当时一种怪论，硬是要研究茅盾，有一种“抗潮流”的精神。她的精准研究，抵制着当时流行的贬茅看法。“文革”以后，也不知道是谁发明了一个恶名，动辄说作家是“主题先行”，说茅盾就是“主题先行”的代表，至今还有人这么说。似乎一个作家，必须无主题创作，才能出好小说，没有主题意识才能写出好文章。这种新潮的论点，十分吓人，也十分霸道。蓝先生说，作家创作怎么就不应该有个主题呢，有了主题就一定会把小说写坏，这样是说不通的。问题在于，作家能不能驾驭主题，能不能把对主题的理性认识转化为形象思维。我就是一直持此态度的。

蓝先生生前出版的《人生留痕》内有 4 篇研究茅盾的文章：《〈子夜〉的社会意义——〈茅盾研究〉教材》《〈子夜〉中的经济名词释义》《中国民族资产阶级的历史命运——茅盾 30 年代作品辅导》《论〈金钱〉和〈子夜〉的历史背景》。

1978 年下半年，我在天津进修学习，蓝先生是导师。参与指导我的老师还有张亚秀先生。蓝先生给我讲过鲁迅、茅盾、闻一多、朱自清、巴金、曹禺、老舍；张先生也和我们一同讨论了五四文学革命、抗战文学、国统区文学等专题。我写的巴金讲稿、茅盾讲稿、《论茅盾小说》等论文，都请蓝先生修改过。我说，想借此机会主要通读《茅盾文集》，以便向蓝先生请教问题。于是我拜访了曾广灿先生，说明自己的愿望，曾先生答应借我《茅盾文集》。我说为了防止污损、丢失，我每周来借一本，读过再来换。就这样我读完了《茅盾文集》(全10卷)，是1958年3月至1961年11月出版的一套书。《文集》收入6部长篇小说，4部中篇小说，50多个短篇小说，1个剧本和11部散文、杂文集，都是作者在中华人民共和国成立前的文学作品。我认为，读现代文学作家的作品，是绕不过茅盾的，也绕不过闻一多、朱自清、巴金、曹禺、老舍，他们代表了一个时代。蓝先生为了给我说清《子夜》的经济问题，特别写了一篇精炼的文章——《〈子夜〉中的经济名词释义》，当即刊载于1980年第4期《新时期》杂志，河北大学的函授通讯《大学语文》1983年第2期全文转载。这篇文章成为学生们阅读《子夜》的必读参考文章。先生把这篇文章送给我，我不但自己认真阅读了，解决了不懂的问题，而且在我给学生讲课的时候，有把握地说："我用10分钟给大家说清楚到底吴荪甫是怎样垮台的。"蓝先生给我辅导时说过她经历的中国20世纪40年代通货膨胀的真实情景，给我的印象十分深刻。她后来成为茅盾研究学会的早期会员。她曾经动员我也参加那个学会，我当时课太多，没有精力参加太多的会，就谢绝了。

蓝先生懂文学，也是政治经济学的研究专家，她讲中国的经济，从20世纪30年代讲到中华人民共和国成立。她说旧中国经济是自己不能自主的，外国帝国主义经济侵略，造成了中国民族资本家的破产和恶性通货膨胀，中国的经济逐渐走向了崩溃。国民党统治时代，国家财政需要的不断增大，使通货发行数量愈来愈多，货币流通速度加快，币值愈来愈低，币值愈低，要求纸币发行数量愈多，这样使通货膨胀进入恶性通货膨胀阶段，从而引起生产停滞、投机盛行和国民经济混乱破产的现象。

蓝先生曾经很详细地说过她在昆明经历的非常艰难危险的生活。当时的政治形势紧张，国民经济到了崩溃的边缘。发薪金那一天，要全家出动，一个人负责领钱，其他人就到米店、肉店排队买米面肉。排在前面的可能赶不上涨价，但是说不定只卖过几个人，米店的掌柜发现了是个发薪金日，立刻关板；重新开门时，粉板上写出了涨价后的新价格。没买到的人愤怒、咒骂都没用，人家根本就不理你，眼睁睁地，能买 50 斤米的钱，也许只能买回来 30 斤。你钱多也追不上物价的飞涨。那时有个诗人袁水拍用民歌体写了《马凡陀山歌》，揭露国民党造成的物价的波动和政府的税多如牛毛。《万税》不无夸张地写道："印花税，太简单，印叶印枝也要税。交易税不够再抽不交易税，营业税不够再抽不营业税。此外，抽不到达官贵人的遗产税和财产税，索性再抽我们小百姓的破产税和无产税！"所以说"这也税，那也税，民国万税，万万税！"国民党政府即将倒台，法币几乎变成废纸。昆明的学生游行抗议，却招来了镇压。《一只猫》写道："军阀时代沙龙刀，还政于民枪连炮。镇压学生毒辣狠，看见洋人一只猫，妙呜妙呜，要要要！"《这个世界倒了颠》写道："这个世界倒了颠，万元大钞不值钱，呼吁和平要流血，保障人权坐牢监。这个世界倒了颠，'自由分子'抹下脸，言论自由封报馆，民主宪法变戒严。"这些作品在当时很流行。我为此查过 20 世纪 40 年代的报纸，记得上面有一张图，画的是一个人的自行车后座上捆着一大捆像一包书一样的纸币。闻一多教授当时在西南联大的司家营文科研究所工作。当时，他的薪金不能维持 8 口之家的最低生活标准，因此，一边在校外兼课，一边又在朋友的怂恿下挂牌刻印以便得到点收入。闻一多并非勉为其难，他本来就研究古文字，对甲骨文、金文研究造诣很深，又擅长书法，书法是刻印的基础，但篆刻毕竟也是一项专门艺术，不同于书法。据梁实秋回忆，早在 1927 年闻就曾为潘光旦、刘英士等人刻过印。所以，浦江清称他是黄济书、程瑶田。黄是明代刻印名家，也是长髯飘洒，而闻一多在抗战时蓄须，正有黄济书之风；程瑶田是清代的经学名家，也长于篆刻，闻一多先生又与之相似。

蓝先生是从那个时代过来的人，她的讲述就是一本生动的书。先生给我讲李公朴、闻一多遇难的故事，讲她参加过的昆明民主运动，让我十分伤感。蓝先生说，闻一多不是共产党员，是民盟会员。大家虽然对蒋政府抗议，但是没想到他们会派特务暗害一位民盟会员。这只能激起人们更强的反抗。

蓝先生与闻先生是很熟悉和了解的同事，而且对闻先生的后代也一直有所了解。这方面的事情她不会随便跟别人说。有一次，她跟我讲到了闻一多的长子闻立鹤，他出生于1927年，性格开朗、聪明可爱，而且特别像他的父亲，多才多艺，语文和外语学得好，也会写诗、作画、唱歌、演戏，简直无所不能。他自己努力考入西南联大成为这里的学生，蓝先生认识他。闻先生特别喜欢这个儿子。闻一多遇难时，闻立鹤奋力扑在已经倒地的父亲身上，用自己的身体保护父亲，身中5弹，右腿被打断，肺部被打穿，一颗子弹仅离心脏半寸！大难中，他还忍痛对家人说："我够得上做爸爸的儿子了！"特别感人。

闻立鹤伤愈后，重返北平的清华大学，决心继承父亲的遗志，继续参加革命斗争。中华人民共和国成立后，他先后在铁道部团工委和铁道部政治部工作。1956年，闻立鹤调到天津铁路分局政治处宣传科任副科长。1958年，因为对"大跃进"提出反对意见，被错划成"右派"。"文革"中，有人想利用闻一多儿子的名气，要闻立鹤写批判金敬迈的《欧阳海之歌》，他不想写这样的文章，先后两次被下放劳动。下放时，他边劳动边刻苦钻研中文和外语。1975年，闻立鹤被调到天津外语学院任教务处处长。在"四人帮"横行的丙辰清明，他写过深切缅怀周总理的词《贺新郎》，一度再被打击。粉碎"四人帮"后，闻立鹤因为个人问题迟迟得不到解决而患上了抑郁症。

蓝先生含泪地说："立鹤是多好的一个人！是多么正直而有良心的好人，像他爸爸一样既有才能又有思想。就这样给毁了！"我不但对闻立鹤的遭遇而痛惜，也为他的伟大人格所感动。

听着这些生动的故事，我真正地了解了蓝先生的思想和人格，也真正地懂得了如何讲课。从一些回忆录中我知道了，西南联大的教授上课时很少照本宣读，主要讲自己的专长、研究心得。师生在课堂内外，随意谈天，讨论问题。我从蓝先生那里体会到了西南联大的传统。

向蓝先生学习专业，不能不注意她是社会学系毕业的专家。很长一个时期以来，河北大学同其他很多学校一样，没有社会学专业，她的业务有点“英雄无用武之地”的感觉。改革开放以来，学校学科齐全了，但是蓝先生也退休了。为了学到蓝先生的学问，以便能够同她对话，我曾经用了很大的功夫读社会学和人类学的书，还特别注意阅读了蓝先生和孙先生的系主任潘光旦先生的书《潘光旦先生文集》和费孝通先生的著作，有了很多意外的收获。我阅读过潘先生译注的霭理士的《性心理学》，发现那是一本中外性心理学的比较研究著作，其中关于中国的性学资料异常丰富，是前所未见的一本中外性学比较论的书，并且我写过一篇文章加以评介。

四、赴日本讲学

蓝先生赴日本讲学的事，我当时根本不知道，她做事一向就不喜欢张扬。她回来以后我才听她说起。

此事的缘由是，研究日本问题的专家孙执中先生获得了中国社会科学院日本研究基金项目，由日本国际交流基金出资与佐藤治郎教授合作调研战后日本税制，郭士信老师建议蓝先生陪同去照料孙先生生活。但是继之“长野大学校长丸井文男发出‘招请状’请河北大学教授蓝蒲珍于1993年8月17日至10月31赴日作学术交流”。这样蓝先生的行程就变成学者访问之旅了，当然她也可以照料孙先生的生活。

访问回来后，蓝先生写了《“单人闯东洋”》《日本小镇风光》《在长野大学讲“鲁迅与日本”》(附:《鲁迅先生与日本》)、《在盐田町镇“公民馆”讲“中国饮食文化”》《旅游见闻》《福山之行》等几篇文章，均收入《人生留痕》。

五、蓝蒲珍先生与孙执中先生携手 70 年的故事

1945 年 8 月 26 日，在欢呼抗战胜利的日子里，蓝先生和孙先生结为夫妻。当年抗日战争全面爆发，打破了孙执中平静的学习生活。1938 年 10 月武汉沦陷，当时的湖北省政府为适应抗战的需要，将包括省一中在内的多所中学联合在一起，紧急创立了湖北联合中学。他随学校迁至鄂西，在建始城东的建始高中开始了新的学习生活。然而，中国虽大已经放不下一张安静的书桌，作为热血青年，他利用壁报积极宣传抗日。“皖南事变”前夕，孙先生因为报道“抗战中的嘉鱼”被国民党逮捕入狱关在恩施。在狱中他始终没有屈服，当国民党特务要求被捕的学生“不愿参加三青团的站出来”，他和李绍群学长勇敢地站了出来，公开表达他心所向，没有违背自己的良心，乃至终身恪守。在狱中 1 年零 8 个月，孙先生将 3 本不同版本的英语词典全部背过，自学完成了英语的启蒙教育。为了摆脱特务们的纠缠，他报考了西南联大，并且以第一名的成绩被录取。这是他们爱情的开始。

蓝先生也非常敬佩孙先生的好学上进和正直勇敢。她说：“你一辈子做教师，肩负着教书育人的双重重担，我知道你有多努力，从无丝毫松懈。……我们一次次经历政治运动，你每一次都是被冲击的对象，可你依然乐观，永远不改你那赤子痴心。‘文革’后，你以一种近乎疯狂的热情工作着，因为你说我们赶上了‘小平您好’的时代。”①

在西南联大，孙执中不仅接受潘光旦、陈岱孙、王宪钧等大师的教诲，还亲历了 1945 年 11 月 25 日时事晚会枪击事件、震惊全国的“一二·一惨案”，经历了旧中国军阀混战、山河破碎、民不聊生的时代，熬过了艰苦卓绝的抗战。1945 年 8 月 26 日，在朋友们的热烈支

---

① 蓝蒲珍：《来世再牵手——痛悼执中》，《清华校友通讯》，2013 年 4 月复 66 期。

持下，孙执中与清华大学同窗恋人蓝蒲珍结婚，校长梅贻琦做了证婚人。这恐怕是清华大学有史以来最为隆重的婚礼。1947 年，孙执中清华大学毕业，在那“毕业就是失业的年代”恩师们为其夫人蓝蒲珍找了一个当职员的工作，而又吸收孙先生享受助学金考取了社会学系的硕士研究生，以便能让他继续学习专业知识，最后于 1951 年获清华大学硕士学位，此后在北京辅仁大学任教。1952 年教育部院系调整，他服从组织分配调到天津师范学院（河北大学前身），实现了自己科教报国的崇高理想。

蓝先生同我聊天的时候不止一次说到孙先生的敬业和轻名利的故事，他从来不沾公家一点便宜，一生纯洁，洁身自好，这是事实。蓝先生写孙先生说：“你一生不爱钱、不爱官，所有认识你的人有目共睹。因为敬佩你的为人，1994 年内山完造先生同一批曾经侵华的老兵一起为刚成立的全国第一个‘日本经济’专业捐赠一笔钱，你连碰都不碰那钱，让教学秘书小周接过捐款，然后全部用来建设了一个当时河北大学最先进的语音室。在金钱上一丝不沾，这就是你一生的操守。”①

蓝先生更欣赏孙先生创新性研究的卓越成绩。这是他们爱情的最重要的基石。蓝先生说：“党和国家没有忘记你，你获得了巨大的荣誉，可是你对荣誉却看得很淡，你想的还是报效国家。担任全国政协委员期间你的每个提案都凝结着对国家深挚的爱，因为这些高质量的提案，你有机会跟李先念主席面对面共商国是，让你一偿‘以天下为己任’的夙愿。你愤怒地驳斥莱斯特·布朗《谁来养活中国》的谬论，并撰文《中国人不能养活自己吗》（1996 年 8 期《相知》）。你在 1997 年 3 月第八届五次全国政协大会发言‘节水灌溉与缓解北京市缺水的建议’（光明日报 1997 年 4 月 22 日）等等都受到高度重视。你做了这么多，你心心念念要报效祖国和人民的愿望已经实现。”②

我在上面多处引用了蓝先生的文章《来世再牵手——痛悼执中》，是因为我对文章的背景特别了解。那是送走孙先生那一天，孙

---

① 蓝蒲珍：《来世再牵手——痛悼执中》，《清华校友通讯》，2013 年 4 月复 66 期。

② 蓝蒲珍：《来世再牵手——痛悼执中》，《清华校友通讯》，2013 年 4 月复 66 期。

青跟我说父母亲的母校所办的《清华校友通讯》向蓝先生约稿，让其写一篇怀念孙先生的文章。可她认为以蓝先生那时的情绪哪里还能写文章啊？我立即说："孙青，让蓝先生说，你来写呀。你写得快，三四天就能写出来，你千万别拖延，不然你会后悔。"聪明的孙青，流着泪点头；她懂得我说话的意思。文章很快地写出来，让蓝先生也看过了，她很满意。文章很快在复刊后的《清华校友通讯》第 66 期（2013 年 4 月）发表。那是蓝先生用 70 年构思出来的一篇深情的纪念文章。

2013 年写，2017 年修订

短短的告别，长长的回忆
——悼念孙执中先生

孙先生和蓝先生

一、记取这个告别

接到孙青的电话，他报告了“父亲病逝”的不幸消息。虽然是预料之中的事，也让我悲痛不已。孙先生是 2013 年 1 月 13 日早晨 6 时走的，享年 92 岁，可以算是高龄了。1 月 15 日，我到天津殡仪馆送别孙先生。来告别孙先生的亲友和家人很多，大家肃穆地瞻仰遗容，向他默哀、深深地鞠躬致敬。他的头和身体都瘦缩得无法辨认,口微张,好像有许多的话要跟大家说。我也有好多的话想对他说呀,可是现在不能了。想到此处,不禁泪如雨下。

我深切地感到先生把自己的全部生命热情献给了祖国和人民,献给了他忠诚的教育事业,把自己的聪明才智留给了学生,把全部的爱和温暖留给了人间。他静静地走了,什么也没有带走,他本来也没有什么牵挂。他一生无任何嗜好,官位、钱财、名利他都一笑了之。他的那么多优秀的学生和几十本学术著作将永远述说着一个真诚而热情的人。

在先生弥留之际,与他相携相伴 70 年的夫人蓝蒲珍教授特选了一件羊绒大衣,来到孙先生病床前告别:"执中,我来看你了。听得见我说话吗?我穿的是你给我买的这件大衣,你说你最喜欢,说我穿了好看。老孙,你的一生没有遗憾了。你想做的事情都做好了。你想报效国家和人民,你做到了;你当了一辈子老师,教的学生也都成长了。你要把孩子们抚养大,让他们成人,如今他们都成家立业了。你没有什么可惦记的了,你放心地走吧,你听懂我说的话了吗?你要是听见了就眨眨眼。"这时孙先生真的动了一下,然后静静地走了。在场的医生和护工、家人都默默落泪。

我不知道这是不是世界上最深情、最隆重、最理智的告别。蓝先生是我的导师,我对她的学问和人格特别敬重,特别了解,也特别理解。他与孙先生一生牵手而行,相伴终生,他们的爱是天地间最纯真、最感人的,谁都会相信,即使生死相离,心也是紧紧靠在一起的。法国有俗语说:"恋爱使人忘记时间。"还应该补充一句:"恋爱也使人忘记空间。"这才是永恒的爱。

我知道孙先生病了两年多,一年前我的老伴儿曾专程到天津总医院看过他,那时他已经不能正常进食了,我嘱她代我问候先生,他却不能说话交谈了。这一年多,我天天惦记着他的顽强和痛苦,想替他分担些病苦,闭上眼就想着他躺在病床上不能动,只能鼻饲流食的艰难情景。可是他此前是多么有活力的老人啊!来人看他,他好像也不认识了。我研究过病人心理,人在病重时可不是不认识人,准确地说是病人没有精神说话，但心里是明白的。有亲友来看他，他会有极大的安慰。一年多来，他在煎熬中一天天地消瘦，终于抗不过病魔的残酷。任我们怎么呼唤，他也听不见了。

于是我总想人为什么总有一个死呢？忽然想到，天真可爱的孙先生也曾有过这样的想法。

记得七八年前，孙先生还在学校居住，我们两家距离不远，几乎天天能够见到孙先生和老伴儿相携在花园里散步。这里有竹林，有绿树，有塔松。春天有桃花、牡丹，夏天有丁香、木芙蓉，秋天有红叶、串红，冬天还有蜡梅。再加上孙先生夫妻相携地走过，这是学校的一道美丽风景。

特别是闷热的夏天，出来散步既是锻炼身体，也是消暑。我和老伴儿也愿意出来散步，正好能够陪两位先生，同他们说说话。我们说的话很多，从国家到学校，从人生到学问，他们那么爱自己的学生，那么爱自己的学术，又那么愤世嫉俗，那么凛然正气，给我留下了深刻印象。

一次孙先生问我在做什么，我说写点文章。他说，你太用功，但是也应注意休息，不要太累了。我说并不累，现在用电脑写作了，查阅资料、读书、写作不用抄稿，觉得很方便。蓝先生说他们年龄大了，眼睛也不好用，不会用电脑。孙先生却突然说了一句："唉！我现在想的是，我到底什么时候会死！"我们听了这话都呆了，我不知道应该说什么，停了好一会儿，我说，别这样说，您身体好好的呀！

事实上那时他虽然80多岁，但并没有什么病，走路健步如飞，思维活跃敏捷，说话声音洪亮，还在写文章，著书立说，关心中华民族的粮食蔬菜、柴米油盐。孙先生的话，我是用了很多思考后才理解了的：上帝分配给每个人的生命时间不是无限的，而且几乎相同。这跟身体好不好没有关系。

西方一位哲人说过："不要把生命看得太严肃，反正我们不会活着离开。"那我就理解了。

今天，我们的告别式很简朴，但是不失隆重。子女们担心蓝先生的健康问题没有让她来，孙先生的两儿两女和各方面的亲友都到了。

饮泣中，大家述说着孙先生一生的事迹，难忘的故事。许多人并不知道我同孙先生有很深的交情。我在13日的博客上写了："孙执中先生是学术前辈，他的离世让我们特别悲痛。我们都舍不得他走！悲痛中我很想写点文字纪念他，现在我只想说：我敬仰你，爱你，你是老师，但你如父，亦如友。你走了，在这个世界我少了一位可以倾诉心里话的至敬至爱的先生。"那最后一句话是我告别父母时说过的。人生苦短，能有几个人可以面对面地倾诉自己呢？而每失去一次机会就给人增加一层人生遗憾。

为了供奉一种真情，我用短短的告别来回忆长长的故事。

二、与孙执中先生朝夕相处的日子

我认识孙先生应该是"文革"以后。以前也知道孙先生的名字，是通过"日本问题研究室"这个特别的名称知道的，也是通过我的导师蓝先生而知道的。因为研究室是1964年由周恩来总理亲自批示成立的，这样的日本问题研究室在全国只有4家。"文革"中，蓝先生没有受到批判和冲击，她到学生中间参加学习，并不多说话，却同我们学生相处得很好。学生也没有为难过她。她待人那么和蔼可亲，同时有着不可侵犯的自尊风度。那时就知道孙先生是国内有影响的经济学家，并且知道他们夫妇两人是同学，同学们特别欣赏他们夫妇的郎才女貌。"文革"以后，我跟着蓝先生学习现代文学，由于敬重，我从来不打听他们的生活。但是她的为人的真挚、善良，有口皆碑，我是知道的。

"文革"后，学校迁址保定，很多老师没有来这里定居，孙先生却全家移居保定，住到了校内宿舍。最初是一套两室无厅没有暖气的房子，我到他家拜访时曾说过：这房子真好，我一辈子有这两间房就满足了。这呆气的话逗得孙先生笑了。可是那时谁敢对生活有更多的奢望呢？后来我真的住到了孙先生曾经住过的那个小楼。孙先生便搬进了较好较大的房子,我仍然那样说。不敢想后来我住得远比预想的好得多。我从小受过许多苦,不懂什么叫享受。我总是想,人对生活没有过多期待,就时时有点幸福感;不然就会怨天尤人,天天苦恼。只要能够生活,能工作就行了。孙先生的家庭条件比我的优越得多,可贵的是他也是这样想问题。

我真正地熟悉孙先生是因为我们有过一段亲炙的缘分。我同孙先生一起参加过一个河北省写作组。那个临时的小集体住在石家庄河北军分区招待所。时间是1973年的秋季,我有幸能和孙先生同住一室,朝夕相处。我们住的是筒子楼,生活条件很差,吃饭也极简单。每天拿上碗到食堂排队买饭,孙先生和大家一样作息、用餐、工作,从不挑剔生活的事。招待所里的饭确实是不敢恭维。我流浪惯了,过学生式的生活,并不觉得有什么不方便,对于有家庭的孙先生应该是个艰苦的事。他却从来不介意,空闲的时间也没有回过一次家。我只发现他当时有鼻炎,鼻腔总有点点的出血,我担心地问他怎么回事,他只说没有关系。彼此之间不称老师、先生,而称老×,是"文革"过来的习惯。一次我称河北师院的赖家度先生为"教授",他严肃地说"别这样叫,称'教授'是骂人的话!"这种情景,真可谓"你不是桃花源中人,就不知道桃花源中的事"。

河北省这个写作组从成立到结束,省委宣传部都很明智,从来没有领导接见和布置任务,没有下达过任何具体的写作课题和任务,也并不应许写出的文章可以发表或者出书,也从来没有推荐文章到报刊发表。我们基本上是自己命题、自己作文、自己找出路。参加的人有:河北师院历史系的教授赖家度、中文系的教授朱星和李屏锦老师、教育系的讲师罗国湘;河北大学有历史系的讲师宝志强、哲学系的讲师李伯珩,还有孙先生和我。在这个写作组里,我的年龄最小,也只有我一个人是学生辈儿,可以拜所有的人为老师。出入都与老师们在一起,可以向他们请教问题,听他们讲各种故事,那种感觉特别好。赖家度治学严谨,天天做"八段锦",没见他写什么。宝志强老师的床前放一个暖瓶、一个饼干桶,卧床一口气看完了《金瓶梅》。朱星老师天天看资料却不动手写文章,突然间有一天早晨他说文章写完了，真是奇迹。李屏锦是幽默大师，闲时给我们讲“四个轱辘的三轮车”“为人民服务四个大字”的笑话，至今还觉得好玩。孙先生做事最认真，他整天看中国古代儒家法家的资料，终于写出来洋洋洒洒的大文章。

我的收获是系统读了一遍“四书”和《鲁迅全集》。我手头的一套“四书”是祖父的遗物：宣统己酉年埽叶山房石印的《校正四书补注备旨》。最后，我写了一篇《鲁迅与中庸之道》的论文，与批儒有点关系，但是并未附会现实。能够发表的东西，我记得除了李伯珩先生的一篇短文外，只有孙先生的文章《先秦经济思想领域中儒法两条路线的斗争》，发表于《光明日报》，后来出版了一本书。① 这是唯一的成果了。

记得我们是一同到了《光明日报》社送稿，同编辑谈到了所写稿子的事，孙先生的文章得到了编辑的认可。他们一听说孙执中的名字就说：我们早就读过你的文章了。文章从历史研究出发剖析儒法两派的斗争焦点和意义。文章刊载了多半个版面，好让人佩服。1975年孙先生又在河北人民出版社出版了这个内容的一本书，好像是在论文基础上充实和扩大的。

两个月来，我通过向孙先生学习，初步懂得了作论文如何寻找资料、分析资料、整理思路、形成文章的过程。他跟我说对文献要读懂，要运用得当。他很吃惊我能够直接读“四书”，我说其实有点吃力，但是有兴趣。他鼓励我，有兴趣就能读下去。孙先生写论文，十分刻苦，也有激情。他的精力很充沛，看得出来他不断地有一种发现的喜悦和成功的兴奋。这种情绪让组里的人有点忌妒。

孙先生很在意他的清华大学学习经历。记得我们写作组一同去过清华大学参观一个展览，孙先生特别带我们来到了曾经居住过的“照澜院”看了看。他跟我说了当时住在那里的情景。

我突然想起来，他为前3个孩子取名正好选用了“清华园”3个字，这个创意真是既简捷又聪明。他带我来到了老清华园门口，同我

① 孙执中著：《先秦经济思想领域中儒法两条路线的斗争》，河北人民出版社1975年版。

孙青、孙华、孙园在二校门
找到了自己的位置，留影纪念

讲起这个学校在“西南联大”和其他时期的一些我前所未闻的故事。那时候“文革”没有完全结束，讲“旧学校”如何好，会让人误解是炫耀，是不合时宜的。有的老师甚至在旁边议论他，但是他旁若无人，兴奋得不能自已。我是从那个时候才特别注意清华大学的一代文化精英的。后来，我努力阅读费孝通先生的书，中国人里恐怕只有费先生做过英国著名文化人类学者马林诺夫斯基的学生。我又努力阅读马林诺夫斯基的《文化论》《野蛮社会的犯罪和习俗》《西北美拉尼西亚的野蛮人性生活》《自由和文明》《巫术科学宗教与神话》等著作。从而我也开始喜欢费先生的书、潘光旦的书，以及潘先生的公子潘绥铭先生的书。从此我爱上了社会学。对他们的敬仰，使我懂得了什么叫学问，什么叫为学问而牺牲。

我从那个时候才知道，孙先生是1942年入学西南联大，1947年毕业于清华大学社会学系，那年我才一岁啊。社会学系主任是举世闻名的社会学家潘光旦，教师有苏汝江、吴泽霖、吴景超，还有袁方、刘世海、费孝通等。我还知道了孙先生和夫人蓝蒲珍先生是同届同班的同学。他本科毕业后考取了社会学专业硕士研究生，1951年取得硕士学位。这说明了他对学校生活的留恋。有这样一些好老师教课是一生的幸运和享受，谁不留恋呢！他对联大思想自由、学术自由，管理却极其严肃认真特别称赞。孙先生说，西南联大的校风是“政治民主，学术自由”。梅贻琦校长以科学务实的态度掌校，严格却平易近人。1945年孙先生和蓝先生的婚礼就是梅贻琦校长证婚、潘光旦主婚，在昆明办理的。蓝先生说过潘光旦是社会学家，同时是优生学家，也是口才极好的教授。他常幽默而且平和地劝学生“努力解决婚姻问题”。梅校长管理学校很严格，毕业是要求必须有12门课过关的。一个学生考试有6门不及格，找他求情，他说你把12用2除一下，看看得多少。那学生就走了。孙先生的神奇经历让人好羡慕！我有兴趣听孙先生说自己的往事，第一次被他的天真流露感动了。人生有那么多的美丽，为什么不值得兴奋？为什么要忘记呢？就是这一次，我算认识了可爱的孙先生。2007年11月16日，我在《科学时报》(后改名为《中国科学报》)上发表过一篇文章《谁能超越西南联大的高度》，就是有感于此而写的。在那篇文章里我说：“他们的办学理念中最主要的是尊重学术自由，各种思想允许兼容并包。他们以学生为本，以学术为本，以教学为本，以教师为本。这四个‘为本’，是炮弹也打不垮的原则。说学术自由，好像有点越轨，试想如果没有学术自由，动不动就给人戴帽子，还能有学术吗？学术之所以可以称为学术，它必须是以自由发表意见为前提的，是以容许说不同意见为前提的。”

三、他有最美的人格

拿破仑说过：“人类最高的道德是什么？那就是爱国心。”孙先生曾经是全国政协第七、八届委员，曾任河北省人大常委会委员、河北省政府技术经济顾问组成员，还先后兼任中华全国日本学会常务理事、顾问等职务。孙先生的一生，从来是将祖国和人民放在最重要的位置，他深挚的爱国情和执着于学问全是缘于对祖国的忠诚。他人格崇高,做事光明正大,心底无私,用无尽的温暖哺育自己的子女,教诲自己的学生。他把金钱和名利看得很淡很淡,从来没有为自己的名利而奔波过。他来时是一片清风,走时是一轮朗月。他有最美的人格,是中华知识分子的楷模。他跟自己的 4 个孩子经常说的话就是:“好好学习,好好工作,报效祖国。”

孙先生是湖北嘉鱼县人,那个无名小县至今仍然以出了孙先生这样的学者而自豪。孙先生 15 岁离家考入湖北一所中学,人生的浪迹天涯的生活从此开始。抗战全面爆发,他积极宣传抗战,在活动中,因痛斥政府的不抵抗主义,遭到警察抓捕入狱,被判了 18 个月的监禁。年轻气盛的孙先生并不屈服,立志报国。他以不可想象的毅力在狱中学习了英语。3 本英语书被他读“破”,就是杜甫说的那种“读书破万卷,下笔如有神”的那种“破”,就是读透了、读懂了。真如莎士比亚所说:“智慧是命运的征服者。”1942 年出狱后,他参加了大学统考,顺利考入了清华大学外文系,后转到社会系,从此走上了进学之路,也认识了蓝先生,获得了爱情。5 年后,二人双双获得了学士学位。在大学期间,孙先生加入了中国民主同盟,直到 1986 年又加入了中国共产党。

孙先生虽然研究经济,却是个不爱钱的人,他说,他自己的工资虽然也不多,够用就行了。他也不过问家里的钱用在哪儿,有夫人管理自然放心。听孙青说,孙先生出门身上很少带钱。孙青说过:有一个大冬天,他去水上公园散步,老伴儿特意给他带了几十元钱,他却把钱全部换成了烤串儿。其实他从来不吃这些东西,可是家里谁会吃呢?孙先生淡淡地说:“我没想它能不能吃,天多冷啊,我是心疼那个人。”这就是孙先生的经济学思想。培根说过:“同情是一切道德中最高的美德。”他搞经济不是为了自己赚钱,而是为了一个国家、一个民族的富足和振兴。

孙先生从来不抱怨待遇低,说现在的钱不多,但总比新中国成立前那阵子好得多。他和蓝先生同我讲过那时通货膨胀的情景。那时他们领到薪金,就得快点到粮店购米。发薪那天早晨先派家人到粮店排队,拿到了薪金就得马不停蹄到粮店购米,晚一会儿,那个粮店可能会关板儿；再开门时，粮食就涨价了。这是让人瞠目结舌的案例。我一下子就理解了，为什么闻一多先生还靠刻印章挣点小钱贴补生活。孙先生一生就是爱书、爱学习、爱写文章、爱教书，他说这就够了。工作是责任，比什么都重要。他说教学和研究是为了报效国家。孙先生研究生毕业后，曾任教辅仁大学。孙先生这样写过："我于1951年在清华大学获硕士学位，留在北京工作，1952年院系调整即奉调天津师范学院（河北大学前身），从此扎根河北大学已50个年头了，堪称'老河大'，我生平值得炫耀的事不多，这算其中之一吧！当时调我来河北大学，是为了在马列主义教研室建立'政治经济学'这门学科。1960年，河大成立经济系，我一干又是4年。作为一名大学教师，肩负着教书育人的双重重担，我一刻都不敢松懈，严格要求自己，力争成为青年人的榜样。常常想起一位有成就的学长的话：'选择了教师，便是选择了责任。'回顾这几十年，自以为还是做到了尽职尽责的。"①从这里我明白了责任是什么。

孙先生没有说过曾经受到的不公正待遇。事实上，从一系列运动到"文革"，他不断受到冲击。比如，在1958年他曾经被当作"白旗"而受批判。那是中共八届三中全会以后，有一场错误的所谓"拔白旗、插红旗"批判运动。文化教育领域是"拔白旗、插红旗"运动的重灾区。当时的说法是："对于资产阶级分子，应当继续帮助他们批判个人主义和学术思想。"这个运动实际上打击了大批专家、教授。很让人不解的是，孙先生那时讲的是马克思的《资本论》，也成了"白旗"，大概因为他是专家，总是逃不过每一次劫难。他讲课的方法很科学，讲到重点的地方就提醒大家作记录，其余的解释则不必，以达到深入浅出、把握重点的效果。据说他倒背着手在讲台上走来走去，清楚而细致地讲解原著，给学生留下了深刻印象。孙先生从来不对人说挨整的事。因为"拔白旗、插红旗"运动来势迅猛，后来随着1958年11月中央纠"左"开始，这场运动也就偃旗息鼓了。从诸多运动中过来的孙先生，是能够理解的。现在看起来，能够算"白旗"而值得被"拔"，也得说够资格，实在是"白而优则拔"。这至少能够说明孙先生

① 孙青：《痛悼父亲》。

当时的学术地位和影响度。

1964年成立的河北大学的日本问题研究室，后来成为研究所，从1985年开始招收硕士研究生，孙先生是学术带头人。1994年，国家正式批准了河北大学招收世界经济专业硕士研究生，后来该学科成为省重点学科，2003年国务院批准了河北大学招收世界经济专业博士研究生。孙先生1990年获全国优秀教师称号，1991年获政府特殊津贴，1992年被评为省管优秀专家，2000年转为“资深”省管优秀专家。孙先生被定为终身教授、博士生导师。他讲授过的课有政治经济学、资本论、外国经济等，还为研究生开了当代资本主义经济分析、日本经济专题、战后资本主义经济周期史等课。他既教书也育人，为祖国的经济建设培养了一大批高等级人才，成为中国著名的经济学家。他对学生无微不至地关怀，从生活到学习，周到细致，给学生留下了深刻印象。孙先生说过，这是他们老清华的风气，在清华大学，不是学生为老师服务，而是相反。如果学生病了，老师甚至都会亲自做了鸡汤送去。在向孙先生告别的时候，他的一位学生这样说：“亲爱的恩师，可爱的老师，你有着孩子般的天真，却又忧国忧民。您一生光明磊落，对待学生如同自己的孩子。我是深受您爱护的弟子，孙先生，我们爱您，想念您！”另一朋友说：“先生挚爱祖国，执着教育，两袖清风，磊落待人。”这些深情的话让我们了解了先生的温暖和人格的魅力。

孙先生先后兼任过中华日本学会理事、顾问，全国日本经济学会常务理事、副理事长、顾问，还曾担任中国国际关系学会的理事。由于工作关系，日本朋友曾赠给孙先生一部分资金，孙先生原封不动全部交给了所里，用这些钱建立了一个语音实验室。赠给孙先生的车，他也直接交给了研究所使用。他一身清正之气，是天地知晓的。他的女儿孙青回忆说：“父亲担任第七、八届全国政协委员、第六届河北省人大常委会委员时，我们去会上看他，他尽量不让我们在他那里吃饭。他在天津电话费是可以报销的，却让儿女给他打电话，为的是不占国家的便宜，也从来不让我们乘坐会上的车回家。他说不能占国家的便宜。”他做人做事一丝不苟，虽然不是政府官员，却以人民公仆的标准要求自己。他做的事是能够经得起历史检验的，是永远让人相信和永远让人敬佩的。

四、他做最前沿的学术

孙先生在搞研究

由于学科不同，我们的政策并没有划一地要求所有学者必须将自己的研究同现实问题结合起来。但是经济学的研究却不能不关注现实问题。回顾孙先生的学术研究，你可以发现他从来就没有脱离现实。他把自己一生对国家和民族的深切感情和责任心，化作了丰厚严谨的学术成果。关心民族经济的发展，关注国家现代化建设、关怀中国经济学科的格局，是他学术研究的品格。你能从他的成果中感受到一种睿智的预见性、机智的前瞻性。这是孙先生学术的超越性。这应该是我们各学科学习的榜样。改革开放以来，孙先生的论文，涉及了那么多的现实问题，即使是谈日本、论美国，也离不开中国的现实。他这种预见并不是凭空的猜想，而是以世界经济发展作为研究对象，从历史的经验中抽出的理性认识。他使用的资料最多的是日本和美国的经济信息。因为这两个国家，一个是经济高度发达，一个是信息高度丰富。这其中的道理是很明确的。

比如在20世纪70年代末，中国经济发展处于转折的关头，有一些大家能够记起来的大事件。1978年12月18日至22日，党的十一届三中全会召开，决定停止使用“以阶级斗争为纲”的口号，把工作重点转移到社会主义现代化建设上来，实行改革开放的决策。1978年10月邓小平访问日本，出席缔结中日友好条约的换文仪式；1979年1

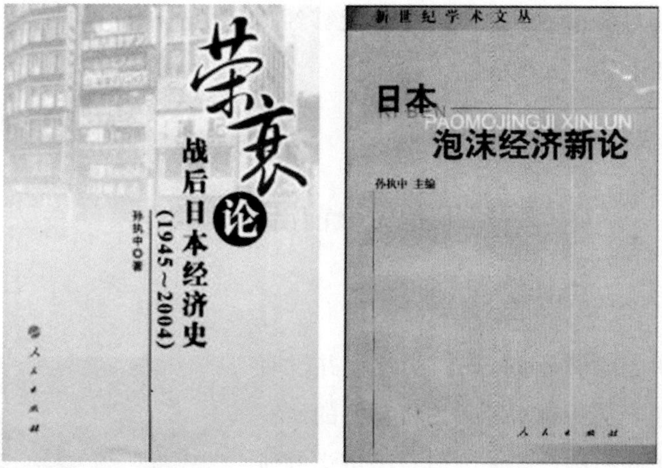

a　　b

孙先生的著作书影

月又出访与中国正式建交不足1个月的美国。这些举动是为中国的现代化建设营造稳定的国际安全环境，也是想从国外寻找经验。1980年1月16日，小平同志在中共中央召集的干部会上说：“前不久一位外宾同我会谈，他问，你们那个四个现代化究竟意味着什么？我跟他讲，到本世纪末，争取国民生产总值每人平均达到一千美元，算个小康水平。”[①]对此，全国人民为之振奋，孙先生敏锐地寻找到了研究课题，他对我说：“日本在50年代末曾制订《国民收入倍增计划：(1961—1970年度)》。这个计划在日本是成功的，经济获得了高速发展，使之成为世界第二经济强国。10年经济倍增，即每年递增7.2%，其速度和我国制订的20年内翻两番是一致的，其中必有经验可以借鉴。于是我便邀郭士信同志共同翻译了《国民收入倍增计划：(1961—1970年度)》一书。”这本书是日本经济企划厅根据日本政府9个长期经济计划而编的，而计划是池田内阁采纳了日本经济学家下村治的建议于1960年制定的。其中解决的课题有5个，分别是：一、充实社会资本；二、促进产业结构的高度化；三、促进对外贸易与国际经济合作；四、提高人的能力与振兴科学技术；五、缓和双重结构

① 《邓小平文选》第2卷，人民出版社1994年版，第259页。

与确保社会安定。将他们的这些经验译出真是及时雨，理所当然地受到国家决策机构的特别重视。实践上，我们的经济发展设计从日本的经验中采纳了许多。此时，孙先生还及时写了论文《从日本“倍增”计划实现的条件看我国翻两番的途径》，发表于 1983 年第 7 期的《世界经济调研》上。文章提到，资金问题可以通过“提高固定资产投资的产出值”来解决。还有能源问题，文章说我们不能走从外国进口石油的道路，我们的能源问题，实质上是一个科学技术的问题。如果科学技术发展得比较理想，到 2000 年工业总产值就不只是翻两番。再有“倍增”计划中还要大办教育，特别是职业教育训练。这些方面的论述，现在看来都是有远见的论述。当时文章曾被指定呈中共中央书记处，作为制定中国经济翻两番计划之参考。

再如，孙先生的论文《论日本从统制经济到市场经济转变时期的措施》发表于 1988 年，那时，中国的市场经济还没有全面形成，孙先生对日本经验的评介是有现实意义的。文章所介绍的日本战后 1946 至 1949 年，经济瘫痪、生产停滞、通货膨胀、工人失业、能源危机，比 20 世纪 80 年代中国的问题严重得多。但是他们首先实行了物资统制、价格统制、资金统制、外贸统制等政策，使日本经济得到了迅速发展。仅 3 年后，到了 1949 至 1952 年就逐步取消了统制政策，走向了市场经济；取消了价格补贴废除了公定价格；放宽了金融统制；启动了企业的竞争；在政府的直接干预下，企业的发展走向了合理化进程。比如对中小企业关、停，更新设备，提高技术、引进外国新技术，凡此种种，我们过来人是多么熟悉。我们的市场经济的形成同借鉴日本的经验有很大的关系。

孙先生出版的著作很多。据我所见，有：《论现阶段的美国经济危机》，学习与生活出版社，1955 年；《帝国主义有哪些经济特征》，三联书店，1955 年；《什么是国民收入》，通俗读物出版社，1957 年；《先秦经济思想领域中儒法两条路线的斗争》，河北人民出版社，1975 年；《国民收入倍增计划：(1961—1970 年度)》，译作，商务印书馆，1980 年；《高速发展的日本工业》(合著)河北大学日本问题研究所编，河北人民出版社，1980 年；《日本垄断企业集团》译作，日本和平经济计划会议垄断白皮书委员会编，商务印书馆，1983 年；《当代西方经济论——日本模式及其他》，世界知识出版社，2001 年；《赤子情怀：孙执中教授学术论文选》，河北大学出版社，2011 年。主编的书有：《日本垄断资本》(主编)，人民出版社，1985 年；《战后日本财政》(主编)，航空工业出版社，1988 年；《战后日本物价史(1945—1989)》(主编)中国财政经济出版社，1991 年；《当代西方经济分析》(主编)，商务印书馆，1994 年；《战后日本税制》(主编)，世界知识出版社，1996 年；《战后资本主义经济周期史纲》(主编)，世界知识出版社，1998 年；《日本泡沫经济新论》(主编)，人民出版社，2001 年。另外发表论文 100 多篇，其科研成果多次获得河北省优秀成果一、二等奖。他拥有的成果已经非常丰富，但是并不就此止步。他于 2006 年 85 岁时在人民出版社出版了《荣衰论：战后日本经济史(1945—2004)》。这不仅说明了他的学术生命的活跃，更让我们了解他研究问题的执着。《荣衰论》肯定是先生多年来最重要的著作。比如书中所总结的"防止泡沫经济"的 4 项措施是：把产业投资重点放在技术密集型产业；加强经济缺口部门的投资；削弱奢侈性消费品和服务部门的投资，因为它们最易产生泡沫经济；加强生产性投资。仅就这些论述来看，其就对我们的经济建设有重要参考价值。

孙先生病中时，子女们给孙先生整理出版了一本论文集，取名为《赤子情怀》，书名真好。可惜先生没有看到就走了。全面研究孙先生的学术贡献，不是本文的任务。但是如果我的文章不过问他的学术成果，那就无法概括孙先生一生学术研究的杰出成就。写到这里，我的文章也应该结束了。真没想到会写这么多。

孙先生远走了，留下了很多故事。鲁迅说："死者倘不埋在活人的心中，那就真真死掉了。"①孙先生没有死，他永远活着！

2013 年告别孙先生之后写

---

① 《鲁迅全集》第 3 卷，人民文学出版社 2005 年版，第 298 页。

书法艺术与楚辞学
——记熊任望先生

熊任望先生

一、人生轨迹

熊任望先生以86岁高龄逝世，我们大家都觉得还是太突然了，以我对他身体状况的估计，他是应该享百岁之寿甚至更高。他的生理生命和艺术生命，都很强健，死亡不属于他。但是事实已是无法改变了。

熊任望先生，1925年出生于江苏靖江的一个书香门第，高祖宜斋公是清朝著名舆地学者，为赫赫有名的文学家李兆洛的入室弟子。熊先生的曾祖、祖父皆擅长书法，父亲能吟诗属对，有很高的艺术修养。熊任望先生就是在这样的家庭环境里从小接受了良好的传统文化教育。靖江熊家珍藏的碑帖法书，让他从小能够耳濡目染地接近书法。据说先生从4岁开始随其父学诗书，书法大字临写柳体、赵体，小字临《星录小楷》《黄庭经》。《星录小楷》的作者童星录是民国初时人，算不上书法家。但是《星录小楷》作为小楷字帖，曾经流行一时，当时和《一心小楷》都是学生喜欢用的小楷字帖。至于《黄庭经》，是道教上清派的重要经典，也被内丹家奉为内丹修炼的主要经典，属于洞玄部。王羲之曾经书写《黄庭经》小楷一百行，原本为黄素绢本，在宋代曾摹刻上石，有拓本流传很广。此帖法极严，其气超逸，秀美开朗之态，令人望而难以企及。关于《黄庭经》的来源已经被神话。传说山阴有一道士，欲得王羲之书法，因知其爱鹅成癖，所以专门准备了一笼大白鹅，作为换取写经的代价。于是王羲之为道士写了这篇经文。《黄庭经》可能与李白的诗有关，李白《送贺宾客归越》："镜湖流水漾清波，狂客归舟逸兴多。山阴道士如相见，应写《黄庭》换白鹅。"这故事不过是强调一下王羲之《黄庭经》的重要性，一听就难以相信。《黄庭经》原文载于南朝《论书表》，文中叙说王羲之所书为《道》《德》之经，后因传之再三，就变成了《黄庭经》，因为一个故事，又俗称《换鹅帖》，书作无款，末署"永和十二年(356)五月"，现在留传的只是后世的摹刻本了。

熊先生8岁上二年级时，校长命书的"授我以方"4个大字，曾博得赞赏。16岁时，他从中学校长盛逸白学习《郑文公》，后从本县书家朱立学习汉隶《张迁碑》《鲁峻碑》以及行书王羲之的《圣教序》帖，稍后自学"张玄""二爨"。张鲁二碑均为隶书，"张迁碑"刻于东汉中平三年，即公元186年，明代初期出土。"鲁峻碑"全称"汉司隶校尉忠惠公鲁君碑"，又名"汉司隶校尉鲁峻碑"，东汉熹平三年(173年)四月立，17行，每行32字，在山东济宁市。王羲之当然并没有着笔写过《圣教序》，原名《三藏圣教序》的文章是唐太宗为表彰玄奘法师赴西域各国求取佛经，回国后翻译三藏要籍的功勋而撰写的。太子李治（唐高宗）并为附记，唐代僧人书法家怀仁，住长安弘福寺，精心集摹王羲之行书字迹成《大唐三藏圣教序》，为后来学书的人所反复临写。

1946年，熊先生21岁入金陵大学，得知当时著名学者书家胡小石先生任教于中央大学，曾经上门请教，被先生书斋悬挂的《始平公造像记》拓片感染。受当时氛围影响，其沉迷于康有为《广艺舟双楫》，按康氏所示路径，从“龙门”入手，沿“张猛龙”循序渐进。当时中文系教师丁廷洧藏汉魏碑拓150余种，熊任望先生曾借观，细细加以研究，自觉眼界大开。1952年院系调整后，熊任望入南京大学，得以成为胡小石先生的弟子，于楚辞研究和书法上都有了长足进步。但熊先生认为书法上并未得到胡的真传，这是实话。他们的书法风格显然没有继承关系。

熊先生大学毕业后曾先后在中央音乐学院、河北文化学院、河北戏剧学校任教。在执教河北文化学院时，曾教授书法。此时，熊任望先生有幸师事北京书法研究社的郑诵先、王传恭先生，这是熊先生书法历程的重要契机。郑诵先（1892—1976），原名世芬，字诵先，号研斋，别号勉堪，晚年以字行，四川富顺人，现代诗人、书法家。王传恭（1905—1965），字伯元，又字菁雪，斋名菁雪山馆，湖南长沙人，书法精于汉隶与魏楷，有《隶书唐诗绝句百首》等墨迹传世。郑诵先对熊任望先生的为人为艺大为激赏，曾为他作七律一首相赠：“弟子先生孰是贤，昌黎《师说》信其然。华而不实人之患，富而多闻尔所便。问字远从千里外，相逢近在两年前。感君意气凌霄汉，拔帜书坛合有传。”郑诵先了解弟子的书法风格是激扬开张，不拘小节。这是很准确的概括。至于开首的两句引韩愈的《师说》，意在表示“师不必贤于弟子，弟子不必不如师”的谦虚，当然不必认真。王传恭先生也曾答诗赞熊任望先生：“尺翰飞来喜欲狂，期年功力见精良。心摹手追仿唐宋，留待书坛发异光。”无论是郑诵先先生“感君意气凌霄汉，拔帜书坛合有传”的称赞，还是王传恭先生“留待书坛发异光”的奖掖，都是对熊任望先生独特风格的肯定。而熊先生对两位恩师也是终生念念不忘。在书“铁肩担道义，辣手著文章”联句时，熊先生长跋曰：“辛丑重九，诵先先生曾书此联，发表于同年 10 月 29 日《人民日报》书法篆刻专页。原件不知收藏何处，未得一睹真迹。癸卯夏，应弟子之请，重书一幅赐赠。三十年间，时时瞻仰，如亲謦欬。今试仿先生笔意书写，借表追慕之情。”对王传恭先生，熊先生也是充满了感恩之情，其在奉和王传恭先生的诗中写道：

少小摹碑志颇狂，十年求索愧无良。
一从京国承师训，艺海扬舲见曙光。

在经两位恩师评阅的字课上，留下了值得珍惜的朱批和墨批，两位先生多次惠函、赐字、赠诗，对熊任望勖勉有加。可见，两位恩师的确是影响熊任望先生书法历程的重要因素。

至“文革”，熊任望先生失去了与两位恩师的联系，进“干校”锻炼时，随身携带孙过庭的《书谱》与怀素的《自叙》，沉迷于草书，到后来一直以草书创作为主。1973 年，熊先生调河北大学任教。教学研究的同时，他也开始系统地研习历代经典法帖。颜、柳、褚三家楷书，二王行草书，张旭草书，《石门颂》、汉简等隶书、《石鼓文》《天发神谶》等篆书，他都有研究，又习临章草，读赏《墨迹大成》中名家墨迹。熊先生时时临写体味，眼界开阔，见解大开。20 世纪 80 年代以后，熊先生沉迷于草书创作，并举行多次书法展览。他在中文系教授楚辞和书法，但是更多的精力是放在书法创作上。

熊任望先生的居室名为“知养斋”，他解释说，典出孟子“我知言，我善养吾浩然之气”，所谓浩然之气也就是文天祥的《正气歌》序里“亦安知所养何哉”的天地之正气。可见熊先生一直欣赏浪漫主义。

二、我与熊任望先生的书法来往

我第一次拜访熊先生，大概是1974年春天。那时他住在保定环城北路的一个临街破旧的二层筒子楼里。那时学校里学生少，他当时好像也没有上什么课，我的课也不多，聊聊天是有工夫的。我知道他字写得好，是听李秉林老师说的。有一次系里办什么宣传栏，他给抄写，全用的魏碑体。我那时没见过别人写这么漂亮的字，有耳目一新之感，看了很喜欢，是那么中规中矩地整齐。后来又见过他送给我们系几位老师的字，好像写的都是毛主席的《咏梅》，他写了多次，都是小张横幅草书体。印象中他写的几幅布局结构安排疏密有致，但几乎是一个构思。我才知道他写字之前是先想好怎么布局。如大字、小字、开笔、收笔、笔力、行气，都得有个预想的设计。我觉得没有那个必要，我一向认为写字信手而来才好。不过那时似乎没有人说他就是什么"书法家"，他也不是教授，连讲师也没评。

我没有事先打招呼就登门拜访他，见到他时，他并没有觉得意外。那时候谁家也没安电话，大家的工作都不忙，只要是认识的人彼此间串个门不算冒昧。他房子在二层，楼道里全是蜂窝煤和火炉子之类，没有规矩地到处有几把青菜小葱、像万国旗一样的尿片子、长长短短的大人孩子衣服。磕头碰脑地找到他的家门，可以想见那时大家的居住条件之差。

他的屋子不大，我一眼见到他写的书法挂在墙上，这就有了话题。他问我是不是喜欢书法，我说了自己喜欢用毛笔写字，可不是书法。我说我从小受父亲的影响学颜真卿的《多宝塔碑》和华世奎的《南皮张氏双烈女庙碑》，也学柳公权的《玄秘塔碑》和欧阳询的《九成宫醴泉铭》，还说了对柳体间架结构的欣赏、对欧体整饬的佩服。我那时并没有看多少名家的帖。他说："书法敢写就行，没有什么神秘。在实践中一点点地体会。"我说喜欢他的魏碑体，但是不知道怎么写的。他说："你说我魏体写得好，其实我正是为此苦恼。我苦于不能摆脱魏碑的影响。"这话我当时并不能理解，为什么写得好了反而受了束缚？后来终于明白了，这实在是一句老实话，后来，熊先生也不再这么说了。

熊先生是学魏碑学得特别好，可以说终身受益亦受困于此。他写草书、写行书，甚至写楷书也离不开魏碑的笔法。就是喜欢方笔，少用中锋，多用偏锋，撇和捺都有点过度夸张地出锋伸展。这虽然可以算作一种风格，实在说如果摆脱不开就是一病。特别是楷书如果过多用方笔，实在少了含蓄，显得菲薄而轻飘。关于这一点，我有个看法，觉得他的书法没有走得更远，这是最主要的原因。

今天想来，魏碑这种字体，实在是不好学的，越是学得像魏碑越是失了笔法。其实，古代的碑刻大概也是先写样稿，后来才"上石"，由刻工移刻到碑上。原先的样稿不可能那么棱棱角角、全用方笔的，后人所概括的"内圆外方"也正好是刻工的偷懒所致，其实就是正体的夸张起笔、夸张收笔，刻工对楷体的专业性加工、后人亦步亦趋的制造那金石味道，互为因果愈演愈烈，好像没有必要。这些问题熊先生既然专门搞书法，他当然是知道的。但是我那时不懂得这样的道理，略懂一点也不敢当着他的面说出来。

我认识熊先生以后，并不常到他家打扰。但是过年过节我总忘记不了去看看他，以拜年的名义听他讲些有趣味的事情。每次都不是草草地走过场，要说很多话。熊先生很会生活，他不但会读书、会研究，也有情趣，养花种草，欣赏盆景古玩。不管房子大小都让它清新雅致。我同熊先生还有一层特别关系，他的女儿是我女儿的幼儿园老师，我称他老师，我的女儿称他的女儿老师，所以来往很亲近是很自然的。

在我们生活的学校和城市里，见到熊先生的字并不难，长城大街与东风路交口的地方，"都南屏翰，冀北干城"8 个大字就是熊先生所写；保定名吃"槐茂酱菜"、河北大学图书馆的馆名都是他题写的。不过我总觉得他的字不大适合写牌匾。这并不是说他写得不好，只因为他的书法飘逸有余，厚重不足，倒是黄绮先生的字就能够有重量感。

我因为佩服熊先生，也曾多次请他写字。别的亲友也通过我向先生求过墨宝。那一次见到先生再次说到，他谦虚地答应说："你给我词吧，你说让我写什么、写几张都行，我来给你写，不过我写不好。"他说的写不好，应该理解为"可能写不出自己满意的作品"。我早就知道他写书法作品极为认真，为了一张字，他总是要写多次，达到自己满意才肯送人。写一件作品，经常是大部分毁掉，多张中只留下比较满意的。他一般不收别人的礼品，我特意送给他纸和墨，算作我的诚意求字。他客气了一下也就收下了，我说您写什么我都喜欢。我知道又要写字又得给人拟稿是很难的，不能不考虑对象，也还得值得悬挂起来反复看，有点意义。太俗的词对双方都是不好的。

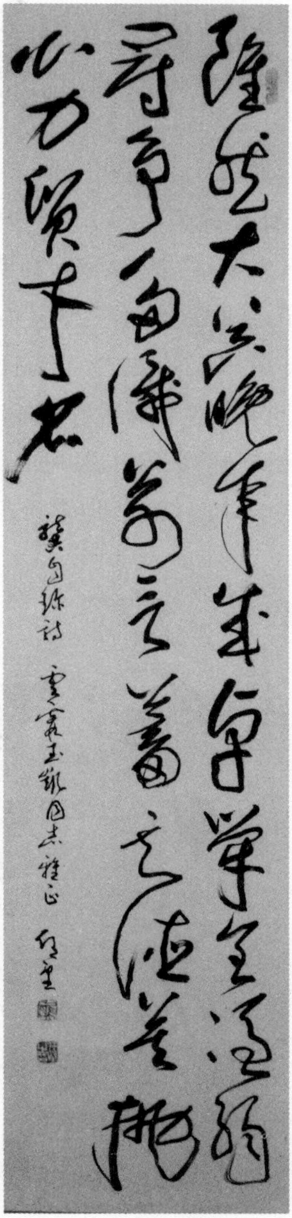

熊先生的书法作品

至今我还保存了他给我写的两个条幅。那是 1990 年代初期，一张写了龚自珍的一首诗："虽然大器晚年成，卓荦全凭弱冠争。多识前言畜其德，莫抛心力贸才名。"此诗是龚自珍的《己亥杂诗》中的一首。我曾经是韩文佑先生的学生，他给我讲过龚自珍诗文选。于是我想起来这一首诗。那时我的学术研究一片茫然，种种条条框框在束缚着我的情绪，但是我自己并不想服输，有点想超越自己的愿望，所以选了这首诗，激励自己努力向上。这并不是吹牛说自己能成大器，而是鼓励自己得有点"卓荦"精神，也是希望自己"多识前言"继承传统，不务虚名，力求为这人生多做一点实事。熊先生说这一首诗意思很好，他也喜欢。熊先生也写得很实在有骨力，字也很漂亮，章法尤其好。别人也说这一张是熊先生特别用心的创作。

另外的一张我希望他写一句禅语“参禅贵活，为学知止”。当时我通读了钱锺书的著作，这8个字是从钱锺书《谈艺录》里抄来的。我用硬笔写在一张小字条上，而且用草书写的，有点逞能。我用“知止”作为斋名最早就是从这里来的。熊先生觉得有点佛家的味道，不太赞成写这个，我说我并不信佛。“贵活”就是似信不信，忠于自我；“知止”是老子的话“始制有名，夫亦将知止，知止可以不殆”。《礼记·大学》：“大学之道，在明明德，在亲民，在止于至善。知止而后有定，定而后能静。”《朱熹集注》：“止者，所当止之地，即至善之所在也。知之，则志有定向。”就是选择了自己的目标，不达理想目的永远不停止。知止，也是说应该有自知之明。苏东坡在《答谢民师书》中评价谢民师的文章时说：“所示书教及诗赋杂文，观之熟矣。大略如行云流水，初无定质，但常行于所当行，常止于所不可不止，文理自然，姿态横生。”“行于所当行，止于所不可不止”，这就是做人和做事的标准和法则。当时我可不敢说那么多，熊先生是研究古典文学的专家，我哪敢班门弄斧！当时只说，参禅和治学有许多共同点，要讲究“活参”，不是“死参”。“参禅贵活”，是要“思可出其位”，不须拘束。但是“为学知止”，是“正经”地读书，知道学问无止境，而人生有止境。

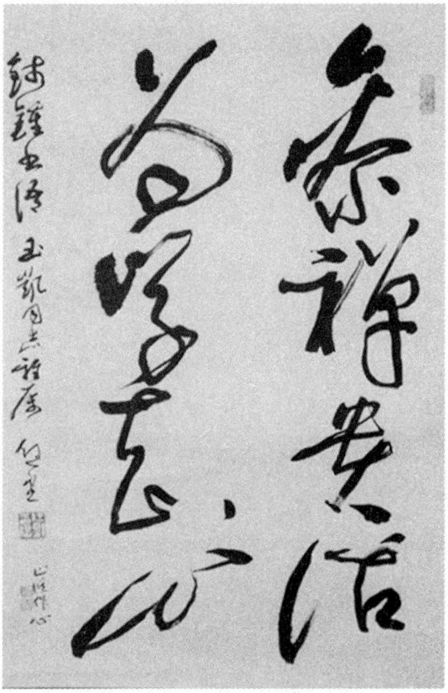

熊先生为我写的书法作品

熊先生没有多日就告诉我写好了，我就去他家拿。取回家一看，发现“为学知止”写成了“为学知心”，肯定是我的钢笔稿没有写清楚。但是我觉得“知心”的意思也很好，不算错，没有告诉他。又过了好多时日，有一次我随意地说到了这事，并谢谢他这样改。他说“不对了，是我看错了，以为就是‘知心’，那我给你重新写吧”。我说“不用了，这样就很好”。“为学知心”，做学问就是要用心领悟。可是他还是坚持要重写，我说：“这样吧，您就在落款处加一个小注就行了，我们看的是书法，字的内容可以加注。”他说：“你的主意很好，你懂书法才这么说。”于是他加了一行小字“止误作心”，又加盖了一个小章。我说不能叫误啊，他说“实事求是”。此事看出熊先生做事的认真到了一丝不苟、精益求精的程度。

熊先生退休后，仍然在艺术学院担任书法老师，也经常辅导书法社的学生，热心书法的一些年轻人也经常出入他的家，工作很忙。我这个人既不能算他的学生，也不敢称是他的同事，所以去他家就很少了。他的老伴儿去世后，又有了新伴侣，经常在南京，见面的机会更少了。但是熊先生的每一次书法展览都会特别告诉我，我也一定会参加。

三、刚强的生命

我从来的习惯是，不愿意打听别人家的私事，如果人家愿意说我会认真听，如果别人不说我是不会刨根问底的。所以长期以来，我一直对熊先生的家世、经历、性格，都不大了解，但我一直认为他的身体不大健康，这是他的瘦黄而不饱满的脸告诉我的，但是我也不便于问他为什么。其实他的身体原没有什么病。

真正了解他是那年他突然生病之后。准确地说是 1982 年他被查出了癌症，而且是很特别的舌癌，据说是连续讲函授课过累而造成的。这种说法肯定是不对的，讲课多了会得癌症，纯属奇谈怪论。当我知道这事儿时，他已经住进了北京协和医院。家属很紧张，我也很担心。那时我正在做系副主任，很怕他有生命危险，就和李离老师专程去北京看望他，是个人也是代表单位。时间在1983年的2月23日，是农历正月十一日。

我们进了病区却见熊先生从病房里快步走出来了，根本就不像个病人。他听说我们来了，异常高兴，说："我没事，我听医生的。可能要做个手术，你们也不用怕。"他的病床上放着的不是营养品，而是书本、卡片和笔。他在备课，在看书，在做资料卡片。医生和护士都告诉我们，他们特别佩服熊先生的心态好，能平静，以无畏和刚强的态度来对付疾病。他却说国家花这么多钱给我治病，我更得好好地备课，病好了好好给学生上课。其实我看得出来，他绝对不是不在乎，而是以这样的镇定的从容稳定家人的情绪，也是稳定自己容易过分预想未来结果而可能的失态。

后来他真的同医生配合得非常好。手术做得非常成功，不仅切除了一部分舌体，也剥除了可能扩散的部分腺体。回到学校后，他努力锻炼自己的身体，那时他做的是一种气功，叫"鹤翔庄"，名称真好。社会上做这个功的人很不少，动作也很好看，像白鹤飞翔舞蹈，这个功其实就是健身操。与一般健身操不同之处是其讲究呼吸的导引。他做得特别认真，我于是联想到熊先生最让人敬佩的认真精神。过了一段，我发现他比未病前更年轻了；脸上居然有了潮红，可以用"神采奕奕"形容他了。我这样说他，一点都不是夸张。他也说自己的感觉特别好。

大约一年后我因为饮食不注意，闹了一回胃病，住院一段时间，医生让我动手术，说十二指肠溃疡早晚都得动个手术。医生说得好像是修自行车一样简单。我不同意，就没有动手术，自然痊愈了。但是后来一直睡眠不好，在那个倒霉的年头，我事事不顺心，怎么能睡好觉呢！我请教了一名老中医，他给我开了几副中药，说能治好。其实都是治肠胃的药。熊先生来家看我，给我带来了一本气功杂志，介绍"鹤翔庄"。我很喜欢学，他相信我能够静心，也能认真学会气功。其实我的学习跟别人不一样，我没学那一整套刻板的动作，而是领悟了那个原理。我用假想的意念和呼吸法导引自己入静，最后能够达到一两分钟入睡，至今也很灵。这可不是什么神秘的东西，就是你能够集中精力才能入睡。有人说睡觉时，什么也不想一会儿就睡着了，那是对没有病的人说来有效，说话的人没有理解失眠其实也是一种病。此处先省略几百个字，不说它了。等我什么工作也做不了时，我就开个催眠班，不收费，教大家怎么快速入睡，不失眠。总而言之，特别感谢熊先生的关心和帮助。我的病好了。

熊先生的刚强，从他的诗中也可以看出来。那是1995年的春节，我去看望他。熊先生很有兴致，让我看了他才写的一首诗《磨剑》：

磨剑钟山意气狂，壮游燕国吊昭王。
为寻感慨悲歌士，直认琅琊是故乡。（琅琊：狼牙山也。）

我说写得好。他还把这首诗抄给了李离先生，我们都觉得他的诗和字境界一样高。诗中说：他是南京人，磨剑钟山，表明自童年起就有雄心大志，意气风发。壮游燕国，是说自己来到了河北这个古燕国之地。保定古称燕南赵北的分界点。吊昭王，是凭吊秦昭襄王。秦昭襄王（公元前324—公元前251），名嬴则，是秦惠文王之子，秦武王之弟。公元前307年，秦武王殁，诸弟争位；赵武灵王与秦国的魏冉等大臣立嬴则为秦昭襄王，简称秦昭王。昭王在位时间长，任用魏冉、范雎、白起等名臣，治军备战，富国强兵，使秦国奠定了将来一统天下的基础，是有特别功劳的先王。凭吊是古代的一种风尚，盛行于南方。屈原自沉于汨罗江中，楚人追念他的美德懿行，端午吊屈原，划龙舟，投粽子。吊昭王也是古代盛行的活动，唐代汉水沿岸还有投吊昭王的古风。唐人梁洽在《观汉冰》诗中写道："求思咏游女，投吊悲昭王。水滨不可问，日暮空汤汤。"五代以后，几乎就没有投吊昭王的活动了。这里的"凭吊"只是熊先生对历史的评价态度。

李离先生的古典文学底子甚好，是文人雅士，能诗能文，读了熊先生的诗，和了一首：

和任公述怀诗

老来不减少年狂，粪土公卿非帝王。
驰意八荒游梦远，天涯何处不故乡。

李先生受熊先生的影响，也说自己少年曾狂情一时，老来也并不减少年狂气，生命并不平淡，颇有激扬文字、粪土帝侯的意气。他参加革命早，也因胡风一案错受打击和迫害。我也有诗 3 首奉和：

读《磨剑》诗，依韵题熊任望先生草书

野马风樯劲且狂，鸦行鹊厉驰忽张。
吴山自古生英气，化作书神驻墨乡。

再步《磨剑》诗，依韵述怀

弱岁能狂未敢狂，中年坐井自封王。
群书列案观沧海，浑忘吾乡是燕乡。

再和熊任望先生并答李离先生

踏青吾爱蝶飞狂，归伴齐夸牡丹王。
春暖今逢艺苑暖，墨香醉后入书香。

第一首是评说熊先生的书法。我认为他的作品充满浪漫气质，弛张自如，我没有小看熊先生的书法，说南京人古来多英才，说他的墨中有英气，是很高的称赞。熊先生看了并没有称赞，似乎不大满意。其实里边用的词语是有典故的。梁武帝萧衍《草书状》中对草书有形象的描述："疾若惊蛇之失道，迟若渌水之徘徊。缓则鸦行，急则鹊厉，抽如雉啄，点如兔掷。乍驻乍引，任意所为。或粗或细，随态运奇。云集水散，风回电驰。及其成也，粗而有筋，似葡萄之蔓延，女萝之繁萦，泽蛟之相绞，山熊之对争；若举翅而不飞，欲走而还停。状云山之有玄玉，河汉之有列星。厥体难穷，其类多容。婀娜如削弱柳，耸拔如袅长松。婆娑而飞舞凤，宛转而起蟠龙。"书法艺术具有的无穷魅力，竟把人们吸引到如此神奇、如此美妙、如此深邃的境界。梁武帝的这段话深刻地道出了书法怎样体现着矛盾的美，于此亦可窥见一斑。

第二首是借题发挥，说我自己。我一生稀松平常，受家庭影响，认真做事，小心做人，自吹狂气也没人信，不能同二位先生相比，不如带点游戏口气。当了个老师，只同书打交道，也许只能关起门来称王称霸。“浑忘”也不是真的忘记了故乡。就那么说，无非说自己沉溺于书中，哪里敢做个“慷慨悲歌之士”！诗有点消极，但是并没有说假话。

第三首是意犹未尽之续。我将诗送给了熊先生，他说：“写得好，要是用毛笔写出来多好。”我即将第一首写成了一个小小条幅给了他，而且尽量写得“狂”一点。因为他对我说过“敢写就行，越写越好”。他只说个好，没有别的评论。那张字也许早就没有了。

四、《临〈兰亭序〉长卷》及其影响

熊先生的一生最得意的书法作品大概是他的《临〈兰亭序〉长卷》。这件作品因为有启功先生的题跋而得已正式出版，为先生赢得了很大的名声。说来这件事与我有点关系。那我就从头说起。

1988年2月4至6日，正是春节前的腊月十七至十九日，河北省民俗学会在鹿泉召开学会的成立会。我在会议休息时，跑到了书店淘书，书一本也没有淘到，却见书店里挂着几张正式出版的字画，是江苏美术出版社的印刷品。价格便宜得有点像白给，我只买了两幅，一件是胡小石的草书长卷《自作诗七首》，定价：2.35元，高二适的草书长卷《韩愈：送孟东野序》，定价1.95元。我不敢独占，赶紧告诉我的舍友们，几分钟大家就抢光了。记得还有林散之、唐伯虎的。会议结束，我回到学校就将此事告诉了熊先生。没想到他对这两件作品特别有兴趣。他很惊奇地说：“书法要是写成这种手卷形式真好。”原来胡小石和高二适跟熊先生都有关系，熊先生特别熟悉。他反复看了几遍，说：“高二适就是我们南京人，已经去世了（1977 年），是很有名的学者和书法家。胡小石就是我的老师。”他说：“这两件作品对我启发很大，我也想写这样的长卷。”后来先生临写《兰亭序》和创作长卷《李白诗将进酒》都与我们这次的谈话有关。

熊先生的书法得意于两体，一个是魏碑体，一个是草书。他没有专注过行书。事隔不久，有一天熊先生特意来我家里，他说：“上次看了你那几件作品后，回去就临写了王羲之的行书《兰亭序》，当然是临写潘龄皋的摹本，真迹是谁也见不到了。自己花钱印制了 100 份，第一个应该送给你。因为我是受你的启发而创作的。”当时我很感动。我说不能说是受我的启发，是受胡、高二位先生的作品启发。可见熊先生做人的朴实和真诚。

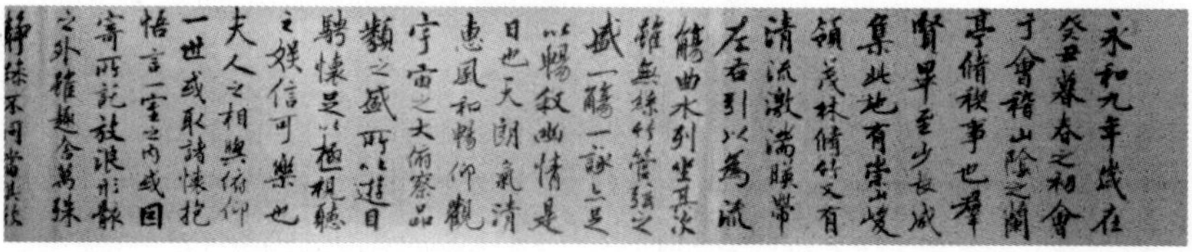

a

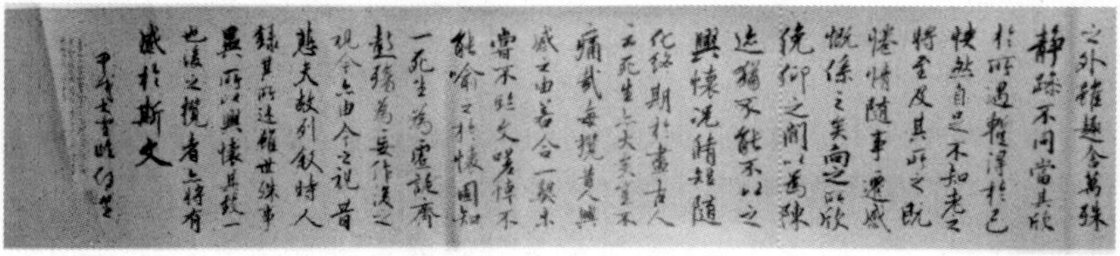

b

熊先生书法作品

我即时想，他完全可以不这么说；写书法长卷并不是没有历史先例，为什么归功于我的启发的呢？古人席地而坐，桌子是长条案，一张纸从左向右拉着写，写完一张再续一张，这很自然。我将熊先生的临写作品打开一看，一股清风扑面而来，笔势的秀逸而有力，章法的酷似，让我特别喜欢。熊先生的临写作品有很多可以研究的信息。如自古临写字帖其实不必亦步亦趋，连涂抹的字也照样抹一回，那叫复制，并不是临写；临写只要学其精华、得其精神即可。而那种精神是要用心思考后方能悟得，熊先生正是这样。他的临写“反奴为主”，即妙在似与不似之间。神似形不必似。当然他仍然有魏碑的味道，转笔、捺笔与方笔使用较多。看来多年形成的写法想丢掉也是不容易了！

后来熊先生将这幅字送给了许多朋友。熊先生还想得到前辈的肯定，于是在一个特别的机会拜访了启功先生，请求启功先生写个题跋。据说启先生披览了这一长卷后，说：好吧，我现在就来给你写个题跋。这符合启先生的风格，我在北师大读过书，了解他为人十分厚道，对来求字的人几乎是有求必应。熊先生逢人即说，启先生真是才思敏捷，出口成章，让人特别佩服。启功先生写的是：

任望教授执教之暇，唯耽八法，寝馈于禊帖，无间寒暑。此卷信笔所临，展大真本。玉枕之后，独开生面。自识云：“反奴为主”，盖深造有得之言，非预期富有非豪语，获观题尾以志眼福。

熊任望先生临兰亭长卷

一九九五年秋日获观于首都寓舍

启功时年八十又三

这一题跋对于熊先生是很重要的。这段题跋虽有“眼福”之类略为客气的礼貌语，但也不是应酬之评，因为熊先生自己的作品后面有个小跋：“学古人书，初求似，继在似与不似之间。终乃不似。随常识年龄之增长，渐入佳境，今尚未到，记以自勉他日可望反奴为主。后三日。”“展大真本”，是说真本不见了，间接的摹本也能将原作发扬光大，别开生面。“反奴为主”是熊先生的话，是临写方法的追求，即汲取其长，也不离自己风格。

熊先生特别重视启先生的题跋。回来后，他就申请正式出版了临兰亭长卷，并且附以启功先生的题跋。不过至今我也没见到过有跋的那幅字什么样子。他也没有跟我说过这件事。我是听李离先生告诉我的。题跋的几句话也是李先生抄给我的。

后来熊先生在莲池举办过一次书法展览。那是他书法作品的一次大展示，有长卷、条幅、横幅、对联等式各种形式，字体有魏碑体、楷体、行书、草书、隶书各种艺术体。来参观的多是他邀请来的朋友，我也参加了。那里最长的长卷便是在桌子上半舒半卷的一部《李白诗将进酒》，笔势的矫健飞翔、章法的变幻多端、气韵的一泻而下，足能让人浮一大白。这肯定是他的书法最高峰。

五、熊任望先生的楚辞研究

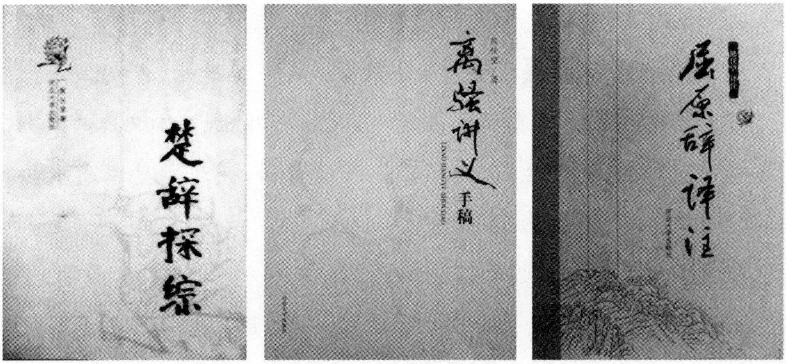

a　　　　b　　　　c

熊先生的楚辞研究著作

熊先生不止一次说过："文学和艺术的创作才是真功夫，文学批评那是没有用的东西，是啃死人骨头。"这话不会有大错，但是似出语偏激。浪漫派的艺术家说的话，自有他的道理，我们不必认真地细究。但是也不一定同意，因为他打击的面也太大了。

我第一次听他这样说，是一个冬天的下午，我到他家中有点什么事，记不清楚了，是同他聊天时候说的。我从其他朋友那里也证实了他的这一观点，可知他这样的意见并不是偶然的发表，是深思熟虑的见解。他说的文学研究当然指的是我们平常写的那些论文，不管是文学研究的文章，还是艺术研究文章，都可以算。他说的创作应该包括诗文创作和书画创作，写字也是一种艺术创作。

我认为熊先生的研究和创作在上面两个方面都是有成绩的。我知道先生的意见虽然不正确，倒也不是他独到的见解。中国古代文学里，没有文学批评学科。朱自清先生曾经对此很不满意，他曾说在传统观念中，把“诗文评”看得不重要，甚至连同诗文视为雕虫小技，认为“诗文贵在能作，评者往往不是作手，所评无非废话，至多也只是闲话”[①]，“我们这个时代，认为文学批评是生活的一部门，该与文学作品等量齐观”[②]。朱自清先生是研究哲学出身，精于文学和美学之道。他是通古今、知时变的学者，他的话是对传统观念的批判，见解有开风气之先的意义。

不过，熊先生的话一定有所指，他绝对不会故意诋毁文学研究。他可能在说那些抄来抄去的文章是没有价值的，那我就懂了。另外重视创作，也是对的，我们最不喜欢的就是不会写诗、小说、散文、论文，却天天头头是道地给学生讲文章做法的老师。我这样的理解不知道对不对。熊先生既有书法艺术创作、诗歌创作，也有文学研究的著作出版。但总觉得熊先生强调创作有突出自己一生的贡献在创作的意思。

不管中国古代还是西方，对于文学批评的看法有些一致的意见，批评家不是诗人、小说家的奴才，不是跟着人家跑腿和巴结作者的走狗。批评家也是创造者。从中国古代的诗批评兴、观、群、怨之说到《诗大序》、陆机的《文赋》，到梁代的《文心雕龙》文学批评论，足以证明古代中国人的重视文学批评，中国的文学批评家也并不低贱。西方的日内瓦学派更有新的看法，他们反对实证主义式的批评，提出批评家追寻的是作家深层的内在生命，即发掘初始经验的意识根源，并且通过自己的批评语言深入到作家所创造的世界中去。批评是批评家与诗人的精神历程相遇合。文学批评从根本上说是一种人类意识的形式。批评作为一种“次生文学”，与文学创作的“原生文学”是平等关系。批评是关于文学的文学。理想的批评过程是批评主体与创

① 《朱自清全集》第3卷，江苏教育出版社1988年版，第23页。

② 《朱自清全集》第3卷，江苏教育出版社1988年版，第212页。

作主体间的不间断的往返。这些道理，我也不好对熊先生说明白。但是我敬佩熊先生是有能力的诗人和书法家，也写过研究楚辞的论文。

有一次熊先生突然间问我：在民俗学里面，有没有“招魂者自招”的例子。我认真地想了想说：没见过。后来我认真地查过资料，仍然没见过这方面的证据。自己还活着怎么能够为自己招魂，如果自己精神上出了问题，怎么会清醒地想到给自己治一下精神上出的问题呢？这不是有点不合逻辑吗？后来我知道他那时正在写一篇研究屈原《招魂》的论文。历来研究《招魂》的人有几种观点：东汉王逸认为《招魂》不是屈原所作，“《招魂》者，宋玉之所作也”。自从清方东树提出“《招魂》的描写不合屈原身份”之后，王逸、洪兴祖、朱熹等均认定《招魂》是招屈原；上帝欲“辅”的是屈原。从“屈诗”的总体上看不存在“与屈原身份不合”的问题。说法不同，问题很多：《招魂》的作者是宋玉还是屈原？《招魂》的描写合不合屈原的身份？《招魂》的“引文”“乱辞”与巫阳招辞的风格志趣为何不同？巫阳招魂入“郢都故居”，与“乱辞”“魂兮归来，哀江南！”离魂归处为何不一？熊先生主张这篇作品肯定是屈原所作，“屈原的《招魂》是自招”。这并不是新的观点，而研究界一向就有的看法。所谓的“屈原自招”指的是“屈原‘愁苦无可宣泄，借题寄意’的虚构幻想，是屈原被流放江南之时，思念故乡郢都，在离殃而愁苦中遐想：自己身体似乎仍在郢都故居，而灵魂却离散在外。同时虚拟出上帝命巫阳为自己招魂的幻境，假借招魂表达欲归郢都的愿望”。巫阳招魂，第一步从“天地四方”将离魂“招入修门”。第二步（从“工祝招君”到最后的“反故居些”），把招入郢都之魂引入故居（回到失魂者之恒干）。巫阳和配合巫阳的“祝”在完成招魂任务后就退场了。“而《招魂》的乱辞，诗人已经从幻境返回现实。其‘魂兮归来，哀江南’的呼唤，则是屈原让遐想的思神（魂灵）回归本体（也就是‘自招’）。”我虽然并不同意熊先生的观点，但是他的研究仍然是很专业的思维，也是努力独创的设想。

我一直以为，那个《招魂》并不是屈原的作品，而是民间无名氏的作品，只是附会地加到屈原名下。

六、熊任望先生的旧体诗词创作

我早就知道熊先生写诗，而且中规中矩地写，但是无缘见他的诗是怎样的整体风貌。记得某年秋天的下午，我到熊先生家里看望他。他给我读了一首新写的《诗书畅想曲》：

熊先生的诗歌著作

诗书本无法，
从心所欲即玑珠。
兴来如临洛水，
惊鸿游龙宓氏姝。
兴去烟消云散，
见狂且不见子都。
乌鸦凤凰同是鸟，
何必问高飞低翔入霄无？

墨翟爱我为摩顶，
袖手旁观有杨朱。
千幅写罢骑牛云游去，
收于残局温良恭敬一腐儒，
五岳归来知全性，
忽觉天生德于吾。
雕虫小道也，经国大业乎？

1995 年 8 月 22 日

诗中的观点，我是很赞同的。“诗书本无法，从心所欲即玑珠”，应该说既有法，也无法。

说无法是自己掌握了法后的自由心态。我可不敢说根本无法，更不敢说自己是被主张兼爱的“墨翟”摩过顶，还能“五岳归来志全胜，忽觉天生德于吾”。这诗是有点狂得不可一世。我想写诗大概应该如此放开心胸地写，不必拘谨。我其实并不喜欢这种楚辞体的诗。因为我总觉得这种诗很怪。加上那么多的“兮”很别扭，我相信古代当时不是读作“西”音，而且这种衬字非得写到诗里也很怪。那次熊先生还给我读了他写在小本子上的其他几首诗。记得有几首楚辞体的诗如《梦游大海》《迎二十一世纪》也是一样的风格。我也记不住那些句子。2011 年，河北大学出版社出版了熊先生的诗集《知养斋诗草》，我才认真地读了那些诗。集中正好收入了《梦游大海》《迎二十一世纪》。前者是写的是一个梦境，梦中游大海，怎么游呢？不知道。但是也写了自己的书法创作意象：“帝命蒙恬贻我如椽笔，相将司墨曹素功。大叫三声翰飞舞，辞若涌泉字若风。”这是从怀素的《自序》中得到的启发，其实怀素书写的诗并不是他自己的作品，那是唐人窦冀的《怀素上人草书歌》：“粉壁长廊数十间，兴来小豁胸襟气……忽然绝叫三五声，满壁纵横千万字。”熊先生在诗最后写：“醒时论书左右难，梦中肆无忌惮出大言。”这就使全诗没有出现漏洞，结尾处将包袱给缝好了。后者从自己经历的抗战写起，到“文革”前 17 年再到“文革”，再到粉碎“四人帮”，拨乱反正，再到香港、澳门回归祖国。鸿篇巨制，酣畅淋漓，写得很用心，也写得好，但是用这种体总觉得有点别扭。这只是我的感觉。

总之，看先生的诗集，内容丰富，记传的方面为多。阿宁说：“他的诗，可以看作是他个人生活的编年史，只可惜最早的诗是 1963 年作的，更早的诗大约是搜集不到了。这是一部缺少了前半生经历的个人史。而时代的变迁、社会的风雨，都在这位老人的人生中留下了印迹。因此，你可以把它看成是一个时代的写照。”①的确是这样，我认为他写的生活面很广，有的是经历的时代大事，有的是自己的人生轨迹，其中更多的是写故乡，写母校，写师友，写亲人，还有一些山水游记内容。即使是自己的小情趣、小感受、小纪念，也沛然成章，诗味盎然。他生活态度健康向上，自信而勤奋地进行书法创作和学术研

① 熊任望著：《知养斋诗草·代序》，河北大学出版社 2011 年版。

究，丝毫没有低回和灰暗的情调。此种生活态度形成了诗的激昂乐观风格。如他的《复登岳阳楼，感赋》："伤心汨罗水，快意岳阳楼。人生多忧乐，愚智不相谋。楚魂今何在？翩翩湖上舟。"人生虽然多忧乐，却很欣赏范仲淹的人生态度。有一部分诗，从题材到风格明显受到屈原李白的影响，如《偕友登采石矶三元阁》："缥缈望天门，长江远入云。引吭歌一曲，惊醒谪仙人。"《读某种文学刊物》："莲出污泥从不染，一身芳洁伴清流。清流忽而成污水，菡萏愁殇六月秋。"

有的诗，虽然是小题材，也是好诗。比如我很喜欢他的一首《笋》："卧病三朝未倚窗，簭笼猝尔现昂藏。一条光杆指天立，势欲摩肩过老篁。"诗律和韵很严整。这是先生一次生病时的自我鼓励的诗。他几天未能起床，这一天向窗外一看，一棵竹子生出了新芽。昂藏，是挺然翘然，正是竹子的特点，不出则可，出芽就其势迅疾，让人有猝然而生的印象。这是精神上发现自己不应该倒下，要强力地站起来工作。在一首诗里对"竹"出现了 3 种称呼"笋、簭笼、篁"，真是苦心孤诣的教授诗，很有学问。还有让我感兴趣的是，四句诗各有风格，第一句开篇多留下了一些抒情空间；第二句写得太典雅难懂了；第三句则大变成了一句俚俗句，简直气死焦大；但是第四句收得特别好，充满浪漫味道。诗中有先生的乐观与幽默。

熊先生诗的作韵颇为讲究。比如下面的几首诗：

孟庙

棂星一入士扬眉，天下平治舍我谁？
古柏丛中隐奇鸟，见人长啸向天飞。

题"凤"字中堂

凤兮凤兮不可留，此心只在楚山头。
楚山若是无栖处，尚有湘江橘子洲。

思念

瑶琴欲抚已无弦，倩影空留素臂寒。

孤竹临窗故摇曳，飞光不见泪阑干。

述怀

磨剑钟山意气狂，壮游燕国吊昭王。
为寻感慨悲歌士，直认琅琊作故乡。

临汾大中楼铁牛

大中楼外汾水流，大中楼里卧铁牛。
此公悠然三遁世，不知人间几春秋。

这几首诗的用韵，精致而且和谐。值得研究的秘密在“平、上、去、入”中，都是“上、上、平”的形式，我想，这并不是偶然的设计；是为了表达诗人向上的激情，这也是古已有之。如李白《清平调》：“云想衣裳花想容，春风拂槛露华浓。若非群玉山头见，会向瑶台月下逢。”李白《上皇西巡南京歌》：“剑阁重关蜀北门，上皇归马若云屯。少帝长安开紫极，双悬日月照乾坤。”郎士元《送麹司直》：“曙雪苍苍兼曙云，朔风烟雁不堪闻。贫交此别无他赠，惟有青山远送君。”司空曙《江村即事》：“罢钓归来不系船，江村月落正堪眠。纵然一夜风吹去，只在芦花浅水边。”这些诗也都是这样的设计。此处只是随便说到，感觉熊先生对诗有深入的研究，细致理解诗中四声安排，而不是简单的“平平仄仄”，还需要细细的研究。《宋书·谢灵运传》中说：“夫五色相宣，八音协畅，由乎玄黄律吕，各适物宜。欲使宫羽相变，低昂互节，若前有浮声，则后须切响。一简之内，音韵尽殊；两句之中，轻重悉异。妙达此旨，始可言文。”这是说自然界的声音相互协调，构成了大自然声之美，在诗文上，各种声调变化，高低、轻重不同，才能让语音错综变化、和谐悦耳。一首诗中，声调须有变化；一联之中，高低、轻重各不相同。只有理解了其中的奥秘，才有资格说文论诗。格律诗是语言的艺术，其语言含蓄、凝练，有节奏感、韵律感，真正掌握格律的人，才能更好地体味其魅力之所在。读熊先生的诗会受他情绪的感染和精神的鼓舞。关于这一点是必须给予充分肯定的。读诗要有专业的思维，也得细心品味。

七、熊任望先生的书法风格

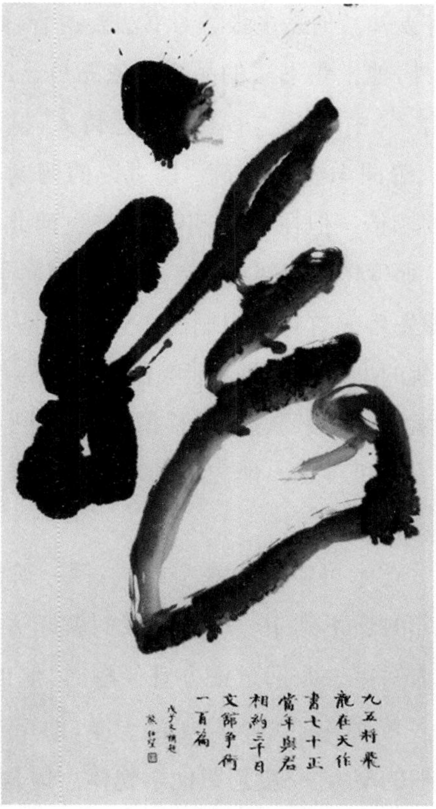

a

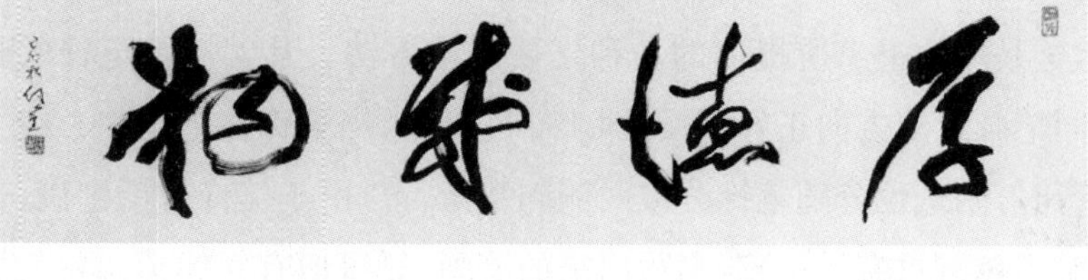

b

熊先生的书法作品

我认为上面两幅是熊先生写得最好的作品之一，字体兼草、隶、魏碑体，整幅浑然一体，是不容易达到的境界。这是先生用了一生的努力达到的水平。熊先生已出版的书法作品有《当代书法家精品集·熊任望卷》《临〈兰亭序〉长卷》，2010年与熊百之合编《靖江熊氏书法传承录》。熊先生在自己的诗中表达出他苦心创作书法的体会。如《赠老年书友》："学书学画老来痴，泼墨挥毫无已时。一幅漫成颠倒看，闭门不叫外人知。"他是主张学习书法要执着，而且自己多多地研究和思考。另外，他主张书法的品格得依靠自己的文化素质的提高。他在《诗书合一》中写道："书家首先是诗人，柳老斯言久不闻。何日高明执牛耳，清词洋溢画堂春。"这里说的柳老，大概指的是诗人，也是书法家的柳倩。他在1990年前后来过河北大学讲学，也搞了一个书法展览，那些作品全部是他自己创作的诗词，好像是讲过这样的话，得到了熊先生的首肯。中国的书法一向是与诗画相连接在一起的艺术。古代的书法家大多是能够作诗、作画、作书的，如苏轼、黄庭坚、米芾、赵孟頫、文徵明、唐寅、徐渭等。在古代只会写字而不会写诗文的书法家是极少的。熊先生的书法很明显地受到他读诗、写诗的影响。

熊先生的书法艺术可以分为3个阶段：第一阶段为碑体阶段。他到河北大学工作时还不到40岁，那时我们就知道他是"书法家"，但是他极少给别人写字。我们过去办宣传栏时，他也跟大家一起抄大字报。他写的多是工整的魏碑体，笔法干净，如斧劈刀割一样斩截清爽。我很喜欢他的字，还一度想跟他学魏体。但是我访问他后，他说应该从楷体学起。他也写草体，但是多是以碑体方笔为基础的草书。他说学的是怀素，我看不大像。熊先生的笔法，应该说是中锋用笔，这是历代书家所提倡的一种主要运笔方法。其实质是笔锋的指向同笔画运笔方向正好相反，即180度平角，当笔锋在笔画中心线上运行时，副毫也分随笔锋分披两侧同步运行。由于笔锋含墨饱满，运行时墨色沉重有重量感，书写出来的笔画，显得似有立体感。古人所谓"锥画沙""屋漏痕"的笔法，就是中锋运笔的效果。一般说，魏碑体也是中锋运笔。但是魏碑体的走笔并不是中锋被主锋拖笔运行，而是全锋一齐拖拉而行，而且要方笔开始，末笔出锋斩截，不藏锋。因而显得字不很含蓄。一般说魏体笔法简单，外露的东西多，比较好学。我一直认为那种字体并不是写出来的，而刻出来的。一定要我们的笔模仿刀刻的痕迹，从而形成一种书法的字体，只能追求一种美术字的构思方式。熊先生觉得学魏碑入门快，但是正如他对我说过的他苦于不能够跳出魏碑。

第二阶段是临兰亭后阶段。1995 年熊先生临写的《兰亭序》是他书法的佳作，标志着他试图走出魏碑体的努力成果。能够得到启功先生的肯定不仅仅是一种荣耀，也是他多年努力后开启的新征程。不久，带有启功题跋的《临〈兰亭序〉长卷》正式出版，使他获得很高的评价。熊先生的创作出现了一个飞跃，走向高峰。不久在保定市莲池举行的熊任望书法展览中，最让我难忘的是他的《李白诗将进酒》，很舒展地陈放在长桌上。笔意酣畅淋漓，挥洒自如，这已经是国之瑰宝，足以传世。这以后的几件作品都达到了他一生创作的高峰。

第三阶段，衰年变法。进入 21 世纪以后，熊先生书法影响越来越大，社会工作越来越多，不但仍然为河北大学艺术学院讲课，而且带研究生；还为社会上的书法班授课；暇余还有一些登门拜师的年轻人到他那里讨艺问道。他培养了一批书法弟子，这是先生厚道为人、勤于工作的表现。我是既不能算他的学生，也不敢称作他的朋友，于是来往也就越来越少了。到了后来他的原配夫人病逝，又与南京一位女士结婚，主要在南京生活为多，更很少见他。但是听说他身体很好。他跟学生们说，他这时期的书法创作追求的是返璞归真。我在几次的书法展览上总见他用力恢复古朴，表现为他再次回到了魏碑体。听说他有衰年变法之说，我一点也不懂，但是，我想写了一辈子书法，可能会有一种想跳出束缚，尝试自由的渴望。他一定有他的道理和快乐。先生说过："书法的最高境界就是自然，这个是很难达到的，虽不能至，心向往之。这是一种追求，并不是说我能达到。现在开始在我的楷书中，慢慢地能够随心所欲，开始随意写。随意写比我慢慢写还要好，我想写好它倒写不好，信手一写，它倒好，慢慢地走向这个境界，所以书法的最高境界是自然。"后来他给母校南京大学的题联“钟山腾紫气，志士耀黉门”也用了这一体。这比起早年他的魏碑体，不再追求见棱见角的斩截风格，笔法更活，加入了行草的笔意，但是追求八面露锋仍然保持没有变。这是不是可以算变法之一。

熊先生的书法作品

变法另一种表现，可能指的是那种“龙门体”。以碑体为框架，笔法尽显朴拙的金石味，当然是有新的追求，坦白说，我是不喜欢的。心想，为什么非得那样写呢？后来又多次见他这个字体，我就不敢再说了。他曾经接受韩映山公子大星的请求为《韩映山文集》题写书名，熊先生答应了，很认真地一连写了几十张纸，一半是草书，一半就是那种“龙门体”，交给出版社后没有被采用。是出版社不喜欢，还是大星本人就不喜欢，那我就不知道了。

总结熊先生一生的书法创作，尽管我说，多方面的探索都是有意义的。但是我主观认为他的草书是最体现熊先生创作成就的代表。他一生的努力创造了自己的辉煌。中国书法以草书为最高境界，这是书界之共识。因此从来也没有楷圣、行圣。书法中有“草圣”之名的很多，如杜甫称“张旭三杯草圣传”，也称怀素为草圣，大概因为草书的写法变化多端，虽然有规范，但是创作的空间极大，具有很大的自由度，是写意之作。书法家如果想以草书出世，除了天资出众之外，必须性情豪放，想象丰富，也得有艺外的功夫，积学深厚才能成功。历来书家能以草书名世者，应该说是少数。宋代“四大家”中除了黄庭坚，蔡襄、苏轼、米芾都不善作草书。黄庭坚曾说，几百年来，悟得草书真谛的只有张长史、怀素，以及他本人而已。

所以选择草书名世，是得有勇气的。熊先生是书法家，名不虚传。

书生李离

李离先生

李离先生于2015年3月8日突然间离开了我们，我想写一篇很长的文章来悼念他。

想了一个下午，只有泪水，无法成文。只在给远方朋友的短信中写了一句话：

李离先生走了，留下了我……

然后就哭得手不能写字。

我们相知相识、亦师亦友的感情，无法用几个字或者一首诗来表达。突然间想起了10年前我写的一篇旧稿《记李离先生》，那是我用了一两天的时间写完，至今也没有让他看过。当时是准备收入我想出版的一本散文集《紫竹箫》中的。后来出书的事情有点变动。因为那本书的内容太多，想分成多本出版为好。先生一向很喜欢看我的文章，我想，那不是因为我写得好，是他想知道我在想什么，看文章也是对话聊天。现在先生已经离开了我，很遗憾的是他从来没有看过我给他写的这篇文章。即先以下面这篇文章追悼他。

一、爱书如命

李离先生近80岁了，是我的老师，是资格很老的老革命、老党员，也是一个"老胡风分子"。说"老胡风分子"有点语病，因为他在20世纪50年代被定为胡风分子的时候，是个青年人，是一个在大学里面教学的青年教师。有人说过："上帝允许青年人犯错误。"但是那时中国是不相信上帝的，所以中国的政治没有饶过他。因与胡风有联系，他受到了牵连，成了"胡风集团分子"。他资格老，读书多，才能高，好臧否人物，议论时政，口才出众。他有点晋人之风。他在学校讲课很崇拜鲁迅，因之也佩服胡风，没想到就给牵连上了。这一牵连就是30年，一生中最好的时光都在"牵连"中度过了。"文革"后，他的问题算是得到了解决，可是老伴儿却去世了。虽然有儿子、女儿，他们也都很孝敬，他却长期住在学校宿舍，先后送走了自己的母亲和近百岁的父亲之后，剩下"孤独的自己"(李离语)。说起这些事，真是一言难尽。现在离休了，只一个人住着。他其实并不算孤独，他有一生相伴、不会离开他的3个"老朋友"：一个是烟，一个是京剧，一个是书。

李离其实是个化名、笔名。他是山东人，姓张，和胡风一个姓氏。用化名这点像胡风的那些朋友，平常都用化名。

他是个标准的书生。我总觉得，在那个非常年代里，真正的会玩儿政治的人，是只让别人受他的迫害，而自己是不会受迫害的。书生气十足的人，爱发议论，好批评。书生说话，谁也保不准句句都说对，也保不准说的话不被别人知道。因为我们的"包打听"铺天盖地，比尘土更多,比苍蝇能钻。好发议论的人都有个逢事死认真的习惯,加上他山东汉子宁折不弯的性格,造就了自己的悲剧。其被认定为思想反动者之流,实属冤枉,他的人性善良,思想博厚,是一位对人生、对文化充满热情而深沉的人。我看过李先生年轻时的一张照片,我敢说见过的人怕是不多的。不知道那天是为了什么事,他取出了那张年轻时的照片让我看,说:"马雅可夫斯基!"我说:"真是太像了!"

李离先生爱书,他到保定工作的那些年几乎没有一天不到书店里看书、买书。他主张读书无禁区,无论古今中外的书,什么都读。他见到我的第一句话一定是问我最近看了什么书,写了什么东西,有什么好书,一定回来告诉他。我们有时就互相代买。我早就知道钱锺书有一本《写在人生边上》,但是找不到。大约是1990年秋天,他高兴地说他从天津买到了这本书。他说:他特别喜欢钱先生的思维。我借过来,当晚立即读了一遍,我说:"写得真好。钱先生就凭这一小本书就是个学问家,也是作家。"我一下子从中国社会科学出版社邮购了两本,于是我们说话就总是这个话题,那是特别开心的日子。1991年暑假后,他从天津回来,送给了我一本杨绛先生的《干校六记》。他说:"你看好不好,三联的版本,还是初版,才两毛四分钱。"我想起来我从涿州地摊儿上淘到的《七缀集》才五毛钱,也是初版本,原价一块一。我说:"这种繁体字的破书谁会买?半价吧!"于是五毛钱成交。得罪得罪,真对不起钱先生!说到这里我们会心地笑了。

李离先生懂书,他有时自己不买的书,知道我一定喜欢,也会鼓动我买。如初版的《宗白华全集》,才66元钱。我一下子买了两套。另一套送给朋友也好。还有,《全唐诗》《资治通鉴》《全唐文》《全上古三代秦汉三国六朝文》《全宋诗》《历代史料笔记丛刊》等套书,也都是在李先生的介绍下买的。这些书让我能够开始系统地读书了。

李先生的爱书,有点将书拟人的倾向。他人品善良,总是把书当人看待。他常到书店转转,看见了好书就会买一两本、三五本回来。他已经快80岁了,嗜性不改。他有一次见了一本《四库全书总目提要简编》,书很旧了。虽然他已经早有这种书,还是将书买了回来。回到家,他用软布将书上的土擦干净,爱抚地翻读,那情形好像从尘芥堆中救回来一个流浪儿。他说：太可惜了！李先生有很长的时间被“贬”在中文系资料室工作，他管的书总是井井有条，一丝不乱。有的旧书破损了，他就找来厚纸和胶水一点点地粘好，封面和封脊上都写上书名，看上去很别致。我觉得就凭他如此爱书的劲头儿，他就不能不是个好人！

李先生自己所藏的书品种真多。他喜欢的作家学者，中国的有鲁迅、王国维、陈寅恪、周作人、孙犁、胡风、路翎、钱锺书、郑逸梅、汪曾祺、闻一多、朱自清、顾准；外国的，他读过的更多，有托尔斯泰、契诃夫、陀思妥耶夫斯基、巴尔扎克、雨果、高尔基、莎士比亚、普希金、马雅可夫斯基。中国古代文学他喜欢明清小说，特别是《儒林外史》《官场现形记》《红楼梦》《三国演义》《水浒传》《金瓶梅》，他读过的古典诗文很多，如屈原、陶渊明、杜甫、李白、李商隐、苏轼、陆游的诗词。他读过的书都有清晰的记忆。我觉得他喜欢的书有两种：一种是性情中人的书；一种是思想者的书。反正那书里面要有一些掌故才好。但是他最了如指掌的应该是古代戏曲，我敢说有关中国戏曲的书他是了如指掌的。他因而爱京剧，是个京剧万事通。他收藏的京剧录音带、录像带特别多，大都是自制的。一次他让我看梅兰芳的《洛神》。我说：“我看过的，巧得很，我一生中第一次看过的电影就是《洛神》，但是我也愿意再看一遍。”我看后说：“过去觉得他唱得好，现在发现他的做戏真美。”他对此大声说他也有同感。

我常常觉得他对书十分虔诚，他的读书是没有功利心的。读书就是养心益智，读书就是排遣寂寞。但是有思想的人是永远不寂寞的。

李先生对书特别爱惜，多年保存的书都像崭新的。他指导学生论文时，学生也会借他的书。他虽然不大愿意借出，但是总是说可以的。有的学生有癖好，好在别人的书上乱画道道。他看到自己的书已经被画得乱七八糟时，他说：“我的书是从不乱画的。你把不属于自己的书竟然画成这样子了，这本书我也不要了，送你得了。我再买一本吧。再有，画那么多，怕是自己也不知道为什么画那些道道儿了吧？”那个学生十分难堪。这是已经过去多年的故事了。现在回忆起来，我还想说一句话：愿那个学生已经改正了这个毛病，因为我不但讨厌别人在我的书上乱画一通，还不愿意被折书角。书一旦被折，是永远也不能恢复平展了。将来一定会从这里老化而折断。我们对书有读的义务，绝不能蹂躏它。李先生的书德极好。他向别人借书总是在必要的时候才开口。而且一旦借来就只读这一本书，不做他事。读过了就归还，从不忘记。一位作家的书房里写着这样的字："老婆不借书不借。"李先生没说过这样的话，大概也怕占有别人的书时间过长会让人反感吧。

李离先生好买书，而且多年乐此不疲，但是不好买书架。我有时到他的家中聊天，说起此事很感慨。我说：买了书，就得准备书架存放；书架多了，就得换大房子。平均每 10 年就是一个周期。如此这般地累积下去，的确永无宁日。他说，他的书不管有多少，在什么地方存放他都知道得一清二楚。他的本事是不点灯也能够将自己的藏书如探囊取物一样将它们擒拿到手，好像即使在黑夜里也能用自己的左手抓住右手一样。他家中一个巨大的壁橱里面几乎全是书。要是从书山脚下取出一本书来，眼看着它就在那里，也要有一番体力劳动。

二、读书如探险

李离先生好读书，对资料的收集也十分仔细。他在被划为"胡风分子"的那些年，是在资料室工作的。他习惯于收集资料、保存资料。他多年的剪报、活页文章，都存放得井井有条。一年下来，他将旧报和旧杂志处理掉，但不是为了那几个小钱。他钱不多，但是不大爱钱。我觉得只有渴望钱多发财的人才爱钱如命。他绝对不是。一次，他将一堆旧报卖给了一个收破烂的乡下人。那人出校门时却受到了阻止，说不能到校内来收废品。最后，李先生连连说"对不起"之后，就将那一把卖旧报的钱当作"罚款"全部给了门卫，才算了事，弄得那个农民倒很不好意思。

李离先生读书大都在深夜。他可以从晚上一直读到天明，然后再睡觉，一直睡到中午。他的中午即是早晨。只要有茶和烟，他就能够读书乐此不疲。我觉得他吸烟太多，常常劝他应该爱惜自己的身体，少吸点为好。他说自己吸得并不多，一天3包就够了。他还说，反正不想多活，不想长寿。他的生活中吸烟不排在第一，喝茶不算第一或者第二，吸烟、喝茶都是为了读书，所以读书是永恒的第一。我真不知道如果没有书读他会是怎么样的生命状态。他曾经说到那些被整的年月，从里边放出来，没有什么事做，就大量地读书。宗白华先生把自己的美学论文集命名为《美学散步》，我说李先生的读书也许是人生散步，或者叫人生漫游、人生探险。读书是他生命的一半，是最精华的那一半，除了读书，人生的其他物事都是渣滓。时下有一本小说叫《男人的一半是女人》，套过来说李离先生，就是：李离的一半是读书。读书的最佳境界是无目的，如同穿过春花的野径，踏过落叶的秋天，如同在大海中游泳，也如同与生命搏斗，与命运抗争。

所以，读书也成为生命中的一部分，他说过，正是爱读书，使他在人生坎坷的岁月中，用书将自己哄过了一年年一月月。我想起了王元化先生的故事。王元化也是个"胡风分子"。他说过他读了黑格尔的《小逻辑》一书前面那篇《黑格尔对听众的致辞》，即1818年10月22日在柏林大学的开讲辞，从中汲取了强大的精神力量。因为黑格尔说过："精神的伟大力量是不可以低估和小视的。那隐蔽着的宇宙本质自身并没有力量足以抗拒求知的勇气，对于坚毅的求知者，它只能揭开它的秘密，将它的财富和奥妙公开给他，让他享受。"没有这样特别的享受，我想，那些在黑暗中生活过的人就难以熬过那些大大小小的折磨。没有崇高的人生就得靠点阿Q主义了。李先生承认我们中国人谁都有点阿Q主义，但是那过错也不在我们自己。而且有阿Q主义也表示着人生的顽强。他说，自己在寂寞中常常读鲁迅杂文，鲁迅那些"写于深夜里"的文章，也应该在深夜里读吧。读着读着，他会不由自主地笑出声来。鲁迅说得太好了，也说得真漂亮。读书就是一种精神对话，对话的时间和空间都是无限的。有这样的对话人就能够让自己在精神上得到解放，任何禁锢都变得不可能。我想，李先生的读鲁迅，同王元化先生的读黑格尔是一样的。

三、和诗之乐

李离先生是十分健谈的人，他也写文章，写的几篇回忆，都很好看。他的文字工整典雅是年轻人无法仿效的。但是我有了文章或者书，总是先送给他看。他仔细地把那些文章放在一个袋子里面，随时可以作为谈资。我是很少写旧体诗的，便是新体也不愿意多写。我同意屠格涅夫说的话："诗人正好像贝壳，除非好到透顶，否则便一钱不值。"但是有时读旧体诗时不免手痒，写上几句以遣郁闷。记得那时我的一首诗是《七律·自嘲》：

老于雕虫事可嗔，狂心敛尽狷心存。
逃禅究竟无佛气，涉世到头见童真。
做事宛若事做我，读书庶几书读人。
此番许是终身误，纵意逍遥自开心。

1994年11月12日

这首诗当然是要表达我自己的心境。那时我有些消极而失意，写出来也算一个了结。写后给李先生看，他有感触地说好，并和了一首。记得当时他写得极认真，改过了3稿，一次次地给我看。那最后的一稿是这样的：

步刘公《自嘲》诗原韵

回首前尘不可嗔，书生意气至今存。
壮年炼狱摧傲骨，老去佯狂爱童真。
慕贤交游多奇士，避俗疏弃尽庸人。

开窗弄笔能消闷，闭户读书更赏心。

刘兄玉凯以《自嘲》诗见示，喜而赓和，第三联二六字平仄欠叶，不愿以律害意，姑存之，录呈刘兄，以博一粲。

李离

1995年1月20日

先生和我的诗，是我没有想到的。于是就再写了一首《七律·赠李离先生》：

劫后暮年馀健身，夜悬灯火昼闭门。
华章只为娱生作，谑语皆因俗物存。
自在方知书中味，逍遥更解曲外音。
倒裳迎见频来客，乐对青榆夏又春。

李离先生读后，特别喜欢。再过了几天，他对我说：你的诗，我书写了一个毛笔的条幅，送给你作个纪念。我边看边对他说："我的诗不好，您的字特别有书卷味，这个风格我无论如何学不到。"这里略作解释：第一联写的是他经历了许多的坎坷幸运地活下来了，天天醉心于读书。他很欣赏金圣叹的"雪夜闭门读禁书"的意境。我说他是"长夜"闭门读禁书。第二联是说他写文章也是为了娱乐，并没有功利目的，更喜欢聊天论世谈文学，时而抨击时弊，揭示人性的丑恶。第三联说的是他最喜欢读书，常有超人的见解，也能从听京剧中悟出曲外之音。最后一联诗是说，他这样一年一年地度过人生。倒裳，有典故，出自陶渊明《饮酒·清晨闻叩门》："清晨闻叩门，倒裳往自开。"早晨有人敲门，自己还没有起床，赶紧没正没倒地取一件衣裳去开门。青榆，取自古诗"天上何所有，历历种白榆。桂树夹道生，青龙对道逾。凤凰鸣啾啾，一母将九雏。顾视世间人，为乐甚独殊"，也是实写，因为他的窗外确有一棵老榆树，一岁一枯荣。他就这样快乐地生活着。诗并没有称赞他什么，给他取个乐。他却非常喜欢。

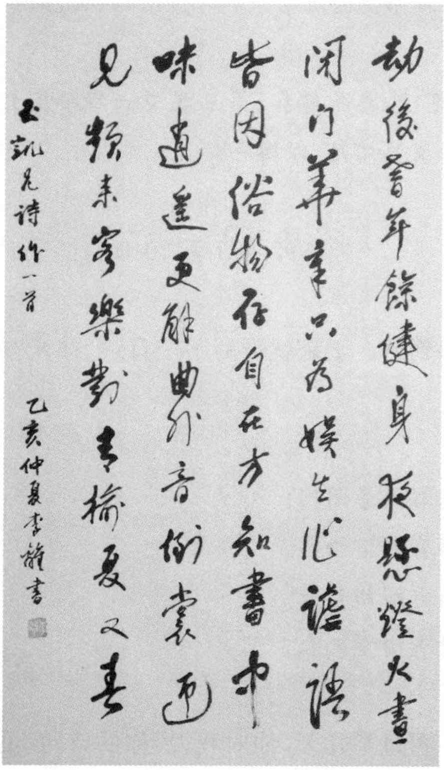

李离先生书写的我的诗

李先生对后学也称“兄”，源于鲁迅的习惯，我不以为怪，是彼此会心的。他的诗比我的积极，他虽然经历过人生的苦痛，为“胡风集团”问题入过监狱，但是老来却生命力旺盛，自信而强健。他 50 多岁就失去老伴儿，自己这些年就靠那点“书生意气”支撑着，不能不让人敬佩。我的那首诗还传到了其他老师手里，还惹起了几首和诗。

1994 年，我送给他一本《中国民俗趣谈》，书中收入了我写的一篇论文《“闹房”与初夜权》，是同学宁锐先生约稿出的书。我还在上面题了一首诗《送李离先生〈中国民俗趣谈〉并诗》：

纵有文章不救贫，半真半假方为人。
坑人不忍交人懒，与君谈笑觅清纯。

他很快地和了一首诗《刘公惠赠〈中国民俗趣谈〉一册，并题七绝一首示余，因次韵酬和之》：

文章自古累家贫，穷而后工即诗人。
剥尽人间假恶丑，来访嘲讽是清纯。

从诗中我大概能够了解他的幽默和耿介。我欣赏他的才气和文笔，常常劝他多写点东西，比如，谈京剧的文章，他是见解不凡的。他说自己太忙，没时间写。李离先生其实是不屑于将自己晚年的生命拴在写作上。一切名和利，在他是真正淡然处之的。说来也是，他已经是 80 岁的人了，写作需要精神上的兴奋，兴奋对身体的消耗是难以想象的，这我知道。

正在说着这件事时，我们的一位老朋友，也是京剧迷石呈祥先生，写了一本书，那是他在大学里开专题课的讲稿整理而成的。我见后特别建议他送学校出版社出版。不久，经过努力，书出版了。李先生很兴奋地跟我说：石老师文笔好，书是很有意义的。我们应该为他宣传一下。我为此写过两篇文章，他也写过文章。让我看，就石先生所写的内容，李离先生也是能写的，但是他那么开心地支持、称赞别人的成果，这在一般人也许不容易做到吧。

我愿意这个好人就这么读书，读下去。中国人里面多一个绝对弃绝功利而读书的人，不是很好吗？

2005 年写

泣血痛悼

——追念敬爱的李离先生

李先生已经走了一年多，但是我总也忘记不了他的音容笑貌，那就再写点回忆吧。

一、李离先生，我想您

在您离开这个世界之后，我悲痛地写下几行文字，在自己的博客上发表。当时得到了刘喜先生电话，他说李先生走了。我说知道了，就没法抵制自己的感情只是失声哭着。

刘喜让我节哀，可是他也在哭。我们都是您的学生，更是您的好朋友。刘喜爱读书，他受您的影响也喜欢戏曲，他的论文就是写的古代戏曲。他只要到保定来就住在您家，吃住一起，就为了说话。有时我也来一起聊。后来，刘喜终于下决心考了历史学博士研究生，回到母校又学了 3 年，顺利毕业，获得博士学位。他说不是为了换工作，只想静下心来读几本书。他没说也是为了来这里跟您说话，听您讲各种学问，但是我看那是主要的。他说他也要写文章怀念您。

一年多来，我的回忆文章总也写不成，难道就这样永远痛苦下去吗？您这几年是怎么过来的，我们能不能再聊聊，我知道您心中有很多有关人生的话不能对别人说，却能够对我说的。您的身体极好，又是长寿家庭，父亲母亲都超过了 90 岁，父亲将近百岁，您不会死，看在我的面子上，您也不能死。

您病的那几年，终于不能不回天津在孩子身边生活。不是跟孩子们关系不好，而是舍不得保定这个“家”。终于还是带着一个男工，回到了保定自己的宿舍住下来。那位看上去老实厚道的家乡的中年人说，他不为挣钱，就是喜欢李先生这个人才跟着他，愿意帮助他的生活。但是您身体不好，很快就不能不回到山东儿子士澄的身边。我知道后，打电话，先生的耳朵已经不大好了。总想去看看，士澄说您身体很好，没有什么问题，不用惦记，还说如果想到山东来玩儿他会热情欢迎。

您离开保定前我看到您时，您精神极好，却显然是没有力气的样子，勉强起来。我让您躺下说话，您便躺下了。这回我特意带给您一盒茶和一箱红酒。您没有推辞和客气。因为您知道我的意思是真诚的。您做人一向诚恳而平易。在以往的那些日子里，我的父母不在身边，我总把您当成家长。您在我们家吃过饭，也喝过酒，您从来都不客气。但是您总说别送您什么东西。有一次春节，您的儿子和女儿都回来跟您过节，我送您一瓶不太差的酒，您坚决不要，很快给我送了回来。除了书，您从来不收我的任何东西，这是不是所谓君子之交淡如水。您与人交往从来也不重物质，自从您把我给您的酒退回来以后，我没给过您什么礼品。如果有好书，我们就互相赠送。

您说在天津孩子那里生活总也不习惯，总觉得自己的家在保定，出门进门就是很随意，到哪儿也不行。我说我也是一样，我到了北京女儿家里，也是不知道自己应该怎么坐，睡在哪儿，在哪儿看书。您笑了，很开心地笑。您说就是离不开书，离不开朋友们。人是群体动物，没有什么奇怪。前一年，定居新西兰的孟祥照老师夫妇俩回来，您专门约了几个朋友在饭店吃了一顿饭，我听错了地址，让大家等了好久，真对不起。

李先生，10 年前写您的那篇文章，总觉得没写好，却没有想到您却看到不了，成了永远的遗憾。我想着如果您看到了一定笑笑说：

"你的文笔不错。"你一向这么说。

李先生,您比我的父亲只小4岁。我这一辈子,跟我的父亲是不能什么话都说的:一来,他没时间听;二来,他也不想知道我那么多的事。您要是还在多好啊。您不会知道,您回山东后,我总说去看看您,却一别而成永远,多么遗憾。我后来骂自己太懒,太拖拉。于是那一年回老家看了教过我的中学先生,看了我的几个朋友,看了我的四叔。我想当面说出我爱他们的话。

现在夜正安静,静得耳边似有小虫的叫声。这样的日里夜里我曾经有多少次同您畅聊谈天。现在我们也畅聊吧。鲁迅先生写过一篇文章《为了忘却的记念》,在文章结尾说:"夜正长,路也正长,我不如忘却,不说的好罢。但我知道,即使不是我,将来总会有记起他们,再说他们的时候的。……"①

我曾经跟您说过,大家可能都没有看懂鲁迅这篇文章的题目,以为鲁迅是真的说要忘记那些朋友们。其实鲁迅说的是为了所谓"忘却"的这件事情而写的"不能忘却"的文章。您同意我的解释,说"应该这样理解才对,哪能忘记呢,想忘记就不会写文章了"。我也是不想忘记您,才写下这些文字。永远也不会忘记。

二、造访"寓庐"三记

李离先生在河北大学居住过的地方有3处,他都称之为"寓庐"。我都去过很多次,故有造访三记。

真也奇怪了,我上大学的那些年,从来不知道有个李离先生,我也不知道那时他在做什么。我们以后相处了有45年,也没问过这是怎么回事。记得第一次见他是在大学毕业以后了,他天天坐在资料室上班,初见就如见老朋友一样。他每天认真地管理那些了如指掌的图书资料,也帮助大家邮购各种资料。那时内部出版了很多资料,

① 《鲁迅全集》第4卷,人民出版社2005年版,第502页。

都要通过邮购的形式发行。他不厌其烦地为大家做这样极为麻烦的事。我的《鲁迅研究生平资料》系列、《鲁迅年谱》4卷、《南京师大文教资料》期刊、《辞源》4册，都是通过他订购的。他爱书如热爱生命，至今我们还能看到资料室的那些他重新贴加封面而焕然一新的旧书。他因为胡风问题受到牵连，不能上课的那些年代，并没有表现出什么愁闷。他是最能随遇而安的，只要有书看他就快乐无比。

最早，他住在校门口那个筒子式二层小楼阴面的一间小屋里，狭窄而且阴暗。但是不断有先生和学生来找他办事、说话。我也经常到他那里坐坐，我们就熟了。我到他那里去，没有别的事，就是谈写文章和读书的事情。我写过的诗和小文章都给他看过。那个小楼里面住过很多老先生，如詹锳先生、漆侠先生、谢国捷先生、饶长溶先生。李离先生对于自己的住处从来也不挑剔。两张床，一个桌子，一个小书架。老伴儿来了就在这里住下，冬天生了火炉，也不暖和，在屋子里做饭，书香与菜香混合，人声与锅勺声交织，倒也颇有生活味道。算来他在这里住了10年。那一年他老伴儿去世，我去看他时，他没说自己多么苦，只是感叹："我住在这儿有个好处，可以打开北窗户看马路上的世界，你看这男男女女，老老少少，走来走去，都在做什么？人生就这样吗？"司马迁说："天下熙熙皆为利来，天下攘攘皆为利往。"我知道他是感慨人生的苦乐无常，祸福无常，人生美好的时光很少。那年他还不到60岁。

就这样，到了1980年，李先生得到了平反，国家给他补了点钱，他把补发的钱平均为4份：每个孩子一份，自己留下一份。可是他还得负担父母亲的生活，这个他没有强调过。他说：我的老婆、孩子因为受我的牵连生活过得也够苦，钱不多，也就算一点安慰了。

夫人去世后，原先那个小楼改成了招待所，他移到学校南院6号楼，我正好也在这时候到这旧楼来住。那年我们两人同时做了中文系的副主任，来往自然多起来。我住3单元2楼，他住2单元1楼，算是邻居。他选择住在1楼是为了接来老父亲和母亲后方便出入。开始是一个人住；后来是父母亲都来了，一起住；再后来母亲去世，他和父亲住在这里；父亲去世后，他自己住了一段时间。我时不时就敲他的门去看看他，因为他心脏不好，又经常吸烟，我总怕他出事。再后来，他自己也怕出什么事，就从老家请来了一个同族的小妹妹，一边照顾他，一边也在学校做临时工。这样我们都放心。我开玩笑地说："你真是'老哥哥'呀!"他听得懂我说的是他的老乡臧克家曾经写过一首诗《老哥哥》，我还解释说，我们老家，一辈分的人之间的年龄差也很大。

他从来也不说孝的事，但是他孝敬父母，无微不至，直到为他们送终。有一次说到这个话题，他说人们对自己老人的照顾，那是很自然的事，这谈不上孝道。我们说到鲁迅的孝道观念，是把封建的孝道与自然的敬老分开说。鲁迅从理论上认为封建的孝道是害人的理论，《二十四孝图》中就是讽刺愚忠愚孝，我们都说到了鲁迅 1919 年写的《我们现在怎样做父亲》是对中国传统孝文化进行了批判："他们以为父对于子，有绝对的权力和威严；若是老子说话，当然无所不可，儿子有话，却在未说之前早已错了。"①"以为父子关系，只须'父兮生我'一件事，幼者的全部，便应为长者所有。尤其堕落的，是因此责望报偿，以为幼者的全部，理该做长者的牺牲。"②"便是'孝''烈'这类道德，也都是旁人毫不负责，一味收拾幼者弱者的方法。在这样社会中，不独老者难于生活，即解放的幼者，也难于生活。"③鲁迅说"孝道"的要害在于："长者本位与利己思想，权利思想很重，义务思想和责任心却很轻。"④"孝道"提倡的是虚伪道德，而同时蔑视了真的人情。李离先生说：把自然的人情与孝道分开，这是鲁迅的伟大。

李先生的二老都活到了 90 多岁。老父亲年纪大了以后，冬天这里的暖气好，来他这里，夏天就回山东儿子那里，80 多岁的老人还能够乘坐长途汽车，也是个奇迹。

李先生喜欢吸烟是很出名的，才搬进来时，房子虽然也没有重新刷白，但是墙壁还是比较干净的。他住了几年后，墙壁全成了浅黄

---

① 《鲁迅全集》第 1 卷，人民文学出版社 2005 年版，第 134 页。

② 《鲁迅全集》第 1 卷，人民文学出版社 2005 年版，第 137 页。

③ 《鲁迅全集》第 1 卷，人民文学出版社 2005 年版，第 142—143 页。

④ 《鲁迅全集》第 1 卷，人民文学出版社 2005 年版，第 137 页。

色，简直能刮下一层烟油。他说话时手里一定拿着烟，出门也一定手里夹着一根烟。他说就这样吸，一天3包烟。我因此说："如果戒不了，就少吸点不行吗?"他说："吸烟有害健康，我知道。可是我也不想长寿，行了吧!"说完了就快乐地大笑。于是我退一步劝他："您吸烟时一定注意别烧着自己，别在床上吸。"他说："是得注意。你看，裤子、上衣、被子都烧过了，但是没着大火。"

李先生平常不大自己洗衣服，过几天就有一位专门给他洗衣的年纪不小的老人来取衣服，他给那个人一些钱，也算给人家点生活的机会。我不知道那个人是谁，也没有问过。有一次我见到了那个人，他很客气地给她钱，好像多给了点，那人说"不用、不用"。走后，李先生说了句："哎！大家都是可怜的人间。"我笑了，因为他引用得很妙，他的话我也听得懂。这句话是1923年7月19日上午周作人送给鲁迅的"决裂信"中的话。李先生经常这样说，嘲笑周作人的不懂人事，也觉得那似通非通的话很特别，很好玩。

李先生的屋子里没有什么特别的布置，他喜欢美女挂历，别人如果不送给他，他就自己买。有时是女儿送给他，他说这些人就是长得美呀。还有，父亲住的屋子挂着母亲的遗像，自己的屋子里墙上总是挂着妻子的遗像。他失去了妻子后，跟我说："这个人跟着我吃了不少苦，我才好一点她就走了，真没法儿。"我劝他再找一个。他说，哪那么好找。他的妻子身材高挑，容貌美丽大方，天下怎么会再有这么好的女人？又过了20年，我又问他，是不是还想找一个，老朋友中间没有吗？他说："是有过想法，老朋友的面容是年轻时的印象，一见面，变成是老婆儿了，接受不了啊。找年轻的，哪有啊！再说，我这样的夜猫子生活，来个生人也生活不到一块儿，就这样算了。"于是就这样，自己竟然独身了30多年。据陈军说："当年山东来了一位女子，在李离家住了一周，我和大童劝他，这个人看着不错，又是大学教师，人家主动找你，你就答应吧，他到底让人家走了。后来他说，我怎么不想找，就是我一个没看上。我当时看着墙上李夫人的照片，差点落下泪来，恍惚觉得我就是李离，真的再也找不出李夫人这样的女子了。这样的细节，更表现出他的深情。"我说他的夫人不但漂亮，也气质非凡。在这里住的时候，两个儿子和女儿都来这里看过他。他和孩子们处得关系很好。我于是想起来汪曾祺说过的话“多年的父子成兄弟”。有一年春节后，他很随便地跟我说：我的小孩儿们来了，我准备了一些羊肉，这东西平常舍不得吃，因为比较贵。可是一个说，爸爸，论吃肉，还是猪肉最香。我觉得这话没有责备李先生的意思。但是，他说，你看，我不是白费心了吗？我说，理解万岁吧。他说，可不是吗！

李先生在河北大学居住的最后一处宿舍是一个面积近 90 平方米的大房子，是最早盖的高职楼。原住户迁走前，跟他说房里的水龙头、马桶，他们得带走，因为这东西很贵！李先生说随便，带走带走！他有点不高兴地说：“带走更好，可是，哪有这样搬家的？”我说：“真有点小气了！不过，这不犯法。”他知道我说的意思，笑了好半天。原先我也曾住在那个小区，他搬来我们小区前，我却搬到了校外，这样离得远了。这间房子比原先旧楼宽敞多了。儿子还给他弄来了比较好的电视和一些半旧的家具，很宽松舒适，像个家的样子了。不过他仍然是在那个向阳的房间里读书写字。外边有个小阳台，很方便站在那里向远处看看。可是没住几年，他的身体就不好了。他有个遗憾，只跟我说过。同住的小妹妹已经到了谈婚论嫁的年龄，他很想让她在此地搞个对象，就地结婚安家，留下来，给她找个工作，也还能够照顾他；可是后来小妹在老家找到了对象，回到了山东结婚了，这一去就没有再回来。当他越来越不能自理时，只好回山东了。陈军告诉我：他 2013 年去济南看李离先生时，发现他真的老了。他因中风，行动不自由，出门得坐轮椅。性格大变，非常不爱说话了，甚至有点糊涂了。这哪里是我们热爱的李先生？他是一向博闻强记，耳聪目明；他一向是口若悬河，津津乐道；他一向热情满怀，谈天说地；他一向出经入史，说中道西。怎么会不爱说话了呢，这对于他是多大的痛苦，别人不知道，我怎么会不知道！陈军问他为什么不爱说话了，他笑了笑说：“我也不知道。”他们推着轮椅上的他去游大明湖，一路无话，但是看到郭沫若的诗词，突然开了口，说“郭老的”。陈军说：“这是游湖 4 小时他说的唯一一句话。什么都快忘记了，什么都没了兴趣，唯独一生钟爱的诗词歌赋记得牢牢的，这叫文痴吧。可敬的老人啊。”我落泪了。我再次自责：为什么没有去看看敬爱的李先生？我相信，如果同他说话，他是会开口的。现在想，那时我是万万也想不到他会走得那么快呀！

三、李离先生的坎坷人生

李离先生，原名张立信，曾用笔名章沂，山东省齐河县人，1927年出生，2015年3月8日去世。17岁（虚岁18）那年，即1944年参加革命工作并加入中国共产党。18岁在冀鲁豫区中共第一地委会工作。21岁进入晋冀鲁豫边区北方大学艺术学院文学系学习。在晋冀鲁豫边区，与人民文工团共同创作和演出了秧歌剧《送公粮》《防旱备荒》（卢肃编剧、李悦之作曲）等作品，当时他用笔名章沂创作的歌词《解放军进行曲》[①]，戏曲《送军粮》等是学院歌词创作运动入选作品，并曾经获奖。他还与老同学乔羽一同编剧，由左江谱曲，创作了戏曲《王在春》，也得到了好评。

我问过他为什么叫李离，而不用原名。他说那时参加革命工作都习惯用个化名，为了安全。我想起来，胡风以及与胡风有关系的那些人大都有笔名：胡风，原名张光人；牛汉，原名史成汉；舒芜，原名方硅德。他知道古代曾经有个李离。《史记·循吏列传》记载了晋文公时代的最高司法长官李离，一次根据下属向他汇报的案情，将一个人错判了死刑，他自我制裁，命令人把自己拘押起来，准备处以死罪。晋文公解释说：“官阶有高低，处罚也有轻重，这案子是下面人弄错了，并不是你的罪责啊！”李离说：“我的官职很大，从没有让给下属一点权；享受很多俸禄，却没有赏给下属一点利益，现在错判案件而杀了人，却把罪责推卸给下属，这可没有听说过。”说完，他不顾晋文公的劝阻，伏剑自刎了。这就是后来的典故“李离伏剑”。

---

① 当然不是郑律成曲、公木词的那件作品，而是另外一件同名作品。

李离先生说，古代李离是个义士，他一生正直，不但没有因自己的工作失误害过人，一旦有了错误，对自己绝对不饶恕。我以此自警也好。我猜，他也喜欢这个双声的名字，好记。一生颠沛流离，坎坷曲折，离也是事实。后来发表文章，先用笔名“章沂”，后才用“李离”。

李离先生早年在晋冀鲁豫边区北方大学艺术学院文学系学习时，就走上了革命文艺的道路。那时，“陈荒煤同志早就从延安鲁艺率领一批文艺家到达晋冀鲁豫边区，成立了边区文联和北方大学文艺研究室。文研室招收了一批解放区和国统区的文艺青年，一面学习，一面工作。师生们深入太行山各县农村，开展生动活泼的文艺活动，特别是秧歌剧演唱活动”。[①] “1948 年春天，北方大学校部从太行山区的潞城迁来邢台，我们艺术学院赶紧把天主教堂的房子让出来，迁入城郊原邢台师范的校址。这是最后一个学期，师生们都希望抓紧一下课堂学习。文学组、美术组进行了一些课堂学习和作业，戏剧组、音乐组多半是在排演场上边干边学。这年暑假期间，就匆匆进行了学习总结，毕业分配。这时中央决定晋察冀边区、晋冀鲁豫边区合并，成立华北人民政府；华北联大、北方大学合并，在正定成立华北大学。”[②]“北方大学艺术学院从成立到结束，为时不过一年半。将它的前身文艺研究室计算在内，共计两年。在解放战争与土地改革轰轰烈烈的革命岁月里，它团聚了一群革命的文艺家和文艺青年，在工作中学习，在烈火中锻炼，它实际上是一个包括一百五十人左右的文艺工作团，活跃在晋冀鲁豫边区山地、平原的城镇和农村，特别是面向广大农民和战士，传达党中央的号令，散播革命文化的种子，使宣传者与被宣传者、教育者与被教育者共同在战斗中成长。这个文艺工作团除了文字与图画宣传外，经常上演的节目是新歌剧《白毛女》《周子山》《王贵与李香香》，歌曲《黄河大合唱》以及许多短小的秧歌剧、歌曲、乐曲、说唱等。学员们在艺术劳动和革命斗争中学到不少东西，树立了文艺为工农兵服务的信念。”[③]李离先生从上学到毕业期

---

① 《张光年文集》第 4 卷，人民文学出版社 2001 年版，第 231—232 页。

② 《张光年文集》第 4 卷，人民文学出版社 2001 年版，第 233 页。

③ 《张光年文集》第 4 卷，人民文学出版社 2001 年版，第 234 页。

间，结识了很多大家，如北方大学艺术学院领导光未然、陈荒煤，历史学家范文澜，还有那时的教师李中艺、左江、陈地、张舒、周沛然、于黑丁、葛洛、碧野、吕剑、荒芜、徐放等同志。他参加许多的文化宣传工作，写诗、剧本、短篇小说，大多用的是“章沂”这个笔名，“章”是个谐音，“沂”表明自己的山东人。

据有关资料记述：“民国三十六年（1947 年）4 月，晋冀鲁豫边区北方大学艺术学院在院长光未然（张光年）亲自主持下，在全院文、音、戏、美各系开展了一次创作运动，为时两月。其中仅戏剧作品就写出秧歌剧 30 个、话剧 20 个、快板剧 3 个、活报剧 2 个、歌表演（实际上是短歌剧）9 个，共计 64 个。入选获奖作品 26 个。参加编剧的有赵起扬（系主任）、乔羽、杨哲民、于雁军、张玮、李嘉陵、谢明、杨瑛、冯霞、刘德怀、余晓、周予、李玉田、章沂等。为剧本作曲的有光未然、刘恒之（音乐系主任）、左江、李中一、杜予、辛坚、黄叶绿、厉声、李志南、田霞光、周沛然等。”①过去没有留心过，也没有问过章沂是不是他，原来就是李离先生。

1948 年先生毕业后到了报社工作，做过《开封日报》《河南日报》的副刊编辑，时间不长。1949 年秋调天津市文联，编辑《文艺学习》《天津文艺》，并从事写作，曾在《天津文艺》《天津日报》《进步日报》和《新观察》等报刊上发表过短篇小说、散文、诗歌等作品。1952 年调人民日报社文艺组任编辑。1953 年调华北文联工作。1954 年调天津师院，就是河北大学的前身，后一直在河北大学中文系任教，先后任讲师、副教授。1981 年至 1987 年间兼任中文系副主任。1988 年离休。曾为中华孔子学会理事、河北元曲研究会副会长、河北省戏剧家协会会员。

关于他的副教授职称，他有过自嘲。他说，钱锺书真是厉害，《围城》说得好：教授是夫人，副教授是如夫人。“夫人”和“如夫人”可不是一个级别，“夫人”是受父母之命媒妁之言，是明媒正娶的正室，在家庭中的地位不一般，婆婆死了，妻子的权力就很大了，相夫教子，约

① 河北省地方志编纂委员会编：《河北省志・文化志》，方志出版社 2001 年版，第 182 页。

束甚至打骂小妾丫头，但“如夫人”就是“小妾”（小老婆），纳个妾很容易，而且数量不限。一大家子，夫人只有一个，小老婆可有一群。所以“夫人”和“如夫人”，“这一字之差，不可以道里计”。以自己为讽刺对象，这事儿在别人可能做不到，他总是拿自己开玩笑：“我当了副教授，也不过是个如夫人，只比丫鬟强点，来不及扶正就老了。”我说，不能说白马非马，副教授也是教授！我这样说，只不过说个笑话。

在20世纪50年代，他因为受到胡风事件的牵连，一度被关押一年半。主要是因为他在1949—1954年间，在华北文联工作过一段，认识那里的芦甸、鲁藜、阿垅、何苦、余晓、冯大海等人；在文联工作，不可能不认识他们。一直到华北文联撤销，他们回到全国文联，李先生后又回了天津文联，只有5年的时间。

李离先生的性格毫无孤傲和自负，因此不可能同大家处不好关系。所谓李离与胡风案有关系纯粹是由于对文艺界前辈的敬重，实在出于偶然。对于这个关系，如李离所说：“在天津文艺界，有一批青年作者崛起。这股新生力量表现得十分活跃，他们经常在《天津日报·文艺周刊》、天津文协机关刊物《文艺学习》和《天津文艺》等报刊上发表作品，凭着他们饱满的创作热情和青年人对现实特有的敏感，在作品中透露出一股蓬勃的生气，因而引起读者的注意。不到几年，他们都小有名气了。”①“1949年秋，我到天津文联，芦甸和鲁藜已经早在那里，我们又相会了。鲁藜是文协主席，芦甸是文协秘书长，我在文协编辑部，几年相处，已成熟识的朋友。当时天津的文运，开展得很活跃，文协经常举办各种文艺座谈会、诗歌朗诵会等活动。”②

李先生从来也不愿意说自己有什么辉煌事迹，他同阿英（钱杏邨）、陈荒煤、马凡陀、何其芳、舒芜、胡风等都有交往，他却很少说到。知道他与乔羽本来是老朋友、老同学，也是因一个偶然机会，就是他看过了电视连续剧《聊斋》后跟我说：“我这老同学写的歌词可是真不错。不但是山东味儿，词也写得恰到好处：‘你也说聊斋，我也说聊斋，喜怒哀乐一起都到心头来。鬼也不是那鬼，怪也不是那怪，牛鬼

① 李离：《早谢的花朵——缅怀冯大海与葛覃》，《新文学史料》，1994年第2期。

② 李离：《忆芦甸》，《新文学史料》，1991年第3期。

蛇神它倒比正人君子更可爱。笑中也有泪，乐中也有哀。几分庄严，几分诙谐。几分玩笑，几分感慨。此中滋味，谁能解得开。'写的都是人生的鬼怪不分，鬼更有人情。鬼在中国古典小说中经常比人更可爱。那就是变相写人。"我说："鲁迅在《无常》中写那些吊死鬼和无常都是比人更有人情味的。"李先生说："鬼而人，理而情，可怖而可爱的无常。"这句话正是出自鲁迅的《朝花夕拾》里的《无常》一篇。

但是有一次他回顾自己历史经历时，我突然间问他："被捕时你害怕了吗？"他说："能不怕吗？当时不但怕，心想，难道就这样拉出去结果了？"那大约是1955年春夏之交，批判胡风的运动已演变为一场政治斗争，揭露"胡风集团"的第一批材料已在报上发表，而且有定论性的"按语"，大有"山雨欲来风满楼"之势。不久，李离先生被抄家，凡是手写的东西，包括书信、日记、文稿、讲义、笔记之类，统统抄走了。接着，被停职审查，不几天又身陷囹圄。直到一年半过后，他才被释放。在以后的历次运动中他都会被当作重点对象加以批判。一直到1980年胡风问题被平反，他才结束了长达25年的不自由生活。其间他被批判、被下放到农场劳动改造，历经坎坷，劫后余生。李离很欣赏汪曾祺的说法："我当了一回'右派'，真是三生有幸。要不然我这一生就更加平淡了。"说得真是超然。也只能这样想，不这样想怎么往下活？

我记得很清楚，河北传达胡风集团的平反文件是在1980年11月1日下午。那天李离先生参加了会。系党总支黄书记只是传达了文件，没有说与李离相关的一个字。回来后，我在路上对李先生说了一句话："终于有这一天了"。他叹了一声："谢谢！"

四、李离先生的做人做事

李离先生的一生虽然受过许多苦，但是他是有信念的人。他说："什么信念？就是相信自己是个好人，不是坏人。"我觉得这就是他的生命信念。

他是一位处事心细，待人宽厚的好人。关于这方面很多人不了解他。可能有人以为他整天大大咧咧，跟谁都爱开玩笑，没心没肺似的样子，谁跟他开玩笑都行。他是性格刚毅的山东汉子，但是对朋友是坦诚相待，绝不失言。他做事思想敏锐、细致周到，是个情感丰富的人。用时下流行的话说，他的"情商""智商"都是超人。他从来没有害人之心，饶有助人之意。他有处理事务的能力，是行政的好手，也是细密研究问题、博闻强识的研究人才。他对年轻人慈祥宽厚，有长者之风，对同辈人有友情之意，对于长辈尊敬有加。最可贵的是他虽然长期受到精神上的打击和压抑，却没有让自己变得怨天尤人、悲观厌世，或者变成一个政治上的饥饿者，什么都想占有。他是一位毫无贪欲的人，名和利，对他不但如浮云，其实是粪土。许多同事和朋友、学生都难忘与他交往的故事。那些年在资料室工作，他与同室工作的几位老少成员魏际昌、陈鸿飞、张桂喜等，都能够很好地相处。做了系副主任，他主持行政一块儿工作，不怕麻烦，处理起问题来游刃有余。在中文系里，他其实是年长的人，但是他对更长辈的先生，比如对高熙曾、黄绮、雷石榆、魏际昌、熊任望、谢国捷、韩文佑、詹锳、高乃昌、潘世雄、胡人龙、蓝蒲珍等先生仍然特别尊重，想办法从工作上、生活上尽量地为他们做事。每一位先生病逝，他都会细心料理；有人出门做事，他都会关照。那年魏际昌先生要到廊坊讲学，他跟我说，魏先生年纪大了，必须有个人陪同，照料一下生活，于是就让我同去。他说，你还能够同他聊聊学问。其实魏先生身体特别好，不用照顾。李老师说："我们照顾老教师，这是应该的。"

我说他处理问题的原则是大事化小，当然也讲原则。他说，"问题是哪有那么多的原则事，很多小事都给弄大了，所以矛盾就多起来。最好得过且过，息事宁人"，就是说，同事间相处，能过去就过去了，不必事事讲大道理，更不必故意将势态扩大化。比如系里给学生论文评奖，发生了争执，他处理的办法很简单："多评几个不就行了吗，又不发钱！"有一个年轻老师要结婚，那时必须先由单位开个证明信。李先生说："好，现在就开。这是好事啊！"书记来了说："你这个老李，怎么也不查查符合结婚条件不，还不到年龄啊！”李先生说：“差一个月又能怎样？”系里有老先生去世，跟学校说应该出个“讣告”，那时没有电脑打印，下班了，没人管，他就说，拿纸来，我们自己写一张就得了。那年国家给职工提工资，只给5％的名额，他说：“这个好办，我们班子的人都不要就好办了。”这是个程序定律：分蛋糕时，掌刀人最后一个拿，就不会有争议。李先生主张，我们干脆不取，那就更没争议。事情虽然没有那么简单，但是原则总是对的。

李先生和我一起做系副主任期间，许多事情，我们是能够说到一起的。比如我说过：取消教研室，让每一个老师发挥自己的长处；取消写作课，因为没有这个专业；对老师的评价应该因人而异，不能定统一标准；加强学生的课外学习指导；有经验的老师应该上第一线上课。这些意见一时都无法实行，甚至好像是胡闹。但是李先生都曾经同意过。我建议应该利用我们离北京近的方便，多多地请外边的专家学者来校讲学，他立刻表示同意，当时的系主任谢质彬先生也特别支持这个做法。那时我们请来的多是中国社会科学院、北京大学、北京师范大学的老师。先后有陈漱渝、孙玉石、钱理群、赵园、王富仁、林非、萧风、林志浩、冉淮舟、柳倩等，为的是把学生学习的课堂扩大，让大家长点见识，听听外边的专家讲点什么，效果极好。每一次李离老师都会兴致勃勃地来听讲，并且有兴趣地跟我讨论他们讲的问题。他这样做不但是尊重客人，也是尊重学术。他是现代作家群里出来的人，很了解学术动态。

李离先生的朋友有各年龄段的人，他也特别喜欢年轻人，这些有的是他的老同学、老同事、共患难的朋友，有的是爱读书的学生和老乡。他教过的学生对他的评价是：思想活跃、学问渊博、读书广泛。他主要讲的课是元曲、明清小说，但是他也能够讲外国文学。到了晚年，他总是惦记着老战友、老朋友，写了几篇文章，都很有分量。他不愿意整理旧文章，20世纪50年代初在《天津文艺》《天津日报》《进步日报》《新观察》等报刊上发表小说、散文、诗歌等作品多件，他从来不说。近年来在《新文学史料》和《传记文学》等刊物上发表有《五十年代初期的胡风》《忆阿垅》《忆芦甸》《忆〈小城春秋〉的作者高云览》《早谢的花朵:缅怀冯大海与葛覃》《忆雷石榆先生》等文章。《重评胡风的"三十万言书"》被收入《胡风论集》等,忆胡风的一篇文章收入《我与胡风——胡风事件三十七人回忆》一书,《记阿英》收入涂光群主编《走近名作家:中国名作家生活写真》,他还参与撰写《四库全书大辞典》条目《诗经》部分,参编《新定九宫大成南北词宫谱校译》。

五、李离先生给我介绍牛汉

有一次在院子里遇到了李先生,他跟我说:"你来我这儿,我送给你一篇好文章。"我一看是一篇1990年10月30日发表在《文汇报》上的短篇散文《祖母的呼唤》,我认真读过以后说:"特别喜欢牛汉的风格。"他介绍说:"牛汉这个人长得高大结实,却有一颗纤细的诗心。诗写得好,散文也好。"文章如下:

在一篇文章里,我说过"鼻子有记忆"的话,现在仍确信无疑。我还认为耳朵也能记忆,具体说,耳朵深深的洞穴里,天然地贮存着许多经久不灭的声音。这些声音,似乎不是心灵的忆念,更不是什么幻听,它是直接从耳朵秘密的深处飘响出来的,就像幽谷的峰峦缝隙处渗出的一丝一滴叮咚作响的水,这水珠或水线永不枯竭,常常就是一条河的源头。耳朵幽深的洞穴是童年牧歌的一个源头。

我十四岁离开家乡以后,有几年十分想家,常在睡梦中被故乡的声音唤醒,有母亲急促而沉重的脚步声,有祖母深夜在炕头因胃痛发出的压抑的呻吟。几十年之后,在生命承受着不断的寂闷与苦难时,常常能听见祖母殷切的呼唤。她的呼唤似乎可以穿透几千里的风尘与云雾,越过时间的沟壑与迷障:

"成汉,快快回家,狼下山了!"我本姓史,成汉是我的本名。

童年时,每当黄昏,特别是冬天,天昏黑得很突然,随着田野上冷峭的风,从我们村许多家的门口,响起呼唤儿孙回家吃饭的声音。男人的声音极少,总是母亲或祖母的声音。喊我回家的是我的祖母。祖母身体病弱,在许多呼唤声中,她的声音最细最弱,但不论在河边,在树林里,还是在村里哪个角落,我一下子就能在几十个声调不同的呼唤声中分辨出来。她的声音发颤,发抖,但并不沙哑,听起来很清晰。

有时候,我在很远很远的田野上和一群孩子逮田鼠,追兔子,用锹挖甜根苗(甘草),祖母喊出第一声,只凭感觉,我就能听见,立刻回一声:"奶奶,我听见了。"挖甜根苗,常常挖到一米深,挖完后还要填起来,否则大人要追查,因为甜根苗多半长在地边上。时间耽误一会儿,祖母又喊了起来:"狼下山了,狼过河了,成汉,快回来!"偶然有几次,听到母亲急促而愤怒的呼吼:"你再不回来,不准进门!"祖母的声音拉得很长,充满韧性,就像她擀的杂面条那么细那么有弹力。有时全村的呼唤声都停息了,只要野成性的我还没回去,祖母就焦急地一声接一声喊我,声音格外高,像扩大了几十倍,小河、树林、小草都帮着她喊。

大人们喊孩子们回家,不是没有道理。我们那一带,狼叼走孩子的事不止发生过一次。前几年,从家乡来的妹妹告诉我,我离家后,我们家大门口,大白天,狼就叼走一个两三岁的孩子。狼叼孩子非常狡猾,它从隐秘的远处一颠一颠不出一点声息地跑来,据说它有一只前爪总是贴着肚皮不让沾地,以保存这个趾爪的锐利,所以人们叫它瘸腿狼。狼奔跑时背部就像波浪似的一起一伏,远远望去,异常恐怖。它悄悄在你背后停下来,你几乎没有感觉。它像人一般站立起来,用一只前爪轻轻拍拍你的后背,你以为是熟人跟你打招呼,一回头,狼就用保存得很好的那个趾爪深深刺入你的喉部。因此,祖母常常警诫我:在野地走路,有谁拍你的背,千万不能回头。

祖母最后的呼唤声,带着担忧和焦急,我听得出来,她是一边吁喘,一边使尽力气在呼唤我啊!她的脚缠得很小,个子又瘦又高,总在一米七以上,走路时颤颤巍巍的,她只有托着我家的大门框才能站稳。久而久之，我家大门的一边门框，由于她几乎天天呼唤我回家，手托着的那个部位变得光滑而发暗。祖母如果不用手托着门框，不仅站不稳，呼唤声也无法持久。天寒地冻，为了不至于冻坏，祖母奇小的双脚不时在原地蹬踏，她站立的那地方渐渐形成两块凹处，像牛皮鼓面的中央，因不断敲击而出现的斑驳痕迹。

我风风火火地一到大门口，祖母的手便离开门框扶着我的肩头。她从不骂我，至多说一句："你也不知道肚子饿。"

半个世纪来，或许是命运对我的赐予，我仍在风风雨雨的旷野上奔跑着，求索着；写诗，依我的体验，跟童年时入迷地逮田鼠、兔子，挖掘甜根苗的心态异常地相似。

祖母离开人世已有半个世纪之久了，但她那立在家门口焦急而担忧地呼唤我的声音，仍然一声接一声地在远方飘荡着：

"成汉，快回家来，狼下山了……"

我仿佛听见了狼的凄厉的嗥叫声。

由于童年时心灵上感触到的对狼的那种恐怖，在人生道路上跋涉时我从不回头，生怕有一个趾爪轻轻地拍我的后背。

"旷野上走路，千万不能回头！"祖母对我的这句叮咛，像警钟在我的心灵上响着。

牛汉(1923—2013)，本名史承汉，后改为史成汉，笔名牛汉，曾用笔名谷风，山西省定襄县人，蒙古族。他是"七月派"代表诗人之一，比李离长4岁，17岁开始发表诗歌。他创作的《悼念一棵枫树》《华南虎》《半棵树》等诗广为传诵，后来也写散文，曾出版《牛汉诗文集》。我对牛汉先生的这篇散文爱不释手，并且通过李离先生认识了牛汉。我那时正在编辑《中国随笔小品鉴赏词典》一书，就将这一篇好文章编入了书里，后来又选入《大学语文》教材。我曾解析过这篇文章：

这是诗人牛汉的一篇童年回忆小品。也许你知道牛汉的诗很牛,《鹰的诞生》《华南虎》写得太好了。却不了解他的散文写得像诗一样好。

我第一次见到他时,他还不到70岁。他粗大的手握住我,说了一句:"我的手有劲吧!"一句话就把我感动了。那是从来未见过的大手,与他那1米85的身高很匹配。他一身钢铸铁打的那样结实。第二次见他时是2007年,他84岁那年,头发全白了,仍然结实。从头到脚就是个诗人。

全篇紧扣中心形象加以表现,让祖母对孙子的挚爱、热盼、警惕的呼唤悠婉地贯穿全篇,把读者带到了一个异常苍凉的世界中。

在旧社会的山区,狼叼走孩子的事并不是耸人听闻的传说。作者以高超的构思把祖母的慈爱之心与恶狼狡猾凶残之相加以对照描写,一面是小脚祖母站在高高的门槛上焦急地呼喊孙子,一面又是狼恐怖地像波浪样起伏奔跑而来;一面写自己认真地挖甜根苗,一面写如何逃避狼的袭击。这不是在写童话,而是自然的乡间图画,也是人生图景。作者好像是把狼人化了,但也许把人狼化了。随你怎么想吧,掩卷深思,一股阴风扑面而来。这是经历过人生沧桑的作者从特殊角度观察生活的心得。我们不必回避作品的象征意义。半个世纪以来,他历经自然风雨和豺狼的袭击,也历经了人间的豺狼的残害和蹂躏。"狼"在这里有广泛的象征意义。没有一定阅历的人是无法读懂文章的。

文章用笔清新,开头就是"鼻子有记忆"的假设。后面的写法上善用白描,把狼写得很狡猾。看得出文章的讲究含蓄和象征。起笔的一声呼唤,落笔的警语"从不回头",文风细腻而又刚毅,不愧为诗人手笔。

真没想到,后来又见到了牛汉先生,他说谢谢我的文章写他。我们一起照了张合影。那一次是在鲁迅博物馆召开的"纪念阿垅百年诞辰学术研讨会"上见到的。李离先生告诉我北京有这个会,我说愿意同他一起去,还可以带上我的两个研究生牛笑冰和张伟娜。我说让他们见识一下文化界的名人风采。

那次会来人很多，有牛汉、绿原、林希、罗飞、化铁、鲁煤、徐放、欧阳庄、胡风的儿子张晓风等。阿垅的儿子陈沛年轻热情，现在是天津某公司的高级工程师，他的女儿成了医学博士，博士论文曾在柏林举

纪念阿垅百年诞辰学术研讨会嘉宾合影

我和牛汉先生

办的一个国际研讨会上公开宣读，他的儿子获得了硕士学位，搞计算机芯片，也十分优秀。牛汉先生作了发言，这位1米85的大汉用沉重的语调动情地说，自己也曾经是一个小伙子，然而却失去了很多美好的东西。他说阿垅是一个十分热情的朋友，并且指导过他的诗歌写作。我建议我的研究生张伟娜可以选阿垅为研究课题作论文，正好可以收集这方面的资料，后来伟娜的论文很成功。

六、李离先生同我谈戏曲

李离先生酷爱中国戏曲，他的爱戏，不是票友那样地总想自己登台的那种爱。我相信，很多"票友"也就是会唱几段京剧的戏迷，李先生不是那种人，而是很专业的研究家。他是从元曲开始研究，一直贯通到现代京剧艺术；再从现代京剧的起源，徽班进京到各家各派的风格特点；再到演员与剧本的关系，都有研究，是真正研究中国古典戏曲和现代京剧的专家。他一生的快乐就是：吸烟、喝茶、读书、看戏。他说吸烟不好，可以用喝茶去毒抵消。读书与看戏可以互相帮助，不矛盾。他总是自我开心地解释。

李先生特别同意"无癖不乐"的说法。明代有一个读书人张岱在《陶庵梦忆·祁止祥癖》里说过："人无癖不可与交，以其无深情也；人无疵不可与交，以其无真气也。"李离先生就是一位有性情、有真气的名士。他的特点是并不喜欢研究花草树木，对于山水名胜古迹似乎也没有多大的兴趣。因为现在有许多游山玩水的人，也是假名士，对山水名胜其实并不真懂，就是跟着别人看热闹。他就喜欢研究古今奇书、古今人物、历史掌故、人文故事。他认为文学研究也就是研究人的。他满脑子都是奇异的人和事。

研究戏是他的人生最大的"癖"，也就是终生乐事。他在这方面下了大功夫。他收集的中国古代现代戏曲资料非常丰富。每天他出门办的几件事就是取报和邮件、买烟和火柴、逛逛书店。我到书店去经常能够遇到他和时永乐老师。有几天不到，书店的老板会说："你们再不来，我的书店就倒闭了。"意思是说他特别欢迎我们买书。因为我们到书店去，从来都不会空手回来。有戏曲方面的书李先生一定要购到。我有一段时间没有去那个书店，那两位老师都去世了，再去时书店真的倒闭了。

在20世纪80年代前的录音带时代，李离先生花了很多工夫从电台收录资料，按流派、演员把录好的音整合在一起，想听哪个都很方便。后来录音走向了录像时代，他从电视节目上录取音像，再如法整理收藏。也不知道他有几百盘录像带。才有个眉目，他又开始收集戏曲光盘。人虽然越来越老，但是研究戏的兴趣却一点也不减弱。书店的老板说：李老师是我们书店顾客中年龄最大的。李先生问我："为什么老而不死谓之贼?"我知道却不敢说。他说："苟且偷生，也是偷，所以叫贼。偷的是时光。"说得对。如果一个人老了以后，天天跟别人讲那些老故事，不再学习，那真是在偷生苟活了。李先生是思想永远年轻的人，说自己人生只是开个玩笑。

我去他那里看望时，经常见他在听戏、看戏、整理资料。有一次见他正在看梅兰芳的《洛神》，他问我是不是喜欢这个电影。我说还是十多岁时看过的，那时没有看懂，说不上喜欢与否。那是我一生中看的第一个电影。他借给我录像带，回家就看。这个片子由北京电影制片厂于1955年出品。该片根据曹植《洛神赋》改编，由吴祖光执导，梅兰芳、姜妙香分别饰演洛神、曹子建。影片表现曹植与洛神在洛川梦中相会的故事。故事中的甄后原是袁绍之媳，被魏文帝曹丕俘虏后立为皇后。但她对文帝无感情，却与文帝的弟弟才华绝世的曹子建暗中相爱。事发，文帝将甄后处死，贬子建到远方。但是数年之后，文帝愧悔此事，将甄后遗物玉缕金带枕赐予子建。子建携枕返回，途经洛川，夜宿馆驿，梦见仙女相告约次日川上相会。这个仙女即是甄后，神光离合，蹁跹歌舞，相见悲喜交集，珍重而别。该片从"梦会"起，至"洛川歌舞"止，多情而凄婉，只有成年人能够理解其中的味道。李离先生不但为其中的故事所感动，也特别欣赏梅兰芳的表演艺术。我重看之后跟他说：过去看不懂，现在明白了梅兰芳唱腔的特点是尾音的强调,既显得娇美又能够声音清晰,并且特别喜欢他的表演。他虽然是男人,但是女人味真是很浓。李离先生说:你看得仔细,体会得也真对。

我就是这样向李先生学习。他跟我讲梅、尚、程、荀四大名旦的特点。四大名旦的称谓是由沙大风于 1921 年在天津《大风报》创刊号上首次提出,他们是梅兰芳、程砚秋、尚小云、荀慧生四位旦角演员。我说,听一轮之后,才知道梅派才是我最喜欢的唱法。李先生能够欣赏各家各派。他认为:梅派是领袖,其他派也各有特点。他也喜欢程派。他说:程砚秋的唱法,那是他嗓子唱哑之后的挽救。我说可以算"拗救"。李先生说:程砚秋幼年家贫,6 岁经别人介绍卖身入行学京剧,登台后不久声誉鹊起,被罗瘿公赏识。后来拜师梅兰芳及梅兰芳的老师王瑶卿学习京剧。程嗓音条件并不好,但自己是唱戏的,不能因为嗓子坏了就放弃艺术。因此他在师傅的指导下采取了一种若断若续、如泣如诉的唱法,用乐器间奏填补空间,倒别有风味,出其不意地获得了一个新的流派。我得到的启发是:一个文学家、艺术家只要有了很好的造诣,并且忠于事业,总能够将自己的艺术锤炼成精致的存在。失败的困难在他们那里不存在。程砚秋所演的戏如《荒山泪》《春闺梦》《文姬归汉》等,大多数反映旧社会妇女的苦难,多是悲剧,只有《锁麟囊》有一个大团圆的结局,这也是当今程派戏迷票友相当喜欢的一出戏。李先生也说:荀慧生因为与梅、程的角色不同,他是花旦,演得很活泼,很受一般群众喜爱。20 世纪 80 年代,荀派的最佳继承人孙毓敏来河北大学讲京剧艺术。李老师去听时,不断地同她交流。学生们有些地方是听不懂的,李离上去就给她写板书。写的是什么,我忘记了。反正得到孙老师的特别称赞,说他真是研究的专家。

传说中的四大须生名单不一致,涉及了余叔岩、言菊朋、高庆奎、马连良、谭富英、杨宝森、奚啸伯。李离先生对各家了如指掌。可惜我懂得太少了。我说,各角色中最喜欢的是老生。李先生说:那是因为老生是男声的真嗓,一般的人都说喜欢。其实应该说"不懂京剧的人也喜欢"。马连良的《空城计》诸葛亮唱段:"我正在城楼观山景,耳听得城外乱纷纷。”惊心动魄的局势却唱得自然摇曳。这真让人佩服。

李离先生却说:他最喜欢的行当是小生、小旦,特别是小生。我说我不喜欢。男生假嗓,听着就费劲,真让人接受不了。叶盛兰的演出他最喜欢。叶盛兰6岁就读于北平师大平民小学,9岁奉父命,辍学从艺,入富连成盛字辈。最初学旦角,后改小生。演出过《辕门射戟》《罗成叫关》《奇双会》《借赵云》《八大锤》《黄鹤楼》《群英会》《打侄上坟》《玉堂春》《临江会》等戏,1931年应马连良邀请,正式搭入扶风社,为马连良配演《四进士》《十老安刘》《清官册》《苏武牧羊》等剧,并合作演出《群英会》《八大锤》等。叶盛兰在与马连良合作中相得益彰,充分发挥了个人所长。李先生知道很多故事。我看过几出戏之后才知道,小生戏为什么好。我跟李先生说:武功好看、唱腔好听、扮相漂亮,这跟女旦的长相漂亮、唱腔好听、舞蹈优美对比,谁不喜欢。我注意听过叶派小生之后才明白了李先生说得对。

李先生对净(花脸)也有研究,他说净,分正净、副净、武净及红净数种。正净又名铜锤、黑头、大花脸、大面。副净又叫架子花脸、二花脸。

他说:自从出了个裘盛戎之后,裘派影响很大,无法控制。他说郝寿臣的那种唱法现在基本上没有了,这也不好。(郝寿臣的孙女是我们学校的老师郝春蓉,和李离先生很熟悉。)我发表自己的意见:裘派影响之大,应该肯定。曾经有一个时期,中国各种类型的戏里的花脸纷纷效仿裘派,比如评剧最为突出。我理解李离先生的观点,改革,也得辩证地看。裘派的唱法汲取声乐中的美声唱法颇多,改造了传统花脸那种粗声壮气,让其有一种腔共鸣的效果,不感觉有刺耳的震撼,是个了不起的革新。京剧的历史太长,程式化的东西太多,想突破传统极难。但是也不能到处都是裘派,不能“非裘不成净”。我就很喜欢郝寿臣、袁世海的演唱。是不是应该把裘派只看作净之一支为好。我与李先生讨论过这个意见。

于是我们不止一次说到京剧改革。我认为:中国的旧戏,脸谱色彩对比画得过强、唱法过于讲究高音大嗓、伴奏也特别尖利,这是有原因的，旧时代，没有扩音器，声音小了，离舞台远的人什么也听不到。脸谱画得淡了，远处也看不见人脸。旧时的一般演员是不识字的，他们也谈不上懂音乐。所以京胡就特别尖利刺耳，因为，那样可以引导演员跟着调走，不会差了调。当京剧走出野台戏风格，变成室内剧之后，应该对体系进行调整。

我跟着李离先生谈戏学戏曲，收获很多，不能一一说出，以上有很多是一时的感想，都跟李先生说过。他认为是有道理的。

七、李离先生同我谈鲁迅

我和李离先生谈得最多的是鲁迅先生。有一次，李离先生问我："你说鲁迅先生活着会怎么样？"我说他不会放弃批评，所以很可能不讨好。这其实是鲁迅研究中的一个重要话题，由于临时想起来就没有把上面的话说题继续下去。后来才知道广州《南方人物周刊》访问牛汉先生谈"现代文学史要重写"的问题时，牛汉先生谈到了周作人的一封信，而收信的人正是在《人民日报》副刊工作的李离。"周作人写信问人民日报文艺部：如果鲁迅活着，党会如何看待他？我看到过这封信，收信人是编辑李离。当时郭沫若是国务院文化工作委员会主任，信转请他答复。郭沫若的回答是：鲁迅和大家一样，首先要改造思想，再根据改造的情况分配适当工作。"①牛汉说，以鲁迅的脾气是不会接受改造的。我也相信鲁迅不会放弃批评的自由。他不同于胡风，没有胡风那么激进，但是不会同意周扬等人的观点。

李离先生经常说："鲁迅的文章是百读不厌的。可以想象，鲁迅在写小说和杂文时，他是会兴奋得摇笔自得的。就如写到阿Q与小D打架的描写，写与王胡比赛捉虱子，都会把自己给逗乐。可是故事也是苦涩的。"李先生特别欣赏《春末闲谈》《灯下漫笔》《夜颂》《这也是生活》，尤其对《我的第一个师父》津津乐道，认为真是写得好。我

① 《南方人物周刊》编著：《前辈》，二十一世纪出版社2012年版，第127页。

研究鲁迅的许多新的看法都是先同李离先生交流。我同他说过："'文革'以后，大家都愿意说，鲁迅就是一个平常人，应该让他走下神坛。话这样说也不对。鲁迅不是偶像的神，但是鲁迅确实是一位伟大的思想家，是有伟大思想的文学家。"李离先生说："五四以后的那些文化人，谁也比不了鲁迅。鲁迅是一位把什么都做到极处的人。"我这样理解，鲁迅所做过的事，别人并不是没做过，但是，总是没有鲁迅做得好。鲁迅的小说，在五四时期是写得最好的，他的杂文开创了新文体，他的《朝花夕拾》也是好文章，他的《野草》是散文诗中最好的作品，他的文学史研究著作《汉文学史纲要》《中国小说史略》也是有特别见解的著作。他还特别佩服鲁迅对中国古典小说的评价。他说：鲁迅论《聊斋》，论《红楼梦》，论《史记》是"史家之绝唱，无韵之离骚"，都很精辟。

李先生说了一个好文章的辨别方法。他说：如果真是好文章，就能够让人百读不厌。也就是说虽然读了多遍，里面的内容全知道，但还想再读，就是欣赏其中行文的美。他说，在深夜里没有别的书好读就可以读鲁迅，就不想睡了。

于是我对李先生说：鲁迅其实是一位很有生活情趣的人。有一次李先生跟我说，书店里面来了沈复的《浮生六记》，他说那本书很值得看，我立即购得一本，看完了，就找他谈体会。我说沈某人喜欢观察自然世界，玩花弄草，沈复的情趣很让人想到鲁迅。

鲁迅的《朝花夕拾》中有很多地方也是写情趣。不但是在《从百草园到三味书屋》中有戏虫玩草的情节，他也看《花镜》和《山海经》这类的书。有人以为，那是孩子时代的兴趣，但我认为不能那样看。其实人到中年以后仍然怀念那个百草园里的虫子和花草，就很能说明他内心有旧时代文人的趣味。李离先生说：很多人发现周作人喜欢花草，没有人说到鲁迅也有相同的情趣。这是个新见解，可以写成文章。

李离先生不止一次说到鲁迅与周作人的兄弟关系问题。他手里有一本舒芜先生的《周作人的是非功过》，但李离先生很看不起舒芜的气节。关于此事，我们讨论过，到底谁是犹大。我跟他说到过周筱赟的文章，对胡风的一些做法进行了揭示。李离先生说：舒芜在整个胡的事件中是导致一大群人陷入灾难的始作俑者，他无法逃脱责任，这是历史事实。而且他自己也承认“对于他们的苦难，有我应负的一份责任”。

但是李离先生说，舒芜是安徽桐城派后裔，是方孝岳的儿子，很有学问，很会写文章。他特别向我介绍了1986年三联书店出版的方孝岳著的《中国文学批评》，我才知道方孝岳是学者方守敦之子，其岳父为近代古文名家马其昶。其主要专著有《中国散文概论》《中国文学批评》《汉语语音史概要》《广韵研究导论》《广韵声类》《广韵韵图》《广韵便览》《广韵又音谱》《集韵说文音》等。李先生说，不能因人废言、因人废书。舒芜研究周作人写的书有很多的好见解。但是李先生认为，鲁迅与周作人是中国文化的两个类型人物。我很赞成这个说法，而且我在讲“鲁迅研究专题课”的时候讲过，撇开细节不谈，我们也能认识到：鲁迅与周作人的文化性格不同。他们的失和不是偶然间的事。鲁迅是“托尼学说，魏晋文章”，而周作人是“流氓与叛徒”两个鬼，“亦道亦佛”两种人格。周作人的知识面十分广，文章也比鲁迅多得多。李离先生说：他一生最大的错误是同鲁迅失和，他搬出八道湾的时候对鲁迅投掷香炉，险些致命，实在是过分了。可是在后来的日子里鲁迅还是见了周作人的书好仍然购置收藏。他一叛长兄、二叛民族，正好中了鲁迅说的“颇昏”。

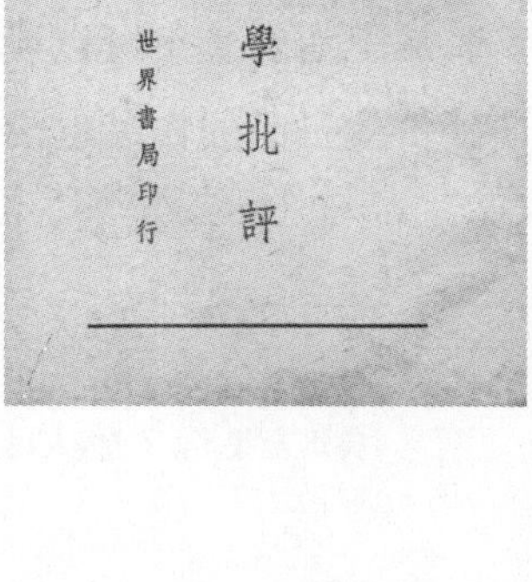

1998年，我出版了自己的第三本著作《鲁迅钱锺书平行论》，第一时间就送给了他。他一看书就称赞书印得好。看后给我提出了一些问题跟我讨论，也纠正了几处错字。此书半年里发行了5000册，全部售罄。正好在印第二版的时候，对一些错字进行了改正。我后来出版的《谁挑战鲁迅》《破解鲁迅》都先送给他看，得到他很多的鼓励。他对人宽厚，绝对不苛刻。有这样的长者，是人生的幸福。

其实，我们的话题总是谈鲁迅的时候多，是因为我在讲鲁迅专题课时，有很多问题想向他请教。有几次谈到鲁迅所喜欢的俄苏文学，我说：30代的人称鲁迅是“中国的高尔基”，鲁迅并不认可，我觉得其中有点奥妙需要研究。鲁迅说，他就是中国人鲁迅。鲁迅不愿意让自己的名字寄生在别人名字之上，因那样自己成了假的。鲁迅是不是真喜欢高尔基也是个问题。李先生说：鲁迅对高尔基的评价还是很高的。鲁迅说到过高尔基的童话，而且称赞“写出了老俄国人的生态和病情，但又不只写出了老俄国人，所以这作品是世界的；就是我们中国人看起来，也往往会觉得他好像讲着周围的人物，或者简直自己的顶门上给扎了一大针。”①鲁迅可能更喜欢的是契诃夫、陀思妥耶夫斯基、普希金、莱蒙托夫等作家。鲁迅的小说中也有契诃夫笔下的那些小人物。李离先生说，可以肯定的是，鲁迅特别喜欢陀思妥耶夫斯基，称他是“人的灵魂的伟大审问者”。鲁迅说：“显示灵魂的深者，每要被人看作心理学家；尤其是陀思妥夫斯基那样的作者。他写人物，几乎无须描写外貌，只要以语气，声音，就不独将他们的思想和感情，便是面目和身体也表示着。又因为显示着灵魂的深，所以一读那作品，便令人发生精神底变化。灵魂的深处并不平安，敢于正视的本来就不多，更何况写出？因此有些柔软无力的读者，便往往将他只看作‘残酷的天才’。陀思妥夫斯基将自己作品中的人物们，有时也委实太置之万难忍受的，没有活路的，不堪设想的境地，使他们什么事都做不出来。用了精神底苦刑，送他们到那犯罪，痴呆，酗酒，发狂，自杀的路上去。有时候，竟至于似乎并无目的，只为了手造的牺牲者的苦恼，而使他受苦，在骇人的卑污的状态上，表示出人们的心来。这确凿是一个‘残酷的天才’，人的灵魂的伟大的审问者。”②

从上面的文字可以明显看出来，这是鲁迅评价最高的作品。即使评价他自己的作品也没有说到这个高度。

---

① 《鲁迅全集》第8卷，人民文学出版社2005年版，第515页。

② 《鲁迅全集》第7卷，人民文学出版社2005年版，第105—106页。